艾柯文艺思想研究

孙 慧 著

山 东 大 学 出 版 社

图书在版编目(CIP)数据

艾柯文艺思想研究 / 孙慧著.
—济南 ：山东大学出版社，2015.3
ISBN 978-7-5607-5257-0

Ⅰ.①艾…
Ⅱ.①孙…
Ⅲ.①艾柯—文艺思想—研究
Ⅳ.①I0-02

中国版本图书馆 CIP 数据核字(2015)第 061834 号

责任编辑：陈海军
封面设计：张　荔

出版发行：山东大学出版社
社　址　山东省济南市山大南路 20 号
邮　编　250100
电　话　市场部(0531)88364466
经　　销：山东省新华书店
印　　刷：济南景升印业有限公司
规　　格：720 毫米×1000 毫米　1/16
13.25 印张　248 千字
版　　次：2015 年 3 月第 1 版
印　　次：2015 年 3 月第 1 次印刷
定　　价：28.00 元

2013年国家社会科学基金项目“安贝托·艾柯诗学研究”阶段性成果(编号13WWC034)

2012年江苏省社会科学基金项目(编号12WWC012)、2013年江苏省教育厅高校哲学社会科学研究项目(编号2013SJD750037)、2014年中央高校基本科研业务费专项资金资助项目(项目编号:2014WP23)阶段性成果

序

孙慧的书稿《艾柯文艺思想研究》写完之后，邀我给她作序。我欣然答应。她在山东师范大学文学院读本科的时候，我正好给他们开美学课。她天资聪颖，敏而好学，喜欢读书，经常就其所读的书提些有趣的问题，给我留下了深刻印象。她的本科毕业论文做的是审美意象，当时是由我指导的。论文选题不错，论证也初步展露了她长于独立思考的潜质，但文笔稚嫩。后来又跟着我读了硕士和博士。这种类型的学生迄今我带过三个，都比较优秀，而孙慧是最早的一个。她头脑清楚，悟性颇高，自理能力很强，无论什么事，她都做得井井有条，从容不迫。因此是我带过的一百多名研究生中比较“省心”的学生。在六年研究生学习期间，她接受了正规严格的学术训练，爱动脑，勤读书，会钻研，逐渐形成了较强的理论思辨能力。她平时非常关注学科的前沿问题。在攻博期间，她对西方后现代主义诗学研究较为感兴趣，想择取某个角度对其进行研究和全面评价。但考虑到时间和精力问题，我建议她与其做“大而无当”的题目，不如做“小而雅”“小而精”“小而深”的选题，带着问题去探讨创新。基于自己的理论积淀，结合研究的兴趣点，她选择了《安伯托·艾柯文艺思想研究》为博士学位论文的题目，作为攀登学术高峰的新起点和开掘学术深井的突破口。事实证明，这一决定是正确的，她不仅顺利完成了博士学位论文，而且在此基础上进一步拓展深化，最终形成了这本专著。

在我看来，对艾柯文艺思想进行研究是有其重要价值与意义的。首先，艾柯文艺思想承继了意大利诗学传统，汲取了乔伊斯文艺思想的要核，是艾柯对文学艺术与现实世界异质交流方式的理论体悟。其次，艾柯文艺思想还触及了当代文化文艺的重要问题，如文本的开放性、符号的衍义等，对于中国文化与文艺领域诸问题的思考具有现实意义。第三，艾柯文艺思想突破了形式与内容二元对立的思维模式，以中庸调和的精神开辟了不同于传统批评方式的文艺批评，对当下中国文学批评发展有重要启示作用。

孙慧的这本论著立足于艾柯研究现状，对艾柯文艺思想进行了较为充分的研究。该书首先分析了艾柯文艺思想产生的时代背景，系统呈现了艾柯文艺思想形成和发展的内在脉络，清晰梳理了艾柯的学术历程，深入探究了艾柯文艺思想的理论渊源，以此廓清了艾柯文艺思想的理论出发点。其次，界定、厘清了艾柯文艺思想的内涵、性质特征，着力探究了其符号学理论、阐释学理论以及他在文学文体、文学叙事上的革新与贡献。第三，对艾柯文艺思想进行了更为科学、合理的评价，在正视其不足与缺陷的同时，挖掘艾柯文艺思想中有价值的因素，通过共时性审视与历时性观照，给予艾柯文艺思想实事求是的历史和逻辑定位。

正如由中国中外文艺理论学会副会长、北京大学中文系教授王岳川先生，教育部重点研究基地山东大学文艺美学研究中心首席专家、文艺学国家重点学科带头人曾繁仁先生，山东大学副校长陈炎先生，山东大学研究生院副院长谭好哲先生等组成的答辩委员会（王岳川先生任主席）在答辩决议中指出的："论文选题具有较高的学术价值和理论意义。"根据评阅专家和答辩委员会的意见和建议，孙慧在学位论文的基础上做了仔细的修改与补充，整体质量有明显提高。在我看来，该书的主要学术创新点和贡献在于：首先，该书采用微观研究和宏观研究相结合的方法，把国内的艾柯研究推进到一个新高度。该书在细读艾柯作品的基础之上，对艾柯思想内部的组织结构、符号学理论、阐释学理论以及小说创作诸方面进行了较为系统深入的微观分析，同时把微观分析所得到的结果置于宏观社会历史全景中去考证，获得了更为准确合理的结论，有效改变了当下艾柯研究要么过于零散、不够系统，要么浅尝辄止、不够深入的现状。其次，该书采用作品和理论相互阐释的方法，更全面地呈现了艾柯文艺思想的"全豹"。艾柯集学者与作家双重身份于一体，其文学作品是推动其思想探索的动力，学术思想是通过写作实践展现哲学沉思的创作，因而以艾柯的理论作品来阐释其小说，以其小说为线索去追寻艾柯思想的痕迹，不仅避免了偏离"作者的意图"而造成过度阐释的偏颇，而且避免了拘泥于作者的理论而造成一叶障目的片面，使其理论与创作相得益彰地展现出全部风貌。

孙慧的研究选题确定之后，我曾多次提醒她：选择一位著名理论家的文艺或美学思想这样的题目作为学位论文研究的对象，做成较易，出新很难。如果要研究，就要戮力创新，否则难免会陷入"述而不作，信而好古"的困境，重蹈以往的覆辙。为此，我提出了以下期望，也是建议：第一，应较为系统、全面地探讨艾柯文艺思想，尽可能客观、科学地呈现艾柯文艺思想全貌。第二，开辟新视角，拓宽新内容，在主题上尽可能不再局限于艾柯文艺思想某一方面的研究，从诗学角度提出问题，尽力将艾柯的符号学、阐释学理论等纳入研究范围之内，在全面观照下进行较为完备的阐释。第三，尽可能使用新材料，在研究视域上与国外接轨，采用适宜和科学的研究方法，多维度地检视艾柯思想体系，以此探视当代西方文艺研究的发展现状，并对现代文学艺术向后现代文学艺术转型所面临的困境和解脱的出路，有独到的认识和思索。孙慧悟性颇高又刻苦勤奋，经过近十年的呕心沥血，从该书呈现在我们面前的研究内容和显示出的学术价值来看，它在上述三个方面都颇有斩获。这是令我最为欣慰的。当然，由于理论学养和时间、精力等诸多原因，该书自然尚有缺憾，未能尽善尽美，有待日后弥补。

文如其人。孙慧不仅聪颖好学、刻苦认真，而且学风正派、文风朴实。不求辞藻华丽，但求深入浅出；不滥用术语，但求言之有据；不迷恋“主义”“方法”，但求言之有物或有所创见。孙慧博士毕业不久，风华正茂，已晋升为副教授，并围绕艾柯研究先后独立主持了国家社会科学基金项目和江苏省社会科学基金项目。该书是她的第一本学术专著或处女作。“小荷才露尖尖角。”我相信以她令人羡慕的正茂风华，以她对学术的执着和坚守，一定能够常常鞭策和挑战自我，取得一个又一个更大的进步。衷心祝福她在学术道路上步履踏实，不断更上层楼。

是为序。

周均平

2014 年 12 月 18 日于山东师大高层楼见山厅

目 录

导 论

安贝托·艾柯[①](Umberto Eco，1932～)，意大利人，现居米兰，执教于博洛尼亚大学。当代著名的意大利学者、符号学家、文艺理论家、作家。他思想睿智，知识渊博，在哲学、美学、宗教、历史、文学批评和文化批评等领域都有独特的贡献，被誉为“当代达·芬奇”。艾柯著作颇丰，涉及中世纪神学研究、美学研究、符号学研究、阐释学研究、大众文化研究、电影学研究等，且体式多样。而更令人赞叹的是艾柯在多个领域自由驰骋的能力与“贯穿于职业生涯的‘协调者’和‘综合者’意识”[②]，这使得他轻松地游走于经院主义、现代主义、后现代主义、理性与非理性、实用主义与结构主义之间；既横跨诸多知识领域取得了经典性建树，又置身时事前沿发出知识分子独立的呐喊；在大学教授、作家、文化专栏编辑之间变换身份，既有严谨的学术理论著作、集高雅与通俗于一体的小说问世，又有戏谑的杂文小品、犀利的文化批评见诸报端。《剑桥意大利文学史》把艾柯誉为与意大利诗人普里莫·莱维(Primo Levi)和作家伊塔洛·卡尔维诺[③]齐名的“20世纪后半期最耀眼的意大利作家”。意大利著名学者乔安·加农(Jo-Ann Cannon)将卡尔维诺、艾柯、莱奥纳多·夏侠[④]、路

---

① Umberto Eco，目前学界出现诸多译名，例如：安贝托·艾柯、乌蒙勃托·艾柯、安伯托·艾可、昂贝尔托·艾柯、翁贝托·埃科、昂贝托·埃科等，本书采取“安贝托·艾柯”的译名。

② Peter Brand and Lino Pertile, *The Cambridge History of Italian Literature*, Cambridge University Press，1999，p. 598.

③ 伊塔洛·卡尔维诺(Italo Calvino，1923～1985)，意大利当代最具世界影响的作家之一。其作品力求以最贴切的方法和形式表现当今的社会和现代人的精神，以及对人生的感悟和信念。代表作《通向蜘蛛巢的小路》《我们的先人》《看不见的城市》《寒冬夜行人》等。

④ 莱奥纳多·夏侠(Leonardo Sciascia，1921～1987)，意大利知名小说家。他以一种视死如归的大无畏气概选择了“黑手党”作为自己的创作题材，称自己的作品是“对于黑暗的现实的黑色的记载”。代表作有《各得其所》《前因后果》《皮兰德娄和西西里》等。

易吉·马莱巴[①]并肩而置，称之为意大利当代最重要的、最具有影响力的作家。[②] 美国知名学者彼得·邦德内拉(Peter Bondanella)称赞艾柯为“意大利生动的知识象征”，认为其小说“是将理论与实践相结合的文学实践所能达到的最高水平的代表，可能只有极少数的学院派思想家能够像艾柯这样”[③]。土耳其文坛巨擘、诺贝尔文学奖得主奥罕·帕慕克(Orhan Pamuk)曾表示其作品受到了两位意大利作家的影响：“卡尔维诺教会我独创性与历史同等重要，艾柯让我学习了温文尔雅地运用谋杀的技巧。”[④]享誉国际的艾柯在诸多领域深远的影响力，使其成为知识的象征，在西方许多知名学者相继去世的情况下，艾柯这个名字本身已成为“知识分子”一词的鲜活注脚。其实，真正让艾柯享誉世界的是他的小说。1980 年，艾柯的第一本小说《玫瑰的名字》(*The Name of the Rose*)问世后迅即风靡全球，荣获意大利两个最高文学奖和法国的斯特莱加文学奖，占据欧美各地畅销排行榜，在美国、加拿大、英国、法国、德国被誉为“最佳小说”，迄今已被翻译成 40 多种文字，销售了上千万册，创造了文学图书销售的新纪录，并进而引发了一场围绕《玫瑰的名字》展开的大规模阐释活动。从某种意义上讲，《玫瑰的名字》已经成为 20 世纪小说的奇特镜像，这部被誉为“最高级的惊险小说”(意大利《再生》周刊)于 1980 年问世以来所引发的震动与关注至今经久不衰。“‘普通读者’喜爱它，因为它是‘最高级的惊险小说’‘百科全书式的历史小说’‘伏尔泰式的哲学小说’；‘经验读者’喜爱它，因为它是学者为学者准备的文本盛宴，小说中不仅有政治学、神学、诗学、历史学、社会学、哲学、语言学、符号学，更是把 20 世纪学术界的时髦‘话语’一网打尽：‘形而上学’‘意识形态’‘话语权力’‘笑’‘存在’‘理性与非理性’‘结构与解构’‘所指与能指’‘反讽和戏仿’‘隐喻和象征’‘误读和诠释’‘福柯和德里达’……”[⑤]更引人注目的是，艾柯在这部小说里设置了双重叙事视角，安排了“不可靠的叙述者”，通过“元小说”“戏拟”等叙事策略的巧妙运用，将真实与虚构、意识与现实交织在一起，使其文本好似一座迷宫让人流连忘返。这不仅彰显了其精妙的运用语言的能力，也为后现代主义小说的创作提供了不可多得的经验。艾柯本人也因此跻身于后现代主义大师之列。

---

① 路易吉·马莱巴(Luigi Malerba，1927～2008)，原名为路易吉·波纳尔第(Luigi Bonardi)，1927 年生于意大利北部的帕尔玛，被公认为战后最重要的意大利作家之一，亦是 20 世纪 60 年代著名的先锋文艺团体“六三学社”的创始人之一，其作品以超现实主义风格而著称，代表作品有《蛇》《蓝色行星》等。

② Jo-Ann Cannon, *Postmodern Italian Fiction*, Fairleigh Dickinson Universtiy Press, 1989, Preface.

③ Peter Bondanella, *Umberto Eco and the Open Text: Semiotics, Fiction, Popular Culture*. Cambridge University Press, 1997, p. 14.

④ http://www.infzm.com/content/225。

⑤ 马凌：《后现代主义中的学院派小说家》，天津人民出版社 2004 年版，第 135 页。

随着后现代主义思潮大行其道，艾柯愈发引起世人的关注，诸多专著和论文纷纷而出，“艾柯研究”在国际上已经成为一门显学。而目前，我国对他的研究尚未全面展开，为数较少的成果主要集中于对艾柯小说的研究，对其文艺理论的研究远远不够，这与艾柯在国外重要的地位不相匹配，实属缺憾。也正基于此，在通读英文原版材料的基础上，笔者试图对艾柯文艺思想的分期问题、文艺符号学理论、文艺阐释学理论以及艾柯的小说创作等进行较为全面而系统的研究，力图客观公正地阐析艾柯的文艺思想，评价艾柯在西方文艺理论史上的地位、价值与局限性。作为展开这一系统研究的基础，在导论中，首先对艾柯文艺思想在国内外研究状况作简要分析。

第一节　艾柯文艺思想在西方研究的概况

20 世纪 50 年代，艾柯以“中世纪学者”的身份初步学术圈，《托马斯·阿奎那的美学问题》(*The Aesthetics of Thomas Aquinas*, 1956)是艾柯的第一部学术专著。这一著作与《中世纪的艺术与美》(*Art and Beauty in the Middle Ages*, 1959)并驾齐驱，奠定了他作为“中世纪学者”的地位，在意大利本土开始受到人们的重视。60 年代，艾柯将学术研究的触角伸向符号学研究、阐释学研究、美学研究和大众文化研究等领域，撰写了一系列相关的学术论著，并发表了大量学术文章、随笔、杂文等。随着他的作品越来越国际化，逐渐被翻译为多国文字，艾柯也渐渐引起了国外评论界的关注。1980 年，艾柯第一部小说《玫瑰的名字》的发表令其饮誉世界，开始受到西方学术界的重视，相关的研究专著及论文陆续问世，逐渐形成了艾柯研究的盛况。

一、从时间、数量和地域考察

从时间上看，艾柯的创作可以以其 1956 年发表的第一部学术著作——《托马斯·阿奎那的美学问题》为起点，直至今日，83 岁的艾柯在过去长达 59 年间的所有作品、信件和访谈录甚至是报纸、杂志栏目的评论都被视为研究他的重要依据。据资料显示，在 20 世纪 70 年代，学术界便开始了对艾柯作品的理论研究。总体来说，西方学术界对艾柯的研究始终没有中断过，并在 20 世纪 60 年代、90 年代与 21 世纪初出现了三次研究的高潮。1995 年，专门研究艾柯的“Porta Ludovica”网站①成立，它是目前最大最权威的艾柯研究网站。这为艾柯研究提供了方便快捷的交流平台，推动了艾柯研究向更深、更广的方面发展。据现有可查资料显示，以 1977 年为肇始，几乎每年都有研究

① http://www.themodernword.com/eco/index.html。

艾柯的理论著作出现，直至今天随着艾柯作品源源不断地问世，研究者们对艾柯作品的探索也一直持续着高涨的热情。

从数量上看，艾柯的著作出版后均多次再版，销售了上千万册。与之相关，研究艾柯的著述数量也日益庞大。目前，欧美各种重要学术杂志如《当代文学》《现代语言研究》《意大利文学评论》《当代小说评论》和美国意大利语教师联合会出版的研究学刊《意大利加》(*Italica*)等，都有大量的相关研究文章。此外，还出现了很多颇具分量的研究专著和论文集。自 1962 年到 2012 年的半个世纪间，研究艾柯的专著、刊登在报刊上的文章以及相关的网络资源等达到了 1 万多项。“艾柯研究”俨然已成为一门显学、专学，受到了国际学界的高度重视。

通过互联网检索，现将获取的国际学界研究艾柯的结果列举如下：

1. 从国外国立图书馆目录检索结果来看，在艾柯的祖国意大利，研究成果最为繁盛，数量最为可观，登录“意大利联合目录”基本检索系统(OPAC SBN)①，可搜索到相关信息 1476 条，在“作者”(autore)栏内输入“Umberto Eco”检索，可以得到相关著作 1259 部(次)；在“标题”(titolo)栏内输入“Umberto Eco”检索，可以得到相关著作 111 部(次)；在“题目”(soggetto)栏内输入“Umberto Eco”检索，可得到相关著作 44 部(次)；在“作者”和“标题”栏内输入“Umberto Eco”同时检索，可以得到相关著作 11 部(次)；在“作者”和“题目”栏内输入“Umberto Eco”同时检索，可以得到相关著作 5 部(次)；在“标题”和“题目”栏内输入“Umberto Eco”同时检索，可以得到艾柯的研究著作 21 部(次)；在“作者”“标题”“题目”栏内输入“Umberto Eco”同时检索，可以得到艾柯研究著作 3 部(次)。

通过在“美国国会图书馆在线目录”(Library of Congress Online Catalog)②基本检索栏的“关键字”(keyword)栏中输入检索内容“Umberto Eco”可检索到，1962～2008 年，有关艾柯的著作达 318 部(次)，其中以“Umberto Eco”为题目的著作便有 240 多部；美国的“OCLC 联机联合目录”③可检索到艾柯的相关信息 9 条。

通过“法国国家目录”④检索可知，涉及艾柯的相关著作有 120 多部(次)；通过英国“不列颠图书馆联机目录”(British Library Catalogues)⑤的“综合目录”(Integrated Catalogue)检索“Umberto Eco”，可得到相关结果 316 项，其

---

① http://opac.sbn.it/opacsbn/opac/iccu/informazioni.jsp。

② http://catalog.loc.gov。

③ http://www.oclc.org/connexion。OCLC 是美国的一个非营利性的计算机图书馆服务和研究组织，致力于向公众提供全世界信息并减少信息成本。目前，在 112 个国家和地区有超过 69000 个图书馆使用 OCLC 服务进行定位、收购产品，出借和保存图书馆资料。

④ http://www.bnf.fr/pages/zNavigat/frame/catalog.htm。

⑤ http://www.bl.uk/catalogues/listings.html。

中英国学术杂志的文章就达 40 多篇；通过“苏格兰图书馆联机目录”(National Library of Scotland Catalogues)[①]在“标题字母”(title)栏内输入“Umberto Eco”，可检索到 9 项相关结果。

登陆“日本国会图书目录”检索系统[②]，在“作者”(著者・编者)栏内输入“Umberto Eco” 检索，可以得到相关著作 50 部(次)；在“题目”(タイトル)栏内输入“Umberto Eco”检索，可得到相关著作 19 部(次)。

2. 根据国外某些电子资源数据库检索可知，通过“剑桥大学出版社电子期刊”(Cambridge Journals)[③]可检索到 2800 项相关结果。其中，在“文章题目”(journal title)的检索栏内输入“Umberto Eco”，可检索到 13 篇研究文章；在“作者”(authors)栏内输入“Umberto Eco”，可检索到 22 篇研究文章。通过“牛津期刊”(Oxford Journals)[④]检索，可得到 11673 项结果。通过“Essays in Criticism”[⑤]，可检索到研究文章 11 篇。通过加拿大国家研究委员会研究出版社(NRC Research Press)[⑥]授权中国大陆免费使用的电子资源进行检索，可得到 1997～2008 年关于艾柯的书评及各类研究文章共计 23 篇。登录施普林格全文数据库(SpringerLink)[⑦]，输入要检索的内容“Umberto Eco”，可以检索到 1980～2008 年共计 400 篇各类文章。其中，按“内容类型”(content type)分类，共有期刊文章 194 篇，图书章节 206 个；按“语种”(language)分类，共有英语文章 305 篇，法语文章 1 篇，德语文章 82 篇，意大利语文章 12 篇；按“学科”(discipline)分类，共有人文、社科和法律类文章 124 篇，哲学类文章 32 篇，逻辑学类文章 18 篇，语言学类文章 17 篇，社会学类文章 14 篇，比较文学文章 14 篇，跨学科研究文章 14 篇。这些学术文章的数量呈逐年增长趋势，其大致分布情况是 1980～1999 年近 20 年期间，艾柯的相关研究文章有 56 篇，进入新世纪，即 2000 年至今，发表的研究文章就达 344 篇之多。

3. PQDD (ProQuest Digital Dissertations)是美国 UMI 公司编辑的博硕士论文数据库，是 DAO (Dissertation Abstracts Ondisc)光盘数据库的网络版。它已收录欧美 1000 余所大学的 160 多万篇学位论文，是目前世界上最大和使用最广泛的学位论文数据库。通过检索，可以查到 1980～2013 年共有硕

---

① http://www.nls.uk/catalogues/index.html。

② http://opac.ndl.go.jp/Process。

③ http://journals.cambridge.org/action/login。

④ http://www.oxfordjournals.org。

⑤ http://www3.oup.co.uk/escrit。

⑥ http://www.ingentaconnect.com/content/nrc。

⑦ http://springer.lib.tsinghua.edu.cn。施普林格全文数据库是居全球领先地位的、高质量的科学技术和医学类全文数据库，该数据库包括各类期刊、丛书、图书、参考工具书以及回溯文档，是一个综合信息中心资源平台。

士论文 17 篇，博士论文 5 篇。[①] 在 EBSCO 的学术期刊数据库（Academic Search Elite）中，可检索到 1984～2008 年有关艾柯的研究文章有 375 篇之多，其中，学术理论期刊上的理论研究文章有 111 篇，杂志上包括访谈之类杂文在内的文章有 244 篇，报纸评论文章（内含相关艾柯书评）有 20 篇。[②] 而专著和研究资料更是繁多，1962～2008 年，研究艾柯的著作就达到了几千部之多，而出版的综合性研究著作中，仅仅将艾柯及其作品作为研究对象之一的就颇为可观。

从地域上看，艾柯及其作品的研究者主要集中在欧美国家，以意大利本土为代表。这是因为享誉世界文坛的艾柯，学术足迹多次出现在欧美。加之艾柯本人通晓意、法、英等六国语言，其著作本身就有不少是用英语写成的，因而在欧美各国有相当的影响力。1985～2002 年，艾柯获得了英国、美国、德国、法国、俄罗斯、希腊、爱沙尼亚等欧美各国 20 多所著名大学的荣誉博士学位。艾柯的著作被译为德语、法语、俄语、葡萄牙语、西班牙语、波兰语等 16 种语言。艾柯作品在亚洲的传播可以追溯到 20 世纪 80 年代，以日本的池上嘉彦为代表的一批译者翻译了艾柯的理论著作。1983 年，池上嘉彦《诗学与文化符号论》[③]问世，这是日本较早研究艾柯及其作品的理论著作，自此，艾柯正式进入日本学者的研究视野。1987 年，林泰等人翻译的艾柯小说《玫瑰之名》在重庆出版社出版，由此拉开了我国学者研究艾柯的序幕。著名文艺理论家钱锺书是我国学术界较早关注艾柯作品的学者，在其《管锥篇》中两次提及了艾柯的小说《玫瑰的名字》。

二、从内容考察

从内容上看，对艾柯的研究数量庞杂，持续时间长，涉及的问题也较为广泛，囊括了其著作的方方面面。

1. 研究艾柯著作的早期评论者往往把艾柯的作品放在其产生的历史背景——二战后文化复苏的意大利中进行研究，特别关注文学和政治之间的关系

1984 年，迈克尔·恺撒（Michael Caesar）与彼得·哈蒙兹沃斯（Peter Hammondsworth）编辑出版的《作家与意大利当代社会：随笔集》（*Writer and Society in Contemporary Italy: A Collection of Essays*）便把关于艾柯及其作品的研究放在意大利当代社会现实中进行，从政治与文学的关系入手分析艾柯作品。此书是研读艾柯作品较早的成果之一，虽然此书已绝版，但它在艾柯研究史上所具有的开拓性是不可磨灭的，其中所蕴含的对于知识分子身

---

① 该数据库收录的文章始于 1980 年。

② 数据依据中国矿业大学图书馆购置的电子资源内容进行统计。

③ ［日］池上嘉彦：《诗学与文化符号论》，筑摩书房 1983 年版。

份的定位、对于文学的政治与伦理维度的探索,为研究艾柯的文艺思想发展之路提供了一把勘探尺,但因研究视角所限,对艾柯及其作品的研究还是停留在表层。

2. 部分研究著作对艾柯的文学艺术理论和美学思想进行了探讨

1956 年,艾柯出版了《托马斯·阿奎那的美学问题》(*The Aesthetics of Thomas Aquinas*),1959 年又出版了《中世纪的艺术与美》,加之本身的文学作品广受赞誉,因此,对艾柯文学艺术理论和美学思想的分析成为重要的研究视角。1989 年,乔安·加农的专著《意大利后现代主义小说:卡尔维诺、艾柯、夏侠和马莱巴理性的危机》(*Postmodern Italian Fiction: The Crisis of Reason in Calvino, Eco, Sciascia, Malerba*)出版,开阔了将艾柯放到与伊塔洛·卡尔维诺、莱奥纳多·夏侠和路易吉·马莱巴等意大利重要文学家行列中进行比较研究的视野。在此学术氛围的激发下,学者们开始了对艾柯的全面探讨。

加拿大多伦多大学的琳达·哈钦(Linda Hutcheon)教授重视艾柯与意大利诗学传统的紧密联系,看到了后现代主义诗学对其产生的影响。其专著《后现代主义诗学:历史、理论和小说》(*A Poetics of Postmodernism: History, Theory, Fiction*, 1989),便是以大量实例进行充分论证的一部力作,探讨了后现代主义思潮中的文学、视觉艺术、电影、建筑、文学理论、历史和哲学等内容,其中着重分析了置身其中的艾柯艺术理论。发表于《附加符》(*Diacritics*) 1992 年春季卷上的《艾柯的回声:后现代主义反讽》(*Eco's Echoes: Ironizing the Postmodern*)进一步探讨了艾柯与后现代主义诗学之间的牢固联系,是一篇有着较高学术价值的文章,后被收入美国彼得·朗出版社出版的诺玛·布沙尔(Norma Bouchard)与维罗妮卡·普拉瓦德利(Veronica Pravadelli)合编的《艾柯的抉择:文化的政治与阐释的含混性》(*Umberto Eco's Alternative: The Politics of Culture and the Ambiguities of Interpretation*, 1998)。1993 年,琳达·哈钦又撰写了《艾柯的整体性策略》(*Umberto Eco's Holistic Detective Agency*)一文,对艾柯的文学创作方法进行了分析。同年,此文被意大利学者卡泊基(R. Capozzi)和洽沃莱拉(M. Ciavolella)编辑出版的《意大利作家、文学思潮与诗学的冲突》(*Scrittori, Tendenze Letterarie econflitto Delle Poetiche in Italia*)一书收录。1999 年,加拿大西安大略大学葛兹·亚历山大(Guzy Marta Aleksandra)的硕士论文《艺术是什么? 维托尔德·贡布罗维奇、安贝托·艾柯与罗兰·巴特关于艺术与文学的理论》(*What is Art? Gombrowicz, Eco, and Barthes on Art and Literature*)则探讨了艾柯与波兰小说家贡布罗维奇、法国知名符号学家巴特关于文学与艺术的理论,分析了三位学者对艺术的阐释以及各自关于社会对艺术的各式各样冲击的观点,在相互对比中解析了艾柯的艺术理论。

以"中世纪学者"的身份步入学术界，浸染于中世纪哲学、美学与宗教中的艾柯，其文学思想具有鲜明的中世纪印记，因此不少评论者以此入手，对艾柯的文学思想进行了深入探讨，开拓了研究艾柯文学思想的新高度。如1988年美国康奈尔大学出版社出版的特里萨·克莱第(Theresa Coletti)的《玫瑰的命名：艾柯、中世纪符号和现代理论》(*Naming of the Rose：Eco, Medieval Signs, and Modern Theory*)，便是此类研究著作中的上乘之作，颇具学术价值，它以艾柯《玫瑰的名字》为例，探讨了艾柯的中世纪符号学理论与现代文化理论的关联，提供了研究艾柯文学思想的新视角。加拿大多伦多大学出版社[①]在出版艾柯学术研究著作方面成果卓著。其1991年出版的沃尔特·伯克特(Walter Burkert)的《俄底浦斯、〈圣经〉与意义：从索福克勒斯到艾柯》(*Oedipus, Oracles, and Meaning：From Sophocles to Umberto Eco*)、2003年出版的法罗纳托(Cristina Farronato)的《艾柯的含混：从中世纪到后现代主义》(*Eco's Chaosmos：From the Middle Ages to Postmodernity*)，以及法国瑟夫(Cerf)出版社出版的《万歌之歌：从所罗门王到艾柯：论文集》(*Le Cantique des cantiques ：Du Roi Salomon à Umberto Eco ：Anthologie*)等都是探寻艾柯与中世纪渊源的力作。

艾柯的美学思想是其思想体系的重要组成部分，也是许多研究者比较感兴趣的领域。美国印第安纳大学意大利研究中心的教授、知名的中世纪文化研究学者彼得·邦德内拉是研究艾柯的专家。1997年，剑桥大学出版社出版了他的专著《安贝托·艾柯与开放的作品：符号学、小说、大众文化》(*Umberto Eco and the Open Text：Semiotics, Fiction, Popular Culture*)，艾柯曾亲阅此书手稿并校对了书中有关其人生经历的内容。邦德内拉从了解其创作过程入手，对艾柯手稿(原稿及再版时的修改稿)做了大量细致的研究工作，第一次全面、综合地研究了艾柯的作品，从中世纪美学、符号学、流行文化等角度，对艾柯的美学、文学艺术理论作了溯源性的研究，视野开阔又不失纵深感。他在书中还提供了一份详细的艾柯创作列表和参考书目，为艾柯的研究者提供了很多有价值的资料。正如作者所言，"这是第一本追寻艾柯职业生涯过程中精神历程的书"——此书在西方学术界具有重要地位，它是首次用英语写成的学术专著，也是众多艾柯研究著作中的扛鼎之作，剑桥大学的官方网站对其给予高度评价。2003年，邦德内拉与西凯勒(Andrea Ciccarelli)共同编辑，由剑桥大学出版社出版了《剑桥意大利小说指南》(*The Cambridge Companion to the Italian Novel*)一书，他撰写了《卡尔维诺与艾柯：后现代主

① 多伦多大学出版社(University of Toronto Press)始建于1901年，是加拿大历史最悠久、规模最大的学术出版机构，同时也是北美地区最大的大学出版社之一，每年出版大约140种新版图书和30多种期刊，其出版的期刊被 Academic Search Premier, Canadian Reference Centre, Historical FullTEXT Collection, Social Sciences Citation Index 等国际上多种著名检索工具书和数据库收录与索引。

义大师》(*Italo Calvino and Umberto Eco*: *Postmodern Masters*)这篇文章。此文颇具学术价值,后被收录到英国伦敦世哲出版社(Sage Publications)出版的《安贝托·艾柯》(*Umberto Eco*, 2005)一书中。德国学者夏克(Helqe Schalk)的《艾柯与阐释的问题:美学、符号学与文本理论》(*Umberto Eco und das Problem der Interpretation*: *Asthetic*, *Semiotik*, *Textpragmatik*, 2000)则从符号学与美学的关系这一角度切入,去探寻艾柯美学思想的轨迹。加西亚(Jorge J. E. Gracia)、科斯迈耶(Carolyn Korsmeyer)和加谢(Rodolphe Gasche)共同编辑的《文学哲学家:博尔赫斯、卡尔维诺与艾柯》(*Literary Philosophers*: *Borges*, *Calvino*, *Eco*, 2002)着眼于小说创作中,著者对文学与美学、哲学之间联系的思辨和探索角度新颖,此外还有对美学与科学、美学与现实之间的关系等问题进行的分析探讨,也都是国外艾柯研究中比较受关注的问题。

3. 研究艾柯的学者都不可能忽视艾柯在符号学理论领域取得的成就,这位与罗兰·巴特比肩的符号学家始终是后现代主义思潮的主将之一。不少学者致力于探究艾柯的符号学理论,有的追根溯源,探寻艾柯符号学理论形成的基础,有的较为具体地研究艾柯符号学理论的某一突出特征,有的则是抓住其符号学理论的某一概念,或联系其小说作品来图解其理论,或寻觅其文学作品里符号学的痕迹,试图以管窥豹来探寻艾柯符号学理论。

1990 年,德国学者阿尔邦—里祖托(Ursula Ahlborn-Rizzuto)《迷宫里的符号:艾柯的文本符号学研究》(*Labyrinth der Zeichen*: *Zur Textsemiotik Umberto Ecos*)的出版,成为研究艾柯符号学理论的风向标,掀起了学术界研究艾柯符号学理论的热潮。此书在对艾柯文本符号学进行细致研究的基础上,不遗余力地介绍了艾柯的符号学理论。1992 年,意大利著名的邦皮亚尼出版社[①]出版了《历史、理论与阐释:艾柯符号学论文集》(*Semiotica*: *Storia*, *Teoria*, *Interpretazione* : *Saggi Intorno a Umberto Eco*)则是较为集中探讨艾柯符号学的论文集,该书不仅介绍了艾柯的符号学理论,而且还以专题的形式进行评论与分析,成为研究艾柯重要的资料源。同年,美国学者坦纳(William E. Tanner)与热尔韦(Anne Gervasi)的《出自混沌:符号学文集——献给安贝托·艾柯》(*Out of Chaos*: *Semiotics—A Festschrift in Honor of Umberto Eco*)出版,对艾柯的符号学理论进行了细致研读。1994 年,美国纽约大学常晓艾的博士论文《中西方艺术理论与实践中的艺术话语的跨文化阐释:一种符号学的解析》(*A Cross-cultural inTerpretation of Artistic Terms in Chinese and Western Art Theory and Practice*: *A Semiotic Analysis*)从中

① 邦皮亚尼出版社(The Bompiani Publishing House)是意大利著名的出版社,致力于出版高品质的学术图书,迄今为止,出版了包括艾柯、莫拉维亚、艾略特、加缪等众多意大利和外国学者的专著及其研究专著。

西方文化对比的角度分析艾柯的符号学理论，视野开阔。

1997年，艾柯符号学理论研究达到了高潮，艾柯研究也相应收获丰硕。美国学者科恩（Michael H. Kohn）翻译了雅斯科尔斯基（Helmut Jaskolski）的《迷宫：符号的恐惧、复活与解放》（*The Labyrinth: Symbol of Fear, Rebirth, and Liberation*，Shambhala Publications），着眼于研究艾柯的迷宫理论。随后，邦德内拉的《安贝托·艾柯与开放的作品：符号学、小说、大众文化》问世，美国印第安纳大学出版社出版了卡泊基编辑的《阅读艾柯：论文集》（*Reading Eco: An Anthology*）等上乘之作，将艾柯研究推向了高潮。2003年，加拿大多伦多大学出版社出版了法罗纳托的《艾柯的含混：从中世纪到后现代主义》，系统梳理了艾柯从中世纪研究到后现代主义理论的发展历程，并将其符号学理论置于这一背景中去探讨，为研究者们展现了一个洞察艾柯思想全景的研究视角。

4. 研究者为艾柯多样的文学世界所吸引，从不同角度以多样化的批评方式探讨了其创作手法、小说文本等问题，涌现了一批力作，这不仅拓展了艾柯研究的领域，也促使了艾柯研究向纵深发展。

文学尤其是小说犹如一个艺术多棱镜，多维度折射文学创作者的思想。艾柯的文学创作便是这种文学观的实践。因而，许多评论者从研究艾柯文学作品入手去探寻艾柯的思想。有的是对单篇著作的细读研究，有的是从文学与符号学关系入手分析，有的则是以文学作品为契机去研究艾柯的文本意图等等，这些学术著作大大拓展了我们研究艾柯思想体系的视域。

1980年，《玫瑰的名字》出版给西方造成了巨大的冲击，众多研究者纷纷撰写学术专著和论文，对《玫瑰的名字》作出种种解读。1984年，恺撒和哈蒙兹沃斯编辑出版的《作家与意大利当代社会：随笔集》，较早地介绍了艾柯这部作品。同年，美国南伊利诺伊大学出版社出版了坦尼（Stefano Tani）的《侦探的劫数：侦探小说对后现代美国和意大利小说的贡献》（*The Doomed Detective: The Contribution of the Detective Novel to Postmodern American and Italian Fiction*），则探讨了《玫瑰的名字》对后现代文学的影响，它被认为"具有重要且较高的可读性"。1985年，德国屈默勒（Kummerle）出版社出版的《读书：艾柯〈玫瑰的名字〉论集》（*Lekturen: Aufsatze zu Umberto Ecos "Der Name der Rose"*）则是一本较为集中评论艾柯小说的论文集。1987年，美国密歇根大学出版社出版了哈夫特（Adele Haft）等人合著的《〈玫瑰的名字〉密钥》（*The Key to The Name of the Rose*），内容繁富，是一本有着"学术严肃性和使用简约性"的著作，对艾柯研究者而言，它提供了解读艾柯小说充沛的资源，已经成为研读艾柯小说的必读书之一。同年，德国科学图书协会（The Wissenschaftliche Buchgesellschaft）出版了《艾柯〈玫瑰的名字〉之中世纪注脚》（*Mediavistische Notizen zu Umberto Ecos Monchsroman "Der Name der Rose*”)。1988 年,美国康奈尔大学出版社出版了克莱第的《玫瑰的命名:艾柯、中世纪符号和现代理论》,从更深的层次上去研究《玫瑰的名字》,将艾柯的作品与其符号学理论作了对应性解读。同年,密西西比大学出版社出版了英奇(M. Thomas Inge)编辑的《玫瑰的命名:艾柯与〈玫瑰的名字〉随笔》(*Naming the Rose: Essays on Eco and The Name of the Rose*)一书。

进入 20 世纪 90 年代,艾柯研究者已不再局限于对其作品进行评介,开始采用新的批评方式去研究《玫瑰的名字》。1994 年,意大利伦德大学出版社(Lund University Press)出版了埃克布拉德(Sven Ekblad)的《〈玫瑰的名字〉结构基质之研究》(*Studi sui Sottofondi Strutturali nel* “*Nome della Rosa*” *di Umberto Eco*),便以形式批评的方式探讨了艾柯小说的文本结构。而马汀(Jorge Hernandez Martin)的《读者与迷宫:博尔赫斯、布鲁斯·道迈克与艾柯的侦探小说》(*Readers and Labyrinths: Detective Fiction in Borges, Bustos Domecq, and Eco*, 1995)则采用阐释——接受批评的方式,分析了艾柯的小说,并与其他两位小说家的作品进行了比较研究。除此之外,西班牙学者古列尔米(Nilda Guglielmi)的《艾柯的“玫瑰”与博尔赫斯》(*El Eco de La Rosa y Borges*, 1996)、贝尔泰罗(Francisco Bertelloni)的《读艾柯〈玫瑰的名字〉》(*Para Leer El Nombre de La Rosa de Umberto Eco*, 1997),法国学者维赫斯特(Gilliane Verhulst)的《读艾柯〈玫瑰的名字〉》(*Etude sur Umberto Eco, Le Nom de la Rose*, 2000)等也是这一领域的代表作。

继《玫瑰的名字》之后,艾柯又陆续发表了《傅科摆》(*Foucault's Pendulum*,1988)、《昨日之岛》(*The Island of the Day Before*, 1994)、《波多里诺》(*Baudolino*, 2001)和《罗安娜女王的神秘火焰》(*The Mysterious Flame of Queen Loana*, 2004)4 部小说。艾柯的小说含蕴丰沛,每一部作品都仿佛是一个自在的知识系统,吸引着众多的评论者孜孜不倦地去研究,涌现了一批研究专著。如美国罗伯特·托马斯(Robert Thomas)的《艾柯与宏伟的设计:论〈傅科摆〉的理性与非理性》(*Umberto Eco and the Grand Design: Reason and Unreason in* “*Foucault's Pendulum*”, 1991)、德国冈特·伯杰(Gunter Berger)的《通向岛屿之路:读艾柯〈昨日之岛〉》(*Annaherungen an die Insel: Lekturen der Insel des vorigen Tages von Umberto Eco*, 1999)、意大利拉吉罗·普莱里(Ruggero Puletti)的《隐匿的历史:艾柯的〈傅科摆〉》(*La storia occulta: Il pendolo di Foucault di Umberto Eco*, 2000)以及乔治·塞里(Giorgio Celli)的《艾柯如何运用谋杀技巧:和其他小型的谋杀案件》(*Come fu ucciso Umberto Eco*, 2000)等等。2004 年,美国大西洋大学帕尔默·杰迪代亚(Palmer Jedediah)的硕士论文《书即迷宫:论马克·丹尼利斯基、博尔赫斯与艾柯小说中的迷宫意象》(*The Book and the Labyrinth Were One and the Same: The Figure of the Labyrinth in Danielewski, Borges and Eco*)则将

艾柯置于与马克·丹尼利斯基、博尔赫斯等小说大师比肩的行列，对其小说的“迷宫”意象进行了美学观照。

总之，这些研究成果从社会、作家、作品、读者各个不同层次分别对艾柯的作品进行了研究。即便是对艾柯作品的个案解读，研究者们也在努力开辟新的研究角度，除了采用结构主义等研究方法之外，以阐释学方法研究艾柯作品也是学者的兴趣所在。如莱斯大学奎林(C. E. Quillen)的博士论文《跨越界限:历史阐释中的禁忌与欲望》(*Crossing the Line :Limits and Desire in Historical Interpretation*, 1997)便是一部较有深度的研究性著作。从另一全新视域解读的是1998年布沙尔等编的《艾柯的抉择:文化的政治与阐释的含混性》论文集，以阐释与文化信息生产争论为背景，检视了艾柯作品。艾柯研究者打破了囿于传统研究方法分析作品的单一模式，为多侧面、多角度、立体地研究艾柯文学作品，开辟艾柯研究新的学术空间做了充足准备。

5. 艾柯的思想涵盖了哲学、美学、宗教、历史、文学批评和文化批评等众多领域，不少学者希望能从更深层次上探寻艾柯行走的学术历程，因而他们从宏观上对艾柯思想体系进行概括，试图通过检视其思想发展的逻辑进程来全面认识艾柯。

法国学者克里提(Jules Gritti)《艾柯》(1991)、意大利学者库迪尼(Piero Cudini)的《意大利文学非学院派手册》(*Manuale non Scolastico di Letteratura Italiana*, 1992)，恺撒的《艾柯:哲学、符号学与小说》(*Umberto Eco:Philosophy, Semiotics and the Work of Fiction*, 1999)等是这一领域初步的研究成果，它们为艾柯研究提供了重要的资料。遗憾的是，因研究视野及时代所限，对艾柯思想的评价还不够全面与准确。

可喜的是，学术界一直持续着研究艾柯的热潮。艾柯作品频繁问世，相关的研究著作也紧随其后。2002年，沃德沃斯出版公司(Wadsworth Publication Company)出版的雷福德(Gary P. Radford)的《论艾柯》(*On Eco*)，是艾柯研究领域中一部具有导论性质的著作，“简约而宏博”。此书资料翔实、论证严谨，较为系统地对艾柯思想进行了整体性研究。它的问世，标志着艾柯研究逐步走向细致化、深入化。2004年，罗斯(Charlotte Ross)与西布利(Rochelle Sibley)合编的《阐释艾柯:在阐释的界限上》(*Illuminating Eco: On the Boundaries of Interpretation*)出版，使艾柯研究得到了进一步的深入。

而甘恩等(Mike Gane, Nicholas Gane)于2005年编辑出版的《艾柯》，则是这一领域的集大成者。这部三卷本的论文集，是来自20多个国家的近百位学者的智慧结晶。它囊括了75篇学术论文，其涵盖的领域极广，以专题形式列举了艾柯研究中几乎所有重要的问题，从意大利诗学传统的影响、中世纪神学的介绍、叙述策略的运用以及在理论方面对阐释与过度阐释的思辨等不同方面进行探讨，撰写者尤其注重总结前人研究成果，因此，此书已经成为艾柯研究者的指南。

《玫瑰的名字》问世，使艾柯之名蜚声世界文坛，艾柯研究者们撰写了相关传记性作品，为世人更好地了解艾柯提供了有益镜鉴。1981 年，意大利学者劳拉提斯(Teresa De Lauretis)的《安贝托·艾柯》出版，此书是艾柯研究领域中出现较早的传记性作品，简要介绍了艾柯的生平，概述并评论了其文学作品，分析了艾柯的文学理论及创作方法。随着艾柯作品被译为多国文字，艾柯逐步为西方国家所熟知，各国也纷纷出版了相关的传记作品。如德国梅尔施(Dieter Mersch)的《打造艾柯》(*Umberto Eco zur Einfuhrung*, 1993)、法国舍弗(Daniel S. Schiffer)的《艾柯：迷宫的世界》(*Umberto Eco: Le labyrinthe du monde*, 1998)、葡萄牙环球(Globo)公司出版的《艾柯的迷宫世界：一个知识分子的传记》(*Umberto Eco Labirinto do Mundo: uma Biografia Intelectual*, 2000)等等。西方国家对艾柯研究的热情可见一斑。鉴于艾柯在学术界备受关注，2003 年，"艾柯"一词入选由意大利劳特利奇(Routledge)出版社出版的《意大利当代文学百科全书》(*Encyclopedia of Contemporary Italian Culture*)，也就不足为怪了。

在艾柯的传记作品中，最引人注目的是 2005 年美国明尼苏达学者出版社出版的库特西(James L. Contursi)的《艾柯：注解书目》(*Umberto Eco: An Annotated Bibliography*)一书，安贝托·艾柯亲自为此书作序，并给予中肯评价。此书类似一本导读手册，在占有大量第一手资料的基础上，对艾柯手稿(原稿及再版时的修改稿)做了大量细致的研究工作，梳理了其从新现实主义到后现代主义的发展历程，在简要介绍其生平的同时，着眼于对其作品的研究，不仅分析列举了艾柯小说的主题、特征，摘录了每部作品的精彩之处并附以点睛评论，而且还有一份翔实的创作列表和参考书目，为研究者提供了很多宝贵的资料。此外，关于艾柯小说与其文学理论的内在关联问题、艾柯文学思想与意大利诗学传统的关系问题、艾柯对大众文化的研究等都是艾柯研究所关注的内容。

总体看来，艾柯研究在国际学术界相对全面与深入，并呈现以下特点：(1)研究队伍庞大，地域分布广泛，持续时间长。研究成果显著，专著及论文层出不穷，内容全面而丰富，基本上涵盖了艾柯研究的方方面面，为研究者提供了丰富的资料。(2)艾柯研究呈现阶段性，历经三次热潮，大致沿着两条路线进行：一条是对艾柯单篇作品的细读研究，或是对艾柯某一学术领域、单一理论问题的深入探寻；另一条则涉及艾柯与意大利诗学传统、与各种艺术门类和文学作品的关系等问题，对其进行宏观探寻。这两个方面相辅相成，研究视野既宏博又不失纵深感。(3)国外艾柯研究远甚于意大利国内，以欧美研究者为代表的西方学者的学术成果不容忽视，他们采用实证材料与逻辑推理相结合、归纳分析和综合分离的方法，去发现新的研究对象，扩展新的观察视点，为艾柯研究树立了新的阐述目标，对艾柯思想各领域进行了系统而全面的分析，这对透视其思想全貌具有重要的作用。

综上所述，国际学术界的研究成果，无论从哲学角度研究其思想还是从社会角度评价其人格与人生，无论是对单篇著作的个案研究还是对艾柯思想的宏观探寻，无论从历时和纵的角度对艾柯思想历程的研究还是从共时和横的角度将其与同时代思想家比肩而置，对其思想的思辨与分析，都取得了突出成就而且有独创的见解，宏大的学术视野、新颖的研究视角、多元的研究方法等都对本书的撰写具有重要的借鉴启发作用和实践意义。

第二节　艾柯文艺思想在国内研究的概况

20 世纪 70 年代末 80 年代初，改革开放重新搭建起与国外文学艺术交流的桥梁，西方各种现代主义思潮争相涌入中国，国内学界兴起了研究国外思潮的热流。艾柯的作品也有幸进入国内学者关注的行列，但由于艾柯研究在国内起步较晚，与国际学术界繁盛的局面相比，我国对艾柯的研究明显滞后。

一、研究概貌

1. 内地研究状况

就目前掌握的资料，我们可以将中国大陆的研究成果分为两个阶段：20 世纪八九十年代的早期阶段；21 世纪初的近期阶段。

(1)早期阶段的传介

与西方艾柯研究相比，我国对艾柯的关注明显较晚。就目前掌握的资料检索可知，内地最早介绍艾柯的文字资料出现在 20 世纪 80 年代。

据目前可查资料，1981 年第 5 期《国外社会科学》刊登的《符号学的起源与发展》一文，是内地较早，甚至可以说最早介绍艾柯的文字资料。此文是美国语言学家西比奥克①于 1980 年 4 月在东京早稻田大学语言学教育研究室举办的讲演会上发言的讲稿，后由早稻田大学语言学教授川本茂雄全文译成日文，发表于日本《思想》杂志 1980 年 10 月号。而这篇文章是我国学者王祖望据日文讲稿摘译过来的。文中提到了艾柯在国际符号学界的地位，“在大学里最先开设符号学讲座的，是意大利的波洛尼亚，主持人是翁贝尔托·埃科”，并且以注释的方式对艾柯作了简要介绍。同年，著名意大利文学研究

① 西比奥克(Thomas Albert Sebeok)，美国知名语言学家、人类学家，现执教于美国印第安纳大学。1920 年生于匈牙利布达佩斯，1937 年移居美国，1944 年加入美国国籍。西比奥克是继艾柯之后第二个在大学里开设符号学讲座的教授。

家、全国意大利文学学会会长吕同六先生的《意大利文坛管窥》一文在《外国文学动态》(1981 年第 8 期)发表。吕同六先生是意大利文学在中国的重要传播者,主持编辑过多套意大利文学和外国文学丛书,他在文中简略介绍了艾柯及其作品,并对艾柯小说《玫瑰的名字》进行了解读,为中国学界研究艾柯提供了不可多得的第一手资料。吕先生在文中介绍艾柯的小说《玫瑰的名字》时,给予了这样的评价:"《玫瑰的名字》大概是埃科(艾柯——笔者注)'向新的艺术形式开放'的新的尝试","埃科避开了习见的传奇样式或历史小说体裁,另辟蹊径,大胆糅进了现代侦探小说的手法"。此文是内地学界目前可以查阅到的首次介绍艾柯其人其作的学术文章,这标志着艾柯已经开始进入内地学术研究视野。时隔三年,1984 年,弋边在《译林》第 2 期的"世界文坛动态"栏目中,撰写了《意大利小说〈玫瑰的名字〉在美受欢迎》的简讯,简讯以传介欧美畅销书的讯息形式,介绍了《玫瑰的名字》的故事情节和相关的小说评介。同时,弋边认为,"这部小说从虚无主义出发,人为地杜撰情节的痕迹还是比较明显的"。两年之后,1986 年第 6 期《外国文学》刊载了王斑《高雅的传奇故事》一文,这是目前内地可查阅资料中第一次详细介绍艾柯《玫瑰的名字》小说情节的文章。作者在介绍小说故事梗概的基础上,还对艾柯《玫瑰的名字》进行了简要的评论,他认为这部小说不仅"以曲折的情节取胜",而且比一般的侦探公案小说"富于更深的哲学意义"。文章还预告,"艾克的《玫瑰之名》(又译《玫瑰的名字》)已由北京外语学院文学研究所与《外国文学》杂志的五位青年译者着手译出,不久将在《外国文学》上以连载的方式与读者见面"。这预示着艾柯研究的序幕即将由翻译界悄悄地拉开。

1987 年,林泰、仲安、曙光翻译了艾柯成名之作《玫瑰之名》(重庆出版社出版),这是艾柯的作品第一次正式进入中国大陆。同年,李幼蒸编译的《结构主义和符号学》(三联书店出版),收录了艾柯的《电影符码的分节方式》一文。1988 年,由闵炳君译、中国戏剧出版社出版的《玫瑰的名字》问世,这也是《玫瑰的名字》在国内的第二个版本。该译本卷首附有艾柯致译者的亲笔信,他对自己的作品被翻译到中国表示高兴,并希望自己的作品能全部译成中文并在中国传播,这对他来说意义重大。译者在依托原本的基础上,对小说内容作了适当删减,增强了小说的可读性,因文笔晓畅,结构紧凑,该译本成为《玫瑰的名字》各译本中[①]比较受读者欢迎的版本。即便如此,由于外文翻译水平与搜集材料条件所限,学者们无暇深入思索与研究艾柯,未能从根本上

---

① 《玫瑰的名字》又被译为《玫瑰之名》,迄今为止在我国共有 5 个译本,分别是:(1)1987 年,林泰、仲安、曙光译,重庆出版社出版的《玫瑰之名》。(2)1988 年,闵炳君译,中国戏剧出版社出版的《玫瑰的名字》。(3)1995 年,林周戚译,吉林人民出版社出版的《玫瑰之乱》。(4)2001 年,谢瑶玲译,作家出版社出版的《玫瑰的名字》。谢瑶玲译本还有台湾版,1992 年问世,由台湾地区皇冠文化有限公司出版。(5)2010 年,沈萼梅、刘锡荣译,上海译文出版社出版的《玫瑰的名字》。

发现和理解艾柯的博大，即使给予艾柯较高的评价，但并没有将艾柯作为他们的研究焦点。因此，对艾柯作品的部分译介并未引起较大反响。

可以说，内地翻译界对艾柯的关注要比学术界起步早，取得的成果也相对丰富。相比之下，内地学术界则较为冷清。担负起拓荒重任的是著名文艺理论家钱锺书，他是较早关注艾柯作品的学者，在其《管锥篇》中《管锥编增订之二》(中华书局 1979 年版)增订《管锥编》第 272 页和第 601 页，两次提及艾柯的《玫瑰的名字》。钱锺书称艾柯《玫瑰的名字》为"中世纪侦探疑案名著"，他运用辩证的方法对其进行了论说。一处以主人公威廉修士与失明的乔尔戈修士关于"笑"是否对上帝信仰有益的辩论为例，来说明"盖刺乱者所以止乱，而亦可以助乱，正如《法言·吾子》所云'讽'而不免于'劝'者"的道理，认为争论的双方各有道理。另一处则是谈及道家"得兔忘蹄、得鱼忘筌"与《玫瑰的名字》中威廉修士论说维特根斯坦"登楼舍梯"的隐喻相类比，认为二者有异曲同工之妙。钱锺书以中西文化为坐标，直接从外文环境入手对艾柯小说进行观照，因而其研究具有一定的高度和原发性价值，为国内艾柯研究奠定了初步的基础。1989 年，肖天佑发表于《国际商务》第 4 期的一篇名为《U·埃科〈玫瑰之名〉与符号学》的文章，是目前可查的早期艾柯研究中为数不多的学术论文之一，具有重要的学术启示意义。作者从符号学角度入手，对艾柯的小说《玫瑰的名字》进行了符号学的解读。同时，作者还概括介绍了艾柯的符号学理论，并在文中自谦为"引玉之砖"，希冀此文能够引起内地对艾柯进行学术关注的期望。这篇文章的学术前瞻性在当时引起了不小的波动，也为早期艾柯研究增添了风采。

20 世纪 90 年代，尤其是艾柯第一次来中国之后，这位大腹便便、戴着厚厚的眼镜、留着络腮胡的学者迅即引领了一股热潮，不仅推动了翻译界对其作品译介规模的日益扩大，更为重要的是，学术界也开始将艾柯纳入研究的视野。

1990 年，艾柯的《符号学理论》一书由卢德平翻译，中国人民大学出版社出版，书中扉页刊载了艾柯的亲笔信："拙著译成中文，倍感荣幸，谨向译者致以谢忱！"这是内地第一次翻译艾柯的学术著作，标志着艾柯研究在内地正式拉开了帷幕。无独有偶，同年，由中国电影出版社出版、邵牧君等人翻译的西方学者爱因汉姆、爱森斯坦、巴赞、克拉考尔、帕索里尼、麦茨、艾柯、卡维尔、特吕弗等人的论文合集《电影理论文选》问世，其中收入了艾柯的电影学理论。

此后的十年里，翻译界加快了前进的步伐，先后翻译了艾柯的《玫瑰的名字》《诠释与过度诠释》等著作以及若干文章，为我国的艾柯研究提供了丰富的材料。在这股翻译热潮推动下，一系列研究艾柯的学术文章也陆续问世，内容涉及艾柯的符号学理论、文学理论、大众文化研究与作品评论等方面。值得一提的是，有些学术著作的章节也涉及对艾柯的研究，如王志敏所著《电影美学分析原理》(中国电影出版社 1993 年版)中"艾柯的代码分类理论"介绍了艾柯电影符号学理论，戴锦华的《镜与世俗神话：影片精读18例》（中国广播电视出版社1995年版）中"玫瑰的名字：小说、电影与文化分析"一节从叙述学与文化研究的角度对《玫瑰的名字》进行了分析。1997年，广州博尔赫斯书店刊印了2本有关艾柯的著作：一本是王东亮翻译的艾柯《〈玫瑰之名〉注》；另一本是以艾柯作为专题的店刊，当时在学术圈内引起了不小的反响。此外，李幼蒸的《理论符号学导论》（社会科学文献出版社1999年版）中也有对艾柯符号学理论的介绍与研究。可以说，艾柯研究在学术界已受到关注，研究的视野也较为开阔，为近期研究打下了良好的基础。遗憾的是，这一时期因受艾柯作品的翻译所限，对艾柯的研究还仅停留在译介表层，取得的学术成果也大多以单篇文章面世。当然，这一时期对国外艾柯研究著作的译介不够重视也是影响艾柯研究深入展开的原因。

(2)近期阶段的研究

进入21世纪，我们面对的是全球一体化、文化多元化、传媒大众化的格局。在这个多元互动的时代，内地学术界正以开放的姿态去迎接西方纷迭而至的多样思潮，积极促进那些真正含蕴学术价值、独具特色的西方文艺理论的传播，以期推动中国文艺理论的发展。其中，后现代主义这一西方当代最具影响力的文化思潮越来越引起内地学术界的关注和兴趣，随着这一思潮在西方大行其道，内地学者关于后现代主义的专著和论文也在日益增多，而艾柯作为后现代主义的大师，其学术思想愈发受到学术界的瞩目。

新世纪以来，我们进入了艾柯研究的近期阶段，与上个世纪艾柯研究的早期阶段相比，无论是翻译界、学术界还是出版界都有了长足的发展。自2001年起，几乎每一年都有艾柯的作品被翻译并出版问世。如：《玫瑰的名字》(2001)、《昨日之岛》(2001)、《全球化中的语言交流问题》(2002)、《傅科摆》(2003)、《带着鲑鱼去旅行》(2004)、《开放的作品》(2005)、《悠游小说林》(2005)、《诠释与过度诠释》(2005)、《大学生如何写毕业论文》(2005)、《符号学与语言哲学》(2006)、《误读》(2006)、《美的历史》(2007)、《波多里诺》(2007)、《密涅瓦火柴盒》(2009)、《玫瑰的名字》(2010)、《旧欧洲·新欧洲·核心欧洲》(2010)、《时间的故事》(2010)、《知识分子写真》(2010)、《倒退的年代：跟着大师艾柯看世界》(2012)、《罗安娜女王的神秘火焰》(2012)、《矮人星上的矮人》(2012)、《丑的历史》(2012)、《埃柯谈美丑：〈美的历史〉〈丑的历史〉》(2013)。可以说，出版界已经掀起了"艾柯译介"的热潮，2005年、2010年、2012年这几年之内，每年都有艾柯的4部作品被翻译出版，这为艾柯研究提供了有力的支撑。其中，作家出版社与上海译文出版社为艾柯作品的传介作出了重要贡献，它们是艾柯作品出版的重要阵地。作家出版社最早把艾柯作品的台湾译本介绍给大陆的读者，开启了艾柯作品传介的风潮。其后，作为中国最大的综合性翻译出版社——上海译文出版社更把艾柯作品的译介推向了高潮，该出版社一直是国内译介外国作品的佼佼者，现已取得了艾柯多部作品的中译本授权，包括他所有的小说在内，目前正组织意大利语专家与学者沈萼梅教授[①]、王永年先生[②]、刘月樵先生[③]和郭世琮先生[④]着手翻译艾柯的一系列作品，已经出版的有小说《玫瑰的名字》《罗安娜女王的神秘火焰》《丑的历史》和最新随笔集《密涅瓦火柴盒》等一系列作品。可以说，新世纪以来内地在译介艾柯作品方面已经初具规模，基本跟上了国外艾柯研究的步伐。

与内地艾柯译介方面的规模化、专业化、集团化（有专门的出版社与相对集中的译者承担译介任务）行为相比[⑤]，在艾柯研究近期阶段，内地学术界的力量虽然依旧显得滞后空乏，但比早期阶段传介的寥落已经有了新的发展。就研究者而言，涌现了一批优秀的学者，如吴正仪[⑥]、耿占春[⑦]、唐建清[⑧]、马凌等，他们开始关注艾柯并对其进行了初步研究，取得了一定的成果。如吴正仪在《20世纪外国文学史》其所撰写的意大利部分里，概括介绍了艾柯的《玫瑰的名字》《昨日之岛》《傅科摆》等小说；耿占春的《叙事美学》以艾柯小说《玫瑰的名字》为范本，剖析了艾柯小说的叙事策略。此外，唐建清的《国外后现代主义》将艾柯小说《玫瑰的名字》置于后现代主义背景中进行审视。复旦大学的马凌教授是内地艾柯研究的重要学者，其专著《后现代主义中的学院派小说家》中专列“艾柯研究”章节，这是内地较早而且也是较为全面研究艾柯其人其作的学术成果。除此之外，马凌还在网络媒体上不遗余力地宣传艾柯，目前在搜索引擎百度、谷歌中以“艾柯”为关键词可查询得到的网络资源，无论是有关艾柯的简介，还是对其作品的评论，大多受马凌观点的影响。值得一提的是，为了让艾柯这位世界知名知识分子真正能为中国大众所知，马凌在豆瓣网上成立了艾柯研究小组并自任组长。目前，豆瓣艾柯研究小组已经成为内地最大的艾柯研究非学院派群体，辐射面广，组员众多，汇集了从港台到内地的学者、学生、业余爱好者、出版商等多个群体，在积极介绍艾柯的

---

① 沈萼梅，北京外国语大学意大利语权威学者。曾翻译过《无辜者》《罗马女人》《利比亚沙漠》《一个女贼的回忆》《罗马故事》等名著，并在《外国文学评论》等杂志上发表了关于意大利文学研究的诸多文章。

② 王永年，新华社高级编辑、意大利语翻译名家，以《十日谈》《耶路撒冷的解放》和《在路上》等著作的翻译而闻名书界。

③ 刘月樵，中国国际广播电台意大利语资深编辑。

④ 郭世琮，中国外交部意大利问题专家、中国驻米兰前总领事。

⑤ 参见宋时磊：《艾柯迷宫中自我与世界的构建》，武汉大学硕士学位论文，2008年，第4页。

⑥ 吴正仪，中国社会科学院外国文学研究所南欧拉美研究室主任，从事意大利文学研究，其著作有《欧洲文学史》《20世纪外国文学史》，译著有《皮兰德娄戏剧两种》《我们的祖先》《如果这是一个人》等。

⑦ 耿占春，海南大学文学院教授，主要著作有《隐喻》《改变世界与改变语言》《中魔的镜子》《叙事美学》等。

⑧ 唐建清，南京大学文学院教授，从事外国文学研究，主要论著有《茅盾与外国文学》《中国比较文学百年书目》、《欧美文学研究导引》等，主要译著有《塞莱斯廷预言》《夜色温柔》《在中国屏风上》等。

作品的同时，探讨并交流关于艾柯的作品及其学术思想。可以说，马凌及其豆瓣成员（内地专攻艾柯研究的硕士研究生基本云集于此）为内地艾柯研究的拓展作出了开拓性的贡献。马凌的学术兴趣侧重于艾柯小说研究方面，已有多篇质量上乘的文章发表，这使艾柯小说研究一洗早期的浅显而渐趋成熟。遗憾的是，马凌之外，在艾柯研究领域尚无出其右者，研究视野也没有大的突破，这与西方艾柯研究如火如荼的景象还是有一定的差距。

就研究成果而言，这一时期的艾柯研究虽在学者专著中以章节形式有所涉及，但是大多数的研究成果还是以单篇文章问世，《外国文学研究》《当代外国文学》《读书》等期刊是其发表的阵地。研究视野大多集中在艾柯小说的评论上，如对《玫瑰的名字》的阐释、《傅科摆》主题研究等，但也有所突破，作品的评论不再局限于文本本身，而是从符号学、叙事学、互文性、神学本体论等角度切入，开辟了艾柯作品研读的新视域。其中，林国华的《一个并不遥远的中世纪个案：约尔格的死，他的哲学遗嘱及其被背叛》、杨慧林的《“笑”的颠覆性与神学逻辑——玫瑰之名的神学批判》等都是成功之作。可以说，这些文章在不同侧面为艾柯研究进一步发展做好了前期的铺垫。2005 年，大陆高校以艾柯为研究对象的学位论文问世：中山大学马津的《翁贝托・艾柯的符号学美学观——美学文本在生成、意指和阐释过程中体现的开放性及其限度》，深圳大学杜妍的《欲望的呈现——对〈玫瑰的名字〉中欲望呈现方式的研究》，两篇硕士论文均以艾柯为题。前者从美学文本的生成、意指和阐释的角度整合艾柯的美学与符号学理论，以此阐释艾柯的符号学美学观；后者则以艾柯小说《玫瑰的名字》为案例探讨了欲望呈现的两种结构及其关系。这两篇硕士论文的问世标志着艾柯研究已不再囿于学术界某一方寸之地，从此艾柯进入了年轻学子的研究视野，显示出我国的艾柯研究已经迈出了可喜的一步。

2007 年，艾柯第二次来华。仿佛为艾柯之行营造欢迎之势，这一年研究成果丰硕，单以艾柯为研究对象的硕士论文就有 3 篇。汪漪的《论文本意图：安贝托・艾柯的文本理论》（中山大学）、亓元的《中国古典审美接受中的“过度阐释”》（黑龙江大学）、黄艳彬的《论阐释的有限性及其标准——从艾柯与罗蒂之争谈起》（福建师范大学），它们突破了之前只关注艾柯小说作品的研究局限，开始重视对其理论的研究。或以艾柯的文本理论为专题研究，或力图跨越时空的界限，借用艾柯的相关理论与概念透视中国古典审美接受中的“过度阐释”现象，抑或通过艾柯和罗蒂关于阐释和过度阐释的论争来论述阐释的界限与标准问题。此外，武汉大学宋时磊的硕士论文《艾柯迷宫中自我与世界的构建》（2008）认为艾柯的小说体现出了后现代主义文学的迷宫特质。论文在分析艾柯提出的“根茎状”迷宫理论基础上，以其小说为例剖析了艾柯在建造小说迷宫时采用的互文、戏仿反讽和时空错置三种建筑策略，以此来管窥艾柯小说的总体风貌与精神内涵。这为我们剖析艾柯的文学世界提供了较好的范本。东北师范大学苏芊芊的硕士论文《上游的读者·下游的艾柯——安贝托·艾柯阐释学理论浅析》(2008)用分析与比较的方法,梳理了艾柯阐释学的理论观点及其在创作实践中的应用,对艾柯阐释学理论进行了中肯评价。它将艾柯理论纳入文学阐释学的理论范畴进行探讨,突破了传统研究集中关注艾柯符号学理论的局限,对艾柯研究作出了积极的探索。可以说,这批稚嫩学子以"初生牛犊不怕虎"的学术胆识与勇于探索的可贵精神为内地艾柯研究吹来了一股清新空气。[①] 这批学位论文无论在研究角度、逻辑思路还是研究方法上,都使得艾柯研究的视阈得以进一步拓展。

艾柯的访华之旅还吸引了众多主流媒体的跟踪报道,《中国新闻周刊》《中国图书商报》《中华读书报》《南方周末》《南方人物周刊》《南方周末》等十多家媒体从 2007 年 3 月起,短短半年时间便刊登了 20 余篇文章,内容涉及艾柯访谈、艾柯的专著以及相关学术报告等,如他在中国社会科学院组织的研讨会上就"治与乱"主题所作的报告、其作品《波多里诺》与《美的历史》的介绍等等。可以说,艾柯的热潮也席卷了我国的纸质媒体界。

随着艾柯作品的译介渐具规模,在内地学界的关注下艾柯研究领域渐趋深广,研究成果也日渐成熟。尤其是 2007 年艾柯第二次来华,引起了国内学界的强烈反响。国际符号学学会副会长、中国社会科学院世界文明比较研究中心特约研究员李幼蒸的《理论符号学导论》是国内研究符号学理论的权威著作,也是较早涉及艾柯符号学理论的成功之作,作者视野开阔,在世界人文科学认识论和方法论全局范围内,从语言符号学与一般符号学角度去探索艾柯的符号学理论,研究较为全面而深入。除此之外,艾柯研究者们对艾柯叙事学理论、阐释学、传播学理论也有初步的介绍。有关艾柯的书评和生平介绍性的文章也散见于《中华读书报》《书城》《南方周末》和互联网上。网络媒体的普世性也为便捷广泛地传播艾柯研究成果提供了机遇,在某种程度上也刺激了内地学界对艾柯学术思想的重视。

总体看来,与国际学界喧闹的盛景相比,内地学界对艾柯的关注与研究有萧条冷落之感,要与国际艾柯研究保持同步还是有一定差距。当然,我们也应欣喜地看到内地学界正以积极、开放的姿态去研究艾柯,研究态势初具规模,研究队伍日益壮大,研究成果也渐趋成熟。

2. 台湾地区研究状况

相比内地学术界,港台学术界对艾柯的介绍与研究起步较早,而且也相对系统与全面。早在 20 世纪 90 年代,台湾地区便翻译了艾柯《玫瑰的名字》《傅科摆》等作品,其后译介的热潮一直没有停息,不仅填补了内地艾柯译介

① 截至目前,在中国知网上检索到的硕士论文共 15 篇,博士论文 5 篇,这些研究成果表明艾柯的研究已进入了一个崭新的阶段。

方面的空白，而且还引领了内地艾柯作品翻译的潮流。就台湾出版界而言，台湾皇冠文化出版有限公司与台湾时报文化出版公司在译介艾柯作品方面贡献卓著，它们几乎包揽了艾柯作品在台湾的中文版本，除此之外，台湾究竟出版社、台湾桂园图书出版有限公司等也积极加入艾柯作品出版的行列，这使得艾柯作品在台湾地区出版的数量要大大领先大陆。目前，艾柯新作《丑的历史》《意外之喜——语言与疯狂》等已在台湾地区问世，而大陆方面才刚刚着手翻译。

就研究者而言，台湾地区艾柯研究队伍专业且庞大，谢瑶玲、彭淮栋、杨孟哲、林佩瑜、翁德明等一批翻译界知名学者功不可没，译者们严谨的翻译态度、典雅宜人的译风给读者以完美的阅读体验。与大陆艾柯研究者侧重于走学院式学术道路有所不同，台湾学术界在艾柯研究方面起步早，与西方研究基本同步，因而研究视野更为广阔，注重将艾柯置于世界人文科学的认识论和方法论范围内去研究。台湾辅仁大学教授、著名文艺理论家张大春先生便是其中的佼佼者，他曾为艾柯小说的台湾译本作序，继而在其“谈艺录”式文艺理论作品《小说稗类》中撰写了《将信将疑以创世——一则小说的索隐图》与《不登岸便不登岸——一则小说的洪荒界》文章，以独特的小说观念对艾柯小说进行精细的阐释与解读。张大春立足于文学实践去构建自己独特的言说方式，开创了作家解读文本的新叙事风格，显示了与其他研究者不同的介入文学作品的方式。艾柯思想深邃而复杂，因而其影响限于高端学术领域，但这丝毫不能削减研究者们探索艾柯的好奇欲。在台湾博硕士论文咨询网上，以“艾柯”(或埃科、艾可、埃克)作为关键词可检索到相关论文 20 余篇，数量虽不多却显现了艾柯研究者们开拓的精神。台湾师范大学是艾柯研究的重镇，早在 20 世纪 90 年代便有博士论文问世。该校英语学研究所丁善雄教授的博士生杨哲铭的学位论文《建构后现代文学理论：后设小说与戏拟》便以艾柯《玫瑰的名字》为例探讨了后设小说(metafiction)与戏拟(parody)之间后现代矛盾的本质。其后，在英语学研究所邱汉平教授的指导下，他的学生以艾柯为研究对象撰写了两篇学位论文，分别为硕士徐豪谷的《以班雅明的观点读〈玫瑰的名字〉：思索、形式与内容》(2002)、张玉燕博士的《符号、知识与时空：艾可四本小说中的迷宫》(2005)，其中后者学术价值较高，作者审视了艾柯认识与探索知识的三种思维模式，并侧重于以艾柯钟情的开放式迷宫思维模式去观看与分析时空概念的转化与演进。台湾大学外国语文学系与淡江大学西洋语文研究所也是艾柯研究的中坚力量，台湾大学张汉良教授指导的硕士郑雅玲其论文《重访中古基督教建筑：〈钟楼怪人〉与〈玫瑰之名〉》试图在基督教建筑与雨果的《钟楼怪人》、艾柯的《玫瑰的名字》之间作一连结，开辟了艾柯研究的新视角。蔡源煌教授指导的康慧敏的硕士学位论文《从坡到艾柯：〈玫瑰之名〉与侦探小说的成规》则以《玫瑰的名字》为例探讨了侦探小说的模式。艾柯令人惊叹的“综合者”意识使其在符号学、文学理论与小说创作之间自由驰骋，吸引着众多研究者孜孜不倦地探寻艾柯行走在文学之路背后的支撑力量。淡江大学西洋语文研究所马乐伯教授指导的硕士杨镇魁其学位论文《记号迷宫：安贝托·叶寇〈玫瑰的名字〉中叙述方式及类别混淆之分析》便从叙述学角度切入探讨了艾柯《玫瑰的名字》叙述结构的合理性及连贯性，以及对叙述方式及类别进行了辨析。宋美教授指导的博士张鸿彬其论文《虚拟与迷宫——论乔叟、笛福、艾柯与网际网路中的文本交织》对艾柯作品作了深入研究，在其论文第四章分析了艾柯的文学作品，试图以此证明文学不仅模仿自然，而且也在创造一个独立于真实世界的虚拟时空。

除此之外，台湾其他高校也涌现了一批优秀博硕士论文，以新理论工具对艾柯进行多元考察。如中正大学外国语文学系苏中扬的硕士学位论文《论安伯掩·艾可〈玫瑰的名字〉中诠释、误解与翻译》(1997)、政治大学黄涵榆的硕士论文《诠释之竞衡：〈玫瑰之名〉研究》、中国文化大学英国语文学研究所谢幸纹的硕士学位论文《艾柯〈玫瑰的名字〉中的中世纪身体概念》(1994)、中兴大学外国语文学系蒋裕祺的硕士论文《论〈玫瑰的名字〉中的宗教、经济及身体论述的纠结》(2000)等。

总之，台湾艾柯研究的学术水平与学术成果目前在海峡两岸同行中居于领先地位，这些研究成果无论从符号学、叙事学、女性主义等角度切入细致研读艾柯作品，还是将艾柯置于世界文艺理论大背景下与其他学者的学术思想进行分析与思辨，就整体的贡献和学术规模而言，大大弥补了大陆学界艾柯研究的缺憾。台湾艾柯研究新颖的研究视角、新鲜生动的批评风貌为我国艾柯研究注入了新鲜血液，使艾柯研究的精神风貌呈现出多样的风姿。①

二、研究特点

内地艾柯研究在国际研究热潮的带动之下呈欣欣向荣之态，尤其是艾柯两次来华之后，研究队伍逐渐扩大，研究视野日益开阔，研究成果也趋于成熟。总体看来，内地艾柯研究呈以下特点：

1. 从艾柯母语意大利语语境直接入手研究其学术思想的学者较少，相关成果稀缺。钱锺书《管锥编》中对艾柯的介绍直接从意大利语语境入手，因而其有关艾柯的评介颇具价值，但并没有对其进行细致的理论探讨。

2. 总体看来，艾柯研究视野较为开阔，研究视角新颖独特，无论从符号学、叙事学、阐释学、女性主义角度切入对艾柯思想进行研读，还是与其他学者并置进行梳理考辨；无论是对艾柯学术思想的研究，还是对其文学作品的评论；无论是对艾柯学术思想的传介，还是对其人物进行品评，都涌现了一批

① 因条件所限，我国港澳地区的艾柯研究状况暂付阙如。

优秀的研究成果。

3. 在各种文艺理论著作中，艾柯被置于后现代主义思潮主将的位置，其符号学、阐释学备受学界关注。如李幼蒸的《理论符号学导论》单列了“文化惯习意义论原理：艾柯理论”“开放的文本结构：艾柯理论”“艾柯的一般符号学理论”等诸多章节，对艾柯符号学进行了较为全面的研究。

4. 目前的研究成果还是较为集中于艾柯的小说研究，以马凌为代表的学者对艾柯小说进行了细致研读与透彻分析，撰写了一系列关于艾柯其人其作的文章。

5. 艾柯研究呈现多元化风格，有学院派严谨的学术理论，也有非学院派开放的传介方式，研究成果良莠不齐，学术界、网络媒介、期刊、报纸等媒体皆有相关研究成果问世。

三、存在的问题

目前内地艾柯研究日益成熟，渐趋规模化，并取得了可观的成就，但其中也存在着不足与缺憾。

1. 对艾柯著作的翻译是零散的，缺乏系统性与目的性。就大陆方面而言，对于艾柯作品还是依据英文译本或台湾译本进行翻译，研究者们想要真实而全面了解艾柯的思想还是有一定阻碍与局限。

2. 囿于艾柯作品的翻译现状，目前艾柯研究成果相对集中在艾柯小说的评论上，往往是对其某一小说进行个案研究，而对其符号学理论、美学思想、大众文化研究等方面则缺乏全面观照之下的阐释。总体的系统性研究的缺乏在一定程度上影响了研究者们较为系统而全面地去把握艾柯的文艺思想。

3. 部分学术著作尽管将艾柯列为专题写作，但由于著作的性质与内容、篇幅所限，使得有关艾柯的言说方式趋于模式化，评介内容流于浅显，较难细致深入。

4. 在某些学术著作中，虽将艾柯与其他学者并置来梳理研究其思想，但他们只是与艾柯保持形式上的均衡，对于某些和艾柯思想密切关联的学者与事件无法进行针对性的研究。

5. 就期刊文章而言，内容上因缺乏哲学层面的有力支撑，文章缺乏一定高度且略嫌单薄。有些学者也注意到了这一问题并试图在文章内有所体现，但终因单篇文章的篇幅所限而无法深入艾柯的哲学背景里对其思想进行透彻的解析。

6. 目前内地博硕士论文在研究广度的拓展和研究深度的掘进上都须进一步延伸，其中有部分学位论文将艾柯某一文艺理论作为范畴论的组成部分进行言说，限于文章主题与结构框架，因而在理念上很难有所创新。

7. 内地学界与西方学界在艾柯研究上存在一定差距，因传播媒介与渠道所限，内地学者对现存数量可观的西方艾柯研究成果并没有很好借鉴与利用，因而缺乏相对客观、科学、合理的参照系统，在研究过程中有主观推论之嫌，对艾柯的评价有时也失之公允。

综合而言，内地的艾柯译介已经形成规模，但是学术研究尚处于起步阶段，艾柯思想复杂而深邃，在美学、文学批评和符号学等多个学术领域都有经典性建树，我国系统理解的条件并不成熟，因而其影响也仅限于高端学术领域，学术著作及论文数量匮乏，但这些研究成果都取得了相当的成就而且有独创的见解，对本书的撰写有重要的参考价值。就目前而言，国内艾柯研究成果总体上介绍多于评价，学界并没有专门的研究著作，尤其受材料影响的痕迹较为明显，对艾柯的研究还不够系统深入，这也是目前学术界较为薄弱的一个环节，这与艾柯目前在国外的影响力和文学地位不相匹配。鉴于此，本书以"艾柯文艺思想研究"为题，做一尝试，以期抛砖引玉。

第三节　本书的研究对象、目的、方法、创新点与逻辑结构

据以上对艾柯国内外研究概况的检视与观察结果，本书试图在论证中加以说明的是：

一、研究对象

本书以艾柯文艺思想为研究对象，逐层深入、由外而内地分析背景，厘清概念、理顺关系，考察其学术渊源，多元化、多维度检视其思想，在宏观概括的基础上对其符号学理论、阐释学理论、小说创作等各部分进行细致研读，并对艾柯与其他学者之间的关系进行了横向比较，进而据此对艾柯在西方文艺理论史上的地位、价值与局限性进行较为准确的评价，以期较为完整地认识艾柯的文艺思想。对艾柯文艺思想进行综合多元而全面系统的考察，这是目前国内学界艾柯研究成果所缺乏的。

二、研究目的

在西方文艺理论历史上，艾柯这位意大利文艺理论家以其深邃的思想、渊博的学识、鲜活的创造力给世人留下了深刻的记忆。同时，艾柯作为后现代主义大师，其文艺思想为后现代主义思潮提供了重要的理论依据，并带动了学者们以符号学角度切入分析文化、研读文本，由此引发了一系列的相关研究，其中他对"开放作品"等重要概念的描述启迪了世人的思考与发挥。本书采用辩证的研究态度，由专题研究入手，由外而内、由点及面，采用历时概览和共时分析相结合、作品和理论相互阐释的方法，试图通过集中的研究工

作，将艾柯文艺思想较为全面系统地呈现在国内学术界面前，以期较为客观、准确地评价艾柯在文艺思想史上的地位与价值；对其文艺思想中颇具特色的符号学理论、阐释学理论、小说创作等重要领域进行发掘与透彻研析，希冀为当下艾柯研究提供可资交流的平台与借鉴的参照；打破目前艾柯研究成果囿于作品分析或理论阐释偏于一极的局限，通过对艾柯文艺思想较为完备的研究与集中的观照，使世人领会其作为经典思想家的真正价值，以期在前人的研究上有所发展，并对目前国内艾柯研究的进一步拓展有所裨益。

三、研究方法

在神圣的学术象牙塔与喧嚣的大众文化间自由穿梭的艾柯以其思想的睿智与学识的渊博，使众多研究者在享受文本阅读愉悦的同时也不禁有一种迷幻的眩晕。正如意大利知名作家伊塔洛·卡尔维诺所说："光凭单单一支钥匙就想打开一切的锁，是不可能的事。"因而，解读艾柯也不能只用一种理论武器、一种思路抑或一种方法。为此，本书试图采用以下几种方法对艾柯文艺思想进行分析：

1. 理论分析与材料实证相结合的方法

艾柯研究在国际学术界起步较早，成果繁多，至今还是一派有声有色的景象，而我国艾柯研究还相对滞后。检视西方研究成果，实证材料分析与理论分析相结合的方法对于较为完备地呈现研究对象的全貌效果很好。这一科学方法的合理运用值得本书借鉴与参照。对于艾柯这位大师级思想家，如果仅仅依靠理论推理与逻辑演化去梳理其思想发展的脉络，探寻其思想的合理内核，难免陷入偏颇的境地，而艾柯本人对其思想的评介与西方研究者的研究成果为逻辑理论分析提供了有力的支撑，可以说理论研究与实证材料分析不可或缺的结合为客观地、公正地评价艾柯提供了重要的研究工具。

2. 宏观全景考察与微观细密研究相结合的方法

在坚持马克思主义唯物辩证方法的前提之下，本书还采用外围的宏观全景考察与内部的微观细密分析相结合的综合性研究方法，有选择地吸取西方艾柯研究成果的优点，在细读艾柯作品的基础之上，对艾柯思想内部的组织结构、符号学理论、阐释学理论以及小说创作诸方面作一具体的微观分析，同时把微观分析所得到的结果置于宏观社会历史全景中去考证，以期获得较为准确的结论。

3. 历时概览和共时分析相结合的方法

艾柯自20世纪50年代活跃在学术舞台上，直至今天一直持续着对学术的热忱，在从事学术研究的整个过程中他也始终没有停止文学创作，所以对艾柯做历时态审视，揭示其思想发展各阶段的内在联系和逻辑演进是必要的。同时，艾柯处在结构主义与解构主义在意大利开花结果的时期，与同时代其他学者在思想意识上既有潜潜相通之处，也有矛盾对立的方面，因而，对他们进行共时性观照可以更加清晰地廓清艾柯思想的全貌。本书以历时态为纵轴，以共时态为横轴，将历时概览与共时分析相结合，把组成艾柯思想的诸多部分置放在这一坐标内，连接这些部分所处位置的所有标点形成的变线，大致便是本书所试图呈现的艾柯思想发展脉络。

4. 作品分析和理论阐释相结合的方法

艾柯自踏入学术界就没有停止对知识、世界、人生奥秘的探索，在从事学术理论研究的同时，也饶有兴致地进行小说创作的实践，建立起自成一体的思想体系。他被称为“百科全书式的作家”，既是因为他是有高度理论自觉性的作家，也是因为其理论探索与小说创作取得了繁盛的收获。可以说，艾柯的文学作品是推动其思想探索的动力，而艾柯学术思想是通过写作实践展现哲学沉思的创作，这使得读者的阅读也变成了一次探索与理论学习的旅行。从这个意义上讲，我们在检视艾柯思想时，不能执拗于作品分析或理论阐释之任一翼，而应采用作品和理论相互阐释的方法去解读他，以艾柯的理论作品来阐释其小说，以其小说为线索去追寻艾柯思想的痕迹，尽量避免偏离“作者的意图”而造成过度阐释的偏颇。

四、研究价值

从目前掌握的情况来看，检索国家图书馆、上海图书馆和全国各大高校图书馆以及“CNKI 中国博硕士论文全文数据库”“万方学位论文数据库”可知，中国大陆学界迄今为止尚无一部关于艾柯文艺思想研究的专著，甚至没有一部比较详尽的艾柯传记。与国际艾柯研究的繁盛局面相比，我国的相关研究就显得薄弱了，因而对艾柯的文艺思想进行研究是必要的，也是有价值的：首先，可以弥补前人研究由于当时翻译现状与篇幅所限而未能充分展开论述的缺憾，在文章结构与内容上可以进行扩宽与延伸；其次，在主题上不再限于艾柯某一理论或小说理论文本研究，将艾柯的符号学、阐释学、小说创作等纳入研究范围之内，在全面观照下进行较为完备的阐释；再次，采用科学的研究方法，多维度地检视艾柯思想体系，较为准确、客观地评价艾柯的地位及价值，为推动当下艾柯研究进一步发展作出些许努力。

五、创新点

在考察目前国内艾柯研究现状之后，本书立足于前人研究成果，试图在以下几个方面有所创新：

1. 采用英文原始材料对艾柯的文艺思想进行细致的勾稽与系统的研究，

在国内尚属首次。[①]

2. 对艾柯文艺思想中的符号学理论、阐释学理论以及小说创作等重要组成部分进行全面分析，这在前人的研究中很少涉及，本书以专章的形式对其进行较为细致的评述。

3. 本书采用多种研究方法相互结合的方式对艾柯文艺思想进行研究，试图改变目前艾柯研究成果中“仰视多于审视”“评述多于批判”偏于一隅的学术惯性，试图较为全面客观地评价艾柯在文艺思想史上的地位。

4. 本书力图在研究视域上与国外接轨，运用的材料尽量以所掌握的原版英文材料为主，其他材料为辅，以期较为真实地还原经常被“误读”的艾柯，透视其文艺思想的镜像。这部分英文材料是国内研究者未使用或很少涉及的。

六、本书的结构、逻辑框架

全书分为六个部分，导论之后包括五章，全书的结构依次递进、由点及面、由表及里，乃至章节安排也含蕴一个内在的逻辑动机，即：(1)抓住艾柯思想的关节点进行概念界定，由此搭建研究的基石。(2)理论分析，即阐释艾柯关于这一问题的理论观念，并对其进行评述。(3)作品实证，以艾柯小说创作实践为镜去鉴照艾柯的理论。(4)探求成因，任何思想皆是有源之水，分析艾柯理论的成因，进而明了其思想的表征，才能把握思想的全景。(5)比较辨别，任何一种思想都不是独立存在的，即便一个时代乃至一个时期的思想史也是呈现多样丰富的状貌，它们往往在某一程度上存在着暗合之处。将艾柯置放于同时代或观点相近的思想家行列，对他们的思想进行比照、思辨，借此通透地廓清艾柯文艺思想。

导论部分简要概述了艾柯文艺思想在西方研究的现状，表明了艾柯在西方重要的地位，彰显了其重要思想价值。同时分析了我国的艾柯研究现状，即资料的局限与研究的匮乏对拓展国内艾柯研究提出了新需求。在此基础上，提出了本书的研究目的、方法、创新点和逻辑结构，借此建立研究的科学平台。

第一章分析了艾柯文艺思想产生的时代背景，考察了其文艺思想的理论渊源，进而梳理了艾柯文艺思想的发展历程，这是了解其文艺思想全貌的前提，也是本书的逻辑基础。

第二章探讨了艾柯的文艺符号学理论。这一章分析了艾柯关于符号本身的理论、符号文化单元说与文化意义论、代码理论与符号生产理论，力图在展现其符号学理论全貌的同时，客观审视其符号学理论的价值。

---

① 艾柯身为意大利人，但却精通拉丁语、法语、德语、英语等六国语言，他的作品中有不少著作本身便是用英语写成的。而且艾柯的绝大多数学术性著作、小说与杂文等都已经被翻译成英文。

艾柯的符号学理论吸收了索绪尔和皮尔斯两大符号学派的思想，在符号学的意指作用和通信作用之间、在结构主义和行为主义之间采取折衷主义立场。他的符号学理论将叶姆斯列夫（Louis Hjelmslev）的多重二元符号论与皮尔斯的三元符号理论相结合，把解释符引入符号学理论，以普遍的代码原则取代了狭义的语言结构原则，阐释了符号及符号生产过程，揭示了符号的本质，形成了开放的符号学理论。符号文化单元说与文化意义论是艾柯文化符号诗学体系的逻辑起点，符号代码理论和符号生产理论是艾柯符号学理论的重要组成部分，它们分别对应于符号意指系统和符号交流系统，在代码系统中注重语境的因素，在意指过程中体现交流过程。艾柯符号学理论赋予了代码持续的生产能力，让其以符号—功能的面貌存在，在展现符号社会功能的同时，也为社会交流系统提供了重要的表达式，这样，其符号学理论转向了符号生产方式类型学的研究，开辟了一条动态符号学之路。艾柯符号学理论将语言符号学理论外推至非语言的其他文化系统，将共时研究与历时研究、静态分析与动态分析有机地结合起来，实现了语言、文化、文学的相互结合，从而在很大程度上弥补了以往文学研究和文化研究的不足，并由此开创了文学研究和文化研究的新局面。

第三章分析了艾柯的文艺阐释学理论。艾柯的阐释学理论是附丽于其符号学理论之上的，所以本章将艾柯的符号学理论与阐释学理论并置研究。这一章对艾柯关于“阐释”与“过度阐释”等问题进行了探讨。这一章与第二章是平行关系，都是对其思想进行解读的专题研究。

艾柯的阐释学理论归结起来有三点：提倡阐释、反对过度阐释、为阐释设界。在他看来，作者、文本、世界、读者这四个要素组成了一个动态的阐释圈。艾柯早期提倡阐释，他的“开放的作品”理论关注作品的开放性，注重欣赏者与接受者的重要性，强调作品与接受者之间的交流，为后来的“读者中心论”者提供了启示，在现代哲学阐释学与接受理论和读者反应批评之间具有重要的衔接作用。艾柯后期不满于后现代主义背景下阐释文本的偏激行为，提出了“反对过度阐释”，主张将作者、文本、世界、读者有机结合起来考察阐释活动，在给予读者阐释权利的同时，强调以文本意图为阐释尺度，力图将阐释活动引入合法范围，维持作者、文本与读者之间的平衡。艾柯始终坚持以“文本”作为自己阐释学理论的坚定立场，看似前后期观点的变化，实则不过是艾柯思想的纵深发展。

第四章探讨了艾柯的小说创作。这一章以艾柯小说为实证评述其理论观念，这是考察其文艺思想的一个实践角度。

学者与作家的双重身份为艾柯提供了一个独特的空间。作为学者的小说家，他借助小说传播理论，在具体小说创作中自觉运用其符号学理论、阐释学理论，使其小说别具一格，具有浓郁的学院气息；另一方面，作为小说家的学者，艾柯用理论阐发小说，进而向阐释学提出了挑战。在理论上，艾柯从文学的功能、文体风格等入手，考察了文学的当下处境，前瞻了文学的发展趋势；在实践上，他致力于小说艺术的挖掘，开辟了一个新的艺术空间。其小说作品，无论从思想深度、内容体式还是个性风范上都别具特色。一方面，他借鉴吸收了后现代主义的艺术手法，用元小说、反侦探等叙事策略创造了一个文本狂欢的世界；另一方面，他又保持着清醒的头脑，坚守知识分子的品格，不沉溺于文本游戏，其作品蕴含着哲理的思辨性和现实的批判性。

第五章试图对艾柯文艺思想进行较为全面、辩证、合理的评价，在正视其不足与缺陷的同时，挖掘、品茗艾柯文艺思想中有价值的因素，通过共识性审视与历时性观照对艾柯文艺思想进行正确的评价。

经过深入探讨，我们可以看出，作为“协调者”与“综合者”的艾柯以开放而综合的世界观，发展了在多种意义上协调的、突破片面想法的立场。他凭借着其符号学理论和阐释学理论，借助一系列长篇小说，打通了中世纪与后现代的关节，为置身于后现代主义思潮中的我们提供了应对的策略。因而，考察其文艺思想具有重要价值，不仅可以为我们了解西方文艺理论发展的动态提供机遇，而且对国内当代文艺理论的建设也具有重要的启示意义。

第一章 意大利的“当代达·芬奇”

在创造世间万物时，上帝好像太偏爱意大利了，把它做得格外精致，使其集浪漫主义与现实主义、悠久历史与时尚文化于一体，兼具传统与前卫、保守与热情。那里有煊赫一时的古罗马帝国、神秘消失的庞贝古城、文艺复兴的摇篮佛罗伦萨、风光旖旎的水城威尼斯、前卫新潮的时尚之都米兰、世界第八大奇迹的古罗马竞技场、闻名世界的比萨斜塔、哥特式风格的米兰大教堂，还有“世界歌剧院的代名词”斯卡拉歌剧院。在欧洲也许只有意大利能使古典希腊、基督教、文艺复兴这欧洲文明内核的三大基因得以完美传承，也只有它能消弭拜占庭、北方蛮族、阿拉伯、法国、德国、西班牙等这些形神各异、斑驳陆离的文化的排他性并将其交融整合为一体，呈现给世人一个多重层次、多样风格、绚丽多姿的文化镜像。经历了漫长历史沧桑的意大利以其独有的向外性与融合性，成为欧洲文化的坩埚，浸淫在这开放宽容的国风气度中，意大利人才辈出也就不足为奇了。文艺复兴时期的文化科学巨匠但丁、米开朗基罗、达·芬奇、拉斐尔、伽利略，还有凯撒大帝、奥古斯都和斯巴达克斯等人使我们领略了意大利灿烂的文明，而新时期享誉世界的才子们维科①、维托里尼②、莫拉维亚③、夏侠、卡尔维诺、艾柯等同样让我们惊叹不已。

2005年，英国《展望》(*Prospect*)和美国《外交政策》(*Foreign Policy*)两本杂志联合举办了全球最著名的百位公共知识分子排行榜，在美国著名语言学家、麻省理工学院教授诺姆·乔姆斯基(Noam Chomsky)之后，艾柯以2464

---

① 卓万尼·巴蒂斯塔·维科(Giovanni Battista Vico, 1668～1744)，西方历史哲学的创始人和奠基者，意大利唯心主义历史哲学家、社会学家、历史循环论的主要代表，代表作为《新科学》。

② 埃利奥·维托里尼(Elio Vittorini, 1908～1966)，意大利小说家，是卡尔维诺初入文坛时的领路人和导师。其代表作品有《红石竹花》《西西里谈话》《世界的城市》等。1945年，他创办了《综合工艺》杂志。该杂志提出了革新意大利文学的主张，并就文化同政治的关系展开辩论，它对战后意大利文学产生了一定的影响。1960年，他又与卡尔维诺合作主编《梅那波》(*Menabo*)杂志，就“文学与工业”以及“先锋派”的文艺观点展开了讨论，探索如何以新的小说形式使人们意识到人在现代社会中的异化问题，对意大利文学的发展产生了重要影响。

③ 阿尔贝托·莫拉维亚(Alberto Moravia, 1907～1990)，意大利当代最著名的小说家之一。其作品在意大利文学界乃至世界文学界都产生了重要影响。其作品《冷漠的人们》被誉为世界上第一部存在主义文学作品。其后，还创作了《罗马女人》《罗马故事》《1934》等作品。

票的票数高居第二位。在欧洲，艾柯俨然是知识的符号与教养的象征，人们以摆放艾柯的书为荣，无论读懂还是读不懂的。在意大利本土，艾柯被誉为“当代的达·芬奇”，是意大利不可或缺的“文化标签”。有趣的是，我国哲学家赵汀阳曾在意大利博洛尼亚市看到这样一则旅游广告，上面上写道：“博洛尼亚拥有举世无双的长廊和艾柯。”可以说，这位享誉世界的知识分子正以其深邃的思想、渊博的知识、敏锐的洞察力、旺盛的创造力行走在学术的康庄大道上，并以其在多个领域间“调和者”与“综合者”的身份，在中世纪与后现代、理性与非理性之间自由驰骋，无论是其学术理论作品还是文学作品总会给我们眩晕的惊喜。艾柯从不会驻足某一领域太久，他喜欢以绽放的原始魅力冲击世界文坛，吸引学者们潜心研究；同时，也给广大普通读者以新奇的感觉。像艾柯这样在学术象牙塔与世俗社会之间互渗相寓的学者，不仅在欧美国家是凤毛麟角，于中国而言也是如此，因此，我们就更需要去欣赏、关注和研究他，这对我们认识与了解世界文坛波澜壮阔的景象，尤其具有现实意义。

第一节　艾柯文艺思想形成的时代背景

20 世纪的意大利是一个波诡云谲、风云涤荡的年代，两次世界大战的爆发，法西斯的残暴统治，荒谬、虚无、焦虑、绝望的情绪如乌云笼罩在意大利的上空。二战后，如同其他欧洲国家一样，意大利亟待从战争废墟中恢复过来，建立一个全新的社会。意大利战后著名的政治家、天民党之父加斯贝利采取了一系列积极的举措，有力地促进了国家在政治、经济上的振兴，到了 20 世纪 60 年代，意大利已进入经济迅猛发展的时期，政治上也趋于稳定，这标志着意大利的全面复苏，作为一股重要力量重新回归欧洲世界。经历两次世界大战的意大利人物质生活虽有改善，精神生活却满目疮痍，甚至对物欲的追求大有凌越精神追求之势。加之工业化大时代的到来，机器生产的规模化、社会化所造成的“共性”与“整体化”，冲击着个体自由的观念，使个体面临着自我命运抉择权的丧失，产生了对自我生存价值的质疑。相应地，表现在文化领域，意大利古老的理想与传统的美学品格正逐渐衰微，虽未完全泯灭，但已不像过去那样充满生气，而摆脱传统束缚、寻求自我价值、为科学而科学的倾向应运而生，大行其道。这一思潮，以存在哲学和逻辑经验主义为主导，此外还有一股阐释学的强大暗流在涌动。二战后意大利的哲学、文化发展为艾柯文艺思想的形成提供了必备的学术滋养与知识沃土。

一、二战后意大利哲学

随着法西斯政权的垮台和民主政体的建立,二战后意大利哲学界涌现了马克思主义、存在主义和新实证主义(20 世纪 60 年代演变为科学哲学)三大新的哲学思潮,打破了美学家克罗齐、哲学家金蒂莱标榜的新黑格尔主义哲学主导思想领域的局面。此外,批判理性主义、唯灵论、现象学、符号学、阐释学也都拥有各自的代表人物,并产生了不同程度的影响。[①] 二战后意大利哲学进入了思潮多元化时期,呈现一派欣欣向荣的景象。

马克思主义作为战后迅速崛起的新思潮在意大利备受瞩目。究其原因,马克思主义在意大利的传播一直未曾消减,随着战后阶级矛盾与社会不安定因素的增加,马克思主义因与意大利渴望变革的实践潮流相契合而得到了更深广的推进。特别是意大利共产党队伍的日益壮大,大大推动了马克思主义在意大利的传播与发展。

意大利工人阶级与知识分子队伍中一直有着优良的马克思主义传统。随着意大利共产党的日益壮大,马克思主义理论研究备受意大利共产党领导人的重视,他们将马克思主义的普遍原理与意大利具体实际相结合,进一步探索意大利的社会主义道路。从意大利共产党的创始人和领袖葛兰西(Antonio Gramsci)到二战后意大利马克思主义哲学家与意共学者班菲(Antonio Banfi)、沃尔佩(Galvano Della Volpe)、卢波利尼(Cesare Luporini)、巴达洛尼(Nicola Badaloni)甚至意大利共产党总书记恩里科·贝林格(Enrico Berlinguer)都一直在积极探讨马克思主义理论如何与意大利具体实际相结合,无论是对马克思主义普遍原理的传介还是对马克思主义理论进行哲学层面的剖析,意大利的知识分子与共产党的领导人都在不懈地追寻意大利的改革之路。这给青年时期的艾柯以极大的思想冲击,具有鲜明革命性与实践性的马克思主义哲学理论为艾柯从综合辩证的角度观察世界、思索人性提供了不可或缺的风向标。

现象学与存在主义哲学贯穿于整个 20 世纪,它们是现代欧洲哲学的主流,同样,在意大利也是如此。在第二次世界大战前后,存在主义思潮开始席卷意大利。从其发展状况来看,存在主义在意大利的兴起和发展都是脱离现象学而独立的。早在 20 世纪二三十年代,厌倦了以克罗齐和金蒂莱为代表的新黑格尔主义封闭、僵化的理性批判,马克思主义文艺理论家班菲与博比奥试图从现象学中寻找出路。但这股“现象学”热很快被海德格尔存在主义思潮所终结,尤其经由早期存在主义者阿巴尼亚诺、帕契、帕莱松等发动的对新黑格尔主义的批判取得了胜利,存在主义思潮在意大利思想阵地站稳了脚跟。

① 参见谢地坤:《西方哲学史》第 7 卷(下),凤凰出版社、江苏人民出版社 2005 年版,第 789 页。

从整体上来看，意大利的存在主义学派大体可以分为世俗存在主义与基督教存在主义两大分支。前者以阿巴尼亚诺和帕契等人为代表，后者以帕莱松、卡斯泰里和普利尼等人为代表。[①] 艾柯主要受后者影响特别是帕莱松的影响。

20 世纪 50 年代以后，科学技术不断进步，伴随着否定科学价值的克罗齐主义的衰落，新实证主义开始在意大利复兴。1953 年，意大利新实证主义开始改革，到 50 年代末便转向了科学哲学研究。1960 年，杰伊莫纳特《哲学和科学哲学》的发表，标志着意大利科学哲学的诞生。意大利的科学认识论主要分为以杰伊莫纳特为代表的历史主义学派、以帕斯奎内里为首的语言分析学派以及阿伽齐所标榜的客观主义学派。其中，杰伊莫纳特在将科学哲学和科学史结合进行研究方面作出的贡献最为卓著。就思想领域而言，三个学派中影响较大的是以阿伽齐为首的客观主义学派，他在继承古典形而上学思想的基础上，试图有所突破，积极与当代分析哲学思潮相结合，同时汲取康德思想体系的给养，从其学派立场出发形成了客观主义科学认识论的观点。意大利科学哲学的研究课题丰富，不仅研究科学理论的概念，而且还研究科学和社会的关系、科学理性批判与社会伦理学[②]，艾柯科学、辩证的学术态度的形成与意大利科学哲学的影响也是密不可分的。

二、二战后意大利文艺

波澜壮阔的反法西斯运动推翻了墨索里尼政权，二战后的意大利建立了第一个制宪共和国，从精神的镣铐与文化的禁锢中解放出来的意大利人民以积极饱满的姿态投入现实生活中，社会生活的巨大变化直接影响了文化艺术的发展。与二战后意大利哲学思潮的多元化景象相映衬，意大利文艺也呈现纷繁的局面，新现实主义、工业文学、新先锋派文学接踵而至。这一时期，年轻的艾柯正在都灵大学学习，真可谓适逢其时。在大学校园里，他自由地感受新思潮的更迭变化，全新的思想景象让他开阔了视野，形成了综合开放式的思维。

二战后以抵抗运动面世的文学潮流——新现实主义应运而生，因契合渴求摆脱战争阴霾的人们的心理而迅即在意大利文坛发展起来，在电影、小说、诗歌、戏剧领域都有体现。著名小说家卡尔维诺曾对这一文学潮流进行总结：

> 在那个时代，意大利的文学爆发首先是生理行为、存在主义行为、集体行为，其次才是艺术行为。……从谁也不能避免的经验——战争、内战——中产生出来的东西确定了作者和读者间互相沟通的迫切性：大家

---

① 参见谢地坤：《西方哲学史》第 7 卷(下)，凤凰出版社、江苏人民出版社 2005 年版，第 837 页。

② 参见谢地坤：《西方哲学史》第 7 卷(下)，凤凰出版社、江苏人民出版社 2005 年版，第 841～846 页。

面对面，彼此平等，都有许多故事要讲述，每人都有自己的故事，每人的生活都有异常、起伏、冒险，都急于表达。一开始，再生的言论自由对人们来说就是渴望讲述……日常生活的单调乏味好像是属于另一个年代，而我们却在缤纷的故事王国中穿行。那时谁开始写作，谁就要面对众多不知姓名的口述者讲述的同一题材。[①]

新现实主义是反映意大利人民抵抗墨索里尼专制统治的文化运动，它继承现实主义的文学传统，开辟了意大利文学的新蹊径。新现实主义作家以反法西斯运动、战后初期劳动群众日常的生活为题材，真实地反映现实，力图使文学作品成为历史的艺术记录。虽然新现实主义文学作品的体裁不一，但作家们都将抵抗运动的激情和改革现状的理想注入文学，塑造出一批意大利文学史上新的主人公，既有反法西斯的游击队战士、夺取地主土地的暴动者，也有挣扎在社会底层的船工、鞋童等小人物，讴歌了英雄人物的高贵品质，赞扬了劳动人民的朴实勤劳，同时也对社会底层民众表示了真挚同情。简而言之，新现实主义是意大利文学史上的一场文化革命运动，它大胆揭露战后严峻的现实，写出了劳动人民要求生存、渴望社会平等和民主的心声。这一新思潮发端于电影界，而后波及文学界。随着新现实主义文艺思潮的发展，作家、评论家甚至党政要人都投身到这一洪流中，如意大利共产党的创始人安东尼奥・葛兰西主张文学艺术要有鲜明的政治鲜明性，提出创立“民族—人民的文学”的口号，强调知识分子要担负起领导、组织民众的重任，要表达人民群众的需求。艾柯也赞同新现实主义文学介入政治、反映现实、面向大众的主张，其小说创作便有显现。

20 世纪 50 年代，资本主义生产的发展使意大利社会陷入了新的危机，尤其是 50 年代中后期垄断资本的畸形发展，激化了资本主义社会固有的矛盾，传统的人文主义思想受到冲击，现代人的“异化”成为亟待解决的问题。显然，新现实主义已经无法适应新的社会形势，必须由现实主义文学来替代它。在这种形势之下，旨在探讨工业社会发展所带来的恶果与寻求解决人类“陌生化”等问题的工业文学便脱颖而出，涌现了一批积极探寻工业与社会之间关系的文学作品。此外，卡尔维诺与维托里尼还主办了杂志《梅那波》，发表了一系列的文章，就工业与文学的关系、意大利现状等进行了热烈讨论。维托里尼就曾在题为《工业与文学》一文中指出：“小说家不仅仅是用新的选题来替代传统的选题，即以工厂和人的异化问题来代替大自然和农村题材，还得在处理新的创作题材中开辟新的视线和运用新的观点。”工业文学不仅在题材上较之新现实主义更为贴近现实，同时也注重艺术技巧的创新。而新先

① [意]伊塔洛・卡尔维诺：《通向蜘蛛巢的小径・前言》，王焕宝、王恺冰译，译林出版社 2006 年版，第 3 页。

锋派文学在艺术技巧方面的求索更是走在了时代的前列。

新先锋派是在20世纪50年代后期至60年代期间出现的文学新思潮，旨在摒弃语言规范，向新的文学形式开放。“首先是以诗歌为突破口，用混乱的、奇特的、古怪的词语和句式，宣泄他们同样混乱的叛逆意识和情绪。”[①]从此，新先锋派以其前卫的姿态、探索的风格拉开了意大利现代文学的序幕。他们反对传统文学，提出了文学是“不停顿的更新行为”[②]的主张，正值艾柯在当地电视台工作，结交了一批新先锋派人士，他向来关注并探讨在这种非理性的社会现实背景中个体生存的问题，因而也积极投身于关于文学理论的先锋性讨论中。1963年10月，一批新先锋派文人聚集在西西里的首府巴勒莫，宣布成立新先锋派的文艺团体——“六三学社”，虽然新先锋派对意大利的文化发展产生了深远的影响，但因其文学主张过于激进，到60年代末期开始走向衰落。特别是1968年意大利青年学生运动呼吁文学必须同社会进步相结合的主张，直击新先锋派的要害，加之“六三学社”组织内部分歧，新先锋派文学思潮很快消隐于历史的车轮之下。艾柯本人作为“六三学社”的中流砥柱，自然对新先锋派文学思潮的优势与弊端了然于心，敏锐的洞察力和远见卓识使他大胆宣称“六三学社”已经灭亡。唯一让他们引以为傲的是，在这场没有硝烟的战争中，是新先锋派自己对自己进行了清算，主动退出了文学思潮的舞台。从这个角度而言，新先锋派不是偏执维护自己而作困兽犹斗状，而是试图将关注现实的那份难得的清醒保留到最后。

“六三学社”解体了，新先锋派文学思潮也归于平静，但作为一位思想宏阔而厚重的学者和睿智的公共知识分子，艾柯探索文学理论的脚步却没有停止，先后出版了《启示录派与综合派》(*Apocalyptic and Integrated Intellectuals: Mass Communications and Theories of Mass Culture*, 1964)、《詹姆斯·邦德——故事的结合方法》(发表于罗兰·巴特主编的符号学杂志《通讯》，1965)、《混沌的诗学：乔伊斯的中世纪》(*The Aesthetics of Chaosmos: The Middle Ages of James Joyce*, 1966)、《视觉传播符号学笔记》(*Appunti per una Semiologia delle Comunicazioni Visive*, 1967)等著作。从大众文化到符号学理论、从中世纪到后现代，艾柯以其高度的学术热情，开放式、网状型的思维方式，广阔的研究视域在多个研究领域轻松穿梭，执着地走在意大利学术界的前列。而在其小说作品中，艾柯更是承担起知识分子的重任，在展示个体当下被粉碎、被消解的荒谬虚无的生存困境的同时，通过无序的反抗、颠倒的戏拟、放肆的嘲讽来对抗这个非理性、荒谬的世界，积极追寻个体生存的意义。

---

① 唐建清：《国外后现代文学》，江苏美术出版社2003年版，第66页。

② 沈萼梅、刘锡荣：《意大利当代文学史》，外语教学与研究出版社1996年版，第385页。

第二节 艾柯文艺思想的理论渊源

在意大利，致力于哲学研究的学者，不得不首先学习美学。艾柯也是如此。与乔万尼·瓦蒂莫①、马里奥·佩尼奥拉②一样，艾柯就读于都灵大学，师从路易吉·帕莱松。当时，艾柯对中世纪各种（例如光线）美学理论产生了兴趣，加之对托马斯主义的迷恋，他便将基督教神学家托马斯·阿奎那作为研究对象，并将托马斯·阿奎那理论研究归入再现中世纪文明方法的类型之一。艾柯在托马斯·阿奎那美学理论中，"探索了美的定义（完整、和谐、鲜明）直到它们在现代的习俗和流弊，这样，他就得以证明乔伊斯——在《斯蒂芬·德达卢斯》和《肖像》里——从一种领悟万物真意的后浪漫主义理论开始恢复天使般的审美标准方式，或者马里丹（即马利坦）③是如何把一种新托马斯主义的美学变成一种近似于文艺复兴时期神秘的柏拉图主义的、创造性的直觉观念的，然后才是对'诗学'，即对具有现代特色的艺术创作设想的探索导致了《开放的作品》"④。托马斯·阿奎那美学理论使艾柯对中世纪产生了浓厚兴趣，而且也影响了他对结构主义的认识，艾柯在其专著《缺席的结构》一书出版之后的《托马斯·阿奎那的美学问题》增订版的"结论"中论述了托马斯与结构主义的关系，认为二者有相通之处。虽然托马斯·阿奎那的美学理论是艾柯踏上学术道路的研究对象，但他并没有打算跟随其后，即便如此，托马斯的经院哲学对艾柯思想的渗透是显而易见的，以至于他将其视为代表

---

① 乔万尼·瓦蒂莫（Gianni Vattimo，1936～），都灵大学的美学教授，意大利当代最重要的哲学家之一。其理论属于后现代主义思潮，他怀疑哲学阐述绝对基础的可能，认为这纯粹是狂妄。在与形而上学进行反思与清算中宣扬"弱性思维"，他代表了意大利当代哲学的走向，与艾柯并驾齐驱。著有《超越主体》《透明的社会》等。

② 马里奥·佩尼奥拉（Mario Perniola，1941～），意大利罗马大学托尔·费尔噶塔分校美学教授，与乔万尼·瓦蒂莫和安贝托·艾柯齐名。佩尔尼奥拉探究了人类情感、欲念和性在我们审美的、技术的经验中，在后现代社会的运作中的角色。在广义美学框架内，发展了一套创新、富于想象力及批判精神的文体。他的研究范围广泛，涉及西方文化中诸如尼采、奥维德、格拉西安、路德、海德格尔等大家有关艺术、情欲、引诱和模拟的理论。著有多部美学著作，其中包括：《谜团：艺术与社会的埃及时刻》《非器官的性魅力》和《厌恶：美学新动向》。

③ 马力丹，法国哲学家、新托马斯主义者的代表，反对柏格森主义。

④ [法]帕奥罗·法布里：《文本里的迷宫》，吴岳添译，《文学杂志》1989年2月号。

着“永恒的哲学”[①]的典范。

艾柯生活的二战后意大利，文化思潮风起云涌，马克思主义、存在主义、阐释学竞相登场。马克思主义理论随着意大利共产党的日益壮大得到更深广推进，存在哲学与逻辑经验主义把持了哲学界的重镇，此外，一股阐释学的潜流也在伺机涌动。置身各股思潮重重震荡之中的艾柯，逐渐发展了在多种意义上协调、综合的立场，横跨中世纪理论、符号学理论、阐释学理论以及小说创作等诸多领域，形成了其独特的文艺思想。

一、托马斯·阿奎那的美学理论

对艾柯而言，把托马斯·阿奎那的美学思想作为其踏入学术之林的入口，面临着两大阻碍：一是新托马斯主义运动（简称“新托马斯主义”或“新经院主义”）；二是克罗齐主义。

新托马斯主义运动，产生于19世纪末20世纪初的一场罗马天主教哲学和神学运动，衰落于20世纪60年代。因与当时天主教界“回到经院哲学”“回到托马斯·阿奎那”、回归13世纪经院哲学的“黄金时代”等趋势相契合而备受瞩目，并通过教会的组织和提倡而成为基督教的“官方”哲学流派。从维护天主教的利益出发，它将亚里士多德和阿奎那的形而上学置于现代思想背景之中，以上帝为核心，以唯灵论原则为其哲学根据，企图通过托马斯·阿奎那的理论来解决现代哲学发展过程中出现的问题。新托马斯主义之所以冠之以“新”，究其原因在于：它利用现代西方社会的矛盾和人的异化现象来证明上帝的存在，对上帝进行了新的论证；在新托马斯主义者看来，神已不再是彼岸的、高高在上的，而是社会中人与人之间关系的现实体现，这样，“神”的观念较之托马斯主义有新的超越；新托马斯主义还凸显了宗教道德在社会中的作用，他们认为人类在现世的所为无论是对人还是神都是有意义的，来世的生存状态如何取决于人们现世的所作所为。[②] 新托马斯主义者虽然宣称是托马斯·阿奎那忠实和正统的继承者，然而，为了“与时代齐头并进”，他们阉割了托马斯·阿奎那的理论，特别是在美学理论方面，夸大了托马斯·阿奎那美学的唯心一面，把美的基本属性主观化。艾柯看到了新托马斯主义的危险之处，在于他们极力将托马斯·阿奎那理论纳入自己的思想框架中为其所

① 艾柯认为中世纪可视为欧洲近代文明的温床，认为近代文明的诸种倾向都可以从中世纪文明中找到渊源，甚至他还对再现中世纪文明的方法加以说明。在《中世纪的再现十种方法》中，他指出了再现中世纪文明的十种方法，托马斯经院哲学作为“永恒的哲学”是其一，其他九种如下：以神话的形式重现同时代的人物；以讽刺的口吻再现中世纪；成为所有方式之外的时代背景；成为浪漫主义的场所；作为民族一统性的模式；成为一种适应近代的解毒剂；成为通过批判的、实证的理解，在其多样性、多元性和矛盾之中而被发现的中世纪；成为传承之地；成为孕育期待千年王国的地方。（参见[日]篠原资明：《埃柯：符号的时空》，徐明岳、俞宜国译，河北教育出版社2001年版，第18页）

② 参见吴宁：《新托马斯主义价值观评析》，《华中理工大学学报》(社会科学版)2000年第2期。

用，因而稍加疏忽就会对阿奎那的理论进行“过度的阐释”，抑或将阿奎那未曾说过的话当成其理论进行“误读”的言说。艾柯对新托马斯主义的这一做法是敬而远之的。

不仅针对当时的新托马斯主义运动，艾柯对托马斯·阿奎那的研究更是对克罗齐美学思想进行挑战。由于不满于克罗齐对中世纪美学失之公允的评价，艾柯在讨论与批判克罗齐唯心主义理论的过程里，开始了对阿奎那的研究。克罗齐在《作为表现科学和一般语言学的美学的理论》中曾这样说过：“中世纪有关文学和艺术的理论和见解，除了几个例外，可以认为，与其说对某一学问的一般历史有价值，倒不如说对文化史更有价值。”[①]此外，1931 年，克罗齐在《批判》(*La Critica*)杂志上发表了关于纳尔逊·塞拉的著作《圣托马斯的音乐美学》(*Sella's Estetica Musicale in San Tommaso*, 1930)的评论文章，艾柯在《托马斯·阿奎那的美学问题》一书中还专门提到了克罗齐的这一观点。在克罗齐看来，“从本质而言，美学的诸问题，对整个中世纪和托马斯而言，都没有成为他们真正关注的对象……因而，当对托马斯或中世纪的其他哲学家的研究不得不阅读塞拉的作品时，这种缺乏理智的克制性，从而丧失品位的欣赏，必然就导致了一种沉闷乏味而毫无裨益的阅读状态”[②]。而且，克罗齐以“抒情的直觉”(intuizionelirica)为衡量美的标尺去审视中世纪美学思想时，在他看来，中世纪还不充分具备近代意义上的审美趣味，因而，在其《美学》一书中的地位低微，中世纪和文艺复兴的篇幅合起来也不及 17 世纪。在他所一直秉持的美学观念中，17 世纪是近代美学的酝酿阶段。[③] 克罗齐对经院美学的否定性评价给艾柯这位雄心勃勃的年轻学者提供了可供批判的目标。对克罗齐这位那不勒斯的理论家而言，其美学理论所论说的诸种问题吸引住艾柯并使其深陷其中是不可能的。艾柯把托马斯·阿奎那作为研究对象本身就表明了他对克罗齐理论的挑战性姿态。

克罗齐的美学理论对意大利乃至整个西方的美学理论都产生了深远的影响，但其唯心主义的特征却成为学者们批判之的。艾柯的导师路易吉·帕莱松便对克罗齐的美学持批判态度，在其影响下，艾柯在研究托马斯·阿奎那美学理论的过程中对克罗齐致命性的缺陷也进行了反驳。

1. 美的超越性

中世纪的哲学直至发展到托马斯·阿奎那，仍然被基督教神学的阴影所笼罩，依附基督教神学体系而曲折发展。因而阿奎那虽然在著作中讨论了关于美

---

① ［意］贝奈戴托·克罗齐：《作为表现科学和一般语言学的美学的理论》，田时纲译，中国社会科学出版社 2007 年版，第 53 页。

② Umberto Eco, *The Aesthetics of Thomas Aquinas*, trans. Hugh Bredin, Cambridge: Harvard University Press, 1988, p. Ⅰ.

③ 参见陆扬：《中世纪文艺复兴美学——西方美学通史》，上海文艺出版社 1999 年版，第 86 页。

的问题，但还是从其神学哲学体系的建构出发。托马斯·阿奎那没有写过美学专著，关于美的问题的论述散见于其著作《〈神名论〉疏证》《神学大全》中。“圣托马斯·阿奎那虽没有对美的本身做过详尽的阐释，却有资格被列入中世纪最要的美学家行列。”[①]究其原因，在阿奎那之前，学者们都受柏拉图的影响，使用的是柏拉图式以理念为核心的超感性纯粹美的概念，而阿奎那的贡献就在于破中有立，吸取亚里士多德式美学范式，形成了阿奎那式的神学美学，将其取而代之，从而在基督教神学哲学的思境中展示其独特的美学观。

谈及托马斯·阿奎那的美学，无法回避与美的超越性有关的问题。这里所说的“超越”是被阿奎那附加在“存在”之上的。“存在”是阿奎那思想的基石，他认为存在是一切活动的现实性，包括神、人、世界三种存在的不同层次。其中神—上帝本身“绝对完美”，人与世界“分有”神之美而成为美的个别存在者。也就是说，造物主上帝不仅是生命的根源，同时也是现实美的制造者，依循和谐的秩序与光辉来创造美，同时规定美存在的现实形式。延展于基督教神学哲学之中的托马斯·阿奎那的美学理论是从奥古斯丁、新柏拉图主义、伪狄奥尼修斯、鲍伊修斯等人的理论中汲取营养来构筑其美学思想体系的。[②]阿奎那充分发挥了伪狄奥尼修斯“美善同源于上帝”的思想，把亚里士多德的理论融入在新柏拉图主义之上的中世纪的美学体系里，从本体论与知识论上奠定了其美学理论。因而，阿奎那关于“美”的论述自然而然地便具有了形而上的色彩。

艾柯从阿奎那论美的理论中，发现了其美学观中“美”的先验性特征。他认为阿奎那“将美视为先验性的，有两方面的原因，原因之一是美离不开存在，其次则是与美本身有关。首先，诸多有关存在的规定受影响：宇宙得到进一步完备，上帝被赋予了新的属性。此外，在此过程中，就美本身而言，美也与形象性、必然性、客观性等特征紧密关联”[③]。阿奎那认为美是上帝的表现，上帝决定了人与世界的存在，因而存在的一切都是美的。艾柯认为虽然阿奎那没有明确把美看成超越性的概念，但在其美善论中，我们却能看到其中的端倪。“善与美在实体上是同一的，因为二者都以形式为基础，因此，善被人们当作某种美的东西来称赞。但是，在概念上二者毕竟是不同的，善本身是与欲念相联系的，因为善是人人希望得到的东西，它与目的概念联系在一起。所谓欲念的东西，也是一种迫向某个目的的冲动。美却只涉及认识能力，因为凡是一眼见到就使人愉悦的东西才叫做美的。”[④]艾柯认为，在阿奎那看来，美与善是你中有我，我中有你，二者是同一的。既然“善”被视为超越性的概

① 闫国忠：《基督教与美学》，辽宁人民出版社 1989 年版，第 295 页。

② 参见刘光耀、杨慧林：《神学美学》第 1 辑，上海三联书店 2006 年版，第 21 页。

③ Umberto Eco, *The Aesthetics of Thomas Aquinas*, p. 22.

④ 马奇：《西方美学史资料选编》上卷，上海人民出版社 1987 年版，第 217 页。

念,那么"美"的概念也具有超越性的特征。对于阿奎那所称的美的超越性特征,在艾柯之前的新托马斯主义者也阐述了自己的观点,但艾柯并没有盲从新托马斯主义者的观点。新托马斯主义者马利坦谈及阿奎那论美中有关形而上方面时,他曾这样说:"有如存在和其他超验价值,美从根本上说是可以类推的。这是说,它是由不同的观念界定,是根据不同的属性表现为不同的对象。所以,每一种存在都以它自己的方式存在,以自己的方式显现其善,以自己的方式显示其美。"因此,阿奎那所论之美"事实上是一切超验之物放在一起发出的光辉"[①]。虽然在阿奎那的著作中找不到新托马斯主义对阿奎那所称的美的超越性特征所下的定义,但其在当时却产生了深远的影响。对新托马斯主义者的这一解释,艾柯始终保持着清醒的认识。毋庸置疑,艾柯承认,对阿奎那而言,"美"是超验性的概念。但他判定这一点是从其哲学层面客观冷静地进行分析,与新托马斯主义是有区别的,新托马斯主义视艺术为宗教的主旨,将阿奎那的美学基本范畴进一步神秘化,完全抛弃了托马斯·阿奎那美学中的客观因素,而更为重要的是,艾柯看到了阿奎那美学理论中存在着客观因素与主观因素交互纠缠的悖论。

艾柯认为阿奎那关于美的观点并没有像新托马斯主义那样神秘化,从阿奎那的著作来看,其关于美的基本观点并没有改变。阿奎那在出版《真理论》与《神学大全》2 本著作期间,为《神名论》写了注解。而且当时他还列席听了老师阿尔贝蒂斯·马格努斯的《神名论》讲座。的确,在《神学大全》中,关于美的论述要比《〈神名论〉疏证》少得多,但阿奎那的美学观点却基本一致。艾柯认为,表面上看到的变化"首先是由于普及伪狄奥尼修斯·阿莱奥帕吉塔斯已经不成问题;其次是由于其关于美的概念融入其理论"[②]。于是,艾柯认为:"托马斯已经没有必要强调美的超验性了。"艾柯在论述了阿奎那关于美的超越性认识之后,还梳理了阿奎那美论形成的渊源。艾柯认为阿奎那正是在为伪狄奥尼修斯的《神名论》作注解的过程中,接受了伪狄奥尼修斯关于美是上帝的表现的理论。伪狄奥尼修斯认为上帝是美的本体,是融合万物成为整体的原因。万物分有并折射出上帝之美的光辉而成为美的事物。与伪狄奥尼修斯的《神名论》相比较,阿奎那为其作的注解——《〈神名论〉注解》中关于美的论述便具有明显的形而上色彩。此外,阿奎那的美善统一论也是源于伪狄奥尼修斯的美善观,伪狄奥尼修斯认为万物无不分有美和善。美和善在上帝那里是统一的。当然,艾柯也认识到阿奎那的美善之论与伪狄奥尼修斯还是有区别的,伪狄奥尼修斯把美和善看作是上帝的本质特征,这样便把美和善在先验论层面上统一起来;阿奎那则把美善统一的根基建立在形式的因

---

① 陆扬:《西方美学通史》第 2 卷,第 215 页。

② Umberto Eco, *The Aesthetics of Thomas Aquinas*, p. 47.

素上。虽然善与美具有超验性的特征，但阿奎那已经显示出了其思想中客观性的一面。艾柯在肯定阿奎那对伪狄奥尼修斯美善观点超越的同时，还大力挖掘阿奎那美学理论客观性的一面，专门论述了阿奎那美学中的“形式”因素，甚至宣称：“在阿奎那看来，从本体论层面而言，形式是美形成的基本机制。”①“形式是美形成的原因与根源。”②在当时新托马斯主义对阿奎那进行唯心主义改造的背景之中，艾柯能够反其道而行之，凸显阿奎那美学的客观性因素，显现了其辩证的学术视野与开放的学术姿态。艾柯在其著作中，从阿奎那的美学入手，还讨论了基督教美学的象征手法，语义象征、自然的象征、艺术的象征和宗教仪式的象征等以及围绕中世纪象征主义的几个具体问题：上帝之子的美、人类之美以及音乐之美。这些理论的探寻，与艾柯日后关于符号学、阐释学与语义学的作品有很大关联。从艾柯关于托马斯·阿奎那美学的著作中，我们得出的最重要的结论是，他认识到了阿奎那把美视为“超越性”的概念与其为美下的定义“凡是一眼见到就使人愉悦的东西才叫作美的”是相互矛盾的。艾柯认为阿奎那关于美的定义与美的“超越性”的地位发生了直接碰撞。

2. 美的三要素

阿奎那美的三要素理论是在其关于美的定义的基础上提出来的。什么是美？阿奎那说：“凡是一眼见到就使人愉悦的东西才叫作美的。这就是美存在于适当的比例的原因。感官之所以喜爱比例适当的事物，是由于这种事物在比例适当这一点上类似感官本身。感官也是一种比例，正如任何一种认识能力一样。认识必须通过吸收的途径产生，而吸收进来的是形式，所以，美本身与形式因的概念联系着。”③阿奎那的美论是与“形式”紧密联系在一起的。简而言之，阿奎那关于美的定义便是“美在形式”说，阿奎那在这个定义上还提出了判定美的主观标准——事物适当的比例是否使审美主体感到愉悦是判断事物美丑的标准。在他看来，美是通过感官使人愉快的东西，事物可感的形式与审美主体的感官都是判定美的前提条件。阿奎那进而强调，只有在观赏时直接使审美主体产生愉悦的事物才是美的，可见，他认为审美关系的发生不仅依赖于事物的客观属性（感性的形式），更离不开审美主体的主观因素。因而，审美主体的因素较之前者更为重要。既然事物的客观属性（感性形式）是审美关系发生的基础，那么以感性形式构成的事物的美到底是什么呢？对此，阿奎那提出了美的三要素论。

美的三要素理论是阿奎那在《神学大全》卷一中提出来的，是其美学思想中最具特色的理论。他认为：“美有三个要素：第一，完整或完美，因为凡是残

---

① Umberto Eco, *The Aesthetics of Thomas Aquinas*, p. 71.

② Umberto Eco, *The Aesthetics of Thomas Aquinas*, p. 121.

③ 转引自陆扬：《西方美学通史》第2卷，第217页。

缺不全的东西都是丑的；第二，应该是具有适当的比例或者和谐；第三是鲜明，所以，鲜明的东西被公认为美的。……即使是丑陋的事物，只要完整地描绘了出来，这个形象也是美的。”[①]阿奎那上述美的三要素理论，我们可以在他之前的美学思想中找到渊源。在毕达哥拉斯、赫拉克利特、巴门尼德、柏拉图、亚里士多德、普罗提诺、奥古斯丁等人的理论中都可以发现类似的观点，其中奥古斯丁的美学理论对其影响最为明显，从某种程度上说，阿奎那关于美的三要素论是对奥古斯丁美学理论的致敬。奥古斯丁提出，美之所以美，根源在于美的形式，美就是“整一”“和谐”，具体而言，美就是组成事物整体的各个部分之间和谐的秩序与适切的比例，此外，再加上一种让视觉感到“悦目的颜色”。这里，阿奎那用“鲜明的色彩”替换了奥古斯丁的“悦目的颜色”。概括起来，阿奎那关于美的三要素是指事物的“完整或完善性”“适当的比例或和谐”“鲜明”。若从事物的形式判定，它具备了这三个要素，那它就是美的。虽然阿奎那论美的观点大都继承前人的理论，但他并没有停滞不前，而是试图将美的构成要素作细微的剖析，并在此基础上作了较为精简的归纳，使中世纪关于美的要素论从此明确而系统，成为美学史上著名的几种关于美的界说之一，产生了深远的影响。新托马斯主义者马利坦便从托马斯·阿奎那那里借用了美的定义：“完整性，因为理智喜欢存在；比例性，因为理智喜欢秩序和统一；最后也是主要的——鲜明和清晰，因为理智喜欢光和明亮。”[②]但马利坦在以艺术家绘画为例证，对三要素进行解释时，带有鲜明的主观化倾向。他认为“完整性”是就艺术家而言的，只要所描绘的东西使其本人愉悦，不破坏它观念的完整性即可，其他一切都不重要；“比例”也是如此，它只和预定目的“使形式在物质中闪闪发光”发生关系；至于“鲜明”，马利坦则把它归结为“神赐的光辉”。另一位新托马斯主义的代表人物吉尔松也谈到美的三个特征：完整性、和谐（即托马斯·阿奎那所说的比例或和谐），“美底第三芒……这一种放射或闪烁，并不指色彩或形式，或线条的任何特殊组象……[而是指的]我们感到对象的物质因素被彻底地精神化了”[③]。从中我们可以看出，新托马斯主义者对阿奎那的美的三要素论进行了主观化的改造，他们虽然自称是阿奎那的正宗继承者，但实际上他们已经对阿奎那进行了超越，对其理论的客观因素弃之不顾，从其维护上帝权威出发，凸显了阿奎那的唯心主义的特征。在分析阿奎那美的三要素论时，艾柯并不赞同新托马斯主义者。

艾柯首先认识到了阿奎那美学理论中最重要的是“形式”特质，它是阿奎那眼中美的源头。艾柯说：“形式是阿奎那美学理论的关键概念：但凡他所谈

---

① 转引自陆扬：《西方美学通史》第2卷，第217页。

② 转引自凌继尧：《法国新托马斯主义美学——与多尔戈夫的对话》，《国外社会科学》1997年第3期。

③ 转引自蒋孔阳：《20世纪西方美学名著选》（下），复旦大学出版社1987年版，第172页。

论的美都表明形式是美的因由与根源。如若某个事物被认为是美的,必定看作是因形式使之为美。”[①]由对艺术作品形式的重视,我们可以看出艾柯与克罗齐“艺术源于直觉”的唯心主义观点针锋相对。受其导师帕莱松的美学观点的影响,艾柯认为在阿奎那美的三要素中,事物“比例”最为重要。他说:“在阿奎那的美学理论中,谈及美的三个要素时,最重要的是比例。比例构成了美,使美具有了先验性的特征,也正因为如此,事物成为具有结构化秩序的有机体。”[②]阿奎那从现实美源于上帝,美的因素不是残缺的而是完善的出发,将“完善”置于美的三个要素之首。艾柯在分析了阿奎那关于“完善”的论说之后,认为“完善”虽然在美的三要素中被阿奎那视为最关键的因素,但是“比例”更为重要,事物比例的恰当与否直接决定了事物能否成为一个有机的整体。在艾柯看来,比例便是事物整体完善性的系数与规定性。从艾柯关于比例和完善性的解释,我们已经明显看出他受其导师帕莱松影响的痕迹。艾柯认为阿奎那的完善性与帕莱松谈及的“将要完成的形式”有近似性。对阿奎那而言,事物形式的完善性是美的基础或前提,事物的美在其自身完善性的有机整体中获取规定性。帕莱松也是持“美在形式”的观点,“形式”分为“将要完成的形式”与“业已完成的形式”。他认为只有在“将要完成的形式”中,艺术作品才会有自我可实现的可能性。“只有尚在形成着的结果的这种呈递进状态的形式,而不是作为形成的结果的这种呈结束状态的形式,才会促成自我可实现性的活动。在这个意义上讲,所谓艺术,是‘将要完成的形式’的王国。”[③]我们可以看出阿奎那与帕莱松艺术观的近似性。艾柯也正是看到了这一点,在分析了二者近似性意义的同时探讨了艺术作品形式的重要性。当然,他眼里的“形式”与其老师帕莱松的“将要完成的形式”意义更为趋同。

在事物完善性、比例和谐的条件下,阿奎那又提出了“鲜明”的概念,在其著作中,“光芒”“照耀”“闪烁”等也常被用来指代“鲜明”一词。阿奎那认为无论是艺术品还是自然万物,其形式呈现出鲜明性的特性,那么欣赏者便会从心灵深处感受到事物的完美、和谐秩序以及事物内部的美的充盈性。这样的事物才是美的。因为在他看来,鲜明能够充盈地显现形式的完善和秩序,换句话说,鲜明能将艺术品或自然事物的完整性与和谐性更完备、更充沛地显现在欣赏者面前。阿奎那将“鲜明”作为美的形式的重要性或价值功能,是从其基督教神学立场出发的,神的美是绝对美,万物分有上帝的至美而获得了自身的美,万物美的鲜明就是上帝“含蕴生命之光”的照耀,因而,上帝是美的根源,是绝对美,而现实事物的美只是有限的美,欣赏者只能从事物的有限美中去感受体悟上帝之绝美。阿奎那的“鲜明”与“比例”是不可分的,他说:“神

---

① Umberto Eco, *The Aesthetics of Thomas Aquinas*, p. 66.

② Umberto Eco, *The Aesthetics of Thomas Aquinas*, pp. 71-97.

③ [日]篠原资明:《埃柯:符号的时空》,徐岳明、俞宜国译,第 19 页。

作为世界的和谐和鲜明的原因而被称为是美的，正因为如此，人体的美在于四肢的齐整匀称，再加上鲜明的光泽。同样，精神美在于人的行为或者人的行动是与理智的精神上的鲜明性构成妥当的比例。”①这里，“鲜明”既是字面意义指涉的“明快光亮的色彩”，又具有象征的含义——“精神的”明晰，可以说，它兼具形而下与形而上双重意义于一体。

艾柯论及“鲜明”的含义，将其与阿奎那关于美的定义紧密联系在一起。“鲜明之所以能成为事物形式的某种特性，是因为它与我们‘所看’的对象如艺术品或事物相联系，从而使其本身被现实化。”②这里，艾柯看到了“鲜明”现实状态的转换的可能，指出“鲜明”的现实化与审美主体的感官密切关联，因为“凡是看到并使人感到身心愉悦的事物才称作是美的”③，所以审美主体的“看”这一动机是事物的形式美的前提。“因为把‘存在论上已准备好被判断为美的’事物，在实际上被判断为美的，只有通过这种动机才有可能。换句话说，所谓鲜明，只能是作为现实形态下的比例和完善性。”④

总之，艾柯认为阿奎那的美的三个要素——完善性、比例的和谐性与鲜明性只能是“能够从整体上认识形式的三个方法”⑤。

3. 艺术论

“同圣奥古斯丁相比，圣托马斯对艺术（就其在今日的意义上说）的热情明显要淡漠得多。同阿奎那本人的美论相比，他的同样是东一语西一言汇总而成的艺术论，也明显要相形失色。但这不等于说阿奎那的艺术理论不重要。正相反，由于阿奎那的艺术论基本上概括了中世纪对艺术的一般认识，近代美学中匪夷所思的艺术与美分道扬镳的理论，于此可谓提供了一个相当的典型的范例。”⑥阿奎那艺术理论蕴含于基督教神学哲学思境之中，闪烁着其探寻与研究艺术的学术光芒。阿奎那思想体系最明显的特点之一便是整合性与综合性。对此，艾柯非常重视，曾在其著作《中世纪的艺术与美》中予以高度评价。他指出，阿奎那将传统的理论都融入自己的思想体系之中。因而，阿奎那的体系无疑是经院哲学思想体系中最全面和最成熟的体系之一。⑦“阿奎那的美学理论是中世纪最为成熟的美学理论，它是长时期发展的结果。”⑧

在前面，我们论及了艾柯分析阿奎那的美学观，他认为阿奎那与帕莱松

① 转引自马奇：《西方美学史资料选编》上卷，上海人民出版社 1987 年版，第 217 页。

② Umberto Eco, *The Aesthetics of Thomas Aquinas*, p. 150.

③ 陆扬：《西方美学通史》第 2 卷，第 217 页。

④ [日]篠原资明：《埃柯：符号的时空》，徐岳明、俞宜国译，第 35 页。

⑤ Umberto Eco, *The Aesthetics of Thomas Aquinas*, p. 121.

⑥ 陆扬：《西方美学通史》第 2 卷，第 254 页。

⑦ Umberto Eco, *Art and Beauty in the Middle Ages*, trans. Hugh Bredin, New Haven and London: Yale University Press, 1986, p. 26.

⑧ Umberto Eco, *The Aesthetics of Thomas Aquinas*, p. 210.

的美学关于“形式”的看法二者有契合之处。但艾柯看到了如果仅仅从形式看出阿奎那美学和帕莱松美学相近，还不够全面。因为阿奎那的美学是从神创造的万物出发建构其美学思想的，而帕莱松美学则以艺术家形成的艺术为基础。对阿奎那的美学而言，艺术不会有自律性存在的资格，因为它是人（艺术家）为的形成物，只能是偶有的。[①] 阿奎那在《神学大全》中曾这样说过：“艺术如果与自然的劳作相比就具有缺陷。因为自然赋予实体以形式，而艺术做不到。人为的形式，一切都是偶有的。”[②]也就说，艺术缺乏真实的根基，是悬浮漂游的，唯有自然才是真实的，因而，阿奎那主张艺术必须模仿自然，他说：“亚里士多德教导我们，艺术所以模仿自然，其根据在于万物的起源都是相互关联的，从而它们的活动和结果也是如此的。但是艺术作品起源于人的心灵，后者又为上帝的形象和创造物，而上帝的心灵则是自然万物的源泉。因此，艺术的过程必须模仿自然的过程，艺术的产品必须仿照自然的产品。”[③]艺术模仿自然，而自然是上帝的艺术作品，归根结底，艺术模仿的是上帝创作的自然，体现上帝的理想。对这一问题，阿奎那在《反异教大全》中还进一步阐释：“艺术产品的材料来自自然，而自然产品的材料是来自上帝创造。不仅如此，艺术客体是借自然事物的力量，在存在中得以保存；比方说一栋房舍，靠的便是其石材坚固性。反之一切自然事物，靠的不是别的，而是上帝的力量，在存在中得到保存。”[④]明确地说，这里，阿奎那表明了自己对艺术的看法，艺术作品不具备自然物所拥有的上帝力量，因而失去了存在论层面上的意义。对于阿奎那的这一艺术观，艾柯在《托马斯·阿奎那的美学问题》中的看法是，阿奎那是强调人类必须清醒地认识到，人不可能凭空创造形式，因为他要进行创作的形式首先必须有赖于一个已存在的、具体可感的鲜活现实。这重新返回到了人类正确认识个体在现实生活中位置这一亘古的命题。[⑤]

当然，我们也不应该忽视，这里的“艺术”是人工制作的代名词，而“自然”有其自己的含义，“艺术模仿自然，之所以如此的原因在于艺术活动的原则是认识。因此，自然的东西之所以可能为艺术所模仿，是由于某种理性的原则，一切自然都指向其目的；这样，自然的作品也就似乎是理性的作品，因为它是以确定的手段达到确定的目的；艺术在其活动上所模仿的正是这种自然”[⑥]。艺术只有模仿上帝依据理性原则创造的自然，才能靠近真实。因为艺术品模仿的自然都是上帝为了达到某种理性的目的，依据理性的原则来制作的。因

① 参见[日]篠原资明：《埃柯：符号的时空》，徐岳明、俞宜国译，第36页。
② 转引自马奇：《西方美学史资料选编》上卷，上海人民出版社1987年版，第219页。
③ 转引自伍蠡甫：《西方文论选》上卷，上海译文出版社1982年版，第153～154页。
④ 转引自陆扬：《西方美学通史》第2卷，第259页。
⑤ 参见陆扬：《西方美学通史》第2卷，第254页。
⑥ [波]沃拉德斯拉维·塔塔科维兹：《中世纪美学》，伍蠡甫译，中国社会科学出版社1991年版，第319页。

此，必须通过理性有结构的把握才能领略事物的美。

艾柯从阿奎那的艺术观中发现了其美学思想体系暗含的矛盾。在分析阿奎那关于美的定义与美的三要素说的基础上，艾柯将其美学体系所体现的思想总结为如下两点："第一，无论是自然生成的还是人工创作的，都可以直观成美的；第二，自然的实体要优先于人为创作的形式，所以说源于神的创造物总是要优先于人为制造的生产品。所以，人为制造的生产品只能从表面意义而言是美的，但与神的创造物相比而言，其美的价值则缺乏存在论上的实重。"[①]艾柯首先认识到了阿奎那所界定的美是一种属于形式范畴的事物。其次，自然作为上帝的艺术作品，比人生产的艺术作品要真实。自然是上帝之神按照自己的理想模式制造出来的，而艺术家的艺术作品则是对上帝杰作——自然的再次模仿，从存在论层面而言，自然比艺术作品更具有生存意义上的美。那么，我们可以说，从这个角度而言，只有上帝才能对艺术作品的形式有真正的理解。但在这种情况下，阿奎那自身体系的矛盾就被暴露出来了，既然只有上帝才能对事物形式具有结构性的理解，反而言之，人便不能充分理解美，但是，有个问题我们必须正视，假若艺术作品与人具有一种同质性，那么我们人类从形式方面把握美就成为可能。因而，艺术问题就自然成了阿奎那思想体系之内的自我矛盾的问题。[②] 即便如此，对于阿奎那的美学观与艺术观，艾柯还是给予了很高的评价："我们必须放弃重建托马斯艺术问题的意图，回归形式的问题，正是这一问题让我们重新发现了阿奎那思想体系的哲学动力，其丰富的启示虽存在自相矛盾之处，但却是发人深省。"[③]艾柯这一看法是有道理的，阿奎那的哲学体系从历史上看，其基本特征之一便是对亚里士多德思想的整合。如果把其源于亚里士多德的形式理论囊括进来，阿奎那的思想意识在中世纪的地位，实属同时代的思想家难以企及的。

艾柯于 1954 年开始对阿奎那美学问题进行研究，历经增补、修订、删节，但他从没有打算将阿奎那作为自己日后的学术研究对象，他曾在《托马斯·阿奎那的美学问题》增订版的序言中写道："1952 年因为试图了解阿奎那宗教世界观而以一种信徒的精神开始了这方面的研究。但现在，我早已结束了对阿奎那思想体系的形而上学和他的宗教思想的探究。……有趣的是，我正是通过研究阿奎那的美学思想而得以完成的。"[④]虽然如此，但阿奎那思想对艾柯影响深远，在其日后的著作如增订版中写的托马斯与结构主义的比较、《开放的作品》第二章的乔伊斯论以及基于前者修改出版的《混沌的诗学：乔伊斯的中世纪》中，我们都可以看到艾柯对托马斯·阿奎那思想的借鉴。

---

① Umberto Eco, *The Aesthetics of Thomas Aquinas*, pp. 201-203.

② 参见[日]篠原资明：《埃柯：符号的时空》，徐岳明、俞宜国译，第 37 页。

③ Umberto Eco, *The Aesthetics of Thomas Aquinas*, p. 189.

④ Umberto Eco, *The Aesthetics of Thomas Aquinas*, Preface, p. VII.

二、马克思主义理论

艾柯在20世纪六七十年代意大利马克思主义思潮风起云涌之际，他以积极开放的态度参加了马克思主义小组，经历了马克思主义理论的洗礼。艾柯对权力、知识、世界等都有了自己的观点与想法，他使自己远离了60年代狂热非理性的学生运动，极力反对意大利红色旅与黑手党的恐怖主义运动，认为他们都完全误解了权力的本质。“知识的效能显现在个体否定它之时而不是体现在维护其政党与团体过程中。”[①]

被誉为“20世纪富有创见性的马克思主义理论家之一”、意大利著名的马克思主义哲学家与意共创始人葛兰西把马克思主义的唯物辩证法与历史唯物论紧密结合，把马克思主义世界观视为意大利共产党的行动指南，从历史唯物主义出发研究意识与认识过程，反对唯心主义。他将马克思主义的哲学原理与意大利和西欧的历史与现状紧密结合，积极探寻意大利等西欧工业发达国家社会主义革命成功之路，形成了独特的欧洲共产主义理论。葛兰西根据西欧特殊的社会结构与历史状况，形成了其“领导权理论”，并以此为出发点，分析意大利的阶级状况，扩大了国家概念的外延，提出了“市民社会”概念；在考察东西方社会结构差异的基础上，区分了“阵地战”与“运动战”两种革命策略，指出西方比俄国这样的东方国家革命任务更艰巨、时间更持久，应采用“阵地战”方式进行社会主义革命；在分析知识分子形成过程的基础上，突破传统“知识分子”的观念，把“知识分子”概念扩大到社会的一切领域，从“社会关系的总和”肯定知识分子的重要作用，提出要摧毁资产阶级的“文化霸权”；严格区分资产阶级民主与社会主义民主，批判专制主义与中央集权，强调社会主义与民主相结合的重要性，指出民主是社会主义的本质所在，突出了社会主义民主的意义。同时，葛兰西在继承和发展马克思主义的文学理论、结合意大利的实际情况的基础上，形成了关于“民族—人民的文学”的思想，主张知识分子应该为人民服务，成为人民的代言人，并提出了一系列有关文学批评的见解，主张从“审美”和“历史”两个层面把握文学的形式与内容的有机关系，坚持真善美的批评标准。[②]

葛兰西的理论不仅具有理论意义，还具有实践意义，吸引着众多马克思主义者潜心研究与挖掘。米兰大学的哲学史教授班菲便继承了葛兰西的传统，主张在革命与历史的辩证法中把握马克思主义实质，通过批判克罗齐、金蒂莱的新黑格尔主义，形成了自己的批判主义理性哲学。同时班菲还是较早将新康德主义与现象学传介到意大利的学者之一，在其之后的博比奥

① G. Stewart, *The Medieval Dream: Umberto Eco and the Abbey Libraries*, http://www.etext.orgZines/Critique/article/umbertoeco.html.

② 参见朱立元：《当代西方文艺理论》，华东师范大学出版社2005年版，第184～185页。

(Noberto Bobbio)也对现象学的传播作出了贡献。虽然从整体上看，意大利存在主义的发展是独立于现象学之外的，但是现象学对克罗齐和金蒂莱新唯心主义哲学的批判却与存在主义殊途同归，艾柯便是在其导师帕莱松这位较早的存在主义传播者的启发下，在对克罗齐的美学进行批判的过程中形成自己独特的美学观点的。此外，另外一位马克思主义研究者沃尔佩在美学领域的独特贡献，尤其是其在批判克罗齐唯心主义美学的过程中强调重视诗或文学的语言符号的特殊性，启迪了艾柯对符号学美学的思索。而马克思主义理论对艾柯最大的影响也许就在于使其勇担知识分子的重任，大力呼吁在后现代主义充斥的社会积极应对理性与非理性交织的虚无、荒谬的世界，启示人类在启蒙与第二次启蒙之间警惕自我的偏执专制与集权主义带来的灾难。艾柯在其随笔《喜剧自由的框架》中以“笑”作比喻反对集权主义，“笑……能颠覆法律”，笑是人类自由的动作，但却不承诺自由，“相反，它时刻提醒我们全球解放是不可能完成的”①。“笑是颠覆悖逆理性、荒谬想法等等一切虚假权威的一种有效的工具。”②

置身于二战后意大利唯心主义之争的艾柯还深刻反思了以法兰克福学派为代表的西方马克思主义。

法兰克福学派作为西方马克思主义中最大、最重要的一个流派，在20世纪六七十年代，随着马克思主义理论在西方的狂飙突进而进入了辉煌时期，对各国产生了不同程度的影响，特别是阿多诺的文化批判理论在意大利思想界激起了不小的波澜。法兰克福学派由一群哲学家、社会学家、心理学家和文艺理论家等组成，代表人物众多，涉足领域广泛，著作颇丰，他们沿着卢卡齐、布莱希特的现实主义道路，吸取“批判的马克思主义”传统，运用现代西方的哲学、社会学、心理学等学派的理论观点对文艺的一系列重要问题进行了深入研究，对现代资本主义社会进行了犀利的批判，形成了独特的“社会批判理论”。法兰克福学派的基本主张与批判理论影响了整个20世纪，特别是有关以文艺来对抗资本主义社会的异化现象等社会批判的理论更被后现代主义思潮奉为思想的先驱与理论的源头。法兰克福学派从20世纪20年代开始萌发，历经第二次世界大战的磨砺和战后曲折的发展，再到六七十年代的声势浩大，直至80年代的日渐式微，无论是其学派的思想理论，还是从该学派衍生的新思想与学说一直在发展。艾柯置身后现代主义的浪潮中，面对后现代主义制造的虚无、颠覆与解构交织互错的世界，在受法兰克福学派“社会批判理论”的影响，拿起批判的理论武器直面后现代主义自身的弊病的同时，他也

---

① Umberto Eco, “Frames of Comic Freedom,” in *Carnival*, ed. Thomas A. Seboek, Berlin: Mouton Publishers, 1984, p. 8.

② Umberto Eco, *The Name of the Rose*, trans. Wiliam Weaver, San Diego: Harcourt Brace Jovanovich, 1983, p. 133.

深刻反思了法兰克福学派的代表人物阿多诺否定性的批判理论。

阿多诺认为当今的资本主义社会是一个强制消除个体的差异性、趋于统一性的社会，为捍卫个体的权利，揭露社会异化人的罪恶，他从意识形态角度进行了社会批判，并将其与哲学反思相结合，形成了以否定性为核心的社会批判哲学。反映在其文艺理论思想上，阿多诺便从否定性的辩证法出发，把否定性视为现代艺术的本质特征，称艺术是对现实世界的“反题”，主张艺术应用缺陷性、矛盾性、零散性和破碎性的外观来实现对现实异化的批判，并借此达到否定现实的本性。同时，阿多诺还提出艺术应打破传统艺术的窠臼，发挥其批判与拯救的功能。[①] 艾柯批判地继承了阿多诺的否定性批判理论，一方面对多元化的肯定、意义的消解、个体性的提倡体现了其后现代主义文艺理论的鲜明特征，继承了阿多诺否定性批判理论的观点，另一方面他也看到了阿多诺理论的缺陷，其否定性的批判理论仅仅局限于社会批判与精神批判的领域，缺乏实践基础，因而难免陷于“无限偏移”的自由悬浮状态。因此，艾柯对后现代主义理论肆虐的理性批判进行了一定的反拨。他指出，后现代主义对理性的泛滥批判而导致的意义“无限衍义”将产生严重的后果，犹如人类身上的肿瘤，将会发生癌变而滋长扩散到难以掌控的地步。因而艾柯突破了片面想法的立场，建立了哲学符号学展开游戏式自由批判的方式。“用理性之矛去攻理性之盾会导致悖论，只会使问题和危机更加尖锐。然而艾柯的符号学方案引向另一种更谦逊的启蒙，它浸透着虚无主义，洞察了理性的徒劳和世界的无序，让自己沉醉于游戏的快感之中。在知道自身相对性的情况下，尝试无秩序的反抗、放纵的乐趣、颠倒的戏拟，以此使现存的关系颠倒过来，使权利和乏力互相置换。它们将一切置于哈哈镜前，放肆地戏弄现实，无拘无束地进行颠覆。艾柯在巴赫金的讽刺、荒诞、小丑和杂耍戏子的角色中发现了独立的、具有颠覆性的认识。这种认识既不要求理性，也不能将它贬斥为纯粹的非理性。”[②]

艾柯以其辩证的思想，将感性与理性、开放与封闭相结合，在后现代主义大潮中保持着不同于其他后现代主义文论家的中庸姿态，“因为有了虚无之中的这一点坚守、消解之中的这一点理性，形成了艾柯不同于他人的‘中庸态度’”[③]，使其能够在后现代主义理论的瓶颈中寻找到突破点，不在概念中纠缠，不在对抗理性中迷离，以调和者和综合者的身份对正走向虚无之境的后现代主义理论进行一定程度的纠正与设限。

---

① 参见朱立元:《当代西方文艺理论》,第 211～213 页。

② [德]布劳耶尔、洛伊施、默施:《法意哲学家圆桌》,叶隽等译,华夏出版社 2003 年版,第 92 页。

③ 马凌:《后现代主义中的学院派小说家》,第 120 页。

三、存在主义理论

在第二次世界大战前后，存在主义在意大利盛行一时。意大利的存在主义分为世俗存在主义与基督教存在主义两大学派。前者以阿巴尼亚诺和帕契为代表，后者以帕莱松、卡斯泰里和普利尼为代表。① 艾柯主要受后者影响，特别是帕莱松的影响比较大。

路易吉·帕莱松(Luigi Pareyson，1918～1991)是都灵大学美学教授，意大利存在主义的早期传播者之一，著有《存在的哲学与卡尔·雅斯贝斯》(1940)、《存在主义研究》(1943)、《存在与人格》(1950)等著作，其中，《美学》(1954)一书是其美学理论的代表著作，反对克罗齐的直觉美学理论，提出了独特的美学理论。帕莱松自1952年开始在都灵大学任美学教授，在这期间，艾柯在帕莱松美学理论的影响下，以托马斯·阿奎那为研究对象，开始了对克罗齐的批判，并在其指导下，完成毕业论文《圣托马斯的美学问题》。可以说，以帕莱松为首的基督教存在主义对克罗齐的批判直接影响了艾柯对以克罗齐为代表的新黑格尔主义与新托马斯主义的认识。

美学理论与艺术观是克罗齐"精神哲学"的基石，对克罗齐的批判必然伴随着对其美学理论的批判，否则就会削弱批判的力度。针对克罗齐的直觉美学理论，帕莱松提出了形式美学理论。与克罗齐把艺术活动理解为对物或观念的简单再生产的观点不同，帕莱松认为艺术具有双效功能，在活动的同时发明活动，即艺术生产具有可实现性和意向性的特点。为此，帕莱松专门区分了作品形式的"forma formans"(将要形成的形式)与"forma formata"(已经形成的形式)，他认为只有尚在形成着的这种呈递进状态的形式，而不是作为形成结果的这种呈结束状态的形式，才会促成自我实现性的活动。② 这一点启发了艾柯的"文本开放观"的形成，在其《开放的作品》中，他在帕莱松艺术生产理论的基础上做了进一步发挥，艺术作品"是一种'开放'的作品，是演奏者在进行审美的过程中同时去演绎完成的作品"③。上升到美学层面，艾柯以辩证的态度探讨了作品的"确定性"与"开放性"。"我们按照不同的方式去欣赏与理解某一种形式，从美学意义而言，它才具有审美价值，这是因为它能引发人们的各种共鸣和想象，但又不会因为自身的原因而静止不动。因此，我们可以说，一件艺术作品，其形式既是完成了的，同时也是开放的，是可以通过诸多种不同的方式去鉴赏与解释的。"④

帕莱松在认识论方面提出的解释论吸引了艾柯。帕莱松认为解释是主

---

① 参见谢地坤：《西方哲学史》第7卷(下)，凤凰出版社、江苏人民出版社2005年版，第837页。

② 参见[日]篠原资明：《埃柯：符号的时空》，徐明岳、俞宜国译，第24页。

③ Umberto Eco, *The Open Work*, trans. Anna Cancogni, Harvard University Press, 1989, p. 3.

④ Umberto Eco, *The Open Work*, p. 4.

体(解释者)与客体(作品形式)无限性的交汇,解释者与作品“forma formans”(将要形成的形式)相交融而产生的解释并不是唯一的,而是多元开放的。此外,帕莱松的解释论重视解释者的地位,这一点与克罗齐不同。关于精神的主动性与感受的被动性是克罗齐美学理论的哲学基础,克罗齐强调艺术创造与艺术欣赏的统一性,他认为解释者在艺术作品的欣赏过程中是被动的,为艺术作品的本质所吸引;而帕莱松重视解释者的权利,他认为,解释者是主动的,他们从其特定的文化水准、品味、爱好和个人偏见出发去解读作品。作品的形式不是封闭的、固定的,而是开放的,为解释者提供了解释的无限可能性,解释者在解读作品的动态过程中重新体验了作品形成的过程,进而揭示了作品与自身的联系。加之解释者的个性不同,这样主客体本身的无限性造成了解释的无限样。艾柯吸收了帕莱松的解释观,在其《开放的作品》中继续沿着帕莱松的路线发展下去,确定了把接受者积极参与作为先决条件的“开放作品”的意义,倡导接受者对作品进行解释,作者对读者提供的是一种有待完成的作品,“欣赏者应自由开放地演绎已生产出的艺术品……实际上,欣赏者每一次演绎艺术品的过程同时也是对作品的一种解释,每一次演绎都使作品从不同方式和角度上得以实现,而这些演绎又是互为补充的,可以说,每一次演绎都使作品更为完善”[①]。艾柯进一步指出,演绎既是确定的,又是临时的。对演绎者而言,每一次演绎都是作品本身,这是确定的;同时演绎又是临时的,因为每一个演绎者都知道必须进一步深化演绎。艾柯在赞同帕莱松的美学理论、确定艺术作品的批评可能性的同时,他还将艺术作品的结构问题、对社会机制现象的关注、非理想主义的欧洲文化手段的使用等纳入其研究的视野。

艾柯不仅从导师帕莱松那里吸收了“解释”概念,而且还吸收了“形式”概念,这一点我们可以在其博士论文《圣托马斯的美学问题》中看到。在其论文第一章“中世纪文化中的美学”里,艾柯分析了鲍姆嘉登与克罗齐的美学理论。他认为,如果美学正如鲍姆嘉登描述的那样,“美学是感性知识的科学,是用美学方式思考的艺术,用类推法推理的艺术”,那么中世纪思想家便没有美学理论,他们所做的只是“与美相关联的一系列论题——如何界定美,美的功能是什么以及审美的方式如何”[②]。托马斯·阿奎那自己并没有形成一套完整的美学理论,但他在诸多文章中却将美与善联系在一起。

在中世纪的著述中,美与善被视为一体。最早对之进行区分的是著名神学家约翰·拉劳切尔(John of la Rochelle,1200～1245)。他说:“当善根据理解本身而愉悦时,善便是美的;但善本身就是令人愉悦的情感。”[③]虽然拉劳切尔对美与善的区别所作的描述还较为模糊,但我们已看到了他尝试对美与

---

① Umberto Eco, *The Open Work*, p. 15.

② Umberto Eco, *The Aesthetics of Thomas Aquinas*, p. 2.

③ Umberto Eco, *The Aesthetics of Thomas Aquinas*, p. 42.

善进行区分的意图。艾柯在建构其中世纪美学理论的过程中，便认识到了奥古斯丁(Augustine)、拉劳切尔与阿奎那等人关于美的论述的特点，他们认为美是与形式联系在一起的。将美与形式联系在一起，在本体论上是完美的，艾柯中世纪美学理论的这一见解，也是其美学理论最引人瞩目的贡献之一。其美学理论与帕莱松的美学理论是相一致的，同样强调了“形式”的因素。艾柯认为中世纪的美学将“美”定义为：“美是让人感到愉悦的事物。”[①]可以说，在界定美的相关条件时，毋庸置疑地重视“形式”这一概念，这与帕莱松的观点是相近的。尤其是阿奎那关于形式的观点与帕莱松美学中“具有结构化程序的有机体”有相似之处。

当然，我们仅仅从“形式”这一点而看出阿奎那美学与帕莱松美学相近，还并不全面。因为阿奎那的美学是以神创造的自然物为主要的模式，而帕莱松的美学则以艺术家形成的艺术为主要模式。所以，对阿奎那美学而言，有关形式的美学不会被作为独立于艺术之外的事物而存在。[②] 但是如果艺术的形成品与人具有一种同质性，在其形式方面对美的把握就成为可能。这样，艾柯在对比阿奎那的美学理论与帕莱松的美学理论的过程中，形成了自己独特的中世纪美学理论，启示我们关注帕莱松有关“形式”的美学讨论的同时，对意大利的克罗齐传统也进行了批判。因为，艾柯决定专心研究阿奎那美学本身，就表明了他对克罗齐质疑的姿态。

四、阐释学理论

战后的意大利哲学是存在主义哲学与逻辑经验主义哲学雄踞的天下，在二者彼消此长之时，一股阐释学的暗流也在伺机涌动，即便是阐释学的内部也是纷争四起。20 世纪 50 年代，意大利法学家与哲学家艾米洛·贝蒂[③]的历史主义阐释学理论备受推崇，随着德国神学家布尔特曼·鲁道夫[④]的神学阐释学与德国哲学家海德格尔的哲学阐释学在 60 年代的崛起，尤其经意大利学者埃内斯托·葛拉西[⑤]的传介而广为众人所知，极大冲击了艾米洛·贝蒂的历史主义

① Umberto Eco, *The Aesthetics of Thomas Aquinas*, p. 43.

② 参见[日]篠原资明：《埃柯：符号的时空》，徐明岳、俞宜国等译，第 36 页。

③ 艾米洛·贝蒂(Emilio Betti, 1890～1988)，意大利法学家、哲学家及神学家，他继承了现代解释学之父施莱尔马赫和狄尔泰的阐释的客观性，主张历史主义的解释学。其代表作品为《作为精神科学方法论的普遍解释理论》。

④ 布尔特曼·鲁道夫(Bultmann Rudolf, 1884～1976)，德国新教神学家，存在主义神学代表之一。他认为《新约》本质上是神话而不是历史，主张用存在主义生存论的解释学理解和解释《新约》神话，以彰显基督教宣道的生存意义。著有《神道与神话》《原始基督教及其背景》《历史与末世论》等，其中，1941 年问世的《新约神话学》是其纲领性著作。

⑤ 埃内斯托·葛拉西(Ernest Grassi, 1902～1991)，意大利哲学家。他继承了海德格尔的事实解释学，并为其传播作出了贡献。其代表作为《维柯、海德格尔与修辞》。

阐释学。艾米洛·贝蒂由于坚持施莱尔马赫[①]与狄尔泰[②]对客观阐释的可能性而得到传统阐释学典型代表、美国文艺理论家赫施[③]的积极响应，赫施在传承贝蒂历史主义阐释学的基础上，试图在胡塞尔的现象学与索绪尔语言学中为“阐释的循环”[④]寻求理论支撑，以期与以海德格尔和伽达默尔为代表的哲学阐释学相抗衡。

18 世纪末 19 世纪初，阐释学经由施莱尔马赫和狄尔泰引入哲学领域，由此阐释学从一种理论思潮发展演变为一种方法论和认识论。施莱尔马赫赋予阐释学理论以哲学的底蕴，用哲学话语言说读者正确理解的可能性存在。在此基础上，狄尔泰则把理解视为人文学科的一种方法论。在他们看来，人类的主观认识与事物的客观存在之间存在阻隔。海德格尔与伽达默尔则将阐释学提升到哲学层面。[⑤]

海德格尔的现象学哲学赋予了阐释更深广的含义，使阐释学上升到哲学或形而上学的层面。他试图建构现代本体论的阐释学，从其“存在”的观念出发，将理解置身于生存论的背景下，认为理解是一种“生存着的在世存在（das existerende In-der-Welt-sein）的展开状态（Erschlossenheit）”，是一种“此在之为能在（Sein-Koennen）的存在方式”。[⑥]“海德格尔对于人类此在的时间性分析已经令人信服地表明：理解不属于主体的行为方式，而是此在本身的存在方式。”[⑦]

正是在此前提下，海德格尔的阐释学把理解定位于文本自身的时间与现象、历史与语言的联系上。从阐释学成为方法论的发展过程看，既不同于施莱尔马赫提倡的超越语言、深入作者主观世界的精神阐释方法，也不同于狄尔泰求助意图、心灵和移情作用来探索作者灵魂世界的阐释方法，海德格尔的阐释学揭示了“理解基于人（此在）的历史（时间性）、人（存在者）的存在（空间性）的一般结构，提供了一种反主观的阐释形式”[⑧]。

---

① 施莱尔马赫（Friedrich Schleiermacher，1768～1843），德国哲学家、新教神学家，代表作品为《宗教讲演录》（1799）、《基督教信仰》（1821）。他认为基督教最完美地实现了宗教的本质。宗教是有限者与无限者之争的沟通。宗教是人对绝对者（神）的意识，而不是神对人的启示，因此他的理论被认为是“对人的神化”。“他用发现代替了启示，用宗教意识代替神的话语。”

② 狄尔泰（Dilthey Wilhelm，1833～1911），德国哲学家、生命哲学的奠基人。他严格区分了自然科学与精神科学，并以生命或生活作为哲学的出发点，为“精神科学”研究奠定了方法论基础，代表作有《精神科学序论》（1883）、《哲学的本质》（1907）等。

③ 赫施（E. D. Hirsch，1928～），美国文艺理论家，传统阐释学的代表。他强调阐释必须是对作者原意的阐释，反对伽达默尔关于文本意义的历史性、时间性的观点，主要著作有《解释的有效性》《解释的目的》。

④ 诠释的循环：是指阐释者对文本整体意义的理解，必须通过对词语的理解来完成，而这必须以假定已经有了整体的理解为前提，这是一个互为前提、互为因果的循环论证的过程。

⑤ 参见张中载：《误读》，《外国文学》2004 年第 1 期。

⑥ 海德格尔：《存在与时间》，陈嘉映等译，三联书店 1999 年版，第 166、172 页。

⑦ 洪汉鼎：《理解与解释——诠释学经典文选》，东方出版社 2001 年版，第 170 页。

⑧ 李砾：《阐释诠释》，《外国文学》2005 年第 2 期。

海德格尔之后，伽达默尔发展了哲学阐释学的传统，建立起阐释学的实践哲学，为现代阐释学提供了重要的理论价值和实践基础。在继承海德格尔阐释学理论把文本阐释视为探究作为此在存在方式的对历史文本的理解过程的基础上，伽达默尔吸取了施莱尔马赫及狄尔泰阐释循环说的精华，把关注的焦点放在了文本意义的具体探索上。在其《真理与方法》(*Wahrheit und Methode*)中，提出了"理解的历史性""视界融合"和"效果历史"三大哲学阐释学原则，他认为阐释是一种理解我们自身历史的真实以及它和过去连绵不断联系的行为，其标准不是恢复作者的意义，作为一个自我理解的行为，阐释就不只是一种单纯的复制行为，而始终是一种创造性行为。[①] 他的观点显示，阐释作为过去与现在、他者与我们的对话，对文本意义的追寻呈现为一种意义历史的发展过程，被阐释的文本存在于阐释者时间性与历史性动态的阐释过程之中。可见，伽达默尔的阐释理论凸显了阐释者的地位与创造性，避免了传统阐释学在以作者为中心的道路上越走越偏的倾向，将阐释学传统与实践哲学相统一，"为实现其'阐释学的实践哲学'的根本主题奠定了基础"[②]。

伽达默尔之后，法国哲学家保罗·利科在海德格尔与伽达默尔的哲学阐释学原则的基础上，建立起现象阐释学，使阐释学从存在论层面返回方法论层面。保罗·利科从语义学、认识论和文学批评理论等方面汲取精华，将语言哲学、结构主义、符号学等因素囊括到其阐释学理论之中，以充实、完善其阐释学理论。他认为，阅读的进程在文本世界中实现，语言文本尤其是文学文本所使用的语言具有寓意与象征功能，因而，文学文本的语境与指称"只有就它是想象的而言才是现实的"[③]，文本的多义性就为阐释者的阐释理解提供了无限的可能性。保罗·利科在肯定了文学文本的开放性的同时，还强调了读者在文本意义创造中的地位。这一点与伽达默尔是一致的。

与保罗·利科基本继承哲学阐释学传统相对的，是意大利哲学家艾米洛·贝蒂与美国文艺理论家赫施对哲学阐释学的批判。艾米洛·贝蒂清醒地看到了哲学阐释学离开客观性而陷入困境的危险倾向，企图恢复被哲学阐释学消解了的作为方法论的阐释学，为此，他致力于将理解与阐释的方法细化，分析阐释学的理论要素，在从阐释的主体、客体两个方面提出了阐释的方法论原则，并在此基础上归纳了阐释学的三种阐释类型：重新认识、重现创作、规范应用。在他看来，阐释是一个"能思的精神者的解释者""精神客观化物"以及联系两者的"富有意义的形式"之三位一体的过程。贝蒂的努力甚至获得了他所批判的伽达默尔的欣赏。[④] 贝蒂的理论给哲学阐释学对阐释者权

---

① 参见洪汉鼎：《理解的真理》，山东人民出版社 2001 年版，第 213 页。

② 谢地坤：《西方哲学史》第 7 卷(下)，凤凰出版社、江苏人民出版社 2005 年版，第 708 页。

③ [法]保罗·利科：《解释学与人文科学》，陶远华等译，河北人民出版社 1987 年版，第 144 页。

④ 参见李砾：《阐释诠释》，《外国文学》2005 年第 2 期。

利的迷恋以清醒的一击，美国文艺理论家赫施在继承贝蒂理论的基础上对其进行了发展，他的作者中心论观点是从批判伽达默尔开始的，以追求作者文本意图为目标，强调对文本的阐释必须回归作者的原意，这样一来，赫施也不可避免地陷入与施莱尔马赫、狄尔泰一样的困境，迷失在他们自己设置的“阐释的循环”怪圈之中。赫施自己也清醒地认识到这一点，因而提出文本意义的“意思类型”这一概念，试图寻找传统阐释学的突破点。他把文本的意义分为“意思”与“意义”两层概念，“意思”是作者赋予的，是作品传达出来的本意；“意义”是读者所认定的文本的意思，是读者在阅读过程中对于作品的理解。因而，同一文本的“意思”有多种“意义”。为圈定读者理解的范围，确定多种意义的有效性，赫施专门提出了“意思类型”的概念。他认为只有在“意思类型”许可范围内的理解才是有效的，也只有读者复制出文本表现出来的“意思类型”，才能把握作者的原意。[①] “我们必须努力成为文本所期待的直接读者，以便理解暗示的意思和把握比喻的精确含义。”[②]事实上，赫施的努力是徒劳的，他所提出的阐释方法只是一种“可能”，是一种相对性，因而复归作者原意只能是乌托邦式的幻想。

我们可以看到，西方批评在20世纪经历了三次重大的理论转折，从将作者的创作视为解读作品之依据的“作者中心论范式”，到重视文本自身的语言结构因素，将其视为理解文本意义之依据的“文本中心论范式”，再到从读者立场出发，重视读者的阅读、反应以及创造性理解等，从读者的视角去诠释文本文学意义的“读者中心论范式”。[③] 艾柯的阐释学理论却似乎呈现一个逆行的趋势：“由读者中心论转向文本中心，最后又部分回溯到作者中心论。”[④]作为一位原创性、先锋性与探索性多位一体的知识分子，艾柯一直处于学术研究的前沿，早在20世纪60年代，针对以列维—斯特劳斯为首的结构主义“文本自足论”，艾柯汲取了哲学阐释学重视阐释者权利的一面，提出了“开放的文本”观，成为对读者在意义生成过程中的作用最热心、最具影响力的倡导者之一。“一件艺术作品被完成后，它在其完整的组织形式上是封闭的，但同时它又是开放的，因为它被人们以多种不同的方式看待和诠释，艺术作品的唯一解读是不存在的……对艺术家而言，他不仅要面对、忍受这种‘开放性’，而且还应试图择取这种‘开放性’作为其创作的标准与原则，进而要使其作品尽可能地达到最大程度的开放。”[⑤]后来，艾柯却发现读者在阅读过程中偏执于作品的开放性，忽视了“开放性阅读的前提是阅读作品必须从文本出发，因此

---

① 参见马新国：《西方文论史》，高等教育出版社2002年版，第578页。

② 洪汉鼎：《理解与解释——诠释学经典文选》，东方出版社2001年版，第213页。

③ 参见金元浦：《接受反应文论》，山东教育出版社2001年版，第2页。

④ 马凌：《后现代主义中的学院派小说家》，第142页。

⑤ Umberto Eco, *The Open Work*, p. 5.

自然会受到文本的制约”[①]。在意大利艾米洛·贝蒂批判哲学阐释学的影响下，受其对文本阐释主体、客体辩证认识的熏陶，艾柯试图对读者中心论进行纠偏，他主张读者的解读要以文本为依据，“读者的积极作用主要在于推测文本的意图”[②]。为此，他专门提出了“模范读者”的概念，与赫施的“直接读者”有异曲同工之妙，“文本的阐释旨在探查出一种策略，以产生一个‘模范读者’”[③]。同时他还区分了“阐释文本”(interpreting a text)与“使用文本”(using a text)，反对在文本阐释活动中将读者的能动作用无限扩大的倾向，将读者那种忽视文本内在的连贯性，以自己的意图揣测文本意义、将文本打造成符合自己目的的形状的做法定义为“使用”文本而不是“阐释”文本。

由此可以看出艾柯阐释学以不偏不倚的态度与某些偏激的阐释理论相抗衡，在对峙与交流过程中，其取向逐渐明朗：提倡诠释，在支持读者诠释的同时以“文本意图”为诠释设限，反对过度诠释，反对“误读”文本，为阐释设限。在艾柯看来，文本阐释应在作者、文本、世界、阐释者互动中进行。艾柯对待阐释的辩证态度，对当下后现代主义的批评家走向以读者中心论为阐释范式、高扬阐释者权利的极端论调进行了某种程度的反拨。

除此之外，法国符号学家罗兰·巴特的符号学理论以及加拿大原创理论媒介家对艾柯也产生了重要的影响。艾柯常被称为“意大利的巴特”，受罗兰·巴特的影响但比他在符号领域的路走得更为宽广，巴特的符号学实践主要体现在文学方面，而艾柯则将语言符号学理论推至非语言的其他文化领域，走上了一般符号学建设的道路，形成了其逻辑性、分析性、系统性的特征。艾柯与马歇尔·麦克卢汉的关联通过对媒体的共同关注而具有共时性。马歇尔·麦克卢汉认为传播媒体的发展塑造了大众文化的马赛克状，其意义就在于促使参与者的积极参与。艾柯认为麦克卢汉观点的意义就在于揭示了媒体作品的开放性。艾柯也提出了电视、电影等大众媒体的开放中的含混性与不确定性。

总之，置身于现代主义与后现代主义各股浪潮冲击之下的艾柯，站在意大利思想界“调停者”与“综合者”的位置上，形成了其独特的“超越了话语性”的文艺思想。

第三节 艾柯文艺思想的历程

正如19世纪英国小说家乔治·艾略特所说：个人生活无不决定于广阔的

① Umberto Eco, *Interpretation and Over Interpretation*, Cambridge University Press, 1992, p. 23.
② Umberto Eco, *Interpretation and Over Interpretation*, p. 64.
③ Umberto Eco, *Interpretation and Over Interpretation*, p. 66.

社会生活。艾柯在作品中也不止一次地指出，其自身独特气质的形成也正是得益于这种环境：“始终存在某些要素构成我世界观的基石：对问题持质疑态度、对不切实际的厌恶、从不夸夸其谈、从不做武断结论。”[①]艾柯文艺思想的形成与意大利当时的社会文化氛围和家庭环境是分不开的。1932年1月5日，安贝托·艾柯出生于意大利西北部的皮埃蒙特大区（Piemonte）的亚历山大。皮埃蒙特大区是意大利的第二大区，首府都灵，其北、西、南三面环山，发源于蒙维索的波河流经全区，河流两岸是肥沃的平原。亚历山大是皮埃蒙特大区的一个城市，西邻瓦莱·达奥斯塔大区首府奥斯塔，南接利古里亚大区首府热那亚，东北与伦巴底大区首府米兰接壤，东南面是艾米利亚·罗马涅大区。被崇山峻岭所环抱的皮埃蒙特大区，就地理位置而言是相对独立的，因与法国毗邻，这个地区仿佛与生俱来就决绝于意大利南部热情洋溢的文化氛围之外，而更接近于法国平静恬淡的气质。艾柯的家庭环境也深深影响了他。艾柯的父亲古里奥·艾柯是公司的会计师，也曾是一名军人，一生参加过三次战争。母亲乔旺娜与丈夫在同一家公司，是办公室的文职人员。艾柯的祖父是一名印刷工人，他是一名弃婴，他的姓氏“艾柯”是当地一位市政官员所起，“艾柯”（Eco，意大利语 ex caelisoblatus 的缩写）这个姓氏，其意为“上天所赐”。天赐的荫泽让艾柯的祖父不再孤单，他一共有12个孩子，而艾柯仿佛也继承了这份上天所赐之福，成为欧洲知名的公共知识分子，翻译界、出版界的宠儿，众人追捧的学术明星。艾柯的祖母是个乐观幽默的人，艾柯曾深情地说自己从祖母那独有的幽默感、达观的生活态度中学会了如何运用诙谐与幽默去暴露生活中的荒谬。

一、从中世纪美学理论出发

第二次世界大战爆发后，父亲古里奥·艾柯应征入伍，母亲乔旺娜带着艾柯搬到了皮埃蒙特山区的一个小村庄，在那里，孩提时代的艾柯曾带着复杂的心情目睹了法西斯军队与游击队的短兵相接，有一点可以肯定的是，艾柯当时既感觉兴奋又为过于年少而不能加入这一战斗而感到遗憾。这段经历后来成为其第二部小说《傅科摆》的主要结构框架，不仅如此，这部半自传体小说在内容上也烙下了艾柯儿时的印记，主人公贝尔勃在少年时代为悼念一个牺牲的游击队队员吹小号，据说这曾是艾柯的个人体验。艾柯的少年时光是在法西斯的统治下度过的，法西斯独裁者墨索里尼上台后，各类学校教育也被纳入了法西斯化的轨道，忠实地奉行“培养一种能听到‘国家声音’的人”的法西斯化原则。在墨索里尼这种专制的愚民政策统治下，年仅10岁的懵懂少年艾柯在法西

① Allen B. Ruch, “A Short Biography of Umberto Eco”. 见艾柯研究的权威网站“Porta Ludovica”，网址：http://www.themodernword.com/eco/eco_biography.html.

斯党的荼毒下，以《意大利不朽的命运》一文获得了学校奖学金。1943年，法西斯主义灭亡，那年他11岁，从思想禁锢、蒙昧状态中解放出来的艾柯重新认识了世界，开始有了自己的见解，他本人曾回忆道："在那以前我所知道的只有一个政党，那就是法西斯党。事件发生后过了两天，我读了十家报刊，发现了十个政党分别提出相互不同的意见。对于一个十一岁的少年来说，这是一个多元价值观的发现，是意见相左、形式多样的发现。"①

这段经历与艾柯日后形成独立思考精神与探索真理的胆识有很大关系，同时也为艾柯形成开放多元的世界观奠定了基础。

意大利是一个信奉天主教的国家，早在公元前500多年的古罗马共和时代，宗教已十分盛行。在艾柯的少年时期到青年时期，意大利的天主教氛围已相当浓郁厚重，而自20世纪20年代兴起的新托马斯主义运动的热潮也并无消退之势，在这种氛围下，13岁的艾柯参加了意大利天主教行动青年团(GIAC)②，还在方济各会③做过一段时间的修道士。艾柯十分热衷于参加这一团体的活动，即便在都灵上大学三年级时还被邀请参加该组织在罗马的中央委员会。正是这段经历令艾柯对托马斯主义深深地着迷，被托马斯·阿奎那深刻思想所吸引的青年艾柯在大学期间不顾父亲的反对，从法律专业转而学习中世纪哲学与文学，其博士论文也是以基督教神学家托马斯·阿奎那为研究对象。中世纪对艾柯而言是一个美丽的诱惑，一个驰骋想象的空间。艾柯不止一次地表露对中世纪的迷恋："一直以来，对中世纪的研究即使不是我的职业，也已潜移默化为我的爱好，对我而言这是一种持久的兴趣与诱惑：在任何地方都能看到中世纪的存在，即使是我在从事一些与中世纪无关的事情。"④甚至艾柯的文学创作也常常涉及中世纪的背景，在其问世的五部小说里多处谈及中世纪的政治宗教。可以说，这些都为艾柯日后成为"中世纪的学者"做了准备。

1954年，艾柯大学毕业那一年，因不满于当时教皇庇斯十二世的保守做派，艾柯身为天主教行动青年团中央委员会左翼领导者之一，曾在《天主教青年》杂志撰写过相关的批评文章。最终，这些青年学生的左翼运动引发了教皇庇斯十二世不满与追究。从此，艾柯等一批青年人与天主教行动青年团彻

---

① 转引自[日]篠原资明：《埃柯：符号的时空》，徐明岳、俞宜国译，第22页。

② 意大利天主教行动青年团其母胎形成于1866年，是一个由10～13岁的少男少女组成的较大的组织，以维护天主教为宗旨。

③ 方济各会是天主教托钵修会之一，一译"法兰西斯派"，是拉丁语"小兄弟会"的意思，因其会士多着灰色会服，故又称"灰衣修士"。1209年，意大利阿西西城富家子弟方济各(Franciso Javier，1506～1552)得教皇英诺森三世的批准成立该会，1223年，教皇洪诺留三世批准其会规。16世纪，分裂为守规派、住院派、嘉布遣派三个支派。

④ Umberto Eco, *Postscript to the Name of the Rose*, trans. Wiliam Weaver, San Diego: Harcourt Brace Jovanovich, 1984, p. 18.

底决裂，艾柯的研究重点也从托马斯·阿奎那转向詹姆斯·乔伊斯。毕业后的艾柯进入了新闻传媒界，在1954～1958年这四年时间里，艾柯在意大利国营广播电台（RAI）负责编辑电视文化节目，涉猎的范围较为广泛，从儿童节目到历史戏剧，集高雅性与通俗性为一体。这份工作为艾柯从传媒角度关注现代文化提供了宝贵的机遇，而且也形成了其日益开放而综合的视野。1956年，艾柯将经过修订的博士论文更名为《托马斯·阿奎那的美学问题》出版，这是艾柯第一部学术著作。[①]

同时，他也开始在母校都灵大学任教。在电台工作期间，艾柯也结识了马德尔纳、鲍莱兹、布瑟和施托克豪森等一批前卫主义者，其中不乏作家、音乐家和画家，特别是作曲家卢恰诺·贝利奥对艾柯写作产生了深远的影响。直至今天，艾柯还与这批前卫艺术家保持着密切的联系。

二、前卫艺术与大众文化研究

1956年，艾柯在都灵大学开始了其近十年的学术教职生涯，但这种平静的研究生活很快就被1958～1959年的义务兵役打断了，对于那段时光，艾柯曾回忆道：“我终于可以放下了枪，当时已经忘了是如何逃离这个‘射击队’的。”[②]重返电台之后的艾柯沉迷于漫画、电视这些大众文化领域，服役回来不久的他便以“Dedalus”为笔名出版了一本名为《解放了的哲学》（*Filosofi in libertà*）的小册子，这本书由15幅讽刺著名哲学家的漫画组成。艾柯蓄意而为的这些风趣漫画旨在剥下“哲学”严肃傲慢的外表，其诙谐戏谑、一语双关的文风在此已初显峥嵘。可见，艾柯在学术早期就知道该如何巧妙地运用幽默与笑这种批评武器了，其后他的文学作品一直延续了这种幽默、风趣而又大张旗鼓极尽嘲讽的风格。1959年，年仅27岁的艾柯发表了他的第二部作品《中世纪的艺术与美》，这部书的出版对艾柯而言意义重大，不仅与其处女作《托马斯·阿奎那的美学问题》共同奠定了他在意大利学术界中世纪研究者中的重要地位，而且也向父亲证明了自己职业生涯的选择是正确的。这一年，艾柯离开了电视台到邦皮亚尼出版社担任了非文学类栏目编辑，这份工作他一直做到了1975年，达16年之久。这期间，艾柯也为《音乐会见》《韦里》《美学杂志》等几家报刊撰写文章，同时也在思考有关符号学与文本策略的问题，并撰写了一系列相关研究的文章，后来都被收录到日后出版的《开放的作品》之中。在艾柯担任编辑的十多年间，值得一提的是1959年艾柯在《韦里》

① 艾柯的处女作《托马斯·阿奎那的美学问题》是《圣托马斯的美学问题》的修订版。其实，艾柯原稿便是以《托马斯的美学问题》为题，但是艾柯在都灵大学的学友奥古斯特·古奇，在把艾柯原稿送交出版社时随意将其名字改为了“圣托马斯”。《托马斯·阿奎那的美学问题》作为增订版问世时，便把名字订正还原了，而且在内容上也增添了结论部分。

② Mike Gane and Nicholas Gane, *Umberto Eco*, vol. 1, London: Sage Publications, 2005, p. xviii.

(*Il Verri*)[1]杂志上开辟的“小记事”月刊专栏。《韦里》由美学家、批评家卢恰诺·安切斯基创办，是一份充斥着新先锋派的语言实验与前卫意象的杂志。艾柯在“小记事”专栏里撰写的文章一改传统专栏的严肃风格，蓄意插科打诨、颠三倒四，旨在模仿、嘲弄该杂志的其他撰稿人的作品.对这些有意为之的混成模仿作品，艾柯本人曾诠释道：“从文学体裁来看，最初的文本，无论是我写的还是我朋友的，都与罗兰·巴特(Roland Barthes)的《神话学》(*Mythologies*)风格很相像。……我确信的是，正是我读了巴特的作品之后，出于自卑，我主动放弃了《神话学》式的风格，然后开始逐渐向混成模仿体裁(*pastiche*)发展。”[2]当然，更深层次的原因，“如果新先锋派艺术作品是把日常生活话语和文学语言颠覆得面目全非，那么插科打诨也应该属于新先锋派活动的标签”[3]。由混成模仿到意义解构，从颠覆形式到建构文体新秩序，对这一模仿体的使用并非先锋派的标志，艾柯认为这是文艺复兴以来文学革命的自然进程，甚至这一传统可追溯到古希腊的喜剧文学。1963 年，这些文章的部分被收集成册并付梓出版，即名为《小记事》，30 年后其英文译本出版时便更名为我们所熟知的《误读》。其实艾柯进行新先锋派的实验并不始于此，早在意大利国营广播电台(RAI)工作期间，他便积极关注前卫音乐并热情参与其中，这一机缘促发了艾柯《开放作品》的问世。

20 世纪 60 年代，二战之后的意大利从战争阴霾中逐渐恢复和发展起来，历经战后十几年的革新和发展，意大利在经济、政治、文化上呈现崭新的面貌，甚至在 1960～1963 年期间还出现了“经济腾飞的奇迹”，加快了意大利资本主义的发展步伐。作为特殊意识形态的文学也相应发生了变化，20 世纪 50 年代后半期至 60 年代期间，以新先锋派为代表的文学新思潮异军突起、气势逼人，终结了战后独领风骚的新现实主义文学思潮的时代，进入了意大利文坛空前活跃的新阶段。新先锋派之所以冠之以“新”，是为了有别于 20 世纪初传统的先锋派。随着新先锋派文学崭露头脚，带有鲜明社会倾向的新现实主义文学思潮日渐式微。新先锋派认为意大利的文学创作已与现实社会趋于疏离，为真正发挥文学的功能，重建意大利文学传统，他们力图进行文学改革，致力于文学语言的革新，主张文学应同科学、绘画、音乐等其他领域相结合。这场文化运动对意大利社会产生了深远的影响。这一时期，在电台工作的艾柯接触了一批前卫主义者，作曲家卢恰诺·贝利奥便是其中一位，当时他正在电台建立电子音乐实验室。此时艾柯已经开始研究乔伊斯，因而他全

---

① *Il Verri* 是一份文学性的杂志，创办于 1956 年，至今仍在出版发行。其名称来自位于米兰的 Verri 大街的一个咖啡馆。Verri 是一位意大利贵族作家的名字，他生于 1728 年。

② Umberto Eco, *Misreading*, trans. William Weaver, San Diego: Harcourt Brace & Company, 1993, pp. 1-2.

③ Umberto Eco, *Misreading*, p. 2.

力去协助卢恰诺·贝利奥创作了电子音乐作品《纪念乔伊斯》。艾柯曾回忆说:“1958～1959年,我在米兰电台工作。在办公楼上有两层是音乐节目编辑室,这里人来人往,混乱嘈杂。音乐节目的负责人当时是卢恰诺·贝利奥,经常来做节目的有马德尔纳、鲍莱兹、布瑟和施托克豪森等人,那时,我正在研究乔伊斯,晚上常到贝利奥家做客,卡西·贝布里安做的是亚美尼亚饭菜,晚饭完后我就读乔伊斯。也正是从那时产生了录制乔伊斯的想法,录制的节目先前题目是《纪念乔伊斯》,这是电台广播的一档节目,每期45分钟。”①这部音乐作品是据乔伊斯的《尤利西斯》的第11章《塞壬》而作,最初是由卡西·贝布里安用法语、英语和意大利语三种语言朗读的作品,后来因为乔伊斯自己曾说,这一章的结构是卡农赋格,所以艾柯与卢恰诺·贝利奥又在原文基础上加上赋格音乐,使《纪念乔伊斯》成为像交响乐一样的广播作品,而后又几经修改,最终成了一组与原来的电台节目无任何关联的前卫音乐作品。这一前卫音乐作品的创作过程启发了艾柯对当代艺术创作进行积极思索与潜心研究,进而促使他在《开放的作品》中对这一问题进行深层次挖掘。

艾柯早在1958年第十二届国际哲学大会上就发表了《开放的作品》一文,当卢恰诺·贝利奥在1959年为其杂志《音乐会见》向艾柯约稿时,艾柯便改写这一报告并陆续写了《开放的作品》中的文章,均发表于《音乐会见》上。当时艾柯并未打算将其编辑成册付梓出版,后来著名作家伊塔洛·卡尔维诺听到了《纪念乔伊斯》的节目,读到了艾柯发表在《音乐会见》上的文章,便代意大利艾瑙迪出版社向艾柯约稿。艾柯这时开始计划要把这些文章编辑出版,对“开放的作品”这一概念进行系统的总结,以此阐释当代艺术理论中的形式和不确定性。1962年,《开放的作品》由邦皮亚尼出版社出版,这部对当时社会艺术与批评进行“惊世骇俗”评论的作品一经问世便引起了学术界的轩然大波,大加赞誉者有之,忐忑不安者有之,侮辱谩骂者也大有人在,对此,艾柯进行了辩论与自卫,这场论争持续了好几年。《开放的作品》对乔伊斯、试验文学、运动艺术、电视直播的时间结构、新小说派等20世纪先锋文学艺术做了最具挑战性与前瞻性的理论总结,被誉为先锋派文学的纲领,至今仍然是研究语言技术和20世纪先锋派艺术的思想意识作用可资的参照。凭借这本学术著作中最重要的作品,艾柯一跃成为意大利后现代主义大师。同年9月,艾柯与蕾娜特·莱姆吉(Renate Ramge)完婚,他的妻子是一名出生于德国的绘画艺术家。蕾娜特温柔美丽而贤惠,多次陪伴艾柯行走在世界学术之旅中,大力协助丈夫的学术研究及其小说的译介工作,其中《傅科摆》一书便是由她翻译为德文的。

20世纪60年代的意大利文坛因新先锋派文学思潮的崛起,而呈现出焕

① 艾柯:《开放的作品》,刘儒庭译,新星出版社2005年版,序言,第1页。

然一新的气象。迪诺·布扎蒂[①]、路易吉·马莱巴、艾柯等一批具有开拓精神和鲜明艺术个性的意大利作家、诗人与批评家以评论杂志《韦里》为阵地，发起了对传统文学的冲击。1963 年 10 月，一批新先锋派文人聚集在西西里的首府巴勒莫，宣布成立了新先锋派的文艺团体——“六三学社”，从此，新先锋派以其前卫的姿态、探索的风格拉开了意大利现代文学的序幕。他们反对传统文学，提出了文学是“不停顿的更新行为”的主张[②]，认为文学应与新资本主义决裂，保持自己的独立姿态，为此致力于创新文学语言，积极投身于关于文学理论的先锋性讨论。虽然新先锋派对意大利的文化发展产生了深远的影响，但因其文学主张过于激进而混沌，到 60 年代末期开始走向衰落。特别是 1968 年意大利青年学生运动中文学必须同社会进步相结合的主张，直击新先锋派的要害，加之“六三学社”组织内部分歧，新先锋派文学思潮很快消隐于历史的车轮之下。艾柯本人作为“六三学社”的中流砥柱，自然对新先锋派文学思潮的优势与弊端了然于心，敏锐的洞察力和远见卓识使他大胆宣称“六三学社”已经灭亡。“六三学社”解体了，新先锋派文学思潮也归于平静，但艾柯以过人的学术胆识探索文学理论的脚步却没有停止，先后出版了《启示录派与综合派》《詹姆斯·邦德——故事的结合方法》《混沌的诗学：乔伊斯的中世纪》《视觉传播符号学笔记》等著作。从大众文化到符号学理论，从中世纪到后现代，艾柯以其高度的学术热情、广阔的研究视阈在多个研究领域轻松穿梭，执着地走在意大利学术界的前列。

三、从结构主义到符号学理论研究

有人说，世界上有两类天才，一类是偏才，一类是全才。[③] 毫无疑问，艾柯要归于“全才”的行列，青年时期的艾柯作为意大利《韦里》《晚邮报》《团结报》《快报》等诸多报刊的资深编辑和知名专栏作家让人心悦诚服，而对这位“多位一体”的学者而言，大学教授、符号学家、美学家、小说家、公共知识分子等诸多身份的并置也是显而易见的。1964 年，艾柯在邦皮亚尼出版社担任非文学类栏目编辑期间便已经开始了他的教学生涯，先后在都灵（1956～1964）、米兰（1964～1965，1969～1971）、佛罗伦萨（1965～1969）等地教授美学、符号学等课程。符号学是一门研究符号在知识与文化活动再现过程的人文科学。意大利的符号学无论在研究队伍，还是在研究规模上都不能与美国、法国等“符号学大国”相比，但是今日的意大利符号学理论备受瞩目，很大程度上得益于艾柯。可以说，意大利的符号学的诞生与发展都与艾柯的符号学研究密不可分。

---

① 迪诺·布扎蒂（Dino Buzzati，1906～1972），意大利作家，创作了长篇小说《鞑靼沙漠》、短篇小说集《魔法外套》等作品，其创作风格近似于卡夫卡，被誉为“意大利的卡夫卡”。

② 参见沈萼梅、刘锡荣：《意大利当代文学史》，外语教学与研究出版社 1996 年版，第 385 页。

③ 参见赵汀阳：《观念图志》，广西师范大学出版社 2004 年版，第 34 页。

源于对中世纪研究的热爱，历经法国结构主义的影响与麦克卢汉媒体信息论的冲击，在导师、基督教存在主义代表人物帕莱松美学的引导下，经历了中世纪美学阶段的艾柯，业已萌发踏入符号学研究丛林的想法。正如前苏联符号学家洛特曼的分析，中世纪文化结构有高度的符号性，“把各种事物都看成是表达某种重要的东西的符号，这种文化藐视物质，重视符号和它表征的东西”[①]。所以，艾柯作为中世纪学者理解中世纪文化神秘复杂的符号体系是必然的。他自己也曾坦言：“如果把我在出版《开放的作品》之后的几年中所做的工作及从《启示录派与综合派》到《缺席的结构》，再进而经过《内容的诸形式》到《符号论》期间的工作放在一定的距离重新审视，就会发现在我的言论中常常会提到解释及其自由、脱离等问题。……1963～1975 年，我所进行研究的领域虽然在《开放的作品》中可能有所涉及，但很显然我研究的目的就是寻找到其规律的‘开放’的经验，以此明确其符号论的根据。”[②]真正引导艾柯走向符号学界的是法国结构主义思潮，以列维—斯特劳斯和罗兰·巴特的影响最为直接。1962 年，艾柯出版了《开放的作品》，同年，“结构主义之父”列维—斯特劳斯出版了《野性的思维》(*La Pensée Sauvage*)，此书被公认为结构主义的代表作。连同其先前问世的《亲属的基本结构》(1949)与《结构人类学》(1958)等著作共同宣扬了结构主义的思想方法。1963 年，法国学者罗兰·巴特发表了《结构主义的活动》，同时，福柯、拉康等人也纷纷撰写著作。结构主义思潮便在 20 世纪 60 年代中期的法国，在列维—斯特劳斯等人的积极推动下成为继英美新批评、法国现象学派之后的当代西方文学理论界的第三大思潮，直至 80 年代，还占据着主流的位置。结构主义思潮发展和翻新了索绪尔的语言学理论及其哲学思想，并将其语言学的方法广泛地运用到人类如何进行文化创造的研究中去。对法国文化向来较为敏感的艾柯受结构主义思潮的影响开始关注索绪尔的语言学理论。

1964 年，法国符号学家罗兰·巴特发表了《符号学原理》，此书标志着符号学研究进入新时期。同年，马尔库塞发表《单向度的人》，麦克卢汉发表《媒体论》，也就是在这一年，艾柯出版了《启示录派和综合派》，尝试在研究大众文化过程中使用符号论的方法。与此同时，他也开始在米兰大学的建筑系开设课程探讨建筑中的符号问题。1965 年，艾柯的《詹姆斯·邦德——故事的结合方法》发表于法国符号学的阵地《通讯》杂志上。理论探寻与实践磨砺相融合，1968 年，艾柯推出了第一本符号学专著《缺席的结构》(*The Absent Structure*)，这是他正式踏入符号学领域的宣言书，也是其多年探索符号学理论的结晶，此书不仅表明了艾柯在意大利符号学领域的重要地位，而且也奏

---

① 转引自朱立元：《当代西方文艺理论》，华东师范大学出版社 1999 年版，第 252 页。

② Umberto Eco, *The Role of the Reader: Explorations in the Semiotics of Texts*, Bloomington: Indiana U. P. and London: Hutchinson, 1981, pp. 11-12.

响了艾柯学术生涯的主旋律。艾柯的符号学理论是在对结构主义的基本原理发起进攻的过程中建立起来的。在"缺席的结构"一章，艾柯从亚里士多德关于"形式"所论中寻找到结构主义在方法论与存在论之间游移的根据，批评了列维—斯特劳斯企图把语言结构生搬硬套在人类学上的做法。《缺席的结构》是艾柯对架构其符号理论体系所进行的最早尝试，既是艾柯对其所教授的建筑符号论的实践总结，也是对结构主义者以结构语言学为方法论的模式的反躬自省。

兴于20世纪初的结构主义到60年代声势显赫，跻身于当代西方文艺理论界最重要的思潮行列并与英美新批评和法国现象学派共称为当代西方三大思潮。60年代以来的结构主义在其始祖索绪尔的语言学理论及其哲学思想的基础上有了长足的发展。1962年，法国哲学家列维—斯特劳斯《野性的思维》一书问世，将语言学方法运用于人类学和神话学等研究领域，成为当代结构主义兴起的风向标，结构主义研究已不再局限于其语言学理论研究的层面而延伸至文化与社会等复杂网络系统之中。可以说，结构主义作为一种方法论在当时几乎占领了人文与社会学科，对西方文艺理论的发展产生了深远影响。得益于结构主义的发展声势，当代符号学（结构主义的符号学）研究开始在法国、美国等地兴起，意大利符号学的诞生也正是在60年代中期。虽然在这之前符号学的理论方法已运用到文学研究领域，但依然是在结构主义的笼罩之下。1964年，法国符号学理论大师罗兰·巴特发表了《符号学原理》一书，这部专著被视为当代符号学鲜明的旗帜，标志着符号学的实践领域开始扩展到广泛的文化系统。随着法国结构主义热潮在意大利的开花结果，当时正在大学教授美学课程与主持电视美学讨论的艾柯受列维—斯特劳斯与罗兰·巴特的影响（尤其是罗兰·巴特），开始关注一般符号学的研究。此外，加拿大传播学家马歇尔·麦克卢汉《理想的媒介》对艾柯也很有启发。其实，早在1962年《开放的作品》一书中，艾柯对符号学理论的关注已经初显端倪，1964年艾柯移居米兰，在米兰大学任建筑系教授时，已开始尝试以符号学理论为批评武器去分析建筑了，关注符号在建筑中传意的方式，讲授"可视交往"理论，《视觉交流符号学札记》（1967）便是其理论探索的结晶。此外，艾柯还运用符号学理论分析电影、漫画、音乐、电视等媒体文化，将研究触角伸入大众文化领域，在其论著《启示录派与综合派》的音乐论、漫画论、超人神话论等章节中，艾柯对超人、小红帽、007等进行了一种符号学论的分析，可以说艾柯对符号学理论方法的研究已经日趋完善。1965年，《詹姆斯·邦德——故事的结合方法》标志着艾柯的符号学理论研究正步入国际研究的行列。值得一提的是，艾柯还曾经运用符号学的方法分析中国的漫画，如：《大众漫画：〈红色娘子军〉〈追捕〉及其他中国漫画》（*The People's Comic Book: Red Women's Detachment, Hot on the Trail, and Other Chinese Comics*）、《论中国连环漫画：反信息和交替信息》(*On the Comic of Chinese*: *Anti-turn of Information and Information*)等，虽然艾柯对中国漫画(其实他探讨的是中国连环画)的分析有失公允，把中国漫画视为西方式滑稽可笑的连环漫画(comic strips)，其实不然，中国的连环画更多的是一种现实主义的绘画，但艾柯研究视野的广阔从中可见一斑。

可以说，艾柯对符号学理论的钻研热情与卓越贡献推动了意大利符号学的迅猛发展。艾柯本人也曾多次表示他更愿意被人称为符号学家。整个20世纪70年代，艾柯的符号学研究逐步走向了系统化、全面化，进一步赢得了国际学界的认可。为了更好地传播符号学理论和与国际符号学研究相接轨，艾柯在潜心研究、著述的同时，还在都灵、米兰等几所大学任符号学教职，以1971年艾柯在博洛尼亚大学任符号学助教，在这所世界上最古老的大学里设立国际上第一个符号学讲座为起点，他还在美国西北大学(1972)、耶鲁大学(1977)、哥伦比亚大学(1978)等知名大学教授符号学课程。除此之外，艾柯还积极进行学术交流活动。1971年，艾柯编辑了符号学理论的国际性杂志《VS》(*Versus*)；1974年，艾柯在米兰组织了第一届国际符号学会议，成立了第一届国际符号学学会并担任首届学会的秘书长一职。在会议的闭幕式上，艾柯宣称：“符号学是一种科学的态度，是一种研究其他科学对象的重要方式。”他把符号学视为一种“文化”的逻辑学，万事万物都是可用符号来阐释的文化痕迹，将符号学的研究范围推至文化系统之中，试图推动符号学向更加深广的领域发展。1975年，艾柯出版了专著《符号学原理》(*A Theory of Semiotics*，英文版1976年出版)，对符号学理论作了一个总体概观，这本书被认为是继索绪尔和皮尔斯之后的符号学权威性论著。艾柯超越传统的精神和勇于创新的胆识使此书超越了前辈先贤的符号学论著，尤其是“绪论”部分对符号学研究所作的细致分类一直被西方符号学界视为关于这一问题的最为全面的论述。同年，艾柯正式就任博洛尼亚大学符号学理论讲座的教授，成为世界上第一个符号学教授。1979年，艾柯据首届国际符号学会议的学术论文编辑出版了《符号学全景》(*A Semiotic Landscape*)论文集，同年在美国出版了符号学英语论文集《读者的作用》(*The Role of the Reader*: *Explorations in the Semiotics of Texts*)。到20世纪70年代末期，作为一位知名的符号学家，艾柯已经蜚声国际、盛名远扬了。但没有人会预料到接下去的十年艾柯却以小说家身份完成了其学术生涯的完美转身。

四、后现代主义小说创作

1980年，艾柯的第一本小说《玫瑰的名字》出版。当时艾柯都没有预料到自己的文学处女作会在出版界引领一场热潮，甚至由此围绕小说本身还在学术界产生了诸多相关研究论文，并进而引发了一场大规模的阐释活动，这种现象之前对学院派小说家而言是没有的。《玫瑰的名字》问世后迅即征服世人，斩获了意大利两个最高文学奖和法国的文学奖，傲居欧美各地畅销书排行榜，在美国、加拿大、英国、法国、德国被誉为“最佳小说”，迄今为止已被翻译成 35 种文字，销售量突破了数千万册，创造了文学图书销售“神话”。1986 年，《玫瑰的名字》还被著名导演让—雅克·阿诺(Jean-Jacques Annaud)搬上了银幕，获得了次年法国恺撒奖的最佳外语片奖与联邦德国邦德影展最佳外语片奖的荣耀。

起初，艾柯在创作《玫瑰的名字》时，试图把小说背景设置在当代境遇之中，但他很快意识到自己对中世纪有更为直接的认识，索性就创作了一个直接发生在中世纪这一时代的侦探故事。小说讲述了在 14 世纪背景下，博学多识的英国修士威廉与见习修士阿德索奉奥匈帝国皇帝之命前往意大利北部山区的一个修道院去调查其中可能存在的异端之举。受修道院院长之托，威廉修士调查院内发生的一系列谋杀案件，七天中七位修士皆以怪异恐怖的方式死于非命。威廉根据事件的表象通过缜密的推理判定凶手可能参照《圣经·启示录》实施谋杀，并在追寻元凶过程中发现这一切皆因亚里士多德《诗学》下卷所致，凶手豪尔赫视此书为禁书，认为它可能会摧垮基督教神圣而严肃的秩序因而誓死保护。在威廉揭开真相之时，豪尔赫与修道院在一场大火中化为灰烬。艾柯在创作之初就力图使其小说成为阐释自己学术理论的“开放的文本”，事实也确实如此，《玫瑰的名字》出版后便引发了一场有关“玫瑰的名字”的阐释大战。因艾柯本人一直对叙事学理论颇有研究，关注读者、文本、叙事话语等问题，所以他兴致勃勃地积极回应读者的疑惑与学者的阐释，于是《〈玫瑰的名字〉注》(英文版更名为 *Reflections on the Name of the Rose*，1985)、《阐释的界限》(*The Limits of Interpretation*，1990)等专著纷纷面世。有意思的是，1990 年，艾柯以作品创作者与阐释者的双重身份与美国弗吉尼亚大学人文教授理查德·罗蒂(Richard Rotry)、美国康奈尔大学文学教授乔纳森·卡勒(Jonathan Culler)、法国巴黎第三大学文学教授克利斯蒂娜·布鲁克—罗斯(Christine Brooke-Rose)在剑桥大学举行的“丹纳讲座”探讨了阐释的有限性问题，双方围绕着文本阐释问题展开辩论。艾柯从区分“经验读者”与“标准读者”出发，提出了“(作品)文本意图”这一概念，以此限制文本的过度阐释。而罗蒂、卡勒、罗斯则分别从哲学、文学理论与文学批评等不同的研究角度反驳了艾柯。1992 年，学者们的这些论文被结集为《阐释与过度阐释》(*Interpretation and Over Interpretation*)一书出版，在当时的学术界产生了深远的影响。

小说《玫瑰的名字》所引发的轰动使艾柯成为国际瞩目的焦点、媒体关注的对象。如往常一样，艾柯依旧保持着对学术的热情，但同时另一个想法在心中徘徊：“《玫瑰的名字》完成之后，摆在我面前的问题是——这究竟是我生命中一段有趣而独特的插曲呢，还是我能够再写一部小说?”[①]虽然艾柯认为《玫瑰的名字》还没有穷尽关于“玫瑰”这一多义性象征意象的大量材料(卡片、复印件、笔记本)，但他却着手开始另一部小说的创作。历经八年的积淀，艾柯的第二部小说《傅科摆》问世。其实小说的命名对他来说并非难事，早在1952年他为准备毕业论文搜集材料过程中便属意这一名称，而且在其符号学专著《符号学与语言哲学》(1984)中论及钟摆与桅杆的摆动情况以此暗示了第二部小说的符号学特征。《傅科摆》延续了《玫瑰的名字》先锋性的主题：自然与超自然、神秘主义与宗教怀疑论、感性与理性等诸多对位矛盾冶为一炉。

《傅科摆》讲述了精通中世纪历史文化的学者卡索朋(Casaubon)即主人公“我”与两位好友葛莱蒙出版社的编辑贝尔勃(Belbo)与迪欧塔列弗(Diotallevi)为探索“圣堂武士团”的传说而聚在一起，为解析一份艾提登上校带来的关于“圣堂武士团”的手稿而卷入了一场神秘计划中。据说揭开这个手稿的秘密就能够获得等同于神谕天启的力量洞察“世界的真相”，控制整个世界，改造人类的命运。于是，三个人发挥各自专长与想象力，调动可以运用的各类知识与信息，在电脑“阿布拉非亚”(Abulafia)的随机处理下，共同“创作”了一份所谓的隐匿重大秘密的“计划”。更具嘲讽意味的是，他们对历史的“重塑”与“改造”使神秘主义狂热分子信以为真，甚至按照三人所臆造的神秘“计划”组织了“三斯”社团，并为寻找可以掌控世界的地图，绑架了艾提登上校，吊死了贝尔勃，追杀卡索朋，迪欧塔列弗也因之被拖垮，患癌症死去。卡索朋的女友莉雅通过研究，发现其实有关“圣堂武士团”的神秘计划只不过是一份普通的洗衣店送货清单，所谓的密码也只不过是一句无心的咒骂。神秘的计划是“从来没有的计划”，是卡索朋等三人臆造想象出来的，根本不存在。

可以说，艾柯作为“由批评家转向思想写作的小说家”[②]赋予了其小说独特的风姿。“在先前的两部小说《玫瑰的名字》和《傅科摆》里，昂贝托·艾柯已经充分示范了作为一个记号语言学者的小说家如何借助于丰富广博的知识背景和繁复奇巧的符号推理，使小说具现了解谜的趣味，亦兼备了启智的奥旨。”[③]

艾柯的第三部小说《昨日之岛》，自1994年问世以来，也已经畅销了400多万册。如同前两部，《昨日之岛》也是一部“开放式的百科全书”。作者将神学、化学、物理学、天文学、生物学等驳杂知识冶于一炉，用神话、历史、现实、梦境与科学等异质因子构筑了一个气势磅礴的文本世界。

故事发生在1643年夏天，担负着寻找地球180°子午线位置这一秘任的船只阿玛利里斯号(Amarilli)在南太平洋遭遇海难。唯一的幸存者罗贝托漂流到弃船达芙妮号上，遇到了同样寻找地球分日经度线的狂热的宗教主义者帕斯卡教

---

① http://www.themodernword.com/eco/eco_biography.html。

② [英]马克·柯里:《后现代叙事理论》，宁一中译，北京大学出版社2003年版，第58页。

③ 张大春:《小说稗类》，广西师范大学出版社2004年版，第196页。

士。其实达芙妮号所在的位置离一个小岛并不远，但罗贝托是个患有疑心病、幻想症、惧光症而且不会游泳的年轻人，所以他不可能像鲁宾逊那样勇登孤岛创造一个新世界，他偏执地生活在自己创造的莫须有世界中，依靠孤船上残留的东西艰难维生。为了消磨时光，他每天除了读书便是写情书、写日记甚至写小说，甚至像堂吉诃德般还杜撰了根本不存在的敌人并与之作斗争。罗贝托通过给莉里亚写情书来弥补爱情的缺陷，通过杜撰费杭德(Ferrante)孪生弟弟来寻找自我。在真实与虚幻之中，罗贝托渐渐迷失了自我……最后，罗贝托在臆造事件的推动下，离开了达芙妮号，游向不可知的未来。

艾柯的第四部小说《波多里诺》于2000年问世，一如前三部小说那样，庞杂的内容、含蕴丰沛的知识、波澜奇谲的情节使艾柯广受赞誉。《波多里诺》意大利版一经面世，便成为意大利文学界和出版界关注的焦点，首印即达30万册，至今累计销售超过400多万册，当之无愧地成为"世界超级畅销小说"。有评论者说："《波多里诺》像是一个多采多姿的万花筒。它里面什么都有——战争、谋略、权术、爱情、神学、异国冒险、奇人异事……《波多里诺》确实称得上是一本'才子书'，埃科就像是书中的波多里诺，满口胡言却又才华横溢，引人入胜。"[①]

《波多里诺》讲述的是13世纪拜占庭皇宫仲裁长、历史学家尼基塔·柯尼亚特记载的他的救命恩人波多里诺寻求他所宣称的由祭司王约翰教士统治神圣王国的故事。1204年，十字军第四次东征，君士坦丁堡惨遭洗劫，战乱中主人公波多里诺搭救了前宫廷历史学家尼基塔·柯尼亚特。在逃难的途中，波多里诺向尼基塔讲述了自己非凡的经历。波多里诺自诩是神圣罗马帝国红胡子腓特烈大帝的义子，大主教奥托是他的老师。波多里诺为完成奥托主教的临终嘱托，与朋友们捏造了祭司王约翰向腓特烈大帝致敬的信函，旨在向世人宣告，"腓特烈是包括法斯凯特整个伦巴第独一无二的真命天子"[②]，是当时欧洲凌驾于罗马教皇之上的真正的统治者。为此，波多里诺将亲生父亲的破木碗伪造成圣杯"葛拉达"，劝服腓特烈寻求东方神圣王国的祭司王约翰，并将"圣杯"献给他以获得远方异教徒的臣服。虽然腓特烈大帝溺于河流而死，但波多里诺依然决定与他那一群伪造信件的朋友继续寻找祭司王约翰的王国，开始了犹如堂吉诃德般匪夷所思的历险经历……最后，尼基塔确信波多里诺镜花缘式的经历是他自己靠想象与幻想而臆造编织的，但不能否认，这即使是虚构的也不失为一个吸引人的故事。《波多里诺》将悬疑推理、魔幻现实主义加上探寻真假的思辨意味，让这本书成为"一本搞笑的怪异之作"。

《罗安娜女王的神秘火焰》是艾柯的第五部小说。正如大家所期待的那

① http://book.sohu.com/20070302/n248465259.shtm。

② [意]翁贝托·埃科：《波多里诺》，杨孟哲译，上海译文出版社2007年版，第8页。

样,小说一如既往地烙印着艾柯的痕迹,广博而厚重的知识、高超而精妙的叙事策略、独特的学院派风格再次印证了艾柯小说的"开放式百科全书"的特征,成为批评界和出版界的新宠。对人类记忆与意识力量的凝思是这部小说的主题,故事的题目来源于唤起故事主人公记忆的美国漫画书。一个年近花甲的意大利古籍书商亚伯·博多尼(Yambo Bodoni)中风昏迷后失去了一切与个人经历有关的记忆。"他一方面有着对于外部世界的百科全书式的记忆,另一方面却对自己生活、经历的历史毫无记忆。"[①]他的妻子鲍拉(Paola)与两个女儿卡拉(Carla)、妮可莱塔(Nicoletta)对他而言形同路人。失去记忆的痛苦,让亚伯难以忍受。亚伯的妻子是一位心理学家,为了帮助丈夫恢复记忆,鲍拉提议丈夫回到家乡索拉那(Solara),希望能通过儿时的生活场景与家乡熟悉的景物唤起他失去的记忆。但是亚伯故地重游只是在被动地感受外在事物,并没有强烈的生命体验。最终,亚伯在阁楼阅读藏书的过程中开始清晰地恢复了自己的记忆,重新发现和构造了自我。这部小说是艾柯将多个领域驳杂的知识交错互融的一个完美的注脚,书中的插图既有著名的漫画之作,如漫画家阿莱克斯·雷蒙德《飞侠哥顿》里的"飞侠哥顿"、美国经典漫画《幽灵》以及米老鼠、白雪公主与七个小矮人等迪士尼卡通形象,也有艾柯的信手涂鸦之作,从中世纪、现代主义到后现代主义,艾柯繁复的知识尽显在文本之中。这部小说不仅是主人公亚伯寻找自我的过程,而且也是一部人类的心灵回忆录。

统观艾柯的小说,作品所包蕴的繁复知识已经成为文本的特征。应当承认,艾柯作为"学者型小说家",他坚实的理论基础为其小说支撑起广阔的天地,中世纪神学、结构主义、解构主义、叙事学、符号学理论等在其文本之中比比皆是,其作品从内容到形式上均负载着驳杂的文化象征与丰沛的思想内涵,堪称后现代主义小说的典范,充分彰显了意大利知名学者卡尔维诺在其专著《美国讲稿》中曾说过的后现代主义小说应具有的特征,"20 世纪伟大小说表现的思想是开放型的百科全书","知识的多样化,仿佛是一条线绳,把现代的和超现代的一本本厚书连缀在一起。我希望这条线——不管把它称做什么——在 20 世纪以后继续起这个作用"。[②]

步入老年的艾柯并未驻足现状、停滞不前,随着时间的沉淀,艾柯的视野逐步扩大,艺术指导观愈加开放,在学术象牙塔与世俗社会之间自由游走的他,创作出令世人惊喜不断的作品。作为学者的艾柯,一方面继续保持着对中世纪研究的热情,陆续发表了《混沌的诗学:詹姆斯·乔伊斯的中世纪》(1989)、《中世纪的艺术与美》(2002);另一方面也在不断地发展修正其符号

---

① 海舟子:《埃科出版长篇新作〈神秘的火焰女王罗阿娜〉》,《世界文学》2005 年第 5 期。

② [意]伊塔洛·卡尔维诺:《美国讲稿》,萧天佑译,译林出版社 2012 年版,第 110 页。

学的观点，参编和出版了《符号学与语言哲学》(*Semiotics and the Philosophy of Language*，1984)、《论中世纪符号学理论》(*On the Medieval Theory of Signs*，1989)、《完美语言探索》(*The Search for the Perfect Language*，1993)、《奇缘：语言与疯狂》(*Serendipities: Language & Lunacy*，1998)、《宇宙与心灵：文化符号学理论》(*Universe and the Mind: A Semiotic Theory of Culture*，2000)等十多部著作。同时，艾柯积极行走在学术的时代前沿，他的阐释学理论已成为当代叙事学理论研究不可或缺的部分，其作品《阐释的界限》《阐释与过度阐释》《悠游小说林》(*Six Walks in the Fictional Woods*，1992)、《翻译经验谈》(*Experiences in Translation*，2000)等备受关注。艾柯的学术研究兴趣广泛，对文学理论、美学、小说批评也有独特的见解，出版了《论乔伊斯》(*Talking of Joyce*，1998)、《论文学》(*On Literature*，2004)、《美的历史》(*History of Beauty*，2004)等一批引起广泛关注的作品。"多面才子"艾柯更喜欢被称为大学教授，他自称是"一个从星期一到星期五在大学里教书的作家"。艾柯自20世纪60年代开始直至今天，一直活跃在世界各地的名校之内，声望颇高，他不仅是世界上最古老的大学——博洛尼亚大学人文学院院长、教授，而且还在哥伦比亚大学、剑桥大学、哈佛大学、巴黎高等师范学校等顶级名校讲学，并获得了德、英、俄、法、希腊等20多所大学的名誉博士称号。与此同时，作为世界知名公共知识分子的艾柯也相当活跃，他在报纸、杂志、电台等媒体开辟专栏，积极发表关于社会、文化、政治等方面的言论，决绝地发出知识分子独立呐喊的声音。先后发表了《超现实的旅行》(*Travels in Hyperreality*，1986)、《带着鲑鱼去旅行》(*How to Travel with a Salmon*，1992)、《推延的启示》(*Apocalypse Postponed*，1994)、《康德与鸭嘴兽》(*Kant and the Platypus*，1997)、《道德五论》(*Five Moral Pieces*，2001)等杂文集，甚至为青少年创作了两部童话作品《炮弹与将军》(*The Bomb and the General*，1989)、《三个宇航员》(*The Three Astronauts*，1989)。艾柯在半个多世纪的学术生涯内创作了150多部作品，同时还频繁地出席世界各地的学术会议，执着地行走在学术交流的文化羁旅中。1995年，他还积极地参与意大利CD-ROM电子百科辞典的编修工作，主持了17～18世纪部分。

在学术象牙塔与世俗社会，中世纪与后现代主义，美学、符号学与文学之间互渗相寓的艾柯，正运用其广博而厚重的学术理论构筑着一座庞大的知识迷宫。他的作品常常让我们产生一种知识眩晕感，迷失其中而不能自拔。徜徉在艾柯开放文本中的我们感受到的不仅仅是知识的驳杂，更多的是这位公共知识分子那颗宝贵的心灵，这也许是所有经典作家的一个契合之处吧。

第二章　艾柯文艺符号学理论

意大利的符号学起源于20世纪60年代中期，1964年罗兰·巴特发表了《符号学原理》，此书掀开了符号学研究的新篇章，在意大利学界被公认为新时期符号学的风向标。当时身处结构主义思潮之中的艾柯，也正是在此书的影响下，走上了一般符号学理论的建构之路。意大利符号学虽然在队伍与规模上比不上美国与法国，但对当代符号学理论的贡献却丝毫不逊色。这要归功于以艾柯为首的意大利符号学家们的潜心研究。尤其是艾柯，他是当代符号学界最为著名的符号学理论家之一，不仅在学术理论上造诣非凡，而且他还大力传播介绍符号学的理论知识，作为第一个符号学讲师，他最早在博洛尼亚大学开设了符号学课程和设置了符号学教育机构。艾柯被西方符号学界公认为与美国皮尔斯、瑞士索绪尔、法国格雷马斯相比肩的一般符号学理论的四大家。值得一提的是，艾柯他们中唯一以系统表述形式和符号学学科名称完成了一般符号学理论著述的，同时也是四大家中尚健在者。艾柯的符号学研究范围较广，既包括一般符号学理论、一般文化逻辑学、记号分类学等符号学理论层面的研究，也包括哲学史分析（符号学思想史）以及涉及电影、绘画、文学、建筑、社会等文化现象的分析。可以说，符号学学科的建立与符号学思想的发展都与其所提出的符号学的理论有密不可分的联系。我国著名的符号学家李幼蒸先生对此高度评价道："如果说当代西方国际符号学活动的首席组织者是西比奥克，那么这一国际性活动的主要理论提倡者就是艾柯。格雷马斯理论只能为法国方向的专门研究者所掌握，所谓曲高和寡，而艾柯理论则可以做到雅俗共赏。"[①]艾柯是符号学理论的集大成者，在学术界中，其符号学理论被称为"历史符号学"，也叫"文化逻辑学"，以分析性、逻辑性见长。艾柯的符号学理论实现了从索绪尔向皮尔斯的过渡，他在丹麦语言学家叶姆斯列夫的多重二元符号论与皮尔斯的三元符号理论的基础之上，将解释符引入符号学理论，采用普遍的代码原则取代了狭义的语言结构原则，阐释了符号及符号生产过程，揭示了符号的本质，并最终建构起独特的文化

① 李幼蒸：《理论符号学导论》，中国人民大学出版社2007年版，第35页。

符号学理论。从其符号学理论角度出发，艾柯结合符号产生的过程与文化生成意义两个方面的研究，提出了开放性的阐释学理论。可以说，艾柯的阐释学理论虽然附丽于其符号学理论，但并未因此而失色。艾柯的符号学理论为其阐释学理论提供了阐释的支撑，而艾柯的阐释学理论又是其符号学理论的回证。艾柯的符号学—阐释学理论是其思想体系的重要组成部分，即便是其文学创作也是艾柯表现其学说理论的载体。“在某种意义上，他的四部长篇小说皆可视为其高深理论的通俗版教科书，它们本身就是关于符号系统的符号系统，关于阐释学的阐释学，是艾柯借以表现自己学说理论的文学载体。”[①]因而，对艾柯符号学—阐释学理论进行分析与研究，不但有助于我们理解与把握艾柯的思想体系，同时也为我们从理论家与创作者的双重身份去关注艾柯提供了可借鉴之资。

第一节　关于符号本身的理论

目前，符号学研究者所公认的符号学研究有三个主要的领域：“(1)符号本身。包含研究符号的种类。研究不同种类符号传达讯息的方式，以及研究符号和使用者之间的关系。(2)组成符号所依据的符码系统(systems)。这领域研究一个社会或文化如何因其自身需要，或因开拓不同传播途径之需而发展出的各种符号。(3)符号或符码运作所依赖的文化(culture)，同时文化也依赖符号或符号的运用以及其存在的形式。”[②]艾柯对这三个领域均有涉足。其符号学理论独立于以索绪尔为代表的结构主义语言符号学派与以皮尔斯为代表的行为主义符号学派，作为符号学理论的集大成者，他采两派之所长为其所用，在继承了索绪尔能指/所指二项关系的基础上，提出了表达和内容两个功能项，并将皮尔斯的解释项引入其符号模式，实现了从索绪尔到皮尔斯的过渡，最终形成了表达、内容、解释符三位一体的开放性的符号模式。

一、关于符号学、符号的界定以及符号的分类

为了理解当今符号学的世界，我们还必须对符号学的界定及其构成作一分类研究。对此，符号学研究者们一直存在着争议。17 世纪英国学者洛克在《人类理解论》一书中开始使用“符号学”这一术语，将符号学视为与物理学、伦理学并列的科学类别之一。他认为符号学又称为“逻辑学”，是研究符号本质，研究心灵如何来理解事物的学说。这一定义对当代符号学的理论领域与

① 马凌：《后现代主义中的学院派小说家》，第 120 页。

② ［美］约翰・费斯克：《传播符号学理论》，张锦华译，(台北)远流出版事业公司 2001 年版，第 60 页。

实用领域有初步的指涉但并不全面。直至20世纪系统符号学研究的诞生，关于符号学的界定才有了新的发展。现代符号学的创始人索绪尔与皮尔斯几乎在同一时期提出了“符号的科学”这一概念，但二者的关注点不同。结构主义语言学家索绪尔关注符号的社会功能，侧重符号学的应用性。[①] 而美国实用主义先驱之一、逻辑学家皮尔斯则关注符号的逻辑功能，侧重符号学的性质。[②] 在结构主义与实用主义之间持折中立场的艾柯批判继承了二者的观点，认为“符号学应该被看作是对记号概念进行的理论研究”，具体而言，符号学是对“记号的定义、结构功能和记号参与过程”所作的研究。[③] 艾柯的这一定义既涉及了理论符号学，又涉及了实用符号学，为当今符号学界所采纳。随着研究的深入，目前，学界公认的“符号学”词典式定义是：有关记号（sign，signe，zeichen），或有关记号过程（semiosis），或有关记号功能的研究。[④] 可以说，符号学定义的界定是符号学研究者们开始建构各自的符号学理论体系的前提。鉴于符号学自身跨学科的复杂性，所以厘清符号学的研究对象，对更好地把握符号学研究大有裨益。

对符号学学科进行阐述，首先要明晰符号学的研究对象——符号的内涵何为。只有对符号有清晰的认知才能确切界定符号学。在现代符号学领域，关于符号的定义，无论是以索绪尔为代表的语言符号学学派，还是以皮尔斯为代表的哲学符号学派，都采取了符号实体与其所指实体之间的二分法，把二者之间“代表”的关系视为符号学研究的前提。而作为两派之间的折中派的代表人物艾柯则建议将任何依据社会惯约可以视为代表其他某物的事物都界定为符号。他说：“我建议把符号定义为这样一种东西，它根据既定的社会习惯可被看作代表其他东西的某种东西。”[⑤]艾柯继承了以索绪尔为代表的结构主义者将符号视为由能指与所指构成的整体，包括符号表达层与符号内容层的观点，不同的是，他汲取了皮尔斯的观点，将解释项引入符号学理论。

---

① 索绪尔在《普通语言学教程》中写道：“语言是一种表达观念的符号系统，因此，可以比之于文字、聋哑人的字母、象征仪式、礼节仪式、军用信号，等等。它只是这些系统中最重要的。因此，我们可以设想一门研究社会生活中符号生命的科学；它将是社会心理学的一部分，因而也是整个心理学的一部分，我们管它叫符号学（sémiologie，来自希腊语 sēmeion）。它将告诉我们，符号是由什么构成的，受什么规律支配。因为这门学科还不存在，我们说不出它将会是什么样子，但是它有存在的权利，它的地位是预先确定了的。”（[瑞士]索绪尔：《普通语言学教程》，高明凯译，商务印书馆1980年版，第37～38页）

② 皮尔斯认为：“在廓清和开拓我称之为符号学的工作上，据我所知，我是个始作俑者……这是关于潜在符号化过程所具有的根本性质及其基础变体的学问。”“我认为我已表明，逻辑学在一般意义上只是符号学（semiotics）的别名，是符号的带有必然性的或形式的学说。”（C. Peirce, *Collected Papers of Charles Sanders Perice*, v. 5, Harvard University Press, 1960, p. 488）

③ 李幼蒸曾专门在其专著《理论符号学导论》的概论中对此作过注解，将研究记号及其系统的学问“semiotics”或“sémiologie”译成“符号学”而不是“记号学”，这一译法完全是国内语言环境和相对的用语习惯所决定的。

④ 参见李幼蒸：《理论符号学导论》，第13页。

⑤ Umberto Eco, *A Theory of Semiotics*, Indiana University Press, 1976, p. 16.

他认为，符号是依据社会惯约而成立的，这一事先规定好的社会规范是表达层与内容层之间的联系，这样，从整体上便确保了由此关系形成的符号功能就是符号。此外，艾柯将作为说明者和解释者的个体视为语言符号与非语言符号的联系中介物，表明了其试图把语言符号与非语言符号纳入分类的构想。这一关于符号的界定并非严格意义上的定义，但却有助于我们区分符号性与非符号性的实体，就此意义而言，这一定义对实用主义符号学理论的泛符号学化倾向进行了某种程度上的纠偏。艾柯指出，斯多噶派已经注意到模糊的非语言符号转变为明晰的语言符号的问题，这甚至是符号形成的一个前提。这就要求“在深处寻求云彩和句子之间的共同东西……为了说明两种行为如何产生同样的效果，应寻求某种‘更深的’东西，即寻求比较深的共同结构，寻求支配两种现象的知识上的和文化上的法则，即探讨一门符号学”[①]。

如何界定符号是符号学研究者们开始构建各自符号理论体系的必要前提。符号学研究者都会对“符号是什么”作出阐释。索绪尔认为符号是能指与所指相统一的双面体，皮尔斯将符号视为对某个主体而言能代表另一事物的事物，莫里斯则将符号定义为一种诱导主体作出反应的刺激因素，此外，雅各布森的符号隐喻论和格雷马斯的符号矩阵语义论等等，都各自阐发了对符号的理解。无论是以索绪尔为代表的语言符号学学派，还是以皮尔斯为代表的哲学符号学派，关于符号的定义皆采取了符号实体与其所指实体之间的二分法，把两者之间“指代”的关系视为研究符号学的基本前提。在艾柯看来，索绪尔等人的符号学理论的指向要么强调人作为主体的传播意图，要么将重点放在事物的指代意义上，有失偏颇。对此，他并不满意，在艾柯看来，要明晰符号是什么，就要探究符号的本质，而符号的真正本质则在于符号意义生成的过程，主体的传播与客体的指代都是这一过程中的必备因素，缺一不可。

艾柯在两派之间进行了调和，科学厘定符号的定义，在《符号学理论》中，他为符号作了如下界定：符号是任何可以按照社会约定俗成的规范代替某一事物的事物。为了回应后现代主义批评家对于符号意义不确定性的质疑，他又援引莫里斯关于符号的阐释加以说明，一个事物之所以能成为符号，只有当它对于某一主体而言代表另一事物时才成为符号。由此看来，艾柯关于符号的阐释，有两个层面的意义：一方面，符号的意义是按照既定的社会规范来确立的；另一方面，潜在的阐释是保证符号意义得以实现的理论前提。从中我们可以看到，艾柯试图在实用主义与解构主义之间进行调和的努力。可以说，艾柯关于符号的定义是在继承以索绪尔为代表的结构主义者将符号视为能指与所指构成的统一体，包括符号的指符与被指、符号表达层与符号内容层的观点的同时，又积极汲取皮尔斯观点的结果。更重要的是，他虽倚重皮

① 李幼蒸：《理论符号学导论》，第510页。

尔斯的解释符和试推法，却没有停滞不前而是进行自我改造，巧妙地将其融入自己的符号学理论并成为构成关于符号生成理论的基本内容。解释符是符号衍义的必备存在，试推法是符号意义生成过程遵循的方法，这样，艾柯将解释符和试推法应用到符号意指与交流的动态过程中，进一步推进了一般符号学认识论在文学实践领域进行应用的可能。

随着符号学定义的完备，有关符号学领域的分类认识逐渐清晰而完备。西比奥克、艾柯、波斯纳、迪利都曾提出过各自的符号学门类观点，而艾柯对符号学领域的分类，因与当代符号研究领域相接轨而备受瞩目。被誉为当今"分类意识最强、最富兼容并蓄态度的符号学分类研究"的法国波斯纳符号学领域的分类便是在艾柯启发下形成的。在《符号学理论》(1976)中，艾柯依据符号的性质异同原则，将符号学领域划分为19个门类，有动物符号学、嗅觉符号学、触觉通信、味觉符号学、副语言学、医学符号学、运动和动作符号学、音乐符号学、形式化语言研究、书写语言系统研究、天然语言研究、视觉通信系统、物体系统、情节结构、文本理论、文化代码研究、美学文本研究、大众传播研究、修辞学等。[①] 艾柯对其划分的规则还有待细化，但却给予了其他研究者重要的影响，艾柯的符号分类学也是迄今为止最为丰富的，所列举的门类虽未尽齐全，但却从一定程度上涉足了当代符号学研究，推动了符号学研究的发展。更重要的是，他将自然和文化的通信过程纳入符号学世界的努力，显示了其广阔的研究视野。当代符号学领域的分类逐渐走向动态化、交互化，研究的对象也渐次分明，可以说，艾柯的符号学分类法在这一进程中有着不可磨灭的贡献。

在艾柯符号分类法提出之前，也有诸多符号学学者对此进行潜心研究，其中最具有代表性的是美国的著名哲学家和逻辑学家查尔斯·桑德斯·皮尔斯(Charles Sanders Peirce)的分类法。他在"符号—对象—解释项"三项式基础上提出的符号分类在符号学界备受瞩目，他的三种不同的区分现象单元的方式得到了公认，即：(1)单子式(即非关系式、符号为其本身)；(2)二项式关系(相对于其对象)；(3)三项式关系(相对于解释项)。[②] 第二组三分法是现代符号学中运用最广的，皮尔斯根据符号与其所指对象之间的关系区分了三种符号关联方式：(1)象征性：符号具有代表该对象的意义，二者关系只按人为规则确定，是任意性。这一关联方式类似于索绪尔的能指与所指的二项模式。(2)图像性：符号与其所指对象在某个方面有相似性。二者之间的任意性已经较为薄弱。(3)索引性：符号与其对象之间有存在性的关系，二者之间的关系依靠经验建立起来。如烟与火之间，当我们看到某处冒烟，便推断有

---

① Umberto Eco, *A Theory of Semiotics*, 1976, pp. 9-14.

② 参见李幼蒸：《理论符号学导论》，第513页。

火的存在。[①] 对皮尔斯的上述分类法，艾柯认为过于依赖对象的存在，有欠严格。为此艾柯进一步补充了三个条件："应按照文化性惯约法为对象定义；按文化性惯约简化对象的必要特征；按惯约，可在对象特征与图形记号之间规定可知觉的相互符合的生产方式。"[②]据此，艾柯提出了自己的符号分类。

艾柯认为符号可分为三大类：(1)自然事件类：人们用此类中的项目进行认知活动，如从烟认知火的存在。(2)人为符号类：人们用此类中的项目与他人通信。(3)古意性(或废弃性)和诗意性符号类：这是文艺性表现的特殊活动。以上三大类又划分为二十小类。[③] 艾柯十分重视符号的分类，将其视为符号学研究的基础。这一符号的分类固然内容丰富，但划分的标准还有待于细化，艾柯也意识到这一点，对其提出的符号分类在不断地补充修正，对当代符号学理论的构筑具有很大的启发性。

二、解释符与试推法

解释符由皮尔斯首创，经由艾柯改造，纳入到其符号学理论体系，用以说明符号意指与交流的过程，之后被当代符号学研究者广泛应用到符号学理论研究。解释符具体所指为何，其实皮尔斯本人也并没有给出明确界定，甚至他自己也经常混淆其意义，如有时候它被用来指符号所引发的产生于主体心理的观念、脑海产生的关于事物的表象，甚至有时候干脆指符号本身。因此，解释符作为一种符号学单元，实际上多半被研究者当作意义来看待。针对解释符多义性的使用，皮尔斯试图作进一步廓清，解释符不仅仅是某一词项的意义，同时也是从前提中引出的论证之结论。[④] 这样，我们就可以理解为意义就是由前提引申得来，是符号所蕴含的一切内容。解释符因其涉及符号的阐释，艾柯用其演绎说明符号的生产过程。值得一提的是，一向以概念使用严格而著称的艾柯并没有对解释符给出自己明确的界定，而是尊重解释符的歧义性，只是在倚重皮尔斯这一概念的基础上，作了进一步梳理与改造。艾柯承认皮尔斯对待某一词项意义与解释符之间并无根本区别的立场，也认可意义可以只被解释符所描述，但同时，艾柯试图指出，当表象是按照某一根据被选择时，解释符则是借助另一记号指代此物的某种方式。也就是说，在艾柯看来，解释符具有标记、界定、意指等多种形式。

艾柯之所以如此重视解释符的多义性，是因为在他看来，正是由于解释符的存在，符号学才避免陷入关于指代的形而上学，解释符的模糊性恰恰也

① C. S. Pirce, *Collected Papers*, Cambridge: Harvard University Press, 1958, p. 34.

② 李幼蒸：《理论符号学导论》，第 515 页。

③ 参见李幼蒸：《理论符号学导论》，第 510 页。

④ C. Peirce, *Collected Papers of Charles Sanders Piece*, v. 3-4, Harvard University Press, 1960, p. 559.

是其力量所在及其纯洁性的条件。解释符的丰富性与模糊性，这两个特性的存在，有效地指出了通过从记号到记号连续变化的系统。它作为一个表达、一个序列，除了阐释记号的客体，也增加了对记号的客体的理解。也正是解释符的可解释性特征，使我们能从一个记号演绎整个符号过程。这样一来，解释符不单单指主体对符号的认知，也包括理解的过程与结果。也即“指涉同一‘客体’的另一个表现形式”[①]。这里的“客体”是符号所指代的对象，也是即将被解释符所替代的对象，客体在被解释的同时也被解释符所取代，进而占据客体的位置，而解释符同时反过来成为另一个有待于被下一个解释符所取代的符号。也就是说，要确定符号的具体意义，需要另一个符号进行解释，同时这另一个符号本身又需要其他符号进行解释，依此类推，以至无穷。例如，符号“cattle”的解释符可以是“牛”“哺乳动物，身体大，趾端有蹄，头上长有一对角……”，也可以是一幅画或者一声“哞哞”叫，甚至是一个象征牛的手势，例如做牛角状的手势，或是类似箭头等等。这些解释符同时也可以分别引申出用以解释自身的解释符，而这些解释符又将被其他解释符所解释。这样就形成了一系列环环相扣的解释符串。

由此可见，符号的意义确定过程是一个无限符号化的过程，是由一系列无穷无尽的表述序列所组成的链条。皮尔斯将这一过程命名为“无限符号化过程”，并肯定它存在的价值，他认为无限符号化过程恰恰是符号系统运行的基础保证，因为符号系统能够自我检验，不需要其他客观事物作为参照，语言系统本身具有可自证性，或者准确地说，它是可以通过一系列连续的释规解约体系进行阐释的东西。虽然皮尔斯对符号意义追寻过程的无限回归特征有明确认识，但遗憾的是，他并没有对符号意指与交流是如何运行的给予说明，“皮尔士意识不到：他所谈及的最终符号实际上不是符号，而是像结构那样的整体语义场，它把符号相互衔接和联系起来”[②]。实际上，艾柯已表明了其符号学理论的立场，符号不仅仅可以形成连续不断的“链条”，更重要的是，组成这根链条的每一个锁链都可以向外辐射，相互指涉，互相关联，以此组成“场”或者是“网”。在“场”里，不同符号相互转译，相互磁化，不可分离，形成一张精密无界的符号之网。

“符号场”是艾柯用以说明符号运行过程的重要概念。除此之外，值得注意的是，艾柯关于符号运行过程的理论是建立在叶姆斯列夫的多重二元符号论基础上的，叶姆斯列夫的表达层与内容层组成的二元符号论，表面看来类似于索绪尔的能指与所指二元实体的分类，实则有其创新。叶姆斯列夫从形式、内容与质料三个维度细分了表达层与内容层，并明确指出当表达层与内

① [意]艾柯：《符号学理论》，卢德平译，中国人民大学出版社 1990 年版，第 78 页。
② [意]艾柯：《符号学理论》，卢德平译，第 79 页。

容层形成相互映射时，符号才产生。因叶姆斯列夫的二元符号论具有多维度的特征，故称其为“多重二元符号论”。在艾柯看来，叶姆斯列夫多重二元符号论更好地避免了解构主义者们对于索绪尔能指与所指二元符号实体各自独立存在的误解，将他们关于符号无限延宕的问题质疑，从能指/所指的层面引导转移到符号/符号层面进行重新审视。但同时，艾柯也看到了叶姆斯列夫理论的缺憾，它无法说明符号意义的不确定性，因而在此基础上，艾柯又将表达层的系统结构具体明确为“语形系统”，与此相对应，将内容层的系统结构称为“意义结构”，或“语义场”。当这两个系统结构相互呼应，形成对应联系时，才产生符号。艾柯的改造扩展了叶姆斯列夫多重二元符号论的辐射广度，再加上皮尔斯的解释符的引入，最终形成了表达、内容、解释符三位一体的开放性的符号模式。对此，艾柯本人也颇为满意，曾以词典与百科全书为喻对二元符号模式、三元符号模式进行了对比阐释。二元符号模式犹如词典，词典中的词项是表达层，是能指，其定义是内容层，是所指，二者构成组织结构较强的意义空间。而三元符号模式则对应于百科全书的模式，是一个集矛盾性、灵活性、多义性于一体的意义空间。在这里，用来解释定义的词语同样有待于被解释，寻找意义的行动每一次都引向一个解释符串，引向更多的符号，永远不会休止。① 于是，他大胆宣称，在百科全书符号模式中，语义联系是相对的和暂时的，“盲目是唯一的(局部的)生长方式，而思想就意味着探索征程。这正是我们感兴趣的迷宫类型。它代表了一种可自我调节性符号学假设的百科全书式分析模型(Q 模型)”②。这样，艾柯便将符号结构建立于混沌之上，认定其是缺席的、不在场的。

艾柯的百科全书式符号模式具有这样一些特点：网状的结构；潜在的无限的，可以对其进行多重解释；不仅有真理，也有虚假、想象、传说等内容和主题；永无完成之日，只能作为一种调节性观念存在；具有局部性和暂时性，不可能组织成一个完整系统。③ 可以说，艾柯揭示了符号的本质——符号是暂时的、模糊的、错综复杂的多维体，具有无源头的、无根据的、无真理的特征。正如他自己所言：“符号学研究所有能用作符号的事物，能在意义上代替别的事物的就是符号，这些事物不一定存在或只在符号代表它们时才在某个地方。因此，符号学原则上是研究一切可以用来说谎的东西。”④艾柯“关于说谎的理论”的符号学观点恰恰彰显了后现代主义色彩。

---

① Umberto Eco, *Semiotics and Philosophy of Language*, The Macmillan Press, 1985, pp. 46-84.

② Umberto Eco, *A Theory of Semiotics*, Indiana University Press, 1976, See 2. 12. “The model Q”. Q 模型是由奎昂(M. R. Quillian)于 1968 年在《语义记忆》中提出来的。这是一个语言生成的模型，这一模型旨在说明语义成分之间的关系是以一无限的符号学过程为基础的。

③ 参见李幼蒸：《理论符号学导论》，第 334 页。

④ Winfried Nöth, *Handbook of Semiotics*, Bloomington and Indianapolis: Indiana University Press, 1990, pp. 325-326.

在艾柯看来,解释符是符号意义生成过程的必备存在,而它在这一过程中遵循的运行方法便是试推法。符号概念本身就暗含推论的过程,符号在意义理论与证明理论之间有必要关系,需要在阐释中确定其意义。从这个角度而言,可以说符号的本质特征是推论,而试推法的基本原理恰恰正是推论。

试推法是一种传统的推理方法,作为理论术语,是由皮尔斯正式提出来的,其实早在古希腊时期,亚里士多德在其著作《后分析篇》中便有所提及,将其称之为"回溯法"。试推法也称为"假定法""假设法",是一种进行预测性推断的方法,与演绎法、归纳法并称为逻辑学的三大科学方法。演绎法是从一般性事例推断出个别结论的推理方法,也就是说首先要有一个推断规则,其他结论都可以由此得来;而归纳法则是从诸多个别事例中推断出一般性结论的方法,即从个例中归纳出某一规则。演绎法与归纳法的推理方式是相对的,推理的前提与推断的结果也因存在一定推论规则而构成了双向模式。这两种推理方法都重视规范性、逻辑性与因果关系,因而不适用于解释日常生活中的偶然事件与突发现象。但是特殊事件与偶然因素却是寻常生活的常态现象,相比而言,试推法的优势则在于我们在观察偶然现象、特殊个例与突发事件的基础上,先大胆进行一个预测性推断,进而对其进行查验,形成从预测开始到检验再回到预测这样一个迂回往复的循环过程,以此得到对此事件或者现象的正确推断或是结论。

符号并不能替代事实,只是具有指向事实的标示性,因而它需要阐释,这就使得试推法在符号意义生成过程中是必不可缺的。试推法凭借假定性的推测和有针对性的检验,成为事物间因果联系得以确定的方法。当这一联系确定时,符号的意义也就明晰了。对此,艾柯曾总结道:"试推法是对一套意指规则系统进行试探和冒险追踪,此系统使符号获得意义。"[1]他认为,作为一种启发性的预测,试推法不涉及逻辑或经验主义的结论,使人们能够从一个事物推知另一事物或从诸多纷繁杂乱的个例中得出结论。因而,相比演绎法与归纳法,同样是获取外界认知的方法,试推法能让人们获得更多的知识,其用途也更为广泛。艾柯不仅在符号学领域使用试推法,还将其运用到小说创作实践中。《玫瑰的名字》身披"侦探小说"外衣,实则探讨了符号意义的生成过程,可以看作是艾柯进行符号学冒险之旅的习作。主人公威廉侦破案件的过程正是使用了试推法。对此读者并不陌生,英国小说家柯南道尔笔下的福尔摩斯探案也使用了这种方法,从这个角度而言,试推法的运用要早于皮尔斯对其的命名,可以说是柯南道尔发现了试推法在事物认知过程中的有效性。之后诸如此类的侦探小说也受其影响,其中主人公大都同福尔摩斯一样,也善于从事件细节中推知结论。对此,艾柯曾作过这样的阐释:"侦探小

① Umberto Eco, *Semiotics and Philosophy of Language*, The Macmillan Press, 1985, pp. 40.

说代表一种真正的猜测。”①

侦探们破案的过程犹如寻找符号意义一样，要对踪迹作出明晰而准确的解读。每个侦探都知道：犯罪现场的痕迹、刮擦或其他遗留物都暗示某一犯罪事实，当这些踪迹艰难联系在一起，才可能还原犯罪事实。在这个过程中，符号并不构成可以发现的实体，只是在指示其他事物时，才可能成为可阐释的对象。由此，阐释过程就成了一场冒险，它和猜想一样借助直觉联系不同的符号。小说开篇，威廉就马蹄的痕迹给予的阐释，我们可以从中得出“一匹马走丢了”的结论，但这一结论既不是必然的，也不是必要的。当这个猜想提出一个假设性前提，将其他一系列杀人案件联系在一起，读者才恍然大悟，洞察其中奥妙。从中可知，阐释符号是一个复杂的过程，只有参照其他符号组成的“场”才可信。这个场便是包含语言、社会和历史在内的文化惯约。在寻找意义的过程中，语言、社会和历史作为整体置身其中，这个场没有任何结构规定，也没有预先设定，没有入口，也没有出口，无所谓内部与外部，人们置身于此只会偶然发现出口，或者进行定位。对此，艾柯曾用“迷宫”进行贴切描述，并区分了三种迷宫：古希腊的米诺斯迷宫、巴洛克式近代迷宫和现代根茎迷宫。米诺斯迷宫是中途进入迷宫历险，可通过绳线直接连接进出口、中心，解决的方法是一种大胆臆测的机智。近代迷宫充斥岔路、死路，人们在路口犹豫何去何从，需要通过不断尝试，在迷路、失败之后又重新选择，从而最终找到出口。现代根茎式迷宫，人们一直被困其中，无论如何努力都徒劳无益。如果说走出第一种迷宫借助的是实践理性，征服第二种迷宫依据的是经验主义，那么置身于第三种迷宫则需要试推法的使用。艾柯的符号迷宫论彰显了符号学的基本原理之一——符号空位。符号是有待于人们通过推测、预设加以填充的空位，每一次填充就形成独特的阅读方式，因而不存在既定的意义。寻找符号意义的我们，处境岌岌可危，绝对无依无靠，往往迷失在符号洪流中而误入歧途，因而只有我们诚实地承认符号意义的不确定性与阐释的歧义性才可能触及符号的本质，这同时也是寻找意义的前提。在此基础上，艾柯还提出应对方案，符号意义只能通过渐进的试推法来实现。在这一过程，要大胆进行直观预测，尝试给出假设的推断，即使这些假设之间是矛盾的，但毕竟它们都具有指向答案的可能性，所以都是有价值的。

纵观艾柯的符号学理论，解释符与试推法也是构成其符号生成理论的基础，解释符遵循的规则是试推法，试推法依据的则是文化惯约，无关乎外在的客体，由此形成了艾柯开放式的符号学理论，同时也为当下的符号学理论实践提供了重要的学理依据。

---

① Umberto Eco, *Postscript of the Name of the Rose*, trans. Wiliam Weaver, p. 54.

第二节　符号文化单元说与文化意义论

无论是索绪尔系统语言符号学的能指与所指的二元分析法，还是皮尔斯系统符号意义论的符号、对象、解释项的三元模式，都是从符号的意义与指称的区别入手对符号进行具体分析。在欧美符号学思想之间持中间立场的艾柯，立足于反指称论，继洛特曼“文化逻辑学”之后，提出了符号文化单元说与文化意义论，试图构建自己的符号学理论的文化逻辑学体系，形成了集文化学与符号学于一体的符号诗学理论。

一、符号文化单元说

将客体指称关系进行排除，是艾柯文艺符号学理论的前提之一。这一反指称论思想受到德国分析哲学家弗雷格意义论的影响。在论及区别意义与指称时，艾柯援引了“启明星”和“黄昏星”的例子。启明星和黄昏星虽然指的都是金星，但是二者的含义却并不相同，一个是晨星，另一个则是暮星。在我国也有类似阐释，《诗经・小雅》：“东有启明，西有长庚”，朱熹在《诗集传》中解释道：“启明、长庚皆金星也。以其先日而出，故谓之启明；以其后日而入，故谓之长庚。”弗雷格认为，事物的指称相同而意义则并不相同。遗憾的是，他只描述这一现象，却没有探索个中缘由。指称相同而意义不同究竟由何决定？对此，艾柯给出了答案：由文化惯约决定，这也正是其理论的贡献之处。他指出意义是文化惯约的产物，意义与文化规约系统有密切关系。如“司各特”和“《艾凡赫》的作者”，两种不同表达式都指涉同一客体，但其意义却有差异。艾柯将语词的意义，也就是符号的内容层，定义为文化单元。“司各特”的词义只是一个文化单元，要确定其语义系统与使用环境则需要确定这个历史实体所指意义的外部文化世界。当它与某一文化语义系统中的其他意素对立时，同时也在与不同文化语义系统的其他不同意素发生对立关系，当符号的表达函项与内容函项之间生成涵指关系，“司各特”的意义则得以相对确定。这些外部文化系统既可以是作家系统，也可是文学系统，还可以是历史系统。这表明符号意义的确定与外部文化世界息息相关。

因此，艾柯强调确定符号意义的文化世界的形式结构和文化内容才是要考察的目标，意义的真伪性与客体是否存在无关。“确定符号所指物为何的每种企图，都迫使我们去根据抽象实体界定所指物，而这种抽象实体充其量仅仅是一种文化规范。”[①]这里，艾柯重点说明的是意义指涉客体的过程，而不

①　[意]艾柯：《符号学理论》，卢德平译，第 76 页。

是符号所指客体,这一过程是由文化惯约所决定的,因而他认为被指称这一概念对意义讨论而言,非但无济于事而且是不利的,应该加以排除,即便表达涉及客体,它也不指向客体,而是在传达一种文化内容。在不同文化语义系统中,符号的意义作为一种文化单位,它只能从文化视角界定和辨析为一种实体的东西。包罗万象、兼收并蓄、纷繁复杂的文化世界才是符号意义的根源所在。符号在现实世界中在场并被赋予、增加、删减甚至转移意义。由此,艾柯认为万事万物以及种种现象也要置换为符号才具有意义,当事物完成符号转换时才有被用于交流的可能,文化世界就是在此基础上生成的。换言之,当符号生成时,相应的意指活动便由此产生;反之,当意指活动进行时,同时也就证明了符号的在场。

我们的社会生活是不会根据事物改变的,而是依据文化单元进行演变。"在文化生活之中,每一实体其目的都可能是同时独立变为意义与符号载体"[①],"无论对何人而言,事物只能通过文化单元被知道,而通讯世界把文化单元放入流通中以代替事物"[②]。文化单元是符号的意义,是特定社会文化环境内一种意素集合体,是被从文化上界定为实体的某一事物。"文化单元"这一概念的提出,超越了符号学中对语词进行逻辑分析的形而上学的讨论,回归具体的语词意义的文化单元探析。由此可以看出,艾柯基于反指称论提出的文化单元说,其思想特征既彰显现象学大师海德格尔哲学之底蕴,也有后期维特根斯坦分析哲学之意味。

海德格尔认为,此在是以理解方式存在的在世之在,理解作为此在的本体活动源于人类的生存方式和生活结构,也就是说一切意义的发生和现象的存在都根源于人类的生活世界,更准确地说,是来自我们置身其中的文化世界。后期维特根斯坦则从日常生活语言角度分析研究,提出应在语境中寻找语义的主张,语词意义的确定在于用法而不关乎事实与否,换句话说,研究信息可被交流的条件与可被理解的文化背景才是确认语词意义的根本途径。如"我胃痛"这一表述,我们不需要亲历当事人的疼痛体验,也毋需甄别说话人是否真的胃痛,只要明白"胃痛"这一表述的含义就可以达到交流与理解的目的。

总之,艾柯的文化语义观从实用主义文化意义分析来看,立足于反指称论的文化单元说确有其便利之处。首先,反指称论的文化单元摆脱了客体事实真伪性的束缚,区分意义本身与意义载体,明确文化符号与其意义之间的关系,有助于切分文化现象。其次,虽然"文化"一词略嫌宽泛,但"文化单元"概念在以语言单位为基础来研究语义时,词义与指称可同时作为话语来使用,有助于意义分析更为准确。

---

① [意]艾柯:《符号学理论》,卢德平译,第82页。

② Umberto Eco, *A Theory of Semiotics*, p. 66.

二、符号文化意义论

艾柯的文艺符号理论的文化特征还体现在其文化意义论。艾柯强调文化世界是语词意义的原动力，符号及其意义是文化的发明的产物：符号指代何为是由符号的意义决定的，而它之所以具有某种意义是因为身处文化世界的人们依据文化惯约赋予它这样的理解，理解是阐释过程的必然结果，意义由人们依据文化世界的生活方式与组织结构进行新解释，通过这样的阐释过程得以产生、延展甚至转移。阐释的价值并不在于探索客体的真伪与否，而在于创造世界。这就意味着，符号意义的阐释构成了文化世界的多样化与不确定性。这样，艾柯的文艺符号理论就冲破了传统语言符号学只局限于狭义语言结构分析的囿限，扩展到非语言系统，在文化意义语义学理论基础上阐释其主张。为此，艾柯提出了一种"百科全书式"语义分析原则。

"百科全书式"语义分析原则与"字典式"语义分析原则都是语言符号在语义层面的结构规则，二者是对立的。字典式语义分析原则是指为庞大复杂的语义系统制定一套严格的分析原则，依此对语义系统内部进行分类并将诸类之间的关系予以明确，以此使之明晰有序。美国语言哲学家杰罗德·卡茨认为一部理想的字典应当是由数量有限的词条构成，而每一词条都有一种或若干种有限的词项对其进行释义，每种词义解释则包括数量有限的语义标记。

用字典模式改造语义系统的意图可追溯到古希腊时期的亚里士多德，其在《后分析篇》中提出将谓词划分为四类逻辑语义分析原则，依此对实体范畴的概念进行严格明确的内涵区分，但他无意将这一原则推至所有实体概念范畴以及偶性范畴领域中。其后新柏拉图主义学者波尔费里将亚里士多德的属种定义法用树形范畴分类图加以诠释，又被称为"波尔费里之树"，这是词典式语义分析法的始祖。所谓波尔费里树形图，就是在树形图中高一级节点的类概念，滋生出下一级节点的种概念，而这些种概念同时又可作为一种类概念继续再生成其下一级节点的种概念。依此类推，最终形成一个由类概念和种概念呈正三角形排列的类似金字塔形状的树形图。在这个树形范畴分类图中，无论类概念还是种概念都能找到自己的专属位置，这样，由某概念所居属的节点也可返回高一级的类概念，依此类推，沿着其所属支脉探寻，最终可直至树的顶端——最高的类概念，由此概念的含义便可确定。但依据类、种等概念建立起来的波尔费里之树在现实中是不存在的，仅依据类、种概念无法对语义系统实施明晰概念的任务，除非要考虑到种差概念在意义确定过程中的作用。例如"实体"可以划分出"物(有形实体)"和"非物(无形实体)"，那么"生物"和"非生物"都要放在"物"之下，但此时如果不增加"生命体征"这个属于生物的种差，又怎么能把生物和非生物加以区分呢？于是有人大胆假设树形图可只由种差构成，这样可将概念归放在相应的种差之下，结果却遇到了种差难以加以明确定位的难题。比如,究竟是应该在“生命体征”之下划分出“物”和“非物”,还是应该在“物”之下划分出“有生命体征”与“非生命体征”?可见,种差难以一次性定位,无论是其数量还是归属位置。

在艾柯看来,这些古典逻辑语义学家试图在语言范围内依靠纯分析确定语义的努力是枉然的。即便如此,这些徒劳的尝试依然在现代语义分析领域被延续。叶姆斯列夫是现代语言学的词典式语义分析原则的实践者,他试图在能指与所指层面使无限制的单元清单分解为有限制的单元清单。他还有现代字典式语义分析原则的代表——卡茨和伏达的“词意素树形图”,即KF树形图,试图对标记语词含义的成分构成加以分析。不论是依据类、种和种差确定语义(如:马是非理性的必死动物),还是由一系列语义成分标记定义(如:猫=非理性+动物+哺乳的),都需要涉及解释项的存在,解释的客观需要必然导致语义分析要跨越语言领域。艾柯认为词典式语义分析原则只涉及语言知识而无关乎如何运用语词,因而就无法明晰地表述事物进而谈论世界。

既然语义分析问题不得不超越语言领域,而诉诸于文化语境,为了更好地论述符号意义的生成过程,艾柯提出了百科全书式语义分析原则。在他看来,符号意义的生成是一个无限符号化的过程,用来解释概念含义的语词,它本身同样有待于被解释,这样一来,确定符号意义的行动每一次都会指向连续不断的一连串解释符,从而引向更多的符号,永无尽头,由此形成了被磁化的意义世界。面对这样庞杂的文化意义世界,对符号的阐释如仅仅只作词汇意义的常规语言分析是远远不够的,还应涉及对该符号指示客体所需了解的一切内容,例如词汇意义的意指、引申义等等,甚至包括词汇使用的语境。他对这一原则的具体操作则借用了奎昂的Q模式,此模式是一个无中心的网,依据不同的语境,处于节点的某一符号会形成由诸多成分构成的链,而这成分链上的每一个组成成分同样又是一个处于另一节点的新中心,被其他一连串符号载体所解释,继而形成专属于其自身的成分链条。

因而,借助符号的意指功能进行交流的双方,无论是符号的发送者还是符号的接受者,在追寻符号意义的过程中,他们都必须将符号载体与其他的语义系统关联起来才能作出诠释。接受者根据文化惯约挑选符号的文化单位,并依据与发送者所理解的同一文化规律本身,使得双方的交流成为可能。正如艾柯所言:“在文化里,每一个实体都能变成一种符号学现象。意指的法则就是文化规律。由于这种原因,文化容许某种持续不断的交流性换转过程,就其体现为一套意指系统而言即如此。文化完全可以在符号学侧影的笼罩下进行研究。”[①]可见,艾柯认为研究文化可把它当作以符号意指系统为基础的交流现象来对待。

---

① [意]艾柯:《符号学理论》,卢德平译,第32页。

第三节 代码理论

在艾柯看来，符号学包括“代码理论”与“符号生产理论”，这二者各自隶属于意指符号学与交流符号学领域，因此，作为符号学现象的文化既属于意指系统，又属于交流系统，也就是说，它是建立在意指系统基础上的交流现象。为了更好地阐释文化现象，艾柯对代码理论与符号生产理论进行了研究，“代码的理论最终保证符号意义脱离指示对象这一状态。正因为如此，即便现实并不存在的符号内容，符号的意义也得以被确保，从而也能通过符号制造谎言”①。代码理论保证了符号的社会功能，从而使社会交流得以实现。这样，艾柯的符号学理论便突破了静态的研究模式，转向了符号生产类型理论。大致而言，艾柯的“代码理论”包括一般代码理论、非语言的代码理论等内容；其“符号生产理论”则探讨了符号的功能结构、译解符号或文本等所需的各种活动。二者各自对应于意指符号学与交流符号学领域，却又必不可分。

代码是一种意指系统。当按照社会事先约定和社会惯约，用实际诉诸于接受者感觉的事物代表他物时，便产生了意指。“意指系统的存在不是具体可感的而是抽象的，它不取决于促成其事的潜在交际行为。相反（刺激过程除外），每种指向个体或介于其间的交流行为甚至任何某种生物的生物反应机制或机械智能机制，都可能将系统假想为实现的前提条件。所以，从这个角度而言，代码是一种自动符号学系统。”②

代码(code)又称为“符码”“信码”“密码”。“代码”是信息时代的概念，于20世纪50年代被引入符号学研究领域。在索绪尔书中便出现过“代码”一词，当时索绪尔用其指language的属性（按艾柯解释），或language本身（按马丁内解释）。③ 自此，“代码”一词被广泛应用到人文学界，从最初语言学领域将其视为语言规则系统到文化人类学研究中的规则、结构，再到文化符号学的不受严格逻辑规则制约的单元系列。它的流通标志着符号学研究领域的进一步扩大，同时也表明了符号学研究者试图从信息论角度来考察意义产生的问题。

“代码”对艾柯而言，首先是规则系统之意，具体而言，它是“符号载体单元的系统和诸单元的组合规则；诸语义系统的系统和诸单元的语义组合之规则；这些单元的可能匹配的系统和它们的转换规则；诸环境规则的清单，这些

① [日]篠原资明：《埃柯：符号的时空》，徐明岳、俞宜国译，第85页。

② Umberto Eco, *A Theory of Semiotics*, p.7.

③ 参见李幼蒸：《理论符号学导论》，第580页。

规则预告了对应于种种解释的通讯环境”①。艾柯认为所有文化活动都可以当作通信活动来研究，一切通信都是码化的，这是可理解性的必要条件。于是，他将通信论与语用学的规定都应用于对“代码”定义的阐释中，这一企图显示其在认识论上尝试按照这双重原则来研究文化符号学的理想。从通信论角度看待符号，可以将其视为承担社会成员之间的交流与通信的载体，是遵循代码原则进行信息的传递。艾柯说：“就其把现在的实体与不在的单元连结起来而论，一个代码是一个意指作用系统。当某种实际上提供于受者知觉的东西根据一基本原则，代表着其他东西时，就发生了意指作用。在此意义上，接受者的实际感觉和解释行为对于意指关系本身的定义不是必需的：只要代码在‘代表’物与其相关项之间预见到一种既定的对应关系即可，此对应关系适用于每一可能的接受者，即使无接受者存在或永不会有接受者存在。”②艾柯的代码理论符合其所要构筑的符号理论体系的设想，他认为符号应包括语言类与非语言类，而以索绪尔为代表的语言学派所提出的语言规则、结构与系统是无法适用非语言现象的，因而他采用了普遍的代码规则。对此，艾柯解释道：“我强调使用‘代码’这个词，从此以后我将始终用这个词来取代‘语言系统’这个词，因为它将引起无穷无尽的含混，即它会使人们企图按照那种特殊的代码模式、特别是被系统化的、具有双层分节结构的天然语言的模式来描述各种各样的通信代码。”③我国著名符号学家李幼蒸先生看到了艾柯符号学理论的这一范畴的变革，他评价艾柯的代码论是一种超出天然语言语法的普遍符号函项论。当然，我们也应明确的是，艾柯采用“代码”一词取代“语言系统”，并不是要否定它，其代码理论还是以语言系统为基础的。他认为语言是最复杂的和最精巧的代码系统，甚至其所论代码分节理论也是以语言代码分节方式为原型的。

代码理论在艾柯符号论中占有重要位置，艾柯便是通过代码模型来建立一般符号学的意指关系规则系统的，他还通过工程学“水闸模式”来形象演绎意指系统、通信过程的交流关系，而二者发生关系所遵循的规则便是“代码”。

艾柯的非语言的代码理论是在探寻符号分节的过程中形成的。符号系统的分节是20世纪符号学研究关注的焦点，同时也是关乎当代符号学流派立场差异的问题。所谓分节方式(articulation)，即符号系统诸多部分的组接方式。有关符号系统分节问题的探讨在符号学界一直存在着双层分节的观点，直到20世纪60年代，法国、意大利的电影符号学家帕索里尼、麦茨和艾柯等人对电影银幕符号系统分类的讨论引发了符号学界对这一问题的热议。在功能学派通信论符号学家普里托的影响下，艾柯认为除了双层分节方式之

① 李幼蒸：《理论符号学导论》，第581页。

② Umberto Eco, *A Theory of Semiotics*, p. 8.

③ [法]克里斯丁·麦茨等：《电影与方法：符号学文选》，李幼蒸译，三联书店2002年版，第65页。

外，还存在着三层分节的现象，这一典型（且唯一）的例子存在于电影中的视觉上不具备意指作用的光记号素，当它内部的各个部分相互组合后还可以分类为形象光记号素、肖像光记号素或超符号光记号素三种。艾柯对电影符号系统三层分节结构的研究开辟了一条在电影符号学家麦茨与帕索里尼之间的新的道路。

对非语言现象的分节结构，艾柯在普里托符号系统分节方式理论基础之上，提出了六种分节类型。按照是否具备组接形式，可分为无分节系统与有分节系统；按照组接方式不同，有分节系统又可分为具有一个分节的代码（具备一级组接方式）：只有第一分节的代码，只有第二分节的代码；具有两个分节的代码（具备两种组接方式）；具有流动性分节代码（具备动态组接方式）以及三层分节代码。非语言符号系统与语言符号系统相比，其结构组织性较弱，因而艾柯将其称为"非严格代码系统"。艾柯的"非严格代码系统"理论是在皮尔斯提出的三类符号系统中所建立的各种意指代码基础上提出的，包括三个方面：(1)风格化编码类型；(2)矢量性编码；(3)弱编码性符号的意指原则。[①] 风格化编码类型的符号在能指与所指特征的相似性上各有不同，但意指作用方式都遵从社会惯约。艾柯以扑克牌的"国王"为例进行了说明，我们看到所指者便直接理解为"国王"，而并非依据肖似性，经过识认一个人，然后再理解他为"国王"。艾柯将一类肖似性关系称作"风格化"(stylization)编码。另一种肖似性符号的特征，表示各种广义"方向"的因素，艾柯称之为"矢量"(vector)和"矢量化"(vectorialization)编码方式。符号所蕴含因素的肖似性较强，其意指规则便较为固定，反之其意指规则则较不确定。对这些具有较不稳定性的意指规则符号，艾柯称之为弱编码性符号，如"线索"符号和"明示"符号。[②] 虽然这类弱编码性符号无内在固定的意指规则，但由于其处于一定社会文化环境内，所以其意指规则仍具备一定的稳定性。

艾柯提出的非严格编码系统理论进一步细化了符号学研究的代码理论，既突破了索绪尔语言学符号模式的局限，赋予了符号学理论实用效能，同时与皮尔斯三类符号系统的特征相比，其理论更具有高度的约定性。这一理论的提出，也是作为折中派的艾柯对多种符号学理论的分析兴趣使然。

---

① Umberto Eco, *Semiotics and the Philosophy of Language*, Bloomington: Indiana University Press, 1986, p. 54. 亦见 Umberto Eco, *A Theory of Semiotics*, p. 36.

② 线索符号的意指规则是因果经验推论式的，与皮尔斯的索引性符号类似；明示符号是为主体直观地指示实物或事件，但被指者是一物类。

第四节　符号生产理论

符号产生理论是艾柯在代码理论基础上提出来的，前面我们谈到，从原则上，代码理论与符号产生理论各自隶属于意指符号学与交流符号学。“所谓‘交流’，是信号从源点经由传递物、沿着信道到达终点的通行过程。在交流过程中，信号就其可以决定外形刺激下的终点而言，无力指谓。在这种情况下，我们没有发现意指，却有某种信息的流通过程。当终点是人或‘接受者’时（源点或传递物不一定是人，只要它们按照人类接受者所了解的规则系统去发出信号，这一点就成立），相反，我们正目击到一种意指过程，不过前提在于：信号不仅仅是刺激，而且在接受者身上激起一种解释反应，这一过程是由代码的存在促成的。”[①]因而，代码的存在对交流而言至关重要，没有意指符号学，就无法确定交流符号学。

符号产生理论是交流符号学的一部分。所谓符号产生理论，就是关注那些为生产和译解符号、讯息或文本而需要的劳作（在操纵符号、考察或撇开现存代码方面所做的物理和心理努力、必要的时间、社会接受或拒斥程度、将符号和实际事件进行比较时所付出的努力、发送者对接受人施加的压力等）所引发的问题。[②]

艾柯认为符号生产过程是一个三合一的过程，如下图所示[③]：

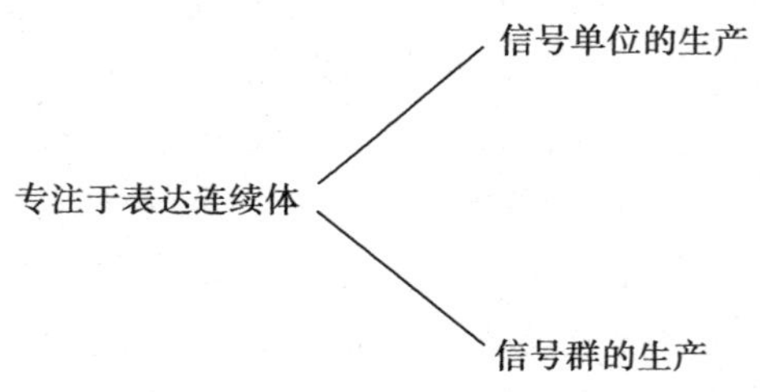

① 王铭玉：《语言符号学》，高等教育出版社 2004 年版，第 148 页。

② Umberto Eco, *A Theory of Semiotics*, p. 176.

③ Umberto Eco, *A Theory of Semiotics*, p. 154.

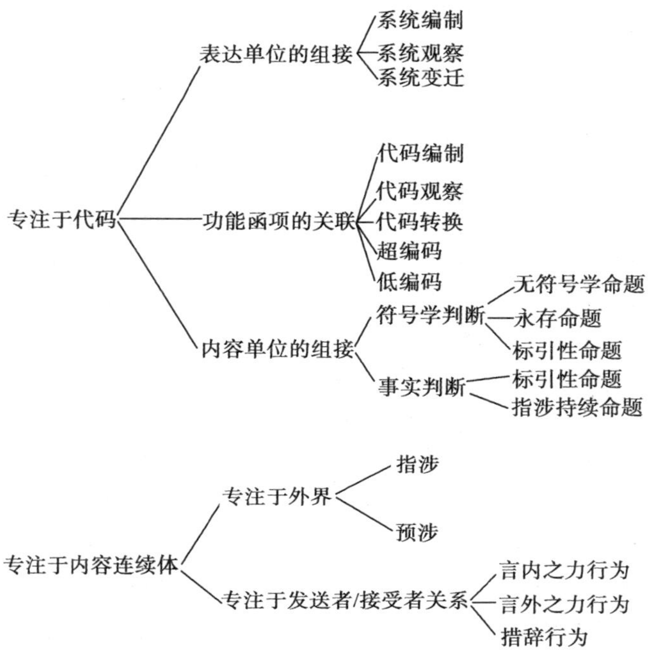

符号生产过程

艾柯认为存在着各种各样的符号，也存在着各种各样的符号生产方式，而这些符号生产方式是与某种三合一过程联系在一起的：形成表达式连续体的过程；将成形的连续体与其潜在的内容联系起来的过程；将这些符号与外界的实际事件、事物或状态连接起来的过程，而且这些过程之间是相互交叉的。当形成表达式的连续体的过程开始运行，那么它与潜在的内容以及外界的联系也应运而生。艾柯论述的符号生产的三合一过程分别涉及了符号载体与其他符号载体之间的组接关系、符号载体与它们的所指之间的关系、符号载体与外界（如它们的接受者）之间的关系。这三个方面分别与美国符号学家莫里斯提出的“符形学”（syntactics）、“符义学”（semantics）、“符用学”（pragmatics）相类似，但其辐射的范围要更加广泛。这是艾柯从建构符号学体系的设想出发，试图对符号现象产生的过程尽可能地作一详尽阐释所作的尝试。

在艾柯符号产生过程的理论中，还讨论了社会成员使用符号的四种样式，即认知（recognition，意大利文为 riconoscimento）、提示（ostension，意大利文为 ostensione）、复制（replica，与意大利文同）、创意（invention，意大利文为 invenzione）。[①]

认知活动是特定的客体或事件由于自然或人类行为（有意向或无意向）

① Umberto Eco, *Semiotics and the Philosophy of Language*, p. 58.

所产生，并且作为事实中的事实而存在于事实世界之中，它的实现可以通过编码关系或通过由接受者所落实的潜在关系。认知包括痕迹（trace，意大利文为tracce）或印迹（imprints，意大利文为impronte）、征兆（symptoms，意大利文为 sintomi）、迹象（clues，意大利文为 indizi）三种情况。[①] 对印迹的识别使外延的过渡明显成为可能，比如可从马留下的蹄印，识别出蹄印的压印者这一类别的具体成员即马肯定经过这里；建立在简易推理的基础之上的征兆，其内在关联理由明确，涵摄关系强。比如若某处有烟，那么我们可以认为此处曾经有火的存在。迹象则是把对象的存在与否与它们可能拥有者的可能表现联系起来：地板上一缕银黑色的毛可能是雪纳瑞犬经过留下的迹象。艾柯以福尔摩斯推理为例，阐释了迹象被揭示时往往依靠演绎法的过程。不仅如此，艾柯还将迹象运用到其小说《玫瑰的名字》之中，主人公威廉在小说开头推断修士们所要寻找的马的踪迹，便是依据迹象进行推理的。

某对象作为表达其所属种类或类别的事物被显示出来便是提示，它包括样例（examples，意大利文为 esempi）、样品（samples，意大利文为 camioni）、假样品（fictive samples，意大利文为 campioni fittizi）三种类型。样例与样品是根据对象被显示的程度划分的，如果某一对象被完整显示才能代表其所属种类便是样例，如果某对象部分被显示便代表了所属种类则是样品。[②] 样品与假样品之间是真实与虚构、本体与复制的区别。用复制的对象或同类虚构来表示该事物，这便是假样品，为此，艾柯曾在《镜像》中，以戏剧中身体摇晃作醉酒状，用拳头打去表示醉酒、暴力的动作便是假样品。

复制包括组合的单位（combinational units，意大利文 unità combinatorie）、风格化的东西（stylizations，意大利文 stilizzazione）和载体（vectors，意大利文 vettori）三类。其特征便是符号媒介可以被反复使用。[③] 书面语言的语词、手势、船用信号、交通信号等属于"组合的单位"这一范畴，建立在简易推理之上的"组合的单位"，身处不同的语境便会产生诸种推论。"风格化的东西"如招牌、徽章、纹章、扑克牌的图形以及原始类型等等，虽然也是靠简易的推理来维系，但与组合的单位相比，其推论要更为复杂，受语境因素影响不大。"载体"如箭头、伸出的手指，标注印迹的标记，上升或下降的语调等等，这是"复制"里面较为复杂的情形，建立在难度推理之上。如指示方向的箭头，一旦被安装就表达指示方向的指令，建议一定的走向。我们只有按照箭头所指的方向，才能顺利走出去或者通达交通较为便捷的路段等等。

创意在艾柯的作品中曾被广泛探讨过。它是指在尚未代码化阶段，提出组织代码的新方法。这一符号生产样态表现为代码编制，即表达和内容之间

---

① Umberto Eco, *Semiotics and the Philosophy of Language*, p. 58.

② Umberto Eco, *Semiotics and the Philosophy of Language*, pp. 59-60.

③ Umberto Eco, *Semiotics and the Philosophy of Language*, p. 64.

的相关关系被创造出来而不是被某些代码所固定。诗歌、绘画等艺术便是创意创造的典型例子。[①]

介于复制与创意之间，艾柯认为还存在着假组合的单位（pseudo-combinational units，意大利文为 pseudo unità combinatorie）和程序化的刺激（programmed stimuli，意大利文为 stimoli programmatici）这一中间样态。艾柯认为假组合单位是表达系统的诸因素，与某一内容并无关联，至少不是在某一固定代码的基础上有关联。[②] 在抽象画与无调性音乐中，我们都可以找到假组合的单位的例子，在艾柯论述开放的作品中也可以找到其身影。这些游戏、音乐的结构系统、绘画中非造型的因素，都存在着表达层的组织单位，但其内容层都处于不确定之中，哪种意义都可以被解释。程序化刺激是指那些发送者以明显的意图所引起的某种直接的具有被预见到结果之意义的各种刺激，而对接受者不一定起效用。

符号诸种样态相互交叉所导致的结果便是人们通常所说的“符号”，现实生活中的诸多例子存在着符号生产样态混合交织的情形，如微笑，它是一种征兆，或风格化手段的复制品，有时还可以是一种矢量手段。再如一种香料，如果在教堂散发出香味，那么，仅仅是一种识别实例。也就是说，是一种征兆，通过它，人们辨别出一场礼拜仪式正在举行。一旦产生出来，它同时也是某种风格手段的复制品和一种程序化刺激。在用于游戏以表示一种神秘状况时，它既是一种程序化刺激，又是一种虚构样品，“即整个仪式和香味”。艾柯还对楼梯这一建筑构形进行了符号学的例解，他认为楼梯作为指谓一定功能的符号学手段，是由假组合单位的组接方式、矢量手段（楼梯指一种方向）、程序化刺激（楼梯以一定方式迫使人们为向上攀登而迈动自己的脚）、风格化手段（楼梯对应于严格的类型学）组成的。当它与某种设计理念相结合便会进一步被混合交织成创意。[③]

在当今符号学进行跨学科综合发展的背景下，符号学作为文化研究之逻辑学的科学方法论在学界已达成共识，文化符号学与文艺符号学俨然成为一门显学。基于以上境况，艾柯依托其一般符号学理论体系，提出由符号文化单元说与文化意义论构成的文化逻辑学构想，立足于反符号指称论审视符号的意指过程，依托于百科全书式的语义分析原则诠释符号的交流过程，为包罗万象的文化意义世界寻求在场的逻辑规则，并为当下符号学理论应用于文化研究领域提供有益的理论启示。正如我国著名符号学家李幼蒸所指出的那样，莫斯科—塔尔图符号学派的洛特曼是文化逻辑学的实践者，艾柯则是文化逻辑学的理论建设者。文化符号的逻辑学的成就与缺欠都充分体现在

① Umberto Eco, *Semiotics and the Philosophy of Language*, p. 67.

② Umberto Eco, *Semiotics and the Philosophy of Language*, p. 67.

③ Umberto Eco, *A Theory of Semiotics*, pp. 295-297.

艾柯的身上。①

首先，艾柯的文化符号学理论实现了语言符号与文化的结合，将传统的语义学分析与实用主义的语用学相结合，突破了传统欧美符号学思想局限于语言分析的藩篱，从静态的符号学研究模式转向了涉及文化因素的符号意义生成论的动态研究，开辟了符号学研究的新道路。

艾柯曾对文化研究作出这样两种假设："全部文化必须作为一种符号学现象而进行研究；文化的所有方面都可以作为符号学活动的内容而加以研究。"②可以看出，一方面，艾柯文化符号学理论的出发点是把文化当作一种特殊的符号系统，也就是洛特曼所说的第二模式系统。文化既属于符号意指系统，又属于符号交流系统，在艾柯看来，我们应该把文化看作是建立在符号意指系统之上的一种符号交流现象进行研究。另一方面，他将符号意义生成的探寻置于广阔丰富的社会文化语境中，既重视符号本身的意指功能，也不忽视符号对于一般交际的通信作用，用符号学的理论原则和通信模式来阐释人类的文化艺术行为、语言话语交流等问题，从而进一步打通语言、文化与生活的阻隔。

从传统语言学模式的禁锢中解放出来的艾柯文化符号诗学理论，将符号内部系统与外部系统巧妙结合，走向广阔丰富的文化语境系统，为符号意义的确定获取了充足的生成空间，将语言符号学理论外推至非语言的其他文化系统，将静态分析与动态分析有机地结合起来，实现了语言、文学、文化的相互结合，从而在一定程度上弥补了以往文学研究和文化研究的不足，并为文学研究和文化研究开拓了新视角。

其次，艾柯的符号学理论吸收了索绪尔和皮尔斯两大符号学派的思想，把一般符号学定义为研究谎言的理论。"代码的理论最终保证符号意义脱离指示对象这一状态。正因为如此，即便现实并不存在的符号内容，符号的意义也得以被确保，从而也能通过符号制造谎言。"③作为符号学现象的文化是建立在意指系统基础上的交流现象，因此，它既属于意指系统又属于交流系统，而意指系统和交流系统又是相互依存的，可见，艾柯符号学理论融合了语义学与语用学，兼顾了共时与历时的变化，将文艺符号学分为符号代码理论和符号生产理论，并分别对应于符号意指系统和符号交流系统。在代码系统中注重语境的因素，在意指过程中体现交流过程，这表明了其符号学理论鲜明的折中主义特征。值得一提的是，与索绪尔开创的，经皮尔斯、莫里斯等人发展的以语言符号为研究核心的静态符号学不同，艾柯注重社会成员的行为，转向了符号生产方式类型学的研究，将主体因素——阐释与时间纳入了

① 参见李幼蒸：《理论符号学导论》，第 587 页。
② ［意］艾柯：《符号学理论》，卢德平译，第 25 页。
③ ［日］篠原资明：《埃科：符号的时空》，徐明岳、俞宜国译，第 85 页。

符号学的考察视野，其符号学理论赋予代码持续的生产能力，并让其以符号—功能的面貌存在，这样，代码与意指系统不仅显示了符号的社会功能，而且也为社会交流系统提供了重要的表达式，由此，艾柯独辟蹊径地开辟了一条动态符号学之路，其符号学理论成为当今符号学发展的新标志。

当然，我们应该注意的是，艾柯的文艺符号学理论依托于其一般符号学理论体系，借助符号学的概念与模式分析研究文化现象，这本身就隐藏着过度使用理论的危险。这就需要在对待艾柯文艺符号学理论时，我们应该保持清醒的批判态度。

艾柯在建构自己的文艺符号学理论时，仍然受到从索绪尔到罗兰·巴特的欧陆符号学思想传统的影响。艾柯认为："文化可以按照某一语境划分为轴向、领域、子系统等成分，且诸成分相互交织联结。构成文化的这些成分与物理实体、抽象概念、行为、属和种、方向和关系等因素相对应。"[①]可见，在他看来，文化符号学应该以研究符号在文化中以何种语义场发挥其意指与交流作用为目的。在同一种文化中，相异的语义场可对立共存，并能重构新语义场。文化单元作为语义场的基因，随着语义场的接合重叠而在语义轴向上被结构化。可见，艾柯的文化语义分析理论带有明显的结构性特征。

人类的世界观与价值观产生了诸种文化以及文化的具体形态，因而文化具有强烈的主观性，符号学试图解析的正是相异文化之间于共存中保持独立的真理。因而，艾柯企图用"文化单元"指代符号的意义，试图强调文化的符号学分析的可适用性，从这个意义而言，其理论具有明显的科学实证主义特征，但他却忽略了文化中的客观物理因素，并将其与社会价值因素混为一谈，由此简化了文化的语义分析过程，而借助于符号学的理论范式来研究人文科学特别是文化等对象，其理论的局限性就显而易见了。

当然，不能否认的是，艾柯文艺符号学理论的文化逻辑学构想的独特理论价值与实践意义，值得我们深深反思。艾柯试图从符号学理论的视阈中探寻相异文化间共存而独立的真理所在，启迪人们认识文化和人文社会科学的各个符号学的特殊性，进而促使我们从符号学角度去剖析、考察诸种文化现实，这不仅是艾柯的理论创新之处，也是当今符号学活动的创造性所在。

---

① Umberto Eco, *Semiotics and Philosophy of Language*, p. 44.

第三章 艾柯文艺阐释学理论

艾柯的文艺符号学理论为其阐释学理论提供了广阔的理论背景，其阐释学理论是依托符号学理论发展起来的，同时也成为其符号学理论的回证。作为一位原创性、先锋性与探索性多位一体的知识分子，艾柯一直处于学术研究的前沿，在进行符号学研究的同时，他也积极运用符号学的理论去进行文学批评实践，如研究经典作品、大众文化和先锋文学等。1979 年，艾柯发表了论文集《读者的作用》，探讨了"开放的作品"与"封闭的作品""标准读者"与"经验读者"等，这标志他正式进入阐释学的领域。早在 20 世纪 60 年代中期，针对以列维—斯特劳斯为首的结构主义"文本自足论"，艾柯便提出了"开放的文本"观，提倡读者对作品的积极参与，成为对读者在意义生成过程中的作用最热心、最具影响力的倡导者之一。20 世纪 80 年代后期，他又以"文本意图"为阐释设限，甘冒解构主义之大不韪，发出独立批评的声音。这二十多年来，艾柯阐释学以不偏不倚的态度与某些偏激的阐释理论相抗衡，在对峙与交流过程中，艾柯阐释学的取向逐渐明朗：提倡阐释，反对过度阐释，强调为阐释设界。这些阐释学思想主要体现在《〈玫瑰之名〉备忘录》《阐释的界限》《诠释与过度诠释》等著作中。附丽于符号学理论之上的艾柯阐释学理论兼具开放与约束的特点，在丰富西方阐释学的发展的同时，还与其符号学理论共同潜移默化于其小说创作之中，使其蕴含浓厚的哲学意味。因而，了解艾柯的阐释学理论对解读其小说作品也大有裨益。

附丽于符号学研究的艾柯的阐释学理论是从研究大众文化开始的，而他对大众文化的兴趣源于对媒体论的接触。在《开放的作品》出版后两年，1964 年，艾柯自觉使用符号学方法研究媒体文化的著作《启示录派与综合派》问世，马尔库塞《单向度的人》与麦克卢汉《媒体论》也在这一年出版，为学术界开辟了媒体文化研究的新视野。《启示录派与综合派》这一书名便隐含了作者关于媒体论的观点。所谓启示录派(apocalittici)是对媒体导致文化末世来临的隐喻。[①] 综合派则是对媒体引导潮流，文化只能融入其中这一趋势的象

① 《启示录》是一部预言末世来临的书。这里以此为喻，试图说明媒体对文化产生的影响。

征。艾柯在该书序言中，将马尔库塞视为启示录派的代表人物，将麦克卢汉看作综合派的代表人物[①]并非偶然。马歇尔·麦克卢汉的媒体论对艾柯的阐释学理论产生了重大的影响。麦克卢汉揭示了媒体塑造大众文化社会的“马赛克现象”。他认为传播媒体的发展既改变了信息传播的速度，也改变了信息传播的方式。报纸的版面变成了不可汇成一个视角的马赛克状，一种信息混杂的世界，面对这一现状，读者只有以自己的视角自由地选择并进行阅读，将自己融于马赛克之中，才能理解媒体带来的文化。这正是大众媒体产生影响力和大众文化产生的根本因素。大众媒体的马赛克结构与多维传播方式，吸引了接受者积极参与，由此，参与型读者类型便诞生了。艾柯认为，媒体状况的变化是使开放的作品突出化的原因，麦克卢汉媒体论的最大意义就在于揭示了媒体作品的开放性特征。艾柯著作本身也表明了其赞同麦克卢汉的观点。此外，艾柯导师帕莱松的美学理论对艾柯的阐释学理论也产生了重要的影响，在其著作《开放的作品》中，艾柯就将其导师的重要观点（艺术的特性就在于艺术在自身活动的同时又使活动更为丰富，从某种意义而言，艺术在活动的同时又创造活动；何为解释？解释就是作品多样的形式表象与接受者诸多观点的碰撞与交流）运用到探讨20世纪的小说、戏剧、电影等艺术作品中的开放性与不确定性因素过程中，在对同时代文化各个领域的现状进行通盘考察之后，确定了将接受者的积极参与视为开放作品意义产生的前提的信心。

艾柯的阐释学理论依托于符号学研究，其符号学理论在继承索绪尔能指/所指二项关系的基础之上，从皮尔斯符号学理论中找到了“开放”的源头，对皮尔斯的解释符进行发展创新，最终形成了以表达式单元、内容单元与二项的关联项——解释项所构成的三元符号模式，成为动态符号学的代表之一。因不满于皮尔斯视解释符为符号与对象之间以“替代”关系为媒介的定位，艾柯从其符号学立场出发，提出应赋予解释项更具张力的空间理论。在他眼中，符号学理论是用来说谎的理论，不存在的事物也可以进行解释。因而，解释项担负着重要的功能，是承担符号的载体，具有定位、标引、情感联想和直接意指等多种功用，也可以与某一符号载体的外延与内涵相吻合，即用来解释任意的符号。解释项超越了被包含在符号里的规则，不仅是关于符号的理论，也与符号产生理论密切相关。艾柯对解释项的功能过程进行了阐释：“解释项是在即使没有解释者的情况下确保符号的有效性的因素。它是指涉同一客体的另一种表现形式。换言之，为确定符号的解释项是什么，就必须根据另一符号加以指明，而这另一符号又依次拥有由另一符号加以指明的另一种解释项，诸如此类。无穷的符号化过程就产生了，它也许不合常理，但这完全是符号系统借助自身的手段进行的自我检验，也是系统存在基础的

① 参见[日]篠原资明：《埃柯：符号的时空》，徐岳明、俞宜国译，第61～62页。

唯一保证。"[①]简而言之,为了说明一个符号的意义,我们必须使用另外一个符号,这一个符号一方面与前者共同指向同一对象,另一方面它又需要别的符号来说明自身,每次寻找意义的行为都将我们引向更多的意义寻找的过程中,依此类推,以至无穷,这一过程被艾柯自称为"百科全书式"的阐释模式。解释项这一无限符号化过程之所以能够自释自明是因为其遵循试推法。试推法[②],皮尔斯视其为与演绎法、归纳法、假定法和假设法等相同的对举项,其大意为"形成一般预测的方法"[③]。因而,皮尔斯将其归入广泛的逻辑学范围之中。但艾柯对皮尔斯将逻辑学与符号学混而不分的做法表示不满,他强调"试推法"不同于演绎法(deduzione)、归纳法(induzione),认为在符号学的任何过程中都含有推论因素,在意义理论与证明理论之间有必然联系,因而建议将试推法纳入符号学。艾柯重视符号本身所蕴含的推理性质,认为试推法具有重要的作用,它"依据的是文化约定,是对意指规则系统的试探性和冒险性追溯,此系统使符号获得意义"[④]。艾柯曾经依据皮尔斯的例子,对演绎、归纳和试推法的特点进行了对比阐释:

> 设想我走进房间发现一些袋子,每个袋子装着各式各样的豆子。在桌子上有些许白色的豆子,经过查看,发现其中一个袋子只有白色的豆子。我便推断相当大的可能性,这些豆子是从那个袋子里取出来的。这种推论被称作"做假设"(making a hypothesis)。换言之,从一个实例得出一个规则与结论便是推论。在逻辑性演绎的场合,当给出某一实例,据规则便可引出结论。规则——这个袋子中所有的豆子都是白色的。实例——那些豆子来自这个袋子。因此得出结论——那些豆子是白色的。归纳的场合,给出实例和结论,推断出规则。实例——那些豆子来自这个袋子。结论——那些豆子都是白色的。因此得出一个规则——这个袋子中所有的豆子都是白色的。试推法(假设),根据规则和结论进行实例的推理。规则——这个袋子中所有的豆子是白色的。结论——那些豆子是白色的。因此得出实例——那些豆子来自这个袋子。[⑤]

试推法更多的是一种推测,这里的规则完全是假定的规则,就像袋子里面只有一袋是白色的豆子,所以,似乎我们可以根据这一情况进行推论。但这桌子上的豆子也有可能是从别处拿来的,而不是从房间里面盛放豆子的袋

---

① Umberto Eco, *A Theory of Semiotics*, p. 68.

② 试推法(hypothesis),又称为"溯因推理"(abduction)或"回溯法"(retroduction),是皮尔斯首先提出的,他认为溯因推理与归纳、演绎共同构成了逻辑推理的三种类型。

③ 李幼蒸:《理论符号学导论》,第 574 页。

④ 李幼蒸:《理论符号学导论》,第 574 页。

⑤ Umberto Eco, *A Theory of Semiotics*, p. 131. 亦见 Michael Caesar, *Umberto Eco: Philosophy, Semiotics and the Work of Fiction*, Cambridge: Polity Press, 1999, pp. 117-118.

子里取出来的，所以我们只能说试推法也即溯因推理只能是一种假设，一种可能性的推测。艾柯还将溯因推理分为四种：显码溯因推理（overcoded abduction）、潜码溯因推理（undercoded abduction）、创造性溯因推理（creative abduction）、元溯因推理（meta-abduction）。[①] 在这四种溯因推理中，他比较推崇创造性溯因推理，在这一过程中符号化的规则将被“创意”，在这种情况下，解释者重新认识发送者创造的代码原则，这样，符号才会有它自己真正的意义。总之，艾柯赋予了皮尔斯逻辑学外衣——解释项与试推法更多的灵活性，保持了它们作为动力概念的原有特性，使自己的符号学理论更具丰富性与创新性。

此外，艾柯阐释观的符号学基础还体现在其“代码理论”中。艾柯采用了普遍代码原则来取代狭义的语言结构原则，将整个文化体系视为由不同代码关联的文化单位的组合，它是一种不同层次信息构成的网络，各依存于不同的代码。代码相互牵扯或排斥的关系使文化系统呈现对立、相同性、矛盾的面貌，艾柯称这一反应为“磁化”，磁化反应是由社会习惯规定的暂时的状态，这种关系是松散的、灵活的。于其意义而言，整个文化体系是按皮尔斯解释项之网被结构化的“百科全书”。文化体系这一“百科全书”式的意义繁复，使阐释成为可能。然而，阐释也要受到文本本身的约束。在艾柯那里，文本是一个依据不同代码的不同信息层次构成的网络。他图示如下：

发送者—编码文本—信道—作者表达的文本—接受者—被解释的文本（内容）[②]

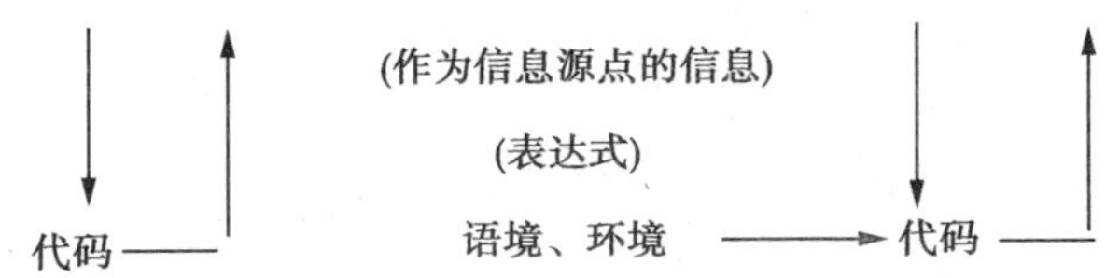

文本的构成

艾柯认为文本是作者与读者进行交流的中介，是它自己的标准读者的语义学—语用学的生成过程。[③] 作者在建构文本之时便假定了标准读者，“读者是严格地由该文本的词汇和句法的组织规定的”[④]，其所依赖的代码与自己的代码一样，以此使创造出来的文本能够参与到有效的交流之中。但作品最终完成还必须依赖于读者对文本的解读，这一语用学的过程是文本生成过程的一个结构部分。读者对文本的解读除了要依靠整个读者的情境外，也要取决

① “Horns, hooves, insteps: some hypotheses on three types of abduction”, in U. Eco and T. A. Sebeok, eds., *The Sign of Three: Holmes, Dupin, Peirce*, Bloomington: Indiana University Press, 1988, pp. 206-207.

② Umberto Eco, *A Theory of Semiotics*, p. 141.

③ Umberto Eco, *The Role of the Reader*, Indiana University Press, 1979, p. 10.

④ Umberto Eco, *The Role of the Reader*, p. 10.

于对其他文本的经验。具体而言，读者在解读文本时，要受到文本所用的语言成规以及这种语言所产生的“文化成规”的影响，同时还要受到先前阐释者对文本所作的全部阐释以及自己阅读的经验的影响。由于文本面对的读者千差万别，所以当读者的解码与作者通过文本传播的译码不相符时，“歧义解读”的现象就出现了。在大众媒介信息充斥的社会，文本信息的译码和解码可能发生在不同的文化背景中，由于不同文化层次受众的需要，在信息的译码和解码过程中代码的使用也有差异，因此发生“歧义解读”便是必然了。

综上所述，由于符号过程的动态化、文化体系意义世界的繁复、文本信息歧义的解读，使阐释成为可能。艾柯自己也认识到这一点，当他专注于《开放的作品》的写作过程时，他就意识到谈及文本诠释问题应该关注的必备因素，这些因素大体可以有以下三个方面：第一，文本延顺性地展开。这一点从其代码理论中可管窥得知，艾柯意在提醒我们，在阐释时，注意文本的闭合性，阐释是有限度的。第二，从某个特定的“期待视域”进行解读的读者，旨在告诫我们尊重接受者阐释的权利。第三，为理解某种语言，读者应具有的相关文化背景知识等以及前人对此文本所作的诸种解读，这是为避免文本陷入“过度阐释”而作的准备。从中，艾柯的阐释观表露无遗：提倡阐释，反对过度阐释，主张为阐释设限。

艾柯依托于符号学理论的阐释观兼具创造性与约束性，集开放与封闭于一体，虽然体系不够严谨，但也让人耳目一新。从 20 世纪六七十年代艾柯提出“开放的作品”概念，提倡阐释，肯定读者在文本意义生成过程中的作用，成为“读者意义生成论”的热心倡导者，到当下对解构主义批评家走向以“读者中心论”为阐释范式、高扬阐释者权利的极端论调进行了某种程度的反拨。为此，他强调文本意图，反对“过度阐释”，主张为阐释者设定限度，提出了简洁“经济”、一致性与吻合性的文本阐释标准；认为文本阐释应在作者、文本、世界与阐释者之间互动进行。可以说，艾柯的阐释学理论在辩证互动中逐步走向成熟。与其符号学理论中的自然哲学倾向一致，他试图用艺术多元逻辑取代传统的二元逻辑，从美学非决定论的立场出发，形成了其独特的阐释学理论：提倡阐释，反对过度阐释，强调阐释的历史之维。总之，艾柯的阐释学理论丰富了西方阐释学思想的发展。其中，其提倡阐释的方面在方法论和认识论层面上都具有重要现实意义，为阐释学由哲学领域向文学领域的过渡提供了重要支撑；其反对过度阐释的方面则为当下的文本阐释实践提供了重要的理论依据，也是对前期阐释学观点的补充。

第一节　提倡阐释

艾柯身为后现代主义大师，主张多元化，坚持哲学的批判性，质疑终极意义，因而，当面对文本时，他自然提倡阐释，肯定读者在文本意义生成过程中的地位。针对结构主义的“文本自足观”，艾柯提出了“开放的作品”观，从文本、作者、读者三个方面论述了阐释的可能性，彰显了其阐释观开放性的特征。

因不满于结构主义“封闭的文本自足观”，20 世纪六七十年代，艾柯在《开放的作品》中提出了“开放的作品”观。在这部被誉为“意大利先锋派的宣言书”的作品中，艾柯通过对文学、音乐和造型艺术等艺术领域的通盘考察，指出：“任何艺术作品，即使是已经完成、结构上无懈可击、完美地‘划上句号’的作品，依然处于‘开放’状态，至少人们可以以不同的方式阐释它而不至于损害它的独特性。”[①]艺术作品的开放性体现在以下几点：第一，面对艺术作品时，读者在阅读的同时能够无意识地进入到对文本的接受中，并给出自己的解读，这样，艺术作品从某种程度上而言，是读者与作者共同创作并加以完成的；第二，艺术作品已经完成，但就文本本身看来，它对其内部关系却不是静止的，而是不断演变甚至可以说是“开放的”“自由的”，当接受者在理解其全部刺激时，必须积极去探索，并根据自己的理解去选择这些演变；第三，无论何种艺术作品，对读者而言，都是对其一系列隐性阅读的“开放”，每一次阅读都将使作品按照读者的理解、读者的口味、读者的个性化诠释而再创造。[②] 开放的作品在音乐、文学、建筑等艺术领域皆有范例，如十二音体系音乐、意大利的先锋音乐、象征主义诗人马拉美的《书》以及加拉加斯大学教室、巴洛克风格的建筑等，它们都含蕴丰富的阐释空间，具有灵活性、多样性的特征。当然，艾柯探讨各艺术领域的“开放的作品”，其意图还是在于强调作品与接受者之间的交流。“作者出于作品能够被切实可行地交流的考虑而组织安排起来，使任何欣赏它的个体都可以（通过与那种因敏感、智慧而体悟到的艺术效果进行交流）来解读作品，来理解作者原本所预想的方式。”[③]作者为读者提供了开放的作品：“作者即提出了许多可能性的人，这些可能性已被合理地组织、定向和赋予可供正当展开的诸规定。……作者向演奏者、解释者、听众提供了一个待完成的作品。……布莱希特的戏剧似乎引起了观众的自由或任意的反应。但它们也在修辞上这样加以组成，以引起朝向于并最终预期于一

---

① 转引自[法]让一伊夫·塔迪埃：《20 世纪的文学批评》，史忠义译，百花文艺出版社 1998 年版，第 235 页。

② Umberto Eco, *The Open Work*, p. 21.

③ Umberto Eco, *The Open Work*, pp. 19-20.

种马克思主义辩证逻辑的反应，这一逻辑作为整个诸可能反应立场的基础。"[①]从这个意义上讲，开放的作品是指那些接受者积极参与而充分展开的作品。艺术作品的开放性为接受者的阐释提供了可能，同时接受者从"期待视阈"阐释文本，在与作品交流的过程中，参与作品的再创造，丰富扩展了文本的意义空间。艾柯强调接受者和阐释的重要性，将接受者纳入研究的视野。这里可以看到艾柯导师帕莱松的重要观点对其的重要影响。

艾柯认为作品的开放性为读者的阐释提供了可能，但这一开放性也并非面向任何读者的任意解释都是敞开的，它是在一定范围之内的面对一定的对象的开放。艾柯以但丁在《论俗语》中用其"四义说"[②]阐释《旧约·诗篇》中的诗句为例，"以色列出了埃及，雅各家离开说异言之民。那时犹大为主的圣所，以色列为他所治理的国度"这一诗句，但丁指出："如果单从字面看，这几句诗告诉我们的是在摩西时代，以色列族人出埃及；如果从寓言看，所指的就是基督为人类赎罪；如果从精神哲学的意义看，所指的就是灵魂从罪孽的苦恼，转到享受上帝保佑的幸福；如果从秘奥的意义上看，所指的就是笃信上帝的灵魂从罪恶的束缚中解放出来，达到永恒光荣的自由。"[③]我们可以看到，按照但丁的阐释，这一诗句具有了多重意义，但是总体含义还是崇敬颂扬上帝的神圣与伟大。开放性不等同于自由性，这里只有一定的自由、一定的阐释可能，是作者事先规定好的、严格限定的自由，以便使读者在阐释文本时不超越作者的控制。艾柯所言说的"开放的作品"与读者之间的交流关系，可以说是我们人类在认识论层面的提升，使我们探索外在世界的方式更加符合宇宙的规律，当面对外在事物时，与之交流，同时接受它，使它同个体的感觉结合起来，达到"天人合一"的契合。从这个意义上讲，艾柯"开放的作品"观对阐释的提倡，是架构现代哲学阐释学与接受理论和读者反应批评之间的必备桥梁，而他对接受者积极作用的强调，对 20 世纪后半叶"读者中心论"的文学批评产生了深远的影响，接受美学代表人物沃·伊瑟尔就曾在其《阅读行为》一书中两次援引艾柯的理论。

但是，艾柯主张接受者对文本进行阐释的理论却不同于西方现代阐释学和之后的读者反应批评，因为其始终坚持以作品为研究出发点，并一以贯之，不是试图为达到某种理解的一致性而挣扎，也不是只关注对读者的研究。很多研究者误将艾柯阐释学理论的发展视为从"读者中心论"到"作品中心论"的转变，其实不然，艾柯阐释学理论的立足点从未改变，看似前后期观点的变化，实则不过是艾柯思想的纵深发展。早在"开放的作品"观点提出之始，艾

① Umberto Eco, *The Role of the Reader*, p. 10.

② "四义说"是但丁通过中世纪的研究而提炼出来的字面义、寓言义、哲理义、秘奥义四种意义层的诠释法。

③ [意]但丁：《论俗语》，转引自朱光潜：《西方美学史》，人民出版社 1963 年版，第 135 页。

柯便声明:“开放性阅读是从作品文本出发(其目的是阐释作品),因而,它必定要受制于文本。换言之,我们所关注的实际上是如何在文本的权利与阐释者权利之间保持一种辩证关系。”①如果说前期艾柯对作品决定性以及作品与开放性之间的辩证关系的强调被读者作用的宣扬所掩盖,那么后期,“文本意图”则鲜明地成为艾柯为阐释设定的限度,由此可见,艾柯始终坚持以“文本”作为自己阐释学理论的坚定立场。

第二节 反对过度阐释

无论是“开放的作品”观对接受者作用的肯定,还是“过度阐释”的论述,艾柯的阐释学理论都是以文本为出发点进行理论研究,这一理论基点从未改变过。这不仅显现了艾柯阐释学理论的一致性与连贯性,而且也体现了其阐释学理论的独特之处。

早在古希腊时期对文本进行诠释便已出现,直至今天,西方已形成了以文本诠释为途径寻找文本意义的传统。许多理论家从其立场、派别出发,依托其文化身份的诉求提出不同的阐释主张,形成了各派林立的诠释学理论。以希腊人有关荷马史诗的解读为肇始,开启了解读文本探寻意义的诠释传统,经由中世纪神学家阿奎那引入灵意释经学方法阐释宗教神学经典,赋予了文本诠释使用理论方法的可能性。16世纪初,历经教改运动的释经学继承文艺复兴的人文主脉,清醒认识到灵意释经学陷于文字游戏之险,力主据诞生文本的历史文化背景去阐释,明确建立了宗教神学诠释理论的方法与原则。此时诠释学理论作为一套批评话语工具从其酝酿形成已发展至渐趋成熟阶段。19世纪初,在德国施莱尔马赫的努力下,宗教神学的诠释视角大大拓展,由宗教神学经典的诠释延伸至整个人文科学作品的意义探索,从而丰富了诠释学理论的研究空间。紧随其后的狄尔泰将精神科学分析方法运用到诠释学理论中,声称在诠释过程中应该结合心理现象去探究个体的存在,这样就将诠释视作寻找个体生存价值的途径与方法。纵观诠释学的发展历程,在诸多学者求索下其研讨范围虽得以不断拓展,但还是囿于方法论层面的使用,没有直指诠释学本体论层面的探寻,因而文本的诠释难免陷于实用主义窠臼,很难保证诠释的客观性。直至20世纪,德国学者海德格尔与其弟子伽达默尔将文本诠释与现代哲学的研索相结合,以现代哲学为托载,建立了诠释学的理论批评体系,将诠释学从沦为工具的危险之中拯救出来,推动了诠释学从方法论层面的使用转向本体论层面的探寻。

---

① Umberto Eco, *Interpretation and Over Interpretation*, Cambridge University Press, 1992, p. 23.

诠释学回归本体论让其有了固着根本，但因学者各自为本学派立言，20世纪诠释学理论的发展呈现重心从作者到文本再到读者转移的态势，直至解构主义大行其道后经由德里达的倡导，读者诠释文本的权利被推崇至前所未有的高度。解构主义宣称，文本便是读者在阅读、接受过程中捏制形成的，读者从其所处的情境出发，站在各自的文化视域让文本重获新生。解构主义张扬读者在文本诠释中的权利，企图树立起读者的权威地位，无形之间消解了作者的主体地位与应有的权利，从而给文本解读蒙上了虚幻的面纱，成为文本误读现象出现的危险征兆。之后美国耶鲁学派也继承解构主义张扬读者权利的主张，他们认为文本诠释并无规则可循，积极鼓吹读者对文本加以诠释，在他们看来，文本的生命力正是经由读者的诠释才获得了意义升值，文本意义在读者误读中得以彰显。无论是解构主义文本的解构，还是美国耶鲁学派的"文本误读论"，他们所推崇的都是以读者为中心的诠释主张，其目的无非要剥夺作者的权利，消解文本意义，张扬读者主体地位。隐藏在这些喧嚣论调与狂欢游戏之下的是虚无主义与神秘主义的本质。

针对解构主义倡导的以读者为中心的解读文本的观点，艾柯在批驳之余也对其理论的神秘性进行正本清源。从神秘主义与诺斯替主义开始，他考察了神秘主义与解构主义批评方法的七大相似之处，指出："解构主义读者中心论是神秘主义(Mysticism)与诺斯替主义(Gnosticism)同本文理论媾和的产物。创作主体的边缘化、本文意义的虚无化以及读者话语的霸权化都反映了神秘主义与诺斯替主义在解构主义本文阅读策略中的极端表现。"[①]

在艾柯看来，神秘主义与诺斯替主义是解构主义批评方法否定文本意义的确定性进行文本"过度阐释"的动力之源，在神秘主义者那里，"读者的责任就在于发现，文本可以表达任何事物，但奇怪的是，它就不能真实表达作者想要表达的东西"。文本预设的意义"并不是其真正的意义；真正的意义是更深一层的意义"；而"'真正的读者'是那些懂得文本意义的秘密是'空无'的人"[②]。在他们看来，文本是开放的、自由的，读者在其中可以发现无穷的联系，所谓创作具有确定意义的文本是干扰宇宙的规律，"任何试图具有确定意义的本文都是一个被误置了的宇宙"[③]。神秘主义者与诺斯替主义者这一观点得到了解构主义者的响应，他们对"无限衍义"观念的挪用与"倒果为因"的阐释原则使文本意义在无休无止地漂浮，阐释不可避免地沦于无限与虚无的境地。以德里达为代表的对文本进行"前文本的解读"(pre-textual reading)的阐释观，只会导致阐释者"误读"文本。因此，艾柯指出："某些批评理论认为误读(misreading)是解读文本唯一的方式；文本在读者中所产生的连续反应才是文本唯一的生存方式；正如托

① 刘全福：《意义的回归：阅读中的本文神秘主义批判》，《文艺理论研究》2005年第4期。

② Umberto Eco, *Interpretation and Over Interpretation*, pp. 39-40.

③ Umberto Eco, *Interpretation and Over Interpretation*, p. 39.

多罗夫所言,文本只是一次野餐:作者带去的是语词,而读者带去的是意义。"[①]其结果必然会干扰文本的阐释,使其"像水流一样毫无约束地任意'蔓延'",从而导致阐释的失控。为此,艾柯提出了"过度阐释"的问题,主张对文本阐释设限,适度限制"读者中心论"的语境与话语范围,于是他大胆呼吁:"我真正想要说的是:一定存在着某种对阐释进行限定的标准。不然的话……'我们没有任何生存的余地了'。"[②]

阐释具有一定的限定性,是艾柯阐释学的核心,如果文本阐释超过了限定便自然进入了"误读",成为"过度阐释"。什么是"过度阐释"?艾柯并没有从正面回答这个问题,而是借用波普尔的"证伪"原则来说明:"如果没有什么规则可以帮助我们断定哪些阐释是'好'的阐释,至少有某个规则可以帮助我们断定什么阐释是'不好'的阐释。"[③]在艾柯看来,"过度阐释"显然是"不好"的阐释。

第三节　为阐释设界

既然存在着某个规则可以帮助我们确认某些阐释是"过度阐释",那么这一规则是什么呢?艾柯的答案是"文本意图"(或者"作品意图")。"在无法获得的作者意图与众说纷纭的读者意图之间有一种明晰的文本意图,这种意图被用来反驳毫无根据的阐释"[④],"它使我们的阐释活动不是漫无目的地到处漂泊,而是有所归依"[⑤]。文本意图为阐释设定了界限,使我们可以依此排除某些"过度阐释",避免某些"异读""误读"文本的情况出现。艾柯本身并不否定阐释者在阐释文本时所起的积极作用,但他认为解构主义批评家对阐释者权利的强调"有点过火了"。在艾柯看来,为避免"过度阐释",对文本的开放性阅读必须从文本出发,受制于文本。那么,什么是"文本意图"?艾柯认为,我们难以对"文本意图"进行准确而抽象定位。"'文本意图'是不能从文本表面被简单而直接识破。换言之,即便读者能从表面直接看出来,它也可能像爱伦坡小说中《失窃的信》那样藏匿诸多玄机。因此,文本的意图只是读者从其立场出发臆测推断出来的。从这个意义而言,读者的积极作用主要就在于对文本意图进行推测。"或者说文本意图就是"文本的接受者根据自身的期待

① Umberto Eco, *Interpretation and Over Interpretation*, p. 24.

② Umberto Eco, *Interpretation and Over Interpretation*, p. 40.

③ Umberto Eco, *Interpretation and Over Interpretation*, p. 52.

④ Umberto Eco, *The Role of the Reader*, p. 10.

⑤ Umberto Eco, *Interpretation and Over Interpretation*, p. 88.

系统而发现的那些东西"[①]。由此,可以看到,艾柯的"文本意图"是需要借助"作者"与"读者"的概念来界定的。当然,这里的"作者"与"读者"并非普通语言层面上的所指。艾柯提出了"经验作者—模范作者""经验读者—模范读者"的概念,并对其进行了区分。

艾柯认为,面对文本有两种类型的读者:"经验读者"和"模范读者"。经验读者往往按照自己的经验,带着需求、欲望、知觉、情感、记忆、想象等复杂的心理内容,多维度地去解读文本,通常都"视文本为容器,用于存放文本之外的情感,但在解读文本过程中又陷于偏离文本内容的境地"[②]。他们的解读往往忽视了文本自身的秩序,只是凭自己即时的意图或者某种需要来将文本锻造成符合自己解读初衷与阅读目的的某种样态。他们的解读忽视了文本内在的关联性,只是站在自己的位置与立场,根据所处情境的需要,将日常生活经验、生命哲理体悟、情感含蕴寓借投射、平移至文本之中,并以此管制、操纵文本为其所用。这正是解构主义者推崇的解读状态,主张误读是解读文本的唯一途径,只要是源于读者的诠释就是合法的。当然不能否认经验作者的文本诠释并非完全的误读,但只有经历反复阅读文本的磨练才能真正揣摩文本意图。解构主义不顾文本的连贯性与所处的历史社会文化语境,疯狂地宰割文本意图、消解作者意识的做法只会让诠释流于叫嚣的肤浅层面。经验读者是用一种错误的方式在解读文本,是在"使用"文本而不是诠释文本。对作者而言,当然不希望自己的作品被经验读者进行肢解的"误读"与偏离的"异读"。在艾柯看来,经验读者是用一种"不对"的方式在解读文本,他们是在"使用"文本而不是"阐释文本"。针对解构主义这些"分裂式"的读者,艾柯提出了他心目中的理想读者——模范读者,旨在反对解构主义激进的读者观念。在艾柯看来,"模范读者"是作品假定的标准读者,是作者试图"依托文本所承载的代码和信息按图索骥寻找的文本合作对象,并视文本为共享的平台,从而达成可能性交流的读者"[③]。模范读者一方面恪守解读文本、诠释文本的规章,依循作者所遗留的解读文本的迹象,积极主动地按照文本本来被诠释、被解读的方式去阅读,另一方面也不囿于文本诠释的规则,在重视文本意图、作者意图的同时也坚守自我的体悟,从其身份诉求出发对文本进行多维度解读,从而使文本诠释呈现多样化成为可能。

与"经验读者""模范读者"的概念相对应,艾柯区别了"经验作者"和"模范作者"的概念。"经验作者"是文本的生产者,即写作叙事作品的作者本人。相比之下,"模范作者" 则较难界定,在艾柯看来,模范作者是和模范读者互相勾勒、相互诠释的,二者相辅相成,借文本为交流载体,在诠释中达成共鸣。

---

① Umberto Eco, *Interpretation and Over Interpretation*, p. 64.

② Umberto Eco, *Six Walks in the Fictional Woods*, Harvard University Press, 1994, p. 8.

③ Umberto Eco, *The Role of the Reader*, p. 7.

模范作者根植于经验作者并产生于其中，是模范读者在解读、诠释文本的过程中积极塑造出来的对象，最终与文本意图相吻合。具体而言，模范作者是文本的一种“诉求形式”，一系列模糊的痕迹，可能被美学理论称为“风格”；同时也是一种声音，这个声音“是某一种叙事艺术的显现，像一套固定的指令，一旦我们要担当文本的模范读者，那就必按照指令亦步亦趋”①。艾柯认为文本解读最理想的状态便是“模范作者—模范读者”双赢的阐释搭档组合。一方面，模范作者要在文本中设置某些暗示与信号来指引模范读者按照他自己的理路在叙事之林中探索；另一方面，模范读者则要积极努力地寻找作者隐匿在文本中的这些线索，以此揣摩文本的意图。这样，模范作者与模范读者在文本意图的桥梁上相遇，共同完成对文本的理想阐释。

既然文本的意图在于产生一个模范读者(按照文本的要求，以文本应该被阅读的方式去阅读文本的读者)以对其自身进行推测，同时模范读者还能够勾勒出一个模范作者，与文本意图相吻合，“因此，文本就不只是一个用以判断阐释合法性的工具，同时还是阐释在论证自己合法性的过程中逐渐建立起来的一个客体”②。模范作者—文本意图—模范读者，这三者构成了以文本意图为中轴的钟摆运动，形成了阐释互证的循环链：被证明的东西(文本意图)已经成为证明的前提。因而，确认文本意图的问题便凸显出来，在艾柯看来，我们可以用“文本内在的连贯性”与“互证”的方法来验证文本意图。在此基础上，他从其符号学理论出发进一步提出了简洁“经济”、一致性与吻合性的文本阐释三个标准的问题。“某一事物试图论证他者合理的存在必须具备三个证明条件：最简约的解释；具备某一个或数量有限且相互关联的缘由；与其他证据相互印证。”③艾柯试图对文本阐释作些许实践性规范，以此协助阐释者尽量以模范读者的姿态对文本意义进行阐释。可以说，无论是“文本意图”“模范作者”“模范读者”等概念的界定还是阐释标准的提出，都显示出艾柯希冀对日益走向极端的“读者中心论”进行纠偏的决心与为“流浪”已久的意义寻找家园的努力。

第四节 动态的阐释圈

作为先锋性知识分子，艾柯一直领走在学术领域的前沿。在 20 世纪 60 年代，不满于结构主义自缢于文本陷阱的“文本自足论”，艾柯大胆打破藩篱，宣称文本的开放性。当下，有感于解构主义对文本诠释的泛滥，以文本意图

① Umberto Eco, *Six Walks in the Fictional Woods*, p. 15.

② Umberto Eco, *Interpretation and Over Interpretation*, p. 64.

③ Umberto Eco, *Interpretation and Over Interpretation*, p. 49.

为诠释设定界限，为沉醉于激进解读的诠释指明了健康走向。这二十年来，艾柯的诠释学理论以公正品格、独立姿态与某些偏执激进的诠释学批评话语相抗衡，在博弈对峙中，艾柯阐释学的取向逐渐明朗：提倡阐释，为阐释设界，反对过度阐释，强调阐释的历史之维。在艾柯看来，文本阐释应在作者、文本、世界、阐释者之间的互动中进行。“一部作品的完整意义的产生，取决于原作品、作者和读者三方面的共同建构，任何强调其中的某一方面而忽视另一方或另两方的尝试都有可能导致‘误读’和意义的混乱。”[①]也就是说，在文本阐释的动态过程中，作者意图、文本意图、读者的意图以及所涉及的历史环境、语言文化成规等因素都是不可忽视的，这无疑给文本诠释设置了较为广泛的界限，既带来了创造性的一面，又有约束性的一面。

艾柯在其阐释理论中虽然主张以“文本意图”为阐释设立话语范围与界限，但并不意味着“文本意图”是唯一的阐释框架。他积极肯定了作者意图在文本阐释中的地位，“作者向读者提供了开放的作品，这部作品也是诠释者于欣赏的同时有待去完成的作品”[②]。从这个意义上说，作者以期望与读者进行合理的、切实的交流的方式组织文本，组装了一台向外不断“播放辐射”的美学机器，赋予文本被阐释的可能性，而且，某些阐释是作者设想的、期望的，或者明确地说是作者希望读者按照他创作文本的方式去欣赏演绎，去理解阐释，从而与其内心产生共鸣。在《阐释与历史》(*Interpretation and History*)中，艾柯还引用威尔金斯(John Wilkins)讲述的一则赠送无花果的故事证明了作者意图的重要性。随后在《过度阐释》(*Overinterpreting Text*)中，他再次重申自己的阐释理论，承认文本意图的重要性并不意味着否定作者意图的地位，“现在看来，那种认为作者与文本的阐释毫无关联，由此而将作者的因素斥离出文本诠释过程的做法，毋庸置疑是较为武断的”。“在世人看来，经验作者在作品生产过程中具有重要的作用。看待作品的创作过程也就是去理解作品是如何由某些偶然的选择所构成的，又是如何源于作者无意识的意图所产生的。因而，如何区分文本的策略与此种文本策略的生成过程的差异，是值得注意的。”[③]

艾柯固然反对解构主义“读者中心论”的极端观点，但并不是说其阐释学理论将“读者意图”弃之不顾，他只是反对脱离文本以读者为中心的“过度阐释”，主张阐释的有限性与确定性，正如他所支持的“开放的阅读”必须以作品为依据一样。艾柯从不否认读者对文本进行阐释的多样性与可能性，他主张的模范读者“立足于文本，由文本所制造，但又囿于文本，同时他们拥有诠释

---

① 王宁：《艾科的写作与批评的阐释》，《南方文坛》2007年第6期。

② Umberto Eco, *The Open Work*, p. 3.

③ Umberto Eco, *Interpretation and Over Interpretation*, p. 85.

的自由权利，但这需要得到文本的允许"[①]。从这个意义上说，作者期望与读者进行合理、切实的交流并按此组织文本，赋予文本被阐释的可能性，而且某些诠释是作者设想、期望的，或者明确地说是作者希望读者按照他创作文本的方式去欣赏演绎，去理解诠释，从而与其产生共鸣。艾柯试图在"文本意图"与"读者意图"之间保持某种辩证关系。从文本表面不能看出文本蕴含的真正意图，文本意图只能是读者从其立场出发，遵循作者遗留在文本中的痕迹所推测出来的。这正是读者职责所在，对文本的意图进行推测。但当文本是一个读者群时，文本诠释的标准便成了相互作用的囊括众多标准的复杂综合体，同时社会文化与文本所处的历史环境因素也是艾柯诠释理论的质因。"文本的诠释包括读者以及读者掌握语言的能力。我所强调的是承担社会成员交流任务的工具——语言，不仅指约定俗成的遵循一套系统而完整的语法规则的语言本身，同时还包括这种语言所衍射、生发、延伸的整个话语系统，即这种语言所产生的'文化成规'以及站在读者的立场对文本进行阐释的全部历史。"[②]

值得注意的是，社会文化与文本所处的历史环境因素在艾柯的文本阐释理论中具有不容忽视的地位。他以对华兹华斯诗句"A poet could not but be gay"的解读为具体例证，在华兹华斯时代，"gay"这个词还没有任何"性"的内涵，它的原义是"快乐"。但《花花公子》的读者却读出了"性"的意味，将"快乐"误读成"同性恋"，究其原因，读者在阐释文本时忽视了作者创作文本时所涉及的包括文本语言习规和文化成规在内的历史环境因素。"承认这一点意味着认同从作品与其社会文化语境相互作用的角度去对作品进行分析的方法。"[③]艾柯认为读者的文本阐释都是读者对整个世界的认识包括文本生产时所处的历史环境与某一给定的文本之间的简洁而"经济"的解读。同时，在这个文本诠释过程中，文本便在所使用的约定俗成的文化习规与读者的阐释传统中获得了自身规定性，这一规定性便是文本意图，它通常由经验读者探查推断出来。[④]

由此可以看出，艾柯用作者、文本、世界、读者这四个因素共同构成了一个动态平衡的文本阐释的循环圈。一方面，作者从自己的意图出发创作了文本，并通过文本传达给读者阐释的规则；另一方面，读者通过反复阅读文本，推测并发现隐匿于文本中的作者意图。文本既是体现作者意图的载体，又是限制读者阐释的依据。作者、文本与读者都置身于世界这个"大文本"中，因而阐释过程中也要考虑作者的社会背景、文本所处的语言规约与历史环境以

① Umberto Eco, *Six Walks in the Fictional Woods*, p. 16.

② Umberto Eco, *Interpretation and Over Interpretation*, pp. 67-68.

③ 刘玉宇：《诠释的不确定性及其限度》，《中山大学学报》2002年第1期。

④ 参见刘玉宇：《诠释的不确定性及其限度》，《中山大学学报》2002年第1期。

及读者自身的阐释素养等因素。

艾柯提倡阐释，反对“过度阐释”，以“文本意图”为阐释设限，并不是向新批评“文本中心论”的简单倒退，而是在熟谙后现代主义思潮的局限与不足后逐渐形成的更为成熟而富有张力的理论范式，是对“后现代之后”的“价值重建”趋势的顺应。[①] 作为“当代学术界居前沿地位的思想者”[②]，艾柯兼具开放与约束的辩证诠释学理论，对后现代主义某些批评家极端的诠释理论如“作者中心论”“作品中心论”“读者中心论”单纯偏执于某一方面，是一种强有力的反拨。同时也为当下的文本诠释实践提供了重要的理论依据，对我们了解西方诠释学理论的发展动态，更好地建设国内诠释学理论具有重要启示。

统观艾柯的文艺阐释学理论，其早期“开放的作品”理论，重视接受者在文本意义生成过程中的重要地位，提倡阐释，在现代哲学阐释学与接受美学和读者反应批评之间起到了重要的承接作用。其早期的阐释学理论既突破了现代哲学阐释学囿于哲学范围的阐释，同时也弥补了接受美学和读者反应批评停留于每一特定艺术门类的局限，对当时的先锋艺术进行了通盘考察，从这个意义而言，它是阐释学理论从哲学阐释学向文学阐释学转变的重要过渡。艾柯后期的阐释学思想以抵抗后现代主义背景下解构主义对文本的“肢解”为目标，以文本为立足点反对过度阐释，力图将阐释活动纳入合法的范围，其中有关“文本意图”“模范作者”“模范读者”的论述，从整体上对文本阐释活动进行了观照，无不显现了艾柯客观、辩证的阐释态度，而作者、文本、读者、世界四要素组成的动态阐释圈则规避了以任何一要素为中心偏于一极的做法，从而在某种程度上避免了阐释活动偏离合法轨道的危险。由此可见，艾柯的阐释学理论不仅为当下文本阐释实践提供了重要理论依据，而且对我们了解西方阐释学理论的发展动态，更好地建设国内阐释学理论具有启发意义。

---

① 参见邓志辉：《并非符号学家的悖论》，《文艺理论研究》2008 年第 5 期。

② http://www.themodernword.com/eco/.

第四章　艾柯文艺思想的实践体现

艾柯不但在符号学、阐释学等理论领域表现出深厚的学养、广博的知识，更在文学领域显现出令人惊叹的才华，小说、散文、童话等体裁他均有涉猎，其中，小说是艾柯最为用心之作，也是最能代表其文学素养的作品。身为"学院派小说家"①的艾柯，将自己对中世纪历史与美学的探索、关于符号学与阐释学的潜心研究、后现代主义的精神内核以及浸淫于大众文化的感受杂糅到文学创作之中。一方面，他以理论研究者的身份进行文学实践，试图使文学作品成为传达自己理论观点的载体；另一方面，以文学创作者的身份阐释其理论观点，使学术研究成为其文学作品的理论支撑。这样，理论研究与文学创作便形成了相互回证的映射，既相互独立，又和谐统一。因而，考察艾柯的文学思想，研究其于文学创作中所表达的理论观点，是我们了解艾柯文艺思想体系的全貌一个必不可少的环节。

艾柯的文学创作像其理论研究一样让人惊叹，其文学创作的兴趣广泛，包括诗歌、小说、散文，同时他还涉足儿童文学，为青少年写了三本儿童读物。其中，最能显现艾柯的艺术才华，彰显其文学特征的便是小说了。从 1980 年至今，艾柯共创作发表了五部长篇小说——《玫瑰的名字》《傅科摆》《昨日之岛》《波多里诺》《罗安娜女王的神秘火焰》。这些小说都反响热烈，获得了极大成功。作为学者型的小说家，艾柯的小说创作以理论研究为基础，依托于创作现象的具体分析与抽象升华的批评实践，拓宽了小说作为一种文体的疆界，使其成为理论与实践、感性认知与理性思考的综合体。因此，对艾柯小说创作进行考察，也是研究艾柯文艺思想的一个重要的方面。

---

① "学院派小说家"是学者马凌在《后现代主义中的学院派小说家》中提出来的。学院派小说家具有双重身份，既是小说家的学者，又是学者的小说家，他们大多数是受过正规大学教育或在大学执教的学者。他们将学术理论研究与小说创作结合起来，其小说具有浓厚的学院派气息，是其学术理论的载体。

第一节　小说创作概况

艾柯曾多次表达自己对小说创作的热爱，“我在五十岁的时候，已经开始写小说了。有的学者在讲课之余踢球、弹吉他，我是用来写小说。做学者是我的工作，但是让我快乐的事情是做一个作家。十八年来我最高兴的事就是一有时间就坐下来写作”①。也正是这份虔诚的热爱使艾柯坚定地行走在文学创作的大路上，他从1980年开始了小说创作，迄今为止共有五部小说问世，每一部小说都彰显了其惊人的文学天赋与广博的知识储备，令读者惊喜不断，在文学界、评论界、媒体界引发了阵阵热潮。

也许有人会对艾柯这位符号学学者创作文学作品的意图感到好奇，其实他写小说的动机并不复杂，正如他自己所言：“我写了一部小说，因为我想写小说。我认为，就着手讲故事而言，这个理由已经足够了。人类天生就是讲故事的动物。我从1978年3月开始写，在一个原始冲动的念头驱使之下，我想毒死一个修士。”②艾柯早在20世纪60年代初就开始尝试文学创作了，《小记事》(1963)(英文译本更名为《误读》)便是采取混成模仿体而作的短篇故事集，此外，《启示录派与综合派》中也收录了此类作品，艾柯还在一篇名为《从佩特莫斯到塞拉曼卡》的文章内简略谈及了博尔赫斯与启示录的关系，在其后的小说《玫瑰的名字》中对这一问题还作了进一步阐述。毋庸讳言，艾柯坚实的理论基础也为其小说支撑起广阔的天地，中世纪神学、结构主义、解构主义、叙事学、符号学理论等在其文本之中比比皆是，除了《玫瑰的名字》之外，随后出版的《傅科摆》《昨日之岛》《波多里诺》《罗安娜女王的神秘火焰》等几乎每一部小说都具有文本开放性的特征，都是卡尔维诺所预言的新世纪的小说类型——开放型的百科全书式小说。

艾柯在创作《玫瑰的名字》之初，打算把故事发生的背景置于当代社会的境遇中，但在创作过程中，一方面源于他本人对中世纪的热爱，另一方面出于艾柯自己对中世纪知识的独特体悟，于是决定将小说的背景由当代转移到中世纪，直接创作一个发生在中世纪这一特定时代的侦探故事。小说讲述了在14世纪背景下，博学强识的英国僧侣威廉与见习僧侣阿德索奉奥匈帝国皇帝之命前往意大利北部山区的一个修道院去调查其中可能存在的异端。威廉受修道院长之托，调查修道院内发生的一系列谋杀案件，图书馆七天中七位修士皆以怪异恐怖的方式死于非命。在他们到达的当天阿德尔莫僧侣摔死

① 夏榆：《艾柯：我是一个经常被误读的人》，《南方周末》2007年3月15日。

② Umberto Eco, *Postscript to the Name of the Rose*, p. 13.

在万丈悬崖之下；第二天，精通希腊文和阿拉伯文的图书馆装帧师维南蒂乌斯溺死在猪血大桶内；第三天，图书馆馆长助理贝伦加被浸泡在浴缸里；第四天，威廉修士发现了阿德尔莫是自杀而死，维南蒂乌斯、贝伦加则是中毒而死，而且他们的死因皆与一本禁书有关；第五天，药剂师塞维里诺斯告知威廉他发现了禁书，当威廉从宗教会议脱身而出却发现塞维里诺斯被人用地球仪打死；第六天，图书管理员马拉奇凌晨中毒而死，图书馆馆长阿博决定亲自掌管图书馆并勒令威廉师徒离开；第七天，威廉师徒发现了禁书的秘密与杀人凶手盲修士豪尔赫。威廉根据事件的表象，通过缜密的推理判定凶手可能参照《圣经·启示录》实施谋杀，并在追寻元凶过程中发现这一切皆因亚里士多德《诗学》下卷所致，凶手豪尔赫视此书为禁书，因为它讨论了作为喜剧范畴的"笑"，得知此书内容的人可能会由此重新认识真理从而质疑基督教教义，历经几百年的基督教统治秩序可能会陷入被颠覆的危境。因此，为了保护这个秘密，豪尔赫在书上涂上毒药，凡是接触书的人都中毒而死。正当威廉揭开真相之时，豪尔赫试图销毁此书，二人在争夺过程中打翻了油灯，引发了一场大火，包括禁书在内的修道院在熊熊大火中化为灰烬。最后，身心俱疲的威廉与阿德索怅然离去。

小说的故事情节沿着两条线索推进，威廉修士与盲修士乔尔戈关于"笑"与喜剧的讨论；圣方济各修会与罗马教廷双方使团关于"基督是否贫穷"的争论，不仅囊括了神学、政治学、历史学、物理学、生物学、犯罪学、医学等各种知识，还包括托马斯·阿奎那、亚里士多德、培根等人的哲学思想，从而构筑了一个庞大的对话体系，图示了欧洲文艺复兴时期的百家争鸣的景象。

不仅艾柯在创作之初就力图使其小说成为阐释自己学术理论的"开放的文本"，事实也确实如此，《玫瑰的名字》出版后便引发了一场有关"玫瑰的名字"的阐释大战。因艾柯本人一直对叙事学理论颇有研究，关注读者、文本、叙事话语等问题，所以他兴致勃勃地积极回应读者的疑惑与学者的阐释，于是《〈玫瑰的名字〉注》《阐释的界限》等专著纷纷面世。有意思的是，1990 年，艾柯以作品的创作者与阐释者的双重身份与美国弗吉尼亚大学人文教授理查德·罗蒂、美国康奈尔大学文学教授乔纳森·卡勒、法国巴黎第三大学文学教授克利斯蒂娜·布鲁克—罗斯在剑桥大学举行的"丹纳讲座"探讨了阐释的有限性问题，双方处在不同的学术背景下围绕着文本阐释问题展开辩论。艾柯从区分"经验读者"与"标准读者"出发，提出了"（作品）文本意图"这一概念，以此限制文本的过度阐释。而罗蒂、卡勒、罗斯则分别从哲学、文学理论与文学批评等不同的研究角度反驳了艾柯。1992 年，学者们的这些发言被结集为《阐释与过度阐释》一书出版，在当时的学术界产生了深远的影响。

小说《玫瑰的名字》所引发的轰动使艾柯成为国际瞩目的焦点、媒体关注的对象。如往常一样，艾柯依旧保持着对学术的热情，但同时另一个想法在心中徘徊:“《玫瑰的名字》完成之后,摆在我面前的问题是——这究竟是我生命中一段独特的插曲呢,还是我能够再写一部小说?”①虽然艾柯认为《玫瑰的名字》还没有穷尽关于“玫瑰”这一多义性象征意象的大量材料(卡片、复印件、笔记本),但他却着手开始另一部小说的创作。历经八年的积淀,艾柯的第二部小说《傅科摆》问世,其实小说的命名对他来说并非难事,早在1952年他为准备毕业论文搜集材料过程中便属意这一名称,而且在其符号学专著《符号学与语言哲学》(1984)中论及钟摆与桅杆的摆动情况以此暗示了第二部小说的符号学特征。《傅科摆》延续了《玫瑰的名字》先锋性的主题:自然与超自然、神秘主义与宗教怀疑论、感性与理性等诸多对位矛盾冶为一炉。

1988年,艾柯发表了第二部小说《傅科摆》,在这部小说发表的第二年便获得了邦卡雷拉奖,这部小说在内容和结构上都比第一部小说要复杂得多。小说讲述了20世纪70年代精通中世纪历史的学者卡索朋即主人公“我”与两位好友贝尔勃与迪欧塔列弗为探索“圣堂武士团”的传说而聚在一起,为解析一份艾提登上校带来的关于12世纪“圣堂武士团”的手稿而卷入了一场神秘计划中。据说揭开这个手稿的秘密就能够获得等同于神谕天启的力量洞察“世界的真相”,控制整个世界,改造人类的命运。于是,三个人发挥各自专长与想象力,调动可以运用的各类知识与信息,在电脑“阿布拉非亚”的随机处理下,共同“创作”了一份所谓的隐匿重大秘密的“计划”。更具嘲讽意味的是,他们对历史的“重塑”与“改造”使神秘主义狂热分子信以为真,甚至按照三人所臆造的神秘“计划”组织了“三斯”社团,并为寻找可以掌控世界的地图,绑架了艾提登上校,于1984年6月23日夜赴巴黎博物馆,聚集在图书馆内陈列的傅科摆之下,吊死了贝尔勃,还追杀卡索朋,迪欧塔列弗也因之被拖垮,患癌症死去。卡索朋的女友莉雅通过研究发现,其实有关“圣堂武士团”的神秘计划只不过是一份普通的洗衣店送货清单,所谓的密码也只不过是一句无心的咒骂。神秘的计划是“从来没有的计划”,是卡索朋等三人臆造出来的,根本不存在。小说将古代“圣堂武士团”的传说、现实生活的荒谬、宇宙空间的妙想杂糅于一体,展现了艾柯驾驭文本的过人才华。

艾柯作为“由批评家转向思想写作的小说家”②,赋予了其小说独特的风姿。“在先前的两部小说《玫瑰的名字》和《傅科摆》里,昂贝托·艾柯已经充分示范了作为一个记号语言学者的小说家如何借助于丰富广博的知识背景和繁复奇巧的符号推理,使小说具现了解谜的趣味,亦兼备了启智的奥旨。”③

艾柯的第三部小说《昨日之岛》,自1994年问世以来,已经畅销了400多万册。如同前两部,《昨日之岛》也是一部“开放式的百科全书”。作者将神

---

① http://www.themodernword.com/eco/eco_biography.html。

② [英]马克·柯里:《后现代叙事理论》,第58页。

③ 张大春:《小说稗类》,广西师范大学出版社2004年版,第196页。

学、化学、物理学、天文学、生物学等驳杂知识冶于一炉，用神话、历史、现实、梦境与科学等异质因子构筑了一个气势磅礴的文本世界。

故事发生在17世纪，意大利拉格里瓦村落的罗贝托和父亲依照其封邑主人费拉蒙侯爵的遗嘱，将产业交给法国人，并帮助他们抵御西班牙的进攻。战争结束后，罗伯托去了法国求学。当时各国从战略利益出发千方百计地寻找测量地球经度的方法并期望以此称霸世界。罗贝托因为知道“武器膏药”“交感粉末”的作用被法国首相指派乘坐远洋船舰阿玛利里斯号绕道南美远赴太平洋，暗中侦察英国人的测量地球经度技术。在阿玛利里斯号上，罗贝托终于得知英国医生毕尔德使用受伤小狗的包扎绷带与伤口之间的超距离作用来测量地球经度的方法。每天在固定时间，医生毕尔德的助手在伦敦对绷带动些手脚(如涂抹交感粉末)，通过超距离的作用，在同一时间小狗便会有相应的反应，以此便知晓了当地与伦敦的时间差，达到了定时的目的，并可借此准确地推算船只所处的经度。在罗贝托发现这个秘密之后，阿玛利里斯号却遭遇了暴风雨而沉没，作为船上唯一的幸存者，罗贝托漂流到弃船达芙妮号上，遇到了同样寻求地球分日经度线的狂热的宗教主义者德裔卡帕斯教士。卡斯帕告诉罗贝托，离达芙妮号不远便是分隔“昨日”和“今日”的所罗门岛，子午反切线(180度经线、国际换日线)正好经过这座岛的两端。为了到达“昨日之岛”，卡斯帕试图使用“潜水钟”从海底行走到所罗门岛，但却杳无行踪。罗贝托是个患有疑心病、幻想症、惧光症而且不会游泳的年轻人，所以他不可能像鲁宾逊那样勇登孤岛创造一个新世界，他偏执地生活在自己创造的莫须有世界中，依靠孤船上残留的东西艰难维生。他为了消磨时光，每天除了读书便是写情书、写日记甚至写小说，甚至像堂吉诃德般还杜撰了根本不存在的人并与之作斗争。罗贝托通过给莉里亚写情书来弥补爱情的缺陷，通过杜撰费杭德孪生弟弟来寻找自我。在真实与虚幻之中，罗贝托渐渐迷失了自我……最后，罗贝托在臆造事件的推动下，离开了达芙妮号，游向不可知的未来。小说开放自由的叙述、庞杂的结构囊括了充沛的内容，同时也使情节线索较为混乱，可读性较之前两部作品相对薄弱。

艾柯的第四部小说《波多里诺》于2000年问世，一如前三部小说那样，庞杂的内容、含蕴丰沛的知识、波澜奇谲的情节使艾柯广受赞誉。《波多里诺》意大利版一经面世，便成为意大利文学界和出版界关注的焦点，首印即达30万册，至今累计销售超过400多万册，当之无愧地成为“世界超级畅销小说”。有评论者说：“《波多里诺》像是一个多彩多姿的万花筒。它里面什么都有——战争、谋略、权术、爱情、神学、异国冒险、奇人异事……《波多里诺》确实称得上是一本‘才子书’，埃科就像是书中的波多里诺，满口胡言却又才华横溢，引人入胜。”[①]《波多里诺》讲述的是13世纪拜占庭皇宫仲裁长、历史学家尼基塔·柯尼亚特记载了他的救命恩人波多里诺寻找他所宣称的由祭司王约翰教士统治的神圣王国的故事。波多里诺的叙述围绕着他所虚构的国家展开，因而其所论是真实与谎言的交织体。然而，当我们成为想象的俘虏，这一想象也就变成了自己的现实。

1204年，十字军第四次东征，君士坦丁堡惨遭洗劫，战乱中主人公波多里诺搭救了前宫廷历史学家尼基塔·柯尼亚特。在逃难的途中，波多里诺向尼基塔讲述了自己非凡的经历。波多里诺自诩是神圣罗马帝国腓特烈大帝的义子，大主教奥托是他的老师。波多里诺为完成奥托主教的临终嘱托，讨好大帝，为此与朋友们阿巴多耳、伯伦“诗人”、所罗门神父等捏造了祭司王约翰向腓特烈大帝致敬的信函，旨在向世人宣告，腓特烈是整个伦巴第唯一的真命天子，是当时欧洲凌驾于罗马教皇之上的真正的统治者。战争中的双方信以为真，腓特烈大帝轻而易举地打败了敌人，波多里诺也因此成为皇帝的养子，而他自己也逐渐对其编造的“谎言”深信不疑，为了劝服腓特烈寻找东方神圣王国的祭司王约翰和神秘的王国，他将亲生父亲的破木碗伪造成圣杯“葛拉达”献给腓特烈以坚定其信心，还对他慷慨陈词：“在过去，你想当然地认为这个国家不过是我个人的臆想而已，可现在你实实在在地看到了：不管是希腊主教，还是罗马教皇，他们可都相信它的存在。在巴黎，他们就告诉我说：如果我们能想象出一样比任何事物都更加了不起的事物，那么，它就肯定存在。”[②]虽然，腓特烈大帝溺于河流而死，但波多里诺依然决定与他那一群伪造信件的朋友继续寻找祭司王约翰的王国，开始了犹如堂吉诃德般匪夷所思的历险经历……最后，尼基塔确信波多里诺镜花缘式的经历是他自己靠着想象与幻想编织虚构的，但这臆造的故事毋庸置疑是一个吸引人的精彩故事。波多里诺自述充满传奇色彩的一生实际上是普通人向往的完美人生镜像：尝试了各种自身之外的生活——经历了农民、宫廷贵族、市民、骑士、修士、流浪者身份的转换；感受了不同类型的爱情——对养母兼皇后贝阿翠丝的精神之爱、对平民柯蓝蒂娜的世俗之爱以及对半人半羊的伊帕吉雅的完美之爱；还树立了一个目标作为奋斗的动力——创造出并要找到祭司王约翰的国度。[③]《波多里诺》将悬疑推理、魔幻现实主义融为一体，加上探寻真假的思辨意味，让这部历史小说成为“一本搞笑的怪异之作”。

《罗安娜女王的神秘火焰》是艾柯的第五部小说，据艾柯本人所言也是其最后一部小说。正如大家所期待的那样，小说一如既往地烙印着艾柯的痕迹，广博而厚重的知识、高超而精妙的叙事策略、独特的学院派风格再次印证

---

① http://book.sohu.com/20070302/n248465259.shtm。

② Umberto Eco, *Baudolino*, New York: Harvest Books, 2002, p.10.

③ 参见张定浩：《关于〈波多里诺〉的三次远航》，《书城》2007年第10期。

了艾柯小说的“开放式百科全书”的特征，成为批评界和出版界的新宠。对人类记忆的凝思与脱离记忆之后意识力量的探索是这部小说的主题，故事的题目来源于唤起故事主人公记忆的美国漫画书。一个年近花甲的意大利古籍书商亚伯·博多尼中风昏迷后失去了一切与个人经历有关的记忆。“他一方面有着对于外部世界的百科全书式的记忆，另一方面却对自己生活、经历的历史毫无记忆。”[①]包括自己的名字，他自称名叫戈登·皮姆，这个人实际上是爱伦坡小说中的人物。他的妻子鲍拉与两个女儿卡拉、妮可莱塔对他而言形同路人。失去记忆的痛苦，让亚伯难以忍受。亚伯的妻子是一位心理学家，为了帮助丈夫恢复记忆，鲍拉提议丈夫回到家乡索拉那，希望能通过儿时的生活场景与家乡熟悉的景物唤起他失去的记忆。但是亚伯故地重游只是在被动地感受外在事物，并没有强烈的生命体验。在女仆阿玛莉雅帮助下，亚伯在阁楼阅读了八天的藏书，在这八天中他开始清晰地恢复了自己的记忆，重新发现和构造了自我，同时也对生命与事物有了一种深刻的洞察力。主人公亚伯的每一个记忆碎片不仅展现了二战后意大利的历史、政治与文化状况，而且也牵动着他的爱情、成长与生活。小说在展现意大利游击队员反抗法西斯运动、挣扎在生存线上人民的生活、风行一时的美国漫画文化的同时，也穿插着亚伯青年时代的情感生活。

这部小说是艾柯将多个领域驳杂的知识交错互融的一个完美的注脚，书中的插图既有著名的漫画之作如漫画家阿莱克斯·雷蒙德《飞侠哥顿》里的“飞侠哥顿”、美国经典漫画《幽灵》以及米老鼠、白雪公主与七个小矮人等迪士尼卡通形象，也有艾柯的信手涂鸦之作，从中世纪、现代主义到后现代主义，艾柯繁复的知识尽显在文本之中。这部小说不仅是主人公亚伯寻找自我的过程，而且也是一部人类的心灵回忆录。

统观艾柯的小说，作品所包蕴的繁复知识已经成为文本的特征。毋庸讳言，艾柯作为“学者型小说家”，他坚实的理论基础为其小说支撑起广阔的天地，中世纪神学、结构主义、解构主义、叙事学、符号学理论等在其文本之中比比皆是，其作品从内容上到形式上均负载着驳杂的文化象征与丰沛的思想内涵，堪称后现代主义小说的典范，充分彰显了意大利知名学者卡尔维诺在其专著《美国讲稿》中曾说过的后现代主义小说应具有的特征，“20 世纪伟大小说表现的思想是开放型的百科全书”，“知识的多样化，仿佛是一条线绳，把现代的和超现代的一本本厚书连缀在一起。我希望这条线——不管把它称作什么——在 20 世纪以后继续起这个作用”。[②] 给我们建构一个庞大的对话迷宫。

---

① 海舟子：《埃科出版长篇新作〈神秘的火焰女王罗阿娜〉》，《世界文学》2005 年第 5 期。

② 参见[意]伊塔洛·卡尔维诺：《美国讲稿》，第 110 页。

第二节　小说创作的艺术特征

艾柯作为学者型的小说家，兼具学者与小说家双重身份，自由穿梭于学术象牙塔与世俗社会之间，开创了一方新天地。身为符号学家的艾柯主张符号应该在实践中冒险[①]，而身为小说家的他也热衷于实践这项冒险，赋予小说丰富的理论内涵，使其成为关于符号的符号、关于阐释的阐释，可以说，艾柯的这五部小说是其借以表达其文艺思想的载体。正如邦德内拉所说：艾柯的小说"代表了将理论与实践相结合的试验所能达到的最高成就，只有少数的学院派思想家能够企及"[②]。因而，对艾柯小说及其小说创作中的符号学的观点、阐释学的观点进行考察，是研究艾柯文艺思想的一个重要方面。

一、小说的主题

艾柯小说的主题是其世界观，尤其是其符号学、阐释学理论潜移默化的结果，"在他看来，世界的混沌性质是中世纪与后现代的相交点，也是世界的本质特点，他呼唤一种开放、联系且综合的思维方式，以应对这个非理性的世界。"[③]他用小说告诉我们当今世界与中世纪一样，存在着混沌与不安，在探讨了当代哲学的基本问题——理性与非理性的纠结的同时，也试图揭示启蒙存在的问题，勇敢承担起"二次启蒙"的重任。[④] 启蒙带来了科学技术的发展与社会的进步，理性精神构建了理性理想世界，但同时也隐含着集权主义的弊病，二次启蒙诠释了启蒙王国的弊端与理性乌托邦的混乱，希冀以混乱无序去抵抗它。理性让世人本能地去维系世界的秩序，科学技术的进步极大地便利了人们的生活，二者本身并没有错，错的是人们使用知识的方法与对待理性的态度，这对置身于后现代语境中的我们而言，具有重要的警示意义，这就使其小说具有了哲学意味，闪烁着认识论的光芒。

《玫瑰的名字》试图对启蒙的偏颇加以纠正，以此揭示人类的理性在探索真理过程中并非全知全能，也有其无能为力的方面，其主题旨归便是对逻各斯中心主义的批判，艾柯认为启蒙的执拗就在于人们对于真理疯狂的虔诚信仰，这本身便暗含了人类对理性偏执的狂热与迷恋，也就是对所谓"唯一中

---

① 参见张学斌：《写小说的符号学家》，《读书》1996 年第 11 期。

② Peter Bondanella, *Umberto and the Open Text: Semiotics, Fiction, Popular Culture*, Cambridge University Press, 1997, p. 14.

③ 马凌：《后现代主义中的学院派小说家》，第 121 页。

④ 马凌：《后现代主义中的学院派小说家》，第 120 页。

心""唯一意义""唯一阐释"的狂热。[①]《傅科摆》试图澄清反启蒙的偏执，批判了追求权欲的病态患者，嘲讽了神秘主义与蒙昧主义。追求权力的冲动与渴望拥有秘密的幻想让饱学之士、神秘团体如撒旦附体，陷入自我设置的陷阱——"如果你觉得内疚，就发明一个阴谋，许多的阴谋。而为了反这些阴谋，你又组织你自己的阴谋，可是你发明愈多敌对的阴谋，愈免除自己缺乏了解的罪过，便愈会爱上它们，而以它们为模范来规范自己。"[②]艾柯批判了专制主义，指出了非理性主义神秘崇拜的弊端，正如他所揭示的那样："我们很难逃脱欲望的引诱，不从当代文化的多个角度去发现诺斯替主义的弊端。在诺斯替派看来，人是宇宙阴谋的牺牲品，而信仰一个宇宙阴谋可以摆脱良心折磨，不用承担恶性的责任，波普尔就曾经描述过他们是如何得以暗渡陈仓到社会政治阴谋的。……我们可以看到独裁统治的'真理'倾向，所以我们可以确信恶总是别人所为，而从来不是我们自身错误的结果。"[③]《昨日之岛》的主题是对"真实与虚幻"的探寻，主人公在寻觅地球经度的虚拟分界线的过程中，交织着记忆与幻想，在真实与虚幻中寻找自我的存在意义。《波多里诺》对"真与假、想象与现实"进行了剖析，主人公满怀激情地沉浸在自我编织的幻想中，"信仰让它们成为真品，而不是它们让信仰成真"，渐渐想象也变成了他的现实，从而塑造了他的存在。"如果我们能够想象出一样比任何事物都更了不起的事物，那么，它就肯定存在。"[④]《罗安娜女王的神秘火焰》的主题是对"记忆与自我"的剖析，失去记忆的主人公亚伯寻找记忆的过程，正是重构自我的历程。这一主题正是后现代主义浪潮中"后现代之后"的"价值重建"趋势的隐喻。从艾柯小说所探讨的理性与非理性、想象与现实、真与假等这类重大的主题，我们不仅可以按图索骥寻找到 20 世纪西方各类思想的痕迹，而且也可以把握住艾柯文艺思想的经络。

二、小说中的符号学思想体现

艾柯将符号学定义为研究谎言的理论，认为符号是"从能指角度替代他物的东西"，而这种"他物"既可以是实际存在的也可以是想象虚构的，他还主张符号学应该在实践中冒险，身为符号学家的艾柯也正是这样实践的，他将其符号学理论的"模型"——百科全书和迷宫——视为其小说的"蓝图"[⑤]，使其小说构筑成一座庞大的符号迷宫，他的每一部小说都可以视为其符号学理

---

① 马凌:《诠释、过度诠释与逻各斯:略论〈玫瑰之名〉的深层主题》,《外国文学评论》2003 年第 1 期。

② [意]艾柯:《傅科摆》,谢瑶玲译,作家出版社 2003 年版,第 700 页。

③ Umberto Eco, *On Mirrors*, New York: Harvest Books, 1988, pp. 21-24.

④ Umberto Eco, *Baudolino*, New York: Harvest Books, 2002, p. 10.

⑤ Thomas J. Rice, "Mapping Complexity in the Fiction of Umberto Eco," in *Critique*, Summer, 2003.

论的文学载体。

首先，作为符号学家的艾柯，他自觉履行传播符号学理论的义务，其小说蕴含丰富的符号学理论，或是隐性潜在，将符号信息调制其中，或是显性表露，直接阐释其符号理论。

小说《玫瑰的名字》尤为明显，出现了多处与符号学有关的表述。如："我要一字不漏地记载下当时我的所见所闻，但又不想奢望达到某个目的，像是要留给后代寻求符号的符号的人阅读，以至于对符号探索的咒语可能在他们身上施展魔力"①；"思想是事物的符号，而意象是思想的符号，是符号的符号"②；"思想实际上是些符号，它必须刨根到底发现各个具体的存在，所以必须从符号的符号出发一直追溯到那只具体的处在这一链节开端的独角兽"③；"书的价值在于被人阅读。一本书的内容是由符号构成的，这些符号又指代其他的符号，它们所代表的符号又反映了一定的事物。要是无人阅读，那么一本书的符号就形成不了任何概念，从而这本书也就成了哑巴"④；等等。这类表述在艾柯的其他小说创作中也频频出现，"每个符号的'音位转变'、每一次符号的调整和变化都像'肿瘤细胞'的转移，像'癌变'"⑤。"符号要有可以使自身区别于错误意义的争取意义。"⑥由此可见艾柯的小说创作与其符号学理论的紧密关系，艾柯的符号学理论的自觉意识也可见一斑。

其次，艾柯小说采用的文本套文本、作品套作品、故事套故事的"嵌套式结构"与符号学也不无关系，这一结构固然彰带有明显的后现代主义特征，但也诠释了符号的不在场的功能，符号是从能指角度替代他物的东西，它不能自言其说，只能从他者听到自己。

《玫瑰的名字》采用了"嵌套式结构"，外层叙述层主要由题记（Naturally，A Manuscript）、插图（修道院的平面图）、作者的前言、"说明"（Notes）、副标题和后记五部分组成，为读者解读文本提供一种氛围与导向，有助于我们揣测文本意图。内层叙述层是故事层，这个层次的明确叙述者是第一人称"我"，也就是主人公阿德索，"外层叙述层中的前言"交代了阿德索手稿的流传过程，艾柯宣称这本小说是根据人们的回忆记录下来的版本，原文、译稿都已无处可寻，对他与几经流传的"手稿"偶遇的过程进行了详细言说，刻意营造一种真实的在场感，但读者却未必深信，这说明符号只能"指向"事实，它本身并不存在固定的意义，每一次阐释在本质上都是任意的、牵强的。《昨日之岛》

---

① Umberto Eco, *The Name of the Rose* , p. 11.

② Umberto Eco, *The Name of the Rose*, p. 317.

③ Umberto Eco, *The Name of the Rose*, p. 317.

④ Umberto Eco, *The Name of the Rose*, pp. 389-390.

⑤ Umberto Eco, *Foucault's Pendulum*, New York: Harcourt, Brace and Jovanovich, 1989, p. 663.

⑥ Umberto Eco, *Foucault's Pendulum*, p. 665.

也采用了嵌套式结构，以第一人称“我”(19 世纪的作者)叙述罗贝托的故事，故事中套故事，不仅如此，艾柯还让主人公罗贝托也叙述了一个他自己臆想出来的孪生兄弟费杭德的故事。《波多里诺》《罗安娜女王神秘的火焰》虽然没有采用明显的嵌套式结构，但却都是故事中有故事，让被叙述的主人公讲述自己传奇经历或者重拾记忆。符号学的原理得以体现，符号是有待于填充的空位。每一次阐释都有自己独特的印记。

此外，小说的题目、意象、故事情节的设置等等暗含了丰富的符号学原理。

小说的题目具有无限的符号性。如小说《玫瑰的名字》，最初艾柯为小说定名时，曾经考虑过《罪行的修道院》《麦勒克的阿德索》等，但最终确定为《玫瑰的名字》。此名在表明了文本的开放性的同时，也指涉了符号的能指与所指的关系在特定文化中是约定俗成的、随意的。小说中的意象也蕴含了符号理论，如“玫瑰”意象，它在小说中只出现过两次，在叙述阿德索修士与无名少女一夜春宵时；另一处则是在结尾，艾柯以 12 世纪本笃会修士莫尔莱的贝尔纳(Bernard de Morlaix)《鄙世论》(*De Contemptu Mundi*)中的一句诗作为小说的结尾：“昔日玫瑰如今只存芳名，陪伴我们的只有赤裸的名字。”(Stat rosa pristine nomine, nomina nuda tenemus)这告诉我们存在不是永恒的，永存的只是符号，因为根本上它是无依无靠的。同样，《傅科摆》中的傅科摆也是如此，宇宙中没有定点、不可动摇的根基只是一个虚构：“地球不停转动，而宇宙中唯一的固定点就是垂摆固定的地方。”[①]

小说中的图书馆、钟摆、小岛、阁楼等意象本身还是艾柯符号学理论中“根茎式”的迷宫，换言之，它们是艾柯的百科全书式符号模式，其具有网状的结构；潜在地无限的，可以多重解释；不仅有真理，也有虚假的、想象的、传说等内容和主题；永无完成之日，只能成为一种调节性观念存在；具有局部性和暂时性，不可能组织成一个完整系统等特点[②]，《玫瑰的名字》中的图书馆是一座结构复杂的迷宫，按照地球水陆区域划分的形状设计并且布局，威廉和阿德索企图勾勒出这个七角形的房间的构图，但他们却发现这一努力是没有意义的，因为对世界作出任何理性的判断都是徒劳的。图书馆的溃败是必然的，因为它奢望用封闭的结构禁锢无限的知识，企图让漂移静止，锁定在当下。但世界是无序的、无根据的、无着落的，充满着不可尽数的根茎，任何理性的封闭企图都将失败。其“修道院图书馆的崩溃表明世界是没有高墙、没有中心、没有樊篱的迷宫，任何事情都是有可能发生的”[③]。傅科摆也是如此，

---

① Umberto Eco, *Foucault's Pendulum*, p. 11.

② 参见李幼蒸：《理论符号学导论》，第 334 页。

③ Rochelle Sibley, “Aspects of the Labyrinth in *The Name of the Rose*: Chaos and Order in the Abbey,” in Charlotte Ross and Rochelle Sibley eds., *Illuminating Eco: On the Boundaries of Interpretation*, Aldershot: Ashgate, 2004.

产生于19世纪用来证明地球自转的机械装置，“在科学家的眼中是理性的胜利，而在神秘教的信仰者看来则是信仰的胜利”①。此外，艾柯的迷宫意象还有《昨日之岛》中180度经线附近的小岛、《罗安娜女王神秘火焰》中亚伯幼时生活的阁楼等等，也都是根茎式迷宫。

故事情节的设置上也体现了符号的特征。在《玫瑰的名字》中，对凶杀案件的推断，环环相扣，缺少其中的任何一环，都将走向失败。正如德里达而言，意义是一种发明，是符号之间相互支持的产物，也就是说单独的符号只有置身于系统之中，在与其他符号发生关系时才获得本身的意义。《罗安娜女王神秘的火焰》也是如此，亚伯在阁楼中翻阅书籍的过程便是重构自我的过程，记忆碎片只有在相互关联中才具有特定意义，将主人公从失忆状态中唤醒，缺少任何一片都是不完整的。

三、小说中的阐释学思想体现

艾柯小说作为其文艺思想的载体与注脚，不仅蕴含丰富的符号学理论，而且也体现了其阐释学思想。

首先，艾柯将中世纪丰富的知识与后现代大师的艺术技巧相结合，使其小说成为开放型的百科全书，实践着他早期所提倡的“开放的作品”的阐释学理论。

意大利著名的文学家卡尔维诺在《千年文学备忘录》(即《美国讲稿》)中，明确提出：“20世纪伟大小说表现的思想是开放型的百科全书”②，“20世纪作家们抱的是积极的怀疑主义，我是说他们似乎是在比赛，在打赌，固执地要在理论、方法和水平之间确定各种关系。知识的多样化，仿佛是一条线绳，把现代的和超现代的一本本厚书连缀在一起。我希望这条线——不管把它称作什么——在20世纪以后继续起这个作用”③。艾柯的小说正是百科全书式的范本、一套“诸系统的系统”，综观其小说，大都置于14～17世纪的历史背景中，内容庞杂，线索繁多，囊括了神学、哲学、美学、政治学、生物学、天文学、物理、医学等庞杂的知识，可谓上至天文，下到地理，三教九流，五花八门，植根于中世纪的历史和文化的小说是欧洲文明与思想碰撞的形象图解，引发了世人不尽的阐释。

《玫瑰的名字》以14世纪的宗教战争为背景，故事情节以双线索推进，一条是威廉修士与盲修士豪尔赫关于“笑”与“喜剧”的争论；另一条是圣方济各修会与罗马教廷关于“基督是否贫穷”的争论。《傅科摆》故事以中世纪开始的秘密社团为背景，情节围绕一份1118年的圣殿武士团征服世界的计划书展开，时空转换频繁，线索庞杂，秘密宗教社团、人物的爱情、历险经历穿插其

① 马凌：《解构神秘：〈傅科摆〉的主题》，《外国文学评论》2005年第1期。

② [意]伊塔洛·卡尔维诺：《美国讲稿》，第110页。

③ [意]伊塔洛·卡尔维诺：《美国讲稿》，第110页。

中。《昨日之岛》则以17世纪欧洲大航海热潮为背景，两条线索推进，一条以主人公罗贝托寻找地球子午分界线为线索；另一条线索则是罗贝托的个人经历，从主人公少年参与卡萨雷之战到巴黎求学再到海上漂泊的日子。《波多里诺》以十字军东征为背景，想象与现实两条线索相互交织，一条是波多里诺向宫廷史官尼基塔讲述传奇的经历；另一条线索是波多里诺与其朋友寻找祭司王约翰的神秘国度的经历。小说涉及内容驳杂，从十字军东征、圣杯传说，到基督教城市的兴起、教皇与皇帝之间的权力冲突，其中还穿插主人公的历险生活、爱情经历等。《罗安娜女王的神秘火焰》围绕着主人公亚伯寻找自己的记忆为线索，展现了二战时意大利的文化、历史与政治等。由此可见，艾柯小说将过去与未来、现实与想象、时间与空间等无穷无尽、各式各样的关系交织在一起，似一场盛大的文本狂欢，囊括了广博而专业的知识，丰沛的内涵充分引导读者从不同角度进行诠释，堪称"开放的作品"范本。由围绕着《玫瑰的名字》引发的诠释现象，便可见一斑。"'普通读者'喜爱它，因为它是'最高级的惊险小说''百科全书式的历史小说''伏尔泰式的哲学小说'；'经验读者'喜爱它，因为它是学者为学者准备的文本盛宴，小说中不仅有政治学、神学、诗学、历史学、社会学、哲学、语言学、符号学，更是把20世纪学术界的时髦'话语'一网打尽：'形而上学''意识形态''话语权力''笑''存在''理性与非理性''结构与解构''所指与能指''反讽和戏仿''隐喻和象征''误读和诠释''福柯和德里达'……"①

其次，无论是小说的主题，还是故事情节的设置都体现了艾柯的阐释学理论，甚至小说的意象也蕴含阐释意味。

《玫瑰的名字》这部小说的主题是对逻各斯中心主义②的批判，这一审判主要是通过对上帝崇拜的颠覆（主要体现于对阿德索这一人物的塑造上）、对理性崇拜的颠覆（通过威廉修士这一人物体现出来）、对语言崇拜的颠覆（通过盲修士乔尔戈这一人物体现出来）三个维度进行的。③ 事实证明逻各斯并不存在，不管语言、上帝，还是理性，都不能阐释这个世界，对神秘主义视之为唯一狂热、唯一意义、终极真理——逻各斯中心主义的批判正是鼓励多元阐释的必备前提，同时也颠覆了过度阐释的根基。从这个意义而言，《玫瑰的名字》的确是一不可或缺的"阐释"文本，彰显了艾柯的阐释学理论——提倡阐

① 马凌：《后现代主义中的学院派小说家》，第135页。

② 逻各斯(logos)，欧洲古代和中世纪的哲学概念，原意为"言辞"，哲学领域赋予其"言说""理性"之意，后被引入宗教领域，被视为世俗社会和上帝沟通的中介，与上帝同在，由此它又被引申为表示本原的终极真理。在西方，人们对终极意义的追求使得逻各斯在各个领域占据重要地位，从这个意义上而言，西方文化可以说是一种逻各斯文化，甚至还形成了一种形而上学的传统——"逻各斯中心主义"（一种以逻各斯为中心的结构）。可参见陆扬：《欧洲中世纪诗学》，上海社会科学院出版社2000年版。

③ 参见马凌：《后现代主义中的学院派小说家》，第129～133页。

释，反对过度阐释。

小说处处充满着阐释的现象，显现了作者重视阐释、提倡阐释的倾向，当然，我们也应看到这其中也不乏过度阐释的例子。威廉对修道院长阿博丢失马匹的推断与诠释、威廉与乔尔戈关于“笑”与“喜剧”的争论、圣方济各修会与罗马教廷关于“基督是否贫穷”的论辩、威廉侦破案件的推测等等。《傅科摆》围绕12世纪圣殿武士团征服世界的计划书而展开的各方的理解与不同的阐释。《波多里诺》主人公波多里诺对伪造圣杯的阐释等。《昨日之岛》中各国对地球换日线的勘测方法也是一种阐释，主人公罗贝托臆想出孪生兄弟的斑斑劣迹更是过度阐释的表现，甚至在《罗安娜女王的神秘火焰》中，主人公对儿时的回忆也存在着阐释，这些无不显示了阐释占据了艾柯小说的重要地位。艾柯还曾借小说人物威廉之口揭示了阐释的重要性：“书的价值在于被人阅读，一本书的内容是由符号构成的，这些符号又指代其他的符号，它们所代表的符号又反映了一定的事物。要是无人阅读，那么一本书的符号就形成不了任何概念，从而这本书也就成了哑巴。”①没有阐释，书便失去了价值，生活也就失去了意义的色彩。

艾柯固然提倡阐释，但同时也保持着清醒头脑，反对过度阐释。《玫瑰的名字》便批判了过度阐释的动力之源——逻各斯中心主义；《傅科摆》同样也解构了神秘主义。主人公卡索朋与好友贝尔勃与迪欧塔列弗三个人发挥各自专长与想象力，调动可以运用的各类知识与信息，在电脑“阿布拉非亚”的随机处理下，解析了一份关于12世纪“圣堂武士团”的手稿，共同“创作”了一份所谓的隐匿重大秘密的“计划”。这一行为本身便是过度阐释的表现。因为他们脱离了文本本身，艾柯就此曾经指出：“我接受文本可以有许多不同的诠释，但我反对那种认为文本可以具有你想要的它所具有的任何意义的观点。”②事实上，这份所谓的“圣堂武士团”的手稿只不过是一份普通的洗衣店送货清单，所谓的密码也只是一句无心的咒骂。神秘的计划是“从来没有的计划”，这是对“过度阐释”极大的嘲讽。不仅三位主人公陷入了自己设置的过度阐释的陷阱，甚至神秘主义狂热分子信以为真。揭示这起荒谬事件真相的是卡索朋的女友莉雅，她根据普罗文斯当地历史，借助一本旅游小册子，查阅了百科全书，发现所谓“圣堂武士团”手稿只不过是一份送货清单，上面的数字只是货款钱数，所谓“bread”“castle”“rock”“shelter”“prostitutes”等是事实存在的地名，根本不是所谓“暗语”。莉雅之所以能够正确阐释，是因为她注意到了艾柯所提倡的阐释三因素：“对任何文本的阐释都应涉及三个因素：第一，文本的线性展开；第二，从某个特定的‘期待视域’进行解读的读者；第

① Umberto Eco, *The Name of the Rose*, pp. 389-390.

② Umberto Eco, *Interpretation and Over Interpretation*, p. 141.

三，理解某种特定语言所需的'百科全书'以及前人对此文本所作的各种阐释。"[①]从这个意义而言，莉雅揭露真相的过程正是对艾柯阐释理论的实践。

艾柯小说中的诸如玫瑰、钟摆等意象本身便是一个诠释的诠释，提供给读者无限的诠释空间。如《玫瑰的名字》中的玫瑰作为西方复杂的符号系统之一，它在古希腊、罗马的神话系统、基督教象征系统以及民间传统里都有各自的象征意蕴，也正是玫瑰这一意象意义的丰富性与多义性，才引发了读者无尽的诠释。对此，艾柯也颇为得意，"玫瑰是一个如此充满意义的象征意象，以至于落到几乎毫无意义的地步：神秘的玫瑰，经历了诸多玫瑰正经历的一切的玫瑰，'双玫瑰战争'，一个是玫瑰是一个玫瑰是一个玫瑰是一个玫瑰，十字玫瑰，感谢这些美妙无比的玫瑰，玫瑰色的生活。读者迷失了方向，他无法选择一个阐释；假设碰巧他一直读到这里的话，即便他把握到了小说结尾贝尔纳的诗句可能地作出唯名论解读，可谁知道他已经作过什么样的阐释。一个书名应该把思绪搅乱，而不是把它们聚拢。没有什么比发现自己没有想到而由读者提出的解读更让一部小说的作者感到安慰的了。"[②]

由此可见，艾柯的小说以其广博的内容、丰富的意蕴、独特的意象展现了作品的充分的开放性，提供给读者一部部"阐释"的文本。但值得指出的是，艾柯小说犹如"一个巨大的迷宫，是神秘的资料、符码信息、形而上学的推论与历史的琐碎细节所构成的混乱的网络，只有作者自身才能够解开这座迷宫"[③]。因而，面对艾柯构筑的文本迷宫，读者要找出那根走出迷宫的阿里阿德涅线团，必须调动自己的知识储备和阅读经验，挖掘隐藏在混乱的、无序的、漂浮的迷宫风貌背后的"文本意图"，只有那些熟悉艾柯小说的历史背景，懂得神学、文学、哲学，理解基督教的教义和宗教改革进程，同时还掌握建筑、科技、机械、航海等知识的接受者才能成为小说的"模范读者"。

四、小说的后现代主义特征

艾柯对"后现代"有着独特的理解："后现代是一个精神范畴、一个艺术意识、一个操作方式。每一个时代都有专属于自己时代标志的后现代。……后现代承认必须回忆过去，只是这次回忆必须以反讽性而并非以单纯的方式进行。"[④]其小说正践行着他的这一观点，统观其小说，虽然大都植根于中世纪历史背景，但却与后现代主义密切相关，在他看来，后现代与中世纪这两个"门槛时代"，在时空上相距甚远，但都充斥着含混与复杂。因而，二者有相通之

① Umberto Eco, *Interpretation and Over Interpretation*, p. 143.

② Umberto Eco, *Postscript to the Name of the Rose*, p. 3.

③ Jo-Ann Cannon, "The Imaginary Universe of Umberto Eco: A Reading of Foucault's Pendulum," *Modern Fiction Studies*, Vol. 38, No. 4, 1992.

④ Umberto Eco, *Postscript to the Name of the Rose*, pp. 66-67.

处，中世纪作为既往的病例可以揭示出一系列与后现代的相似之处，所以艾柯小说虽然讲述中世纪的故事，但却是对后现代的真实影射。从这个意义上讲，艾柯小说具有明显的后现代主义小说的特征，而这一点在艾柯小说所运用的文本叙事策略中更是得到了鲜明显现。

艾柯经常在其小说作品中采用“多重叙事视角”，安排“不可靠的叙述者”，通过“互文性”“戏仿”“拼贴”等后现代主义文本策略的巧妙运用，将真实与虚构、意识与现实交织在一起，构筑了亦真亦幻的文本世界，形成了令人惊叹的叙事效果。这不仅彰显了作者精妙的运用语言的能力，而且也为后现代主义小说的创作提供了不可或缺的范本。

多重叙事视角的设置对统一时空造成了破坏，为读者设置了语言陷阱，这是艾柯小说中常用的策略之一。文本如何将故事呈现在读者面前，这就要依据叙述者站在哪一个叙事角度进行言说而定，角度的变化直接影响叙述的效果，华莱士·马丁就认为，“在绝大多数现代叙事作品中，正是叙事视点创造了兴趣、冲突、悬念，乃至情节本身”①。视角类型的多样性，为作者在文本中自由地转换叙事主体提供了手段。多样叙事视角的游移置换可以使文本呈现叙述的复合状态，拓展文本的艺术空间。艾柯便擅于此道，他的小说作品之所以呈现多层次、多样化叙事效果也正是得益于此。在《玫瑰的名字》里，艾柯运用了第一人称内外聚焦的复调叙述与第三人称叙述的交叉使用，共同构成了《玫瑰的名字》多部和声的复合状态。阿德索的“手稿”正文采用了第一人称“我”的叙述方式，让阿德索在80岁时回忆他18岁经历的事情，灵活地使用了第一人称内视角与外视角双重聚焦的功能，使80岁的阿德索与18岁的阿德索都在叙述，这是艾柯有意为之的叙述方式，我们通过老年阿德索的叙说见到了青年阿德索所看到的、所听到的事情，包括一系列凶杀案件的奥秘，围绕着“基督教贫穷论”所引发的政治和神学事件，修道院内修士们阿德尔摩、贝伦加、马拉吉暧昧不清的关系，我们跟着阿德索寻觅到了事件发展的每一细节，与事件中的“我”产生了共鸣，在清晰地了解这一系列凶杀案件前因后果的过程中，同时也更清楚地看到了修道院各个人物的差异。可以说，随着这一叙述策略的展开，文本内容以更宽广的方式呈现在读者面前，同时文本的艺术张力也无形地被延伸了。第一人称叙述方式因与人物站在同一立场，从人物角度言说事件，因而与其他叙事视角相比，它与主人公感同身受，具有直接生动、主观片面、较易引发同情心、造成悬念、形成共鸣等特征。主人公阿德索站在自己的立场与角度去观察一系列匪夷所思的连环血案，小说的叙述者和主要故事人物都是“我”(阿德索)，阿德索是自己讲述自己的故事，叙述声音是阿德索本人的，小说的叙述类型属于同故事叙述，即叙述者既

---

① [美]华莱士·马丁:《当代叙事学》，任晓明译，北京大学出版社1990年版，第159页。

作为事件的讲述者，同时又是被言说事件中的一个人物。但也因此，阿德索只能道出其所见的客观情况与自己的内心感受，却无法感受其他人物的所见所思，如此一来，我们在阅读整个小说时，便不由自主地跟随阿德索去体验了恐惧、欲望、好奇等诸多感受，深陷一系列的凶杀案之中不能自拔，从而较为成功地使文本取得了险峰迭起、引人入胜的叙事效果。此外，小说各小节的小标题则使用了第三人称叙述方式，这是一个隐藏的叙述者，他站在"局外人"的位置，以全知全能的视角去观察事件的进程，通过小节的提要来预告各小节的内容，以此吸引读者的注意力。由此而言，"叙述者超出小说叙事文本的束缚，常常打断叙事结构的连续性，直接对叙述本身进行评论。这就使叙事性话语和批评性话语交融在一起，从而在语言操作方式和艺术形象的描写之间建立起一种有机的联系"①。第一人称与第三人称交叉使用形成了隐/显叙述结构，从而暴露了文本"被叙述"的状态。

多重叙事视角在艾柯的其他四部小说中也均有体现，如《傅科摆》的叙述者"我"（即卡索朋）与莉雅的叙述形成和声的复合态。《昨日之岛》中三个叙事主体：作者、罗贝托"小说里的角色"与犹大、费杭德（罗贝托杜撰的孪生兄弟）"小说里的小说角色"中转换。《波多里诺》中作者的叙述、主人公波多里诺、历史学家尼基塔·柯尼亚特这三个叙述层的交错互织。可以说，多重叙事视角的巧妙运用大大扩展了艾柯小说文本的艺术张力，增添了文本独特的艺术魅力，给读者以多重的审美愉悦。

在文本中，安排"不可靠叙述者"也是艾柯经常使用的一种叙述策略。选择不谙世事的人、不明真相的人甚至是幻想症者、失忆者来充当事件的叙述者，以此形成与隐含作者的矛盾，在制造文本阅读障碍的同时促发读者对小说文本的关注、探究与反思。这不仅会激发读者的阅读兴趣，而且也推动读者积极地参与到文本之中，与作者进行真实交流，进而揣摩作者的文本意图，从而提升审美素养。

对于叙述者的不可靠性，以色列学者雷蒙—凯南（Shlomith Rimmon-Kenan）在《叙事虚构作品：当代诗学》（*Narrative Fiction: Contemporary Poetics*）中认为，"（叙述者的）不可靠性主要源于叙述者有限的认识，个人的参与以及有问题的价值体系"②。对此，费伦也认为，"当叙述者和主人公是同一个人（如第一人称独白）时，来自于叙述者的情节通常都是不可靠的"③。具体到《玫瑰的名字》的叙述者"我"（阿德索）而言，首先，他对被叙述的事件及人物的认识是有限的。由于阿德索是第一人称叙述者，既是小说故事（一系

① 江宁康：《元小说：作者和文本的对话》，《外国文学评论》1994年第3期。

② [以色列]里蒙—凯南：《叙事虚构作品：当代诗学》，姚锦清等译，三联书店1989年版，第101页。

③ Stephen Jan Parker, *Understanding Vladimir Nabokov*, Columbia, S. C.: University of South Carolina Press, 1987, p. 15.

列凶杀案)的人物又是故事的叙述者,既是“体验主体”又是“叙述主体”。身陷故事之中的阿德索,他的叙述是从“体验主体”的角度出发,对于自己亲身经历的事件而言具有真实性,然而阿德索在许多事件中的缺席造成了他叙述的局限。正是基于有限制性的视角,阿德索的叙述并不能够客观地反映全部真相,卷入事件中的他为其所束缚,极易成为不可靠的叙述者。那么阿德索的“叙述主体”视角是否就可以由于追忆往事,置身往事之外,从而避免了不可靠叙述者的嫌疑呢?我们认为尽管阿德索在追忆,但他在叙述中还是从个人角度出发,所以不可避免地沾染上情感色彩,很难做到像第三人称叙述者(外视角)那样冷静客观。“因为那毕竟是他/她自己的往事”,他们的叙述“均将限定在自己所见所闻的范围之内”。此外,第一人称叙述者不像“上帝之眼”全知叙述者那样无所不知,因此,阿德索能否准确客观地洞见别人的想法和感觉,这本身就值得读者怀疑。《傅科摆》的卡索朋、《昨日之岛》的罗贝托、《波多里诺》的波多里诺、《罗安娜女王的神秘火焰》的亚伯无疑也是与隐含作者分道扬镳的“不可靠的叙述者”。艾柯之所以喜欢在作品中安插“不可靠的叙述者”,不仅仅因其作为符号学家的兴趣使然,更是因为他作为一位“由批评家转向思想写作的小说家”[①]对文本艺术性严格要求的体现。

艾柯作为一位“学者型作家”决定了其小说作品充斥着强烈的自觉批判意识。在小说创作中,艾柯总是自然而然地按照批评其他小说家文本时的要求严格对待自己的文本,正如他所提倡的“开放的作品”,在文本创作之时,便有意考虑读者的意图。作为学院派作家,艾柯熟知批评家的理论依据与思维方式,所以他总是机智地在文本中运用大量的小说创作技巧。互文、戏拟、拼贴等元小说常用手法信手拈来,与其他元小说家仅使用某种元小说的创作手法或突显元小说的某一后现代主义特征不同,艾柯在创作过程中往往将元小说的众多创作技巧杂糅熔铸于一体,构筑了开放式的文本结构,拓展了小说的艺术空间,在彰显后现代主义多样特征的同时也制造了惊人的叙事效果,给读者以审美愉悦。

艾柯在小说中还经常使用戏仿(拟)、影射等手段使“每本书都指向另外的书”,将“互文性”发挥到了极致,彰显其作品“开放型百科全书式的特征”。《玫瑰的名字》便大量运用了“戏仿”手法。作为一部“侦探小说”,艾柯的戏仿自然也不会忽视柯南·道尔的《福尔摩斯》探案系列与阿加莎·克里斯蒂推理作品,在叙事结构、情节设置、人物塑造等诸多方面都存在着对经典侦探小说戏仿的迹象。《玫瑰的名字》在嵌套式开放结构的外层,采用了传统侦探小说经典模式——封闭式的叙事结构:“提出问题——展示数据——了解真

① [英]马克·柯里:《后现代叙事理论》,第58页。

相——验证结局”[①]，以问题（血案）为核心，辐射出一个圆周，人物之间的关系在封闭的圆周之内变化发展，随着案件的侦破，文本结构序列经历了从杂乱到和谐、从失衡到平衡的变化历程；英国威廉修士受修道院长之托侦查七天内七个修士死于非命这一连环凶案，则与侦探小说的“制谜”与“解谜”，用谋杀来制造悬念的情节模式相吻合。而小说的人物也不例外，譬如威廉修士和阿德索师徒二人，便是一对福尔摩斯／华生式的人物，一对华生／哈斯丁式的人物。威廉修士博闻强识，长于推理，在小说开头对修道院丢失的马匹所进行的精准描述让人不禁想起福尔摩斯的超人的推断能力，福尔摩斯经常根据人物的外貌去推断其身份、社会地位、人生经历等等，甚至威廉修士的外貌与习性也让人有似曾相识的感觉。由阿德索作为案件的叙述者来言说威廉与阿德索师徒两人携手破案的经过，与《福尔摩斯》系列颇为相似，甚至书中出现的“迷宫”“密室”“药剂”“大火”等关键词也是传统侦探小说的常备词。其实，艾柯小说作品的主题便是一个自我“互文性”的圆周。正如意大利著名批评家卡泊基所说：“艾柯从《玫瑰的名字》《傅科摆》到《昨日之岛》阐释的都是同一个主题，这表明作家经常创作同类的文本，或者重复自己的作品，或者重写他人的作品。”[②]

此外，使用象征意象进行影射也是艾柯在小说中经常使用的互文性手法之一，如《玫瑰的名字》中的“玫瑰”“图书馆”等充满意义的象征意象，甚至人物的名字都有影射的痕迹。《玫瑰的名字》中药草师“ami des simples”（药草的朋友，贫民的朋友）一词的使用，便巧妙运用了“simples”一词的双重同位意义。《波多里诺》的主人公“波多里诺”原型是圣徒波多里诺，历史上的波多里诺是意大利西北部历史名城亚历山大的守护人，这位神圣的圣徒在艾柯那里却成了一位堂吉诃德式的人物，谎话连篇、诙谐幽默。艾柯还在《阐释与过度阐释》中坦白将《傅科摆》中主人公命名为“卡索朋”，是因为伊萨克·卡索邦证明了《赫尔墨斯神智学》这部书是伪造的。[③]《赫尔墨斯神智学》是部神秘主义的代表作，艾柯将主人公命名为“卡索朋”实为暗示作品中神秘主义最终将失败，在这里作者将小说讽喻之剑直指神秘主义传统。甚至艾柯在小说作品的形式层面上（如作品的名字、章节的小标题等）也使用了互文性的策略。如《罗安娜女王的神秘火焰》的书名来源于美国漫画《提姆·泰勒历险记》（*Tim Tyler's Luck*），《昨日之岛》中各个章节的标题则取自 17 世纪著作的书名，有意思的是，艾柯所运用的小说文体都有意与当时的文体相呼应。互文性的巧妙运用极大丰富了文本的艺术空间，延伸了作品的艺术张力，艾柯小说之所

---

① 袁洪庚：《欧美侦探小说之叙事学研究述评》，《外语教学与研究》2001 年第 3 期。

② Rocco Capozzi, “Metaphors and Intertextuality in Eco's Neo-baroque Narrative Machine: *The Island of the Day Before*”, in Mike Gane, Nichoias Gane, eds., *Umberto Eco*, Sage Publications, 2005.

③ Umberto Eco, *Interpretation and Over Interpretation*, p. 82.

以被誉为“关于书的书，关于叙事的书，关于讲述故事的书”[①]也就不足为奇了。

总之，艾柯在其小说作品中设置多重聚焦，安排“不可靠的叙述者”，通过“互文性”“戏拟”等叙事策略的巧妙运用，模糊真实与虚构的区别，消解意识与现实的界限，塑造了小说的迷宫风格，制造出惊人的叙事效果。这不仅彰显了作者运用语言的高超艺术能力，而且也为我们了解后现代主义小说的创作提供了不可多得的范本。

简而言之，艾柯小说以认识论为主题，植根于中世纪背景，以后现代主义艺术手法为特色，以符号学理论、阐释学理论为参照系[②]，堪称 20 世纪开放型百科全书的范本。

① Joris Vlasselaers, “The Island of the Day Before: A Quest for the Semiotic Construction of a Self,” in F. Musarra, B. Van Den Bossche, K. Du Pont, N. Dupre, R. Gennaro, and S. Vanvolsem, eds., *Eco in Fubula: Umberto Eco in the Humanities*, Leuven University Press, 2002.

② 马凌:《后现代主义中的学院派小说家》,第 124 页。

第五章　艾柯文艺思想的历史地位和影响

艾柯是欧洲思想史上杰出的文艺理论家，其思想睿智、知识渊博，著作颇丰，在哲学、美学、宗教、历史、文学批评和文化批评等领域都有独特的贡献，被誉为“当代达·芬奇”。这位享誉世界的知识分子以其在多个领域间“调和者”与“综合者”的身份，在中世纪与后现代、理性与非理性之间自由驰骋，无论是其学术理论作品，还是文学作品总会给我们眩晕的惊喜。艾柯从不会驻足某一领域太久，喜欢以绽放的原始魅力冲击世界文坛，在吸引学者们潜心研究的同时，也总是给予广大普通读者新奇的感觉。像艾柯在学术象牙塔与世俗社会之间互渗相寓的学者，不仅在欧美国家如凤毛麟角，于中国而言也是如此，因此我们就更需要去欣赏、关注和研究他，这对于我们认识与了解世界文坛波澜壮阔的景象，尤其具有现实意义。

第一节　艾柯文艺思想的历史地位

艾柯以其深邃的思想、渊博的知识、敏锐的洞察力、旺盛的创造力行走在学术的康庄大道上，他不仅是一位睿智的思想家、一位才华横溢的小说家，更是一位有着丰富生存体验的智者。

首先，作为“协调者”与“综合者”的艾柯发展了在多种意义上协调的、突破片面想法的立场，使其文艺思想尽可能地避免囿于学术思维立场的缺失而陷于偏颇的境地，在当代文艺理论与创作中颇具特色。

艾柯无论是大胆批判克罗齐的唯心主义美学理论与新托马斯主义，考察托马斯·阿奎那的美学思想，还是协调结构主义和行为主义、在符号学的意指作用和通信作用之间采取折中主义立场，形成其开放式的符号学理论，无不显示了他综合的视野、辩证的态度。当然，也正是艾柯这一中庸的、辩证的态度使其阐释学思想优越于其他阐释学—接受理论，始终保持着连贯性、一致性，在世界、作者、文本、读者之间保持了一种动态的平衡。在提倡阐释，给予并重视接受者阐释权利的同时，又以“文本意图”为尺，为阐释设定界限，从而使其阐释学理论较之其他阐释学理论更为优越。可以说,艾柯的文艺思想超越了话语性,不仅在传统意义上展现了哲学思索,而且他还将辩证综合的哲学视野较为直观地显现出来,在当下文艺理论研究中独树一帜。

青年时期的艾柯置身于意大利唯心主义的争论之中,他将托马斯·阿奎那美学思想视为初涉学术之路的研究对象,既没有盲从于克罗齐的唯心主义美学,也没有跟随托马斯主义运动的潮流,而是一直保持着独立的、中庸的学术姿态。艾柯进入都灵大学学习之时,适逢存在主义在意大利盛行,他那时便敏锐地发现了克罗齐美学理论的僵化与封闭,在艾柯看来,阿奎那美学理论告诉我们美必须通过理性有结构地来把握,而这一点正是克罗齐所忽视的。克罗齐的"直觉即表现,即美"的美学观点把艺术降低到最单纯的、最基层的感性认识活动,忽视了艺术的理性内容与实践活动和社会生活之间的联系。他把艺术置于认识的牢笼,同时他又把感性认识活动和理性认识活动的对立加以绝对化,把艺术和直觉等同起来,艺术内容与个人霎时情感相等同,艺术形式与表现情感的意象相等同,二者都是停留在理性活动层面以下,这样无疑就宣告了艺术与美的死亡。[1] 从这个意义上而言,艾柯把托马斯·阿奎那美学思想作为研究对象本身,就表明了他对克罗齐的挑战态度。同时艾柯也批判了新托马斯主义者试图阉割托马斯·阿奎那理论的做法,特别是新托马斯主义者夸大托马斯·阿奎那美学唯心的一面,艾柯深恶痛绝。他认为阿奎那关于美的基本属性是需要从形式上进行理性把握的,对新托马斯主义者"过度阐释"阿奎那美学理论主观化的倾向在一定程度上进行了反拨。可以说,在考察阿奎那美学思想的过程中,艾柯找到了一种综合的视野、辩证的态度,难能可贵的是,艾柯即便在以后的学术道路上也始终谨守"中庸之道",客观辩证地潜心研究,从而使其文艺思想在当代文艺理论史上占据重要地位。

20 世纪符号学研究的方向可以大致分为三大类:语言学的、非语言学的和折中的。索绪尔、叶姆斯列夫和巴特为第一类;皮尔斯、莫里斯、西比奥克为第二类;艾柯和其他一些意大利符号学家则为第三类。[2] 在结构主义和行为主义之间、在符号学的意指作用和通信作用之间采取折中主义立场不仅是意大利符号学界的倾向,也是艾柯符号学理论的方法论。走折中路线的艾柯在采用并发展了叶姆斯列夫的二元符号模式同时,还将皮尔斯的解释项"无限衍义"观引入符号模式,让符号意义包裹在皮尔斯逻辑学的外衣之内,从而形成了开放的三元符号模式,避免了本质主义的纠缠。

艾柯文艺思想综合的视野、辩证的态度在阐释学领域中也有鲜明的体现,其阐释学理论始终保持着连贯性、一致性,他提倡阐释,反对过度阐释,主

① 参见谢地坤:《西方哲学史》第 7 卷(下),凤凰出版社、江苏人民出版社 2005 年版,第 794～804 页。
② 参见李幼蒸:《理论符号学导论》,第 551 页。

张为阐释设界,将阐释纳入合法的轨道,让其在世界、作者、文本、读者之间保持了一种动态的平衡,这样便使得其阐释学思想优越于其他阐释学—接受理论。在提倡阐释,重视接受者的地位,给予其阐释权利的同时,又以"文本意图"为尺,为其阐释自由设定界限。应该指出,无论是早期"开放的作品"理论,还是后期对后现代主义"过度诠释"的论述,艾柯的阐释学理论始终立足于"文本",这种看似从"读者中心"向"作品中心"的转变实际上是其思想整体连贯性的显现,更是其理论的一种纵向延伸。正是艾柯前后思想的一致性和连贯性形成了艾柯阐释学思想的独特价值,使世界、作者、作品和读者组成一个动态的阐释圈,避免了偏于一极的危境,其阐释学理论既不同于以施莱尔马赫和狄尔泰为代表的"作者中心论"高扬作者的权威,从"作者意图"出发阐释文本,忽视作品和接受者的研究;也不同于利科等人的"文本中心论"以文本为中心的阐释,轻视作者和接受者的作用;更不同于"读者中心论"片面夸大读者的阐释权利,赋予其无限的阐释自由,从而导致"无限衍义"和"过度诠释"。艾柯始终站在其"调停者"与"综合者"的位置,协调作家、作品和读者之间的关系,力图弥补历来在作品的阐释活动中单纯强调一极的不足,提出了一种旨在克服"作者中心论""文本中心论""读者中心论"的动态均衡的阐释理论,为阐释理论的未来发展作出了有益的探索。

其次,艾柯在理性与非理性之间、现代与后现代之间驰骋,他既反对启蒙的偏颇,也看到了后现代反启蒙的虚妄,对虚无主义保持着清醒的头脑,勇敢担负起"二次启蒙"的重任。①

"在他看来,世界的混沌性质是中世纪与后现代的相交点,也是世界的本质特点,他呼唤一种开放、联系且综合的思维方式,以应对这个非理性的世界。"②他用小说告诉我们当今世界与中世纪一样,存在着混沌与不安,在探讨了当代哲学的基本问题——理性与非理性的纠结的同时,也试图揭示启蒙存在的问题,勇敢承担起"二次启蒙"的重任。启蒙带来了科学技术的进步与生活的巨大便利,用理性精神构建了一个理性理想世界,但同时也隐含了集权主义的弊端与缺憾,二次启蒙洞见了启蒙的虚妄与理性乌托邦的混乱,用浸透着含混的反抗去抵抗理性的虚妄。理性维持着世界的秩序,科学知识带来了生活便利,二者本身并没有错,错的是人们对待知识和理性的偏执态度以及使用它们的执拗方法,这对置身于后现代语境中的我们而言,具有重要的警示意义。

艾柯文艺思想便是其担当起"二次启蒙"重任的实践体现,从其小说的主题便可得知。《玫瑰的名字》批判逻各斯中心主义,试图澄清启蒙的偏颇,揭露理性在探索真理过程中的软弱无能,艾柯认为启蒙的偏颇就在于对真理毫

① 参见马凌:《后现代主义中的学院派小说家》,第120页。

② 马凌:《后现代主义中的学院派小说家》,第121页。

无怀疑地虔诚信仰，这本身便蕴藏着人们对逻各斯的狂热，也就是对唯一中心、唯一意义、唯一阐释的狂热。①《傅科摆》试图澄清反启蒙的偏执，批判了追求权欲的病态患者，嘲讽了神秘主义与蒙昧主义。正如他所揭示的那样："我们很难逃脱欲望的引诱，不去从当代文化的多个角度发现诺斯替主义的弊端。在诺斯替派看来，人是宇宙阴谋的牺牲品，而信仰一个宇宙阴谋可以摆脱良心折磨，不用承担恶性的责任，波普尔就曾经描述过他们是如何得以暗渡陈仓到社会政治阴谋的。……我们可以看到独裁统治的'真理'倾向，所以我们可以确信恶总是别人所为，而从来不是我们自身错误的结果。"②艾柯批判了专制主义，指出了非理性主义神秘崇拜的弊端。《罗安娜女王的神秘火焰》中失去记忆的主人公亚伯寻找记忆的过程也是重构自我的历程，小说主题本身便是后现代主义浪潮中"后现代之后"的"价值重建"趋势的隐喻。

"如果说启蒙时代是以理性精神虚拟了一个理性的王国，二次启蒙则是以同样的理性精神指出理性王国的虚妄。如果说后现代主义对推倒理性大厦功不可没，二次启蒙则是以同样的批判精神指出它对启蒙的全盘否定失之偏颇。"③艾柯指出了后现代主义嘲讽理性时所犯的错误，试图纠正其反启蒙的偏颇，其小说形象展现了后现代主义颠覆启蒙的虚妄。艾柯认为："后现代是一个精神范畴、一个艺术理念、一个行为方法。可以说，每一个时代都有定属着时代标志的后现代。……后现代承认需要回忆过去，只是这次回忆必须是以反讽的方式进行。"④因而，反讽的方式是艾柯小说的主要特征，无论是内容还是文体的转换都被置放于"反讽"的语境之中。小说无论是讲述中世纪神学、经院哲学还是浪漫爱情与惊险经历等都沾染了"讽刺性"色彩，甚至还通过互文性、拼贴、混仿等后现代文本叙事策略嘲讽后现代反启蒙的偏执，告诫我们理性与非理性在本质上是一致的，妄图对理性世界进行臆测必然走向失败，从这个意义而言，启蒙与反启蒙最终都会走向没落。在理性与非理性、现代与后现代之间，作为担负"二次启蒙"重任的学者，艾柯的确带给我们深刻的启示，其文艺思想引人深思。

第二节　艾柯文艺思想的价值与局限

作为当代著名的思想家、文学家，艾柯在意大利占有重要位置，他与贾尼·瓦蒂莫并驾齐驱，标志着意大利当代文化的发展方向。正如他所提倡的

① 参见马凌：《诠释、过度诠释与逻各斯：略论〈玫瑰之名〉的深层主题》，《外国文学评论》2003 年第 1 期。

② Umberto Eco, *On Mirrors*, pp. 21-24.

③ 马凌：《后现代主义中的学院派小说家》，第 121 页。

④ Umberto Eco, *Postscript to the Name of the Rose*, pp. 66-67.

"作者应该是展现时代精神本质的哲学家"[①],作为一位思想广博而厚重的学者和睿智的公共知识分子,艾柯也以自己的学术理论与文学作品印证了这一点,他向来关注并探讨在这种非理性的社会现实背景中个体生存的问题。他也赞同新现实主义文学介入政治、反映现实、面向大众的主张,在其作品中展示了主体在暴力与现代性充斥的世界中被粉碎、被消解的荒谬虚无的生存困境,以一种开放式、网状的思维方式,采取游戏式自由展开的批判,通过无序的反抗、颠倒的戏拟、放肆的嘲讽来对抗这个非理性、荒谬的世界。鉴于艾柯在西方文艺理论史上的重要地位,考察其文艺思想具有显而易见的重要价值,不仅可以为我们了解西方文艺理论发展的动态提供机遇,而且对国内当代文艺理论的建设也具有重要的启示意义。

第一,作为学者型小说家的艾柯,兼具学者与作家双重身份,作为学者型的小说家,他借助小说传播理论,在具体小说创作中自觉运用其符号学理论、阐释学理论,使其小说别具一格,具有浓郁的学院气息。另一方面,作为具有小说家身份的学者,艾柯用理论阐发小说,实践着其符号学理论、阐释学理论,向解构主义理论提出挑战。正如著名的艾柯研究专家邦德内拉所指出的:艾柯的小说"代表了将理论与实践相结合的试验所能达到的最高成就,只有少数的学院派思想家能够企及"[②]。

在理论上,艾柯从文学的功能、文体风格等入手,进行思索和扬弃,考察了文学的当下处境,前瞻了文学的发展趋势。在实践上,他致力于小说艺术的挖掘,开辟了一个新的艺术空间。其小说作品,无论从思想深度、内容体式还是个性风范上都别具特色。一方面,他借鉴吸收了后现代主义的艺术手法,用元小说、反侦探等叙事策略创造了一个文本狂欢的世界;另一方面,他又保持着清醒的头脑,坚守知识分子的品格,不沉溺于文本游戏,其作品蕴含着思想的哲理性和现实的批判性。

马克·柯里在《后现代叙事理论》中指出:"戴维·洛奇第一次区分了隐喻和借喻,然后写了两部有关学者圈内的性生活的小说,在这个过程中他比任何人都更广泛地传播了结构主义和后结构主义关于小说的思想。昂贝尔托·艾柯亦可作如是观,他也是由批评家转向思想写作的小说家。"[③]作为学者型的小说家,艾柯深谙小说之所以为小说的艺术技巧,因而在创作时,他对自己文本的要求与其在批评其他作家的文本时所提出的要求是一样的。所以,艾柯在文学实践中,自觉意识很强。艾柯的文学创作像其理论研究一样让人惊叹,其文学创作的兴趣广泛,包括诗歌、小说、散文;同时他还涉足儿童

---

① Umberto Eco, *Postscript of the Name of the Rose*, p. 49.

② Peter Bondanella, *Umberto and the Open Text: Semiotics, Fiction, Popular Culture*, Cambridge University Press, 1997, p. 14.

③ [英]马克·柯里:《后现代叙事理论》,第 58 页。

文学，出版了3本儿童读物。其中，最能显现艾柯的艺术才华，彰显其文学特征的便是小说了。从1980年至今，艾柯共创作和发表了5部长篇小说——《玫瑰的名字》《傅科摆》《昨日之岛》《波多里诺》《罗安娜女王的神秘火焰》，这些小说都获得了成功，而且反响热烈。作为学者型的小说家，艾柯的小说创作以理论研究为基础，将自己对中世纪历史与美学的探索、对符号学与阐释学的研究、后现代主义的精神内核以及浸淫于大众文化的感受杂糅到文学创作之中，将理论批评与自身创作实践和谐糅合，拓宽了小说作为一种文体的疆界，使其成为理论与实践、感性认知与理性思考的综合体。

作为符号学家的艾柯，他"充分示范了作为一个记号语言学者的小说家如何借助于丰富广博的知识背景和繁复奇巧的符号推理，使小说具现了解密的趣味，亦兼备了启智的奥旨"[①]。其小说蕴含丰富的符号学理论，或是隐性潜在，将符号信息调制其中，或是显性表露，直接阐释其符号学理论。艾柯符号学理论的"模型"——百科全书和迷宫——可视为其小说的"蓝图"[②]。每一部小说都是其符号学理论的文学载体。同时，他还将中世纪丰富的知识与后现代大师的艺术技巧相结合，使其小说成为开放的百科全书，传达着其阐释学理论。此外，小说的题目、意象、人物乃至故事情节的设置都蕴含丰富的符号学、阐释学理论。

艾柯兼具学者与作家身份，开辟了一方新天地。一方面，他以理论研究者的身份进行文学实践，试图使文学作品成为传达自己理论观点的载体；另一方面，他又以文学创作者的身份阐释其理论观点，使学术研究成为其文学作品的理论支撑，这样，理论研究与文学创作便形成了相互回证的映射，既相互独立，又和谐统一。

第二，艾柯文艺思想关注创新，坚持在继承中创新，力图在创新中谋求发展，赋予了其文艺思想以鲜活的生命力。

艾柯是一位重视传统、关注创新的作家，且不论他对传统民间文学的借鉴，仅从他的《论文学》《〈玫瑰之名〉备忘录》《悠游小说林》以及《玫瑰的名字》等文学批评著作、小说作品中涉及的大量学术名家，就可以看出影响艾柯的作家的数量之庞大。从艾柯对后现代的论述中，我们也可以看到他对传统的重视：

> 后现代是一个精神范畴、一个艺术意识、一个操作方式。每一个时代都有自己的后现代，就像每个时代都有它的矫饰主义。我相信在任何时代，人们都会经历尼采在论述历史研究之危险的《背时之论》中所描述的那样，过去制约着我们，影响着我们……后现代承认必须重温过去，只

---

① 张大春：《小说稗类》，广西师范大学出版社2004年版，第196页。

② Thomas J. Rice, "Mapping Complexity in the Fiction Umberto Eco," in *Critique*, Summer, 2003.

是这次重温必须以讽刺性的，而非以单纯的方式进行。[①]

艾柯对传统的借鉴与喜爱在其创作中表现得尤为明显。《悠游小说林》对小说家卡尔维诺《美国讲稿》的回应；《误读》对罗兰·巴特的《神话学》风格之借鉴；《玫瑰的名字》对侦探小说的模仿，书中乔尔戈这一形象对博尔赫斯的影射；《傅科摆》表达了对福柯的致意；《昨日之岛》对《鲁滨逊漂流记》的借鉴；《波多里诺》对《堂吉诃德》的戏仿；《罗安娜女王的神秘火焰》暗含了对博尔赫斯的指涉，为研究者们所津津乐道。艾柯毫不掩饰自己对传统的痴迷与借鉴，并由此逐渐形成了自己独特的模仿体（pastiche）的风格，《误读》一书便是鲜明例证。开篇之作《乃莉塔》是对纳博科夫《洛丽塔》的戏仿，小伙子安伯托·安伯托爱上了一位有着"缕缕白得撩人情欲的头发"的老奶奶：乃莉塔。"乃莉塔。我青春年少时的鲜花，夜晚的煎熬。我还会见到你吗？乃莉塔。乃——莉——塔。三个音节，第二和第三个音节构成昵称，仿佛跟第一个音节相矛盾"，与《洛丽塔》的经典语句如出一辙；《我的夸想》的标题来源于《为芬尼根守灵》（*Finnegan's Wake*）的一个篇章；《波河河谷社会的工业与性压抑》戏仿了马林诺夫斯基的经典著作；米兰·昆德拉有《不能承受的生命之轻》，艾柯则以生活琐事组装拼贴了《不能承受的生命之俗》等等。可以说，没有这些经典之作，便没有艾柯的《误读》，也正因为大家熟悉过去，知晓历史，理解名家之作，才可能领会艾柯这部戏仿之作所蕴含的深意，在发出会心微笑的同时，明白作者的良苦用心。

正如艾略特所言，现实改变过去的程度同被过去引导的程度是一样的。艾柯的前辈与好友卡尔维诺也表示小说不仅要面向未来开放，也要面向过去开放。的确，艾柯也用其行动验证了这一点。

第三，艾柯以"开放的文本"概念向以列维—斯特劳斯为首的结构主义"文本自足论"进行挑战，并立足于符号学理论进行了具体阐发，试图调和结构主义与解构主义文本论之间的矛盾，对其各自的偏激做法进行了一定程度的纠偏，同时也启发了我们对文本意义的思索。

正如英国学者特雷·伊格尔顿对近代以来西方文论的发展趋势所作的论述那样："全神贯注于作者阶段（浪漫主义和19世纪）；绝对关心作品阶段（新批评）；以及近年来注意力显著转向读者阶段。"[②]他指出了西方文学理论在20世纪经历的三次重大理论转折，从以作者的创作为理解作品根本依据的作者中心论范式时期，到以文本自身的语言结构等为理解文学意义的根本依据的文本中心论范式时期，再到以读者的阅读、反应、创造性理解为文学意义

---

① Umberto Eco, *Postscript to the Name of the Rose*, pp. 66-67.

② [英]特雷·伊格尔顿：《二十世纪西方文学理论》，伍晓明译，陕西师范大学出版社1986年版，第83页。

生成的主要根源的读者中心论范式时期。① 这三个时期都与文本理论问题密切相关。文本理论问题作为20世纪文学理论史上的焦点之一，它贯穿20世纪文学理论发展的全过程，历经两个阶段，发生了两次转向：从作品到文本；从自在到建构。第一阶段，立足于文本的语言、结构层面，关注其客观性、科学性；第二阶段，在前一阶段的基础上，深入挖掘文本互文性关系、文本阐释与文化制约的互动影响，关注文本意义的多样性与生成性。就其发展概况而言，与20世纪西方文学理论的发展历程相契合：从俄国形式主义的"陌生化的语言客体"、新批评的"有机语言统一体"到结构主义的"封闭的深层结构"，再到解构主义的"深层结构的颠覆与重构"，到西方马克思主义文化批评的"意识形态生产客体"，这些20世纪主流批评理论依次关注了文学文本中的语言、结构、互文、文化等问题。可以说，文本理论问题呈现一派蔚为大观的景象。虽然各批评流派所持观点各有差异，但都将文本视为一种客观存在，立足于文本的语言、结构层面进行文学研究，正因为如此，这些观点才能聚拢在"文本理论"的名下。②

艾柯在20世纪60年代中期开始关注文本理论问题，因不满于以列维—斯特劳斯为首的结构主义"文本自足论"，以"开放的文本"概念向其进行挑战，并立足于符号学理论进行了具体阐发。

艾柯认为文学文本具有开放性，它是一个具有无穷意义的庞大符号系统，在读者的阅读与解释中，文本的意义不断被重新建构出来。艾柯赞同罗兰·巴特的观点，认为文本阅读本身便是一项文本再生产的过程。他认为文本是一个开放的宇宙，"文学文本明显而毫无保留地提供许多我们从来不会加以怀疑的东西"③，"意义的多元性是文本内建的东西"④。

在艾柯看来，文本结构是由不同代码构成的，借助某种媒介，文本把发送者的某种符码或某套符码传送到接受者的一套符号。接受者通常会把这套符号作为一个完整文本去理解，并依据这种或这套可以获得的代码对其进行解释演绎。文本的意义在接受者的解释之中得到丰富，这里，符码的接受者即文本的读者的地位便凸显出来，"读者是作品解释的一个积极角色，是文本生成过程图画的一部分"⑤。显然，艾柯继承了其导师帕莱松两个重要的观点——艺术的特征在于活动的同时发明活动；解释就是作品形式无穷的表象与接受者个人无穷观点的相汇，并将其进行了发展。艾柯早在20世纪60年代在《开放的作品》中便曾经探讨过，音乐、建筑、文学等艺术领域"开放的作

---

① 参见金元浦：《接受反应文论》，山东教育出版社2001年版，第2页。

② 关于文本理论问题，具体参见董希文：《文学文本研究三题》，《名作欣赏》2007年第4期。

③ Umberto Eco, *On Literature*, p. 5.

④ Umberto Eco, *On Literature*, trans. Martin Mclaughlin, New York: Harcourt, 2004, p. 226.

⑤ Umberto Eco, *The Role of the Reader*, Indiana University Press, 1979, p. 4.

品”的问题,他指出这些“开放的作品”是指那些含有多重意义的作品,具有可被阐释的空间性、结构的动态性、意义的多维性等诸多特点。作为“开放的作品”的“文学文本”,当然也具备上述特点。文学文本尊重读者自由阐释的权利,因为文学文本本身就具有可被多层次、多维度阅读的特质,文本往往从语言上将现实生活中模糊多样的意义展示在读者面前。他指出,因接受者的积极参与,文学文本的意义也被充分展开。

可见,艾柯重视接受者在文学文本意义生成中的重要作用,但同时他也强调接受者在阐释文本时不能以天马行空、丝毫不受羁绊的态度去阐释,而必须从文学文本出发并受到文本的制约。“阅读文本是一种培养忠实、生发尊敬的历练,虽然在阐释权利上,我们享有某种程度的自由。我们这个时代存在一种危险的评论方式,当然是这个时代所特有的,依据这种评论方式,我们可以任意宰割一部文学作品,将其玩弄于股掌间,听从我们最不受节制的行动的驱使,当然,这看法是不对的。……每个时代可以以属于自己时代的不同观点去阅读文学作品,但我们心中必须存有某种深刻敬意,这便是从‘文本意图’所生发出来的敬意。”①这里所说的“危险的评论”是以德里达(Jacques Derrida)、保罗·德曼(Paul de Man)等人为首的解构主义的文本批评方法,可以看出,艾柯对解构主义的文本批评方法心存不满。对此,他还于1990年在剑桥大学的讲座上专门指出,解构主义的这种批评方法是对皮尔斯“无限衍义”(unlimited semiosis)这一观念的错误挪用,他们不知道从“无限衍义”并不能得出阐释没有标准的结论。这样便导致了文本阐释像流水一样毫无约束地任意“蔓延”。为了避免这一情况的出现,艾柯指出,我们应该从文本出发,以“文本意图”为阐释设立合法的限度。符合文本意图的阐释是合法的阐释,反之,则是不好的阐释,他将其称为是对文本的一种“使用”。

由以上分析可以看出,艾柯关于文学文本开放性的理论和对接受者作用的强调实际上是立足于“文本中心”这一基点上的,他所主张的文学文本论既不同于结构主义的“文本自足论”,宣扬文本的封闭性,而忽视读者在文本意义生成过程中的地位,也不同于解构主义的文本批评,推崇“颠覆结构”的不确定性,片面强调读者的地位,导致文本意义的无限演绎。艾柯以辩证的态度对待文学文本,调和了结构主义与解构主义文本论之间的矛盾,对其各自的偏激做法进行了一定程度的纠偏,同时也启发了我们对文本意义的思索。

第四,艾柯从作者与文本出发考察了“风格”的历史进程,探讨了“风格”的特征,扩展了“风格”的使用领域,针对俄国形式主义等各流派文学批评的弊病,艾柯还结合“风格”理论,提出了三种文学批评的模式,探索了文学批评模式如何发挥效能、展现作品文体风格等问题,启发了我们对“风格”的进一步思索。

---

① Umberto Eco, *On Literature*, pp. 4-5.

首先，艾柯梳理了文体风格的历史，指出从早期的拉丁世界一直到当代的文体风格学家以及美学家，对“风格”一词众说纷纭，但都未偏离其核心意义(Stile是“风格”一词的词源，在古希腊文中是金属刀、雕刻刀之意，后引申为组成文字的一种特定的方法)，即“作者以文学词汇表达自己思想的方式”①。

早期，“风格”主要与高度体系化的文学种类联系在一起，如悲剧、挽诗或喜剧风格；阿提克、亚细亚、罗德风格等，艾柯认为在这种情况下，“风格”一词主要是指作者在文学规则的指引下所进行的一种写作方式。除此之外，“风格”一词还出现在日常生活中，被用来品评人物。如文艺复兴时期，有风格的人是指具有机智、胆识、有一定社会名望，同时敢于违反成规的人，或者至少展现自己有打破成规之特权的人。这里，艾柯还专门提及了法国文学家布封(Georges Louis Leclere de Buffon)的“风格即人”的观点加以印证。从中，引申出来的“风格抗拒成规”这一特征后来又再度回到了文学领域，在歌德看来，风格出现的时候便是作品获得了自己独特、完整、不可模仿的和谐状态之时。到了浪漫主义那里，风格的“抗拒成规”这一特征被引申为“原创性”，正如雷欧帕蒂所声称的：风格是一种被称为原创性的特殊格调或者能力。19世纪，在充斥着颓废与纨绔之风的文学界，“风格”一词则被视为“怪异原创性”的同义词。艾柯认为“风格”一词也正是从这里开始，凸显了其质疑既定的成规的特征，“从这里就产生了历史上前卫运动的美学观”②。艾柯专门以福楼拜与普鲁斯特为例，指出“风格”是一种符号概念，在福楼拜眼里，风格是无法模仿的，它体现了作家思考和观察世界的方式。在普鲁斯特那里，风格是一种才智，内化于作品之中，决定着作品的价值。可见，二者都很重视风格的作用。

艾柯在考察了“风格”一词的历史流变之后，提出了自己的见解，“‘风格’是一种‘赋予形式的方法’”，这里的“形式”不是指内容的表现形式要素，而是路易吉·帕莱松美学思想的核心概念之一的“形式”，它指的是展现艺术作品开放性的特征。帕莱松认为艺术是一种可自我实现的活动，即活动的同时发明活动，因而，他提出了“将要形成的形式”与“已形成的形式”两概念，认为艺术作品只有尚在形成中的这种呈递进状态的形式，才会促成自我可实现性。从这个意义上讲，艺术作品是“将要形成的形式”的天地。③ 艾柯进一步阐发，“如果艺术作品就是形式，那么赋予形式的方法所牵涉的要远超过词汇或句法，而且包括每种符号策略，以及同时布局在文体神经系统深处和表面的策略。风格的领域(作为赋予形式的方法来看待)不仅仅适用于语言(也有可能

---

① Umberto Eco, *On Literature*, p.161.

② Umberto Eco, *On Literature*, p.162.

③ 参见[日]篠原资明:《埃柯:符号的时空》,第24页。

根据被使用的符号系统或者领域而包含颜色或者声音),它还包含铺陈叙事结构、描绘角色以及呈现观点的方法”[①]。艾柯在探讨模范作者与模范读者的关系时,就曾将“模范作者”称之为从文本一开始就出现的一种“诉求方式”,是一种指引模范读者行动的声音、一种叙事的技巧,这在美学理论上称为“风格”。

从艾柯关于“风格”一词的阐释,我们可以看出,他看到了“风格”的丰富内涵,从作者与文本出发考察了“风格”的历史进程,进而提出了自己的观点。艾柯扩展了“风格”的使用领域,尤其从叙事学的立场出发对“风格”的阐释,启发了我们对“风格”的进一步思索。

其次,艾柯讨论了“风格”的特征。

艾柯在界定了“风格”一词之后,随后探讨了“风格”的特征。他认为风格具有以下三个方面的特征:第一,独创性。风格作为作者赋予形式的方法,涉及词汇的运用、叙事结构的铺陈、如何塑造并呈现人物形象等方面,展现作者独特的艺术个性。虽然任何作品都不可避免地具有模仿前人的痕迹,但要形成自己独特的风格则必须有所创新和发展。“谈及‘风格’就意味着讨论艺术作品如何被完成,让人了解它是如何逐渐成形的,并且解释为何它可以被归类为某种接受形式,还有它如何以及为何唤起这种感受。此外,对于那些说到美学价值时还兴致勃勃要作出判断的人,也只能透过辨识,追踪并且赤裸裸呈现风格最终的形式,我们方能说明为何某件待定的作品是美的,还有为什么它在时间流逝的过程中可以归为不同种类的接受形式。此外,尽管它恪守一些模式甚至一些在互文的大海中星散开来的定律,为什么它能够聚拢那些祖先遗留下来的东西并且使之开花结果,并且从这种方式赋予生活一些独创的成分。”[②]第二,稳定性。风格具有相对稳定的特征,正如丹纳所说,“一个艺术家的许多不同的作品都是亲属,好像一父所生的几个女儿,彼此有显著的相像之处”[③]。艺术家的一种风格形成之后,会在一定时期内保持一致性,因而即便他力图在这段时期内所创造的作品中凸显各自的独创性,但其独特的风格还是保持相对稳定。“尽管每一件都由同一位艺术家完成,不同的作品都渴求达到不可被模仿的独创性境界,我们仍旧可以在那些作品中的每一件看出那位艺术家的个人风格。”[④]第三,多样性。风格是艺术家的艺术个性,人的艺术个性千差万别,作品的风格自然多种多样。即便是同一个作家,随着其审美趣味、社会环境的变化,其作品风格也会呈现多元化。因而艾柯认为,透过作品的风格,我们便可以了解作家多样的艺术个性。

---

① Umberto Eco, *On Literature*, pp. 162-163.

② Umberto Eco, *On Literature*, pp. 163-164.

③ [法]丹纳:《艺术哲学》,傅雷译,人民出版社 1963 年版,第 4 页。

④ Umberto Eco, *On Literature*, p. 164.

此外，艾柯从其“风格”论出发，还分析了文学批评的模式。针对俄国形式主义等各流派文学批评的弊病，他提出了三种文学批评的模式，分析了文学批评模式是如何发挥其效能和展现作品文体风格的。

艾柯认为，俄国形式主义者、布拉格语言学派、比利时修辞学家、法国结构主义者和德国风格批评家的文学批评将“文学的滋味蒸发殆尽”，“粗野地滥用、羞辱、污蔑并且压迫文本，夺走文本原有的清新、新奇的成分以及使人欣喜的功能”，沦为文本分析，忘记了风格才是文学最不可分解的精华，它们应该为文学批判的没落负责。对此，艾柯认为有两点应该明确：“第一，各种艺术形式的符号体系其实说穿了不过就是寻找具有风格的作品，并且将它赤裸裸地呈现出来；第二，那种符号体系代表了风格学最先进的形式，而且也是所有批评的模式。”[①]他进一步具体阐述了文学批评模式的三种典型样态：对著作的批评、文学史式的批评、文本批评。简单地说，书评就像医生到患者家中出诊，医生提供给患者一个可信赖的诊断，而患者对这一诊断全盘接受；文学史式的批评便是患者可以通过荧幕亲眼目睹并且了解问题出在哪里；文本批评，则是患者不仅看到并了解病症的位置，而且他还知道自己的身体为什么会出现这一症状。

“对著作的批评”，又称“书评”，它以读者尚未阅读的书为研究对象。这一批评对读者尚未阅读之作品予以概略式的重点呈现，并且将批评者的喜好赋予读者。在这一批评模式中，读者是被动的接受者。“文学史式的批评”的研究对象是读者知道或者至少应该了解的文本(比如这些文本对读者而言，曾以摘要或引言的方式被提及)。这一批评对按照时间顺序排列的作品进行分析，将批评者对某一作品包罗万象的理解呈现给读者，协助读者开阔视野，提升审美素养。这一批评模式尊重读者，并赋予读者一定的权利。“文本批评”是艾柯最为推崇的批评模式，在这种模式中，批评家假设读者对他所批评的对象作品一无所知，即便是读者所熟知的文本，批评家也引导读者去重新发现它们。批评家的目的就在于“要一步一步引导读者发现文本是如何编织出来的，还有为什么它会以它有效的方式运作。这种论述可以用肯定、嘉许的态度为之，但是也可以用重新评估甚至摧毁神话的态度进行”[②]。在这种模式中，批评家以读者的立场去分析文本，与读者地位是平等的。

文学批评是读者接受活动的一种形式，受到文学接受一般规律的制约，而且它在接受活动中更看重对读者以及文学自身发展所显示的价值。所以，“书评”“文学史式的批评”“文本批评”这三种文学批评是艾柯按照读者对文学作品的接受状况来阐发的，依次呈递进趋势。在艾柯看来，最得体的批评

① Umberto Eco, *On Literature*, p. 164.

② Umberto Eco, *On Literature*, p. 167.

是了解并且让接受者了解文本生成的过程，它是积极引导接受者了解文本意义生成的过程以及如何展现在读者面前的批评，而文本批评正是这种批评。与书评、文学史式的批评相比，文本批评具有前两者难以企及的优点，“它对文本进行符号学式解读，向我们解释文本如何生成的乐趣”①。也正因如此，在这三种批评模式中，文本批评模式才能使作品的风格得以最全面展现。在书评模式中，读者只能通过第三者（批评家）去接触作品，批评家往往通过精致的艺术技巧把自己阅读该作品的个人感受展现给读者，对读者而言，他体悟到的不是被阐释的作品本身的风格而是批评家的个体批评的风格；在文学史批评模式中，因批评家把自己的分析维持在一定的广泛性上，所以无法深入说明作品的生产过程，作品的风格也只是部分呈现在读者面前。而文本批评把文字视为符号，那么文本就是一个蕴含无穷意义的符号系统，这一批评引导读者探索文本意义生成的过程及其运作的方法，其实就是从句法、语义、语用三个方面对文本进行剖析。因而，这一对文本从语言符号学层面进行解读的批评模式，便能够展示作品风格的全貌。

文学批评是在接受文学作品的基础上进行的活动，因而作为文学接受活动的一部分，文学批评重视接受者的地位。而艾柯论述文学批评模式也是从接受者的角度进行阐发的，并按照文学接受的性质状况划分了三类，符合文学接受的现实。不仅如此，艾柯对文学批评自身还进行了分析与评价，这既是对文学创造的超越，也是对文学接受的超越。这对我们的文学批评活动具有一定的启发意义。

第五，艾柯是卡尔维诺所提倡的“繁复”文学观与“开放型百科全书式小说”的忠实履行者，其小说以百科全书式的文本为载体来认识世界，具有开放性、多元性、对话性的特征，落实到艾柯文学理论中，也就是对文学功能与认识价值的强调，他对文学功能问题的论述，为我们深入了解文学与社会的关系提供了一种新的思路、新的看法，同时对认识文学功能也起到了积极作用。

卡尔维诺所宣扬的“百科全书式小说”既是其小说的本质特征，而且也是小说谋求发展的新策略。艾柯的艺术实践便是这一文学观的体现，他的小说提供了诸多这方面的诸多例证：对过度阐释的限制，对“模范作者”的寻求，对读者角色以及小说结构方式的剖析等。艾柯小说常常蕴含庞杂的知识，神学、哲学、美学、科学、艺术、建筑、音乐、漫画、航海、医学等方面的信息，像是电脑的“海量而单调”的记忆。② 其小说便以百科全书式的文本为载体来认识世界，具有开放性、多元性、对话性的特征，落实到其文学理论中，便是对文学功能与认识价值的强调。

---

① Umberto Eco, *On Literature*, p. 168.

② Cinazia Donatelli Noble, “A Labyrinth of Human Knowledge: Umberto Eco's Foucault's Pendulum,” in *Rocky Mountain Review of Language and Literature*, 1995, Vol. 49.

文学功能问题是文学批评史上历来较受重视的一个问题。历代文艺批评家，甚至政治家、思想家都关注文学的社会功能问题，对它有过不少的论说。尽管观点分散，但是归纳起来，大致认为文学具有审美、认识、教育、娱乐四个基本功能。艾柯也同样认识到了文学的这四项基本功能，“阅读文本的目的在于享受，在于启迪灵性，在于拓展知识领域，但也或许只是消磨时间”。这里的“文本”便是文学作品，艾柯专门解释道：“我指的文本并不是实用性质的（如法律以及科学实验记录或是评论、会议记录或是火车时刻表），而是存在意义充实、为人类愉悦而创作出来的文本。”①

在肯定文学的四项基本功能之外，艾柯专门探讨了文学具有的社会组织功能和社会调节功能。首先，文学通过建构语言来发挥其社会组织的效用。“文学让语言维持鲜活的状态，使它成为我们群体的共同遗产。”②换言之，文学通过所使用的语言来实施它建构社会的效用。艾柯认为无论是但丁的《神曲·天堂》还是《共产党宣言》，我们联系文本产生的普遍语境去解读，便能体会到它们使用的语言所产生的革新作用不亚于一场政治革命引发的震动。力图打造“出色的民族语言”的但丁，毕生追求明晰通俗的语言，他大胆采用民间俗语，用意大利的托斯卡纳方言写作《神曲》，与当时重视色彩、气味的玄奥的中世纪语言形成了鲜明的对比，历经几个世纪最终得到本土认可，成为意大利人的口语。但丁通过文学作品所打造的崭新“出色的民族语言”大大推动了意大利民族的语言统一。可以说，如果没有文学领域的但丁，意大利政治统一的理念或许也就无法勃兴发扬了。而当今中产社会说的意大利语，其实也是来自一些作家“朴实而且完全可被大家接受的散文”。可见文学对社会的影响之大，从这个意义上而言，文学的确担当起了一定的社会组织和调节作用。其次，文学在协助建构语言的同时，它本身也创造了认同感以及社会意识，从而对社会起到了一定的调节作用。在西方，从古希腊开始，人们就认识到了这一点，柏拉图《文艺对话录》的“快感”论、亚里士多德《诗学》的“净化”说；从古罗马贺拉斯《诗艺》的“寓教于乐”到18世纪启蒙思想家狄德罗认为文艺可以移风易俗，直到马克思主义的出现，提出了文学功能的科学认识，文学是审美意识形态，通过形象影响人们的思想，反映社会生活，从而与现实发生关系。虽然各家言说的方式不同，论及的侧重点也有差异，但都看到了文学的社会调节功能。艾柯借鉴了马克思主义关于文学是一种审美意识形态的观点，认为文学可以创造社群意识与社会成员的认同感，从而发挥建构与调节社会的协助作用。他甚至直言：“没有但丁就没有意大利语言的统一，没有荷马，希腊文明不知成什么局面？假如路德不曾翻译《圣经》，那么

① Umberto Eco, *On Literature*, p. 1.
② Umberto Eco, *On Literature*, p. 2.

如何侈言德意志的认同感？没有普希金，俄文会是何种面貌？少了开基史诗，印度又会有哪样的文明？”可以说，没有文学，便没有社会的进步，更没有今天人类璀璨的文明。最后，文学也能使个体的语言保持活力。这一点，艾柯是结合文学的教化功能进行阐述的，在这个超文本的时代，虽然我们广泛接触电子图书，但依然还是与印刷书保持着密切的联系，即便我们不买，也会通过翻阅书籍而接触到这些文学作品带给我们的典雅文风。换言之，文学作品潜移默化地影响着个体语言的使用。但同时，艾柯又专门强调了一点，我们不能过度理想主义，将文学视为挣扎在生存线上芸芸众生的灵丹妙药，但“那些结党营私、漫无目标到处游荡的可怜人（实施犯罪的人）之所以有这般田地……是因为被排除在文学的天地之外，无缘透过教育以及讨论，接触到世界某些价值观的光芒，而这些价值观既来自书本，同时还将我们再度送回到书本”①。艾柯辩证而较为全面地论述了文学的社会组织和社会调节作用，为我们深入了解文学与社会的关系提供了一种新的思路、新的看法，同时对文学功能的认识也起到了积极作用。

第六，艾柯还谈及了互文性的问题，他将布鲁姆的影响理论扩展到整个文学领域，提出了“互文性三角形”概念，启发我们关注文学意义生成的问题。

“影响”一词在文学批评、文学史以及叙事学领域大行其道。20世纪美国批评家哈罗德·布鲁姆于1973年出版的关于“诗的误读”的文学理论专著《影响的焦虑》从心理学角度考察了在文学发展史中，诗人与诗人之间的相互影响的矛盾运动。艾柯则认为“影响”不仅仅存在于作者之间，有一个重要因素“潜在的文化影响力”不容忽视，它与作者之间也构成了互文性的关系，这样就形成了互文性三角形。

谈及作者A与作者B之间的影响关系，我们通常会遇到这样两种情况：第一，A和B生活在同一时代，二者可能会产生相互影响的关系；第二，A生活的时代要早于B。A对B产生一定的影响。艾柯认为无论哪种情况都存在着X，一种潜在的文化影响力，它是文化以及先前影响力的综合体，艾柯称之为“百科全书的世界”②。由此，无论作者A和B是否身处同一时代，艾柯认为二者的关系都可以细分为三类：第一，B在A的作品中发现一些东西，但他并不知道那是来自X；第二，B在A的作品中发现一些东西，并透过A的作品上溯至X；第三，B参照X，但事后却又发现X的东西也在A的作品中出现。这样，A、B和X之间的关系便构成了一个互文性的三角形。艾柯认为A、B之间的影响既是共时性的，又是历时性的，但经历史沉淀形成的X这一因素对二者都会产生影响。艾柯对互文性的探寻是响应卡尔维诺提出的“开放型的

① Umberto Eco, *On Literature*, p. 4.

② Umberto Eco, *On Literature*, p. 118.

百科全书式”的文学观的结果，卡尔维诺认为，文学文本应该是一部开放型的百科全书，是联系万事万物的庞大网络。通过文学的呈现，我们可以联系各类世界知识，罗织各种编码，让文学具有世界性结构才是文学正常的情态。因而，艾柯试图在文本的互文性关系中，融入一种潜在的文化影响力的因素，力求扩展文本的容量，建构文本的世界性结构。当然，艾柯也认识到，不能仅仅依靠互文性的三角形来阐释作者文本之间的互文性关系，有些复杂的情况还难以概括，其中，“时代精神”因素也是影响文学意义生成的质因。

为了便于进行个案分析，艾柯还提出了“互文性意图”概念，互文性意图是指作者意图、文本意图、读者意图。[①] 作者意图指的是作者在文本创作之前的有关创作思想或目的。文本意图是由模范读者[②]站在自己的位置上推测出来的，按照文本应该被阅读的方式进行阅读而发现的东西，它维持着作者意图与读者意图之间的平衡。读者意图是读者根据自身的期待系统或目的而试图在文本中所发现的东西。对这三种意图，艾柯以博尔赫斯与自己作品的关系为例进行了阐发，“第一种情况：我意识到了博尔赫斯对我的影响；第二种情况：我没有意识到博尔赫斯对我的影响，可是读者引导我辨认出博尔赫斯在我不知情的状态下影响了我；第三种情况：我们暂不考虑根据先前资料源头以及互文性领域所列出的三角形，那么就把三向的影响简化成双向的影响，也就是说，博尔赫斯从文化领域继承下来的东西，以至于我们无法将博尔赫斯骄傲宣称从文化里取得的东西算作他自己的”[③]。艾柯认为无论是从作者还是读者角度出发，文本在意义生成过程中都无法摆脱潜在文化影响力的影响，无论这种影响是显性的还是隐性的，但却都不能忽视其存在。福柯被博尔赫斯的《皮耶贺·梅纳尔》所吸引，将其作为事物秩序考据的起点，写出了《词与物》。而博尔赫斯的《虚构集》又引发艾柯创作出《玫瑰的名字》。这些作品直观看起来都继承了博尔赫斯关于迷宫般失序的主题，但实际上这一主题早已存在，在乔伊斯的作品中可以发现，在某些中世纪的文本中也可见到。博尔赫斯其实也是在这文本互文性庞大的场域中，汲取了迷宫的主题，并将其转化成典范的寓言。可见，“潜在文化影响力”这一因素的影响是潜移默化的，也是影响深远的。

与克里斯蒂娃、罗兰·巴特的互文性理论将文学影响的共时性研究推向极致不同，艾柯对互文性的探讨看到了文学影响也存在历时性的特征，在方法论意义上有力响应了布鲁姆的影响论。当然，艾柯的影响论与布鲁姆的影响论都包含深刻的互文性思想，二者都看到了文学影响的纵向性，但布鲁姆

① Umberto Eco, *On Literature*, p. 121.

② 模范读者是艾柯针对经验读者而提出来的读者类型。他是一种理想状态的读者，按照文本的要求，以文本应该被阅读的方式来阅读文本，而不是以经验读者的情绪进行阅读。

③ Umberto Eco, *On Literature*, p. 121.

的论述更为精准，艾柯虽然提出了“互文性三角形”的概念，扩展了文学影响的领域，丰富了文本互文性的历时性研究，但文本互文性的复杂关系仅仅靠这一三角形简图是无法表述清楚的，但我们却看到了艾柯为互文性研究所作的可贵探索与不懈努力。

综上所述，艾柯开放式的动态思维使他“总是在同一时间里展开不同的东西，并试图把它们混合在一起，构成一个能够保持持续联系的网络”①。在经院主义、现代主义、后现代主义、理性与非理性、实用主义和结构主义之间轻松地游走。艾柯以开放、动态的思维方式，依托其符号学和阐释学理论探讨的文学功能、文学文本、文体风格等文学问题，充分展现了其开阔的文学视野和广博的学识，为我们从新的角度去关注文学艺术的一系列问题提供了不可或缺的研究对象。

当然，我们也应该看到因时代的局限与中庸立场，艾柯的文艺思想也存在着偏颇之处。

首先，艾柯看到了结构主义与实用主义二者发展的瓶颈，试图协调二者的关系，从理论和实际两个层次上尽可能地应用它们的原则，企图同时把握这两个方面，可惜的是，我们看到的还是一种经验主义的或实用主义的折中论。

以艾柯为代表的意大利符号学派，在符号学的研究中持折中立场。艾柯将皮尔斯的解释项概念与经过改造的二元符号模式相结合，形成了其开放的符号学模式，但并未使艾柯的符号学理论更加明晰，更具论证性。艾柯在构筑其符号学理论体系的过程中，企图遵循结构主义与实用主义的原则，但在涉及具体研究时，还是侧重于意指分析方法，偏于语用学的立场，这样，便将其符号学理论降低到了技术性层面，从而使得其符号学理论在具体研究过程中显得多少有点力不从心。艾柯企图调和意指关系和推论关系这一传统的符号学争论，但可惜的是，在理论层次上尚未形成统一性，因而借助于三元符号模式来研究各种文化文学现象，这本身便潜伏着一定的理论危机。艾柯试图建立迈向文化逻辑学的一般符号学理论和用符号生产式类型学替代符号类型学的设想，由于意指关系与推论关系，意指与通信关系论都尚未在理论层面上达成一致，因而，其符号学理论还需要进一步完善。从这个意义上而言，艾柯在符号学领域还是持一种比较保守的立场。

艾柯的符号学理论对符号学研究的最大贡献在于他对符号及符号生产过程的阐释，但同时这也暴露了其缺陷。作为折中派的代表人物，艾柯以文化和思想的解释为目标，他把一般符号学定义为研究谎言的理论，认为符号是依据社会惯约而成立的，建议将任何依据社会惯约可以视为代表其他某物

① Allen B. Ruch, “A Short Biography of Umberto Eco,” see Porta Ludovica.

的事物都界定为符号。这样，便大大拓展了符号研究的领域，但同时也难免有泛符号化的倾向。虽然艾柯的符号学研究存在缺憾，但其对符号学发展所作出的贡献是不能忽视的。

其次，艾柯的阐释学理论也存在有待商榷之处。毋庸置否，“过度诠释”问题的提出的确具有重要的价值，但对广义的文学解读活动来说，“过度诠释”这一概念，似乎抹杀了文学文本的文学性解读，将其误认为是对文本的使用而不是诠释。

艾柯在论述其阐释学理论时，对“过度阐释”并未作出明确说明，只是采用波普尔的“证伪原则”巧妙避开了罗蒂等人的辩驳。也就是说，艾柯一开始未曾对生活文本阐释、科学文本阐释与文学文本阐释进行甄别，这为抹杀文学文本的文学性解读埋下了伏笔。文学文本的阐释作为阐释活动的重要组成部分，艾柯并没有给予其足够的重视，将它与科学文本、生活文本并置而论，忽视了文学文本自身的特征，因而，从这个角度而言，基于文学文本的生发、推移、延伸，只要是在文学文本之上的感受、想象和联想的结果，都不应该归为“过度诠释”。因而，“过度诠释”是否适用于文学领域还值得商榷。

再次，艾柯“开放的作品”理论，考察了当时意大利的先锋艺术，囊括了音乐、建筑、绘画、诗歌等等，由于这些艺术样式的开放性呈现的阶段有所不同，如绘画、建筑、诗歌等文学作品隶属于物质存在形态，其开放性展现于其完成之后；而音乐、电视直播表现为非物质存在形态，其开放性则体现于创作过程之中，因而，能否将这些不同的艺术样式纳入同一理论领域进行考察还值得商榷。这也是各方争论的焦点，埃乌杰尼奥·蒙塔莱在1962年7月29日的《晚邮报》中认为艾柯过于强调技巧表现，冲淡了内容，指责他将文学作品同其他艺术一起考察的做法，因为在蒙塔莱看来，“文学在任何情况下都是一种预示性的东西：一位伟大的艺术家善于从内部对旧形式进行革新，而不应该将所有的一切都抛弃”。福尔图纳托·帕斯夸利诺在《阅读》杂志(1962年8～9月号)发表文章指责艾柯“使用同一些概念既解释非形象绘画，又解释《神曲》”；《国家晚报》书籍版的一篇未署名文章则批判艾柯“内容贫乏，对‘语言’问题不关心，危险地将音乐同形象艺术、文学相类比”①。

虽然存在各方争议，但我们不能否认艾柯“开放的作品”理论的价值与意义，它启发了“读者中心论”，在哲学阐释学与文学阐释学之间起到了重要的对接作用。尽管没有直接资料表明“读者中心论”得益于艾柯“开放的作品”理论，但二者关于阐释活动中某些概念的界定却有异曲同工之妙。

此外，艾柯的小说作为“百科全书”式作品，犹如一座迷宫，既有庞杂的知识，也有多样的人物；既有波谲的情节、繁多的线索，也有复杂的叙事策略，因

① 安贝托·艾柯：《开放的作品》(序言)，刘儒庭译，新星出版社2005年版，第12～18页。

而对小说接受者提出了严格要求，只有那些具有完备的知识、深谙文本游戏规则的读者才能走出艾柯设置的陷阱，完成从“经验读者”到“模范读者”的转变。艾柯的小说大多植根于中世纪的广阔背景，对普通读者而言，如果不熟悉基督教教义与宗教改革进程，不了解中世纪的历史与文化，很难真正挖掘到小说的深层主题。较之其他通俗小说而言，艾柯的小说则显得较为晦涩，这在一定程度上影响了小说的传播。

艾柯的文艺思想虽然存在一定缺憾，但这丝毫不削弱其深刻性与重要性。艾柯这位享誉世界的知识分子以其深邃的思想、敏锐的洞察力、旺盛的创造力行走在学术的康庄大道上，书写着时代精神。作为多个领域的“调和者”与“综合者”，他凭借着其符号学理论和阐释学理论，借助一系列长篇小说，打通了中世纪和后现代的关节，为置身于后现代主义思潮中的我们提供了应对的策略。因而，考察其文艺思想具有重要的价值，不仅可以为我们了解西方文艺理论发展的动态提供机遇，而且对国内当代文艺理论的建设也具有重要的启示意义。艾柯带给我们的不仅仅是渊博的知识、丰硕的学术成果，而且是一种启示，一种知识分子所具有的品格与责任感。他犹如一部百科全书，吸引着世人去解读、去诠释。这也许就是艾柯，一位善于在创作中应用知识与智慧的学院派作家，一位后现代主义经典大师的魅力所在吧。

附　录

附录1　艾柯主要作品列表[①]

一、学术著作

1. 语言学、美学著作以及文学批评著作

专著(Complete Books)

1956年

意文版 *Il problema estetico in San Tommaso*

Il problema estetico in Thommaso d'Aquino

英文版 *The Aesthetics of Thomas Aquinas* (trans. Hugh Bredin, Cambridge: Harvard University Press, 1988)

中译名《圣托马斯的美学问题》(1954)、《托马斯·阿奎那的美学问题》[②],此书为艾柯1954年在都灵大学哲学系的毕业论文

1959年

意文版 *Sviluppo dell'estetico medievale*,后修订更名为 *Arte e bellezza nell'estetica medievale*

---

① 本部分是在艾柯研究的权威网站"Porta Ludovica"基础上,结合新出现的材料而进行的整理与编辑。此附录从五个方面对艾柯的作品进行了分类,包括学术著作、文学作品等,旨在较为全面地展现艾柯作品的全貌。其中,既有其专著,也有与人合著的作品以及单篇文章、学术报告等。由于收集资料客观条件所限,艾柯其他部分著作未能收录,存在诸多缺憾,有待于进一步补充完善。附录中所列著作基本按"意大利文版本——英文版本(西班牙语、希腊语等版本)——中文版本(或中译名)"编排。需要说明的是,其中,尚无中译本的部分艾柯著作,其书名是笔者按书名直译而来,存在纰漏欠缺之处,恳请大方之家指正。附录中所列的出版年份通常以意大利版著作的出版时间给出,少数未搜寻到对应意大利书名与出版时间的著作则遵从编排体例以发行版著作的出版时间标注。

② 此书的雏形是艾柯的博士毕业论文《托马斯·阿奎那的美学问题》。1956年,此书的意大利版问世时,其名为《圣托马斯的美学问题》。1970年,此书的增补改订版问世,该书在第1版的基础上更名为《托马斯·阿奎那的美学问题》。

英文版 *Art and Beauty in the Middle Ages*（New Haven：Yale University Press，1986）

中译名《中世纪的艺术与美》

1962 年

意文版 *Opera aperta*

英文版 *The Open Work*（trans. Anna Cancogni，Cambridge：Harvard University Press，1989）

中文版《开放的作品》（刘儒庭译，新星出版社 2005 年版）

1965 年

意文版 *Le poetiche di Joyce：dalla "summa" al "Finnegans Wake"*（Milano：Bompiani）

英文版 *The Aesthetics of Chaosmos*（Tulsa Monograph Series，Oklhaoma University），1989 年再版时题为 *The Aesthetics of Chaosmos：The Middle Ages of James Joyce*（London：Hutchinson and Cambridge：Harvard University Press.，1989）

中译名《混沌的诗学：乔伊斯的中世纪》

1977 年

意文版 *Come si fa una tesi di laurea*（Milano：Bompiani）

中译名《大学生如何写毕业论文》（高俊方译，华龄出版社 2003 年版）

1993 年

意文版 *La ricerca della lingua perfetta nella cultura europea*

（Bari：Laterza）

英文版 *The Search for the Perfect Language*（Blackwell Publishers 1995，Blackwell Publishers，1997）

中译名《完美语言的探索》

1994 年

意文版 *Sei passeggiate nei boschi narrativi*（Milano：Bompiani）

英文版 *Six Walks in the Fictional Woods*（Harvard University Press，1994）

中译名《悠游小说林》[①]（俞冰夏译，三联书店 2005 年版）

1995 年

意文版 *Interpretazione e sovrainterpretazione*（Milano：Bompiani）

英文版 *Interpretation and Overinterpretation*（Cambridge University

---

① 该书中文版有台湾版与大陆版，其名皆为《悠游小说林》。台湾版问世于 2000 年，由黄寤兰译，台湾时报出版公司出版；大陆版出版于 2005 年，由俞冰夏译，三联书店出版。

Press，1992）

中文版《诠释与过度诠释》[①]（王宇根译，三联书店 1997 年版）

2000 年

英文版 *Experiences in Translation*（trans. Alastair McEwen，University of Toronto Press，2000）

中译名《翻译经验谈》

英文版 *Shadow of Reason：Exploring the Spiritual in European Art*

中译名《欧洲艺术精神的探寻》

2003 年

意文版 *Dire quasi la stessa cosa. Esperienze di traduzione*（Milano：Bompiani）

中译名《老生常谈：翻译的经验》

2004 年

意文版 *Sulla letteratura*（Milano：Bompiani）

英文版 *On Literature*（trans. Martin McLaughlin，Harcourt，2004）

中译名《埃科谈文学》[②]

意文版 *Il linguaggio della terra australe*（Milano：Bompiani）

中译名《南半球的语言》

英文版 *Mouse or Rat? Translation as Negotiation*（Phoenix，2004）

中译名《老鼠还是猫？论谈判翻译》

2007 年

意文版 *Histoire de la laideur*（Flammarion，2007）

英文版 *On Ugliness*（Rizzol Press）

中译名《丑的历史》[③]

合著（Chapters & Collaborations）[④]

1983 年

意文版 *Il segno dei tre. Peirce，Holmes，Dupin*（U. Eco，T. A. Sebeok，Milano：Bompiani）

英文版 *The Sign of Three：Dupin，Holmes，Pierce*（ed. Umberto Eco

---

① 该书中文版有香港版与大陆版，其名皆被译为《诠释与过度诠释》。香港版问世于 1995 年，由王宇根译，牛津大学出版社出版；大陆版问世于 1997 年，由王宇根译，三联书店出版。

② 2008 年，台湾皇冠文化有限公司出版了该书的中文版，其名为《艾可谈文学》，由翁德明翻译。目前，上海译文出版社正着手翻译，名为《埃科谈文学》，现已发布出版预告。

③ 2008 年，台湾联经出版事业股份有限公司出版了该书的中文版，其名为《丑的历史》，由彭淮栋翻译。2012 年，中央编译出版社出版了彭淮栋译的《丑的历史》。

④ 此部分是艾柯与他人的合著以及收录艾柯作品的著作，收录艾柯作品的书籍中，部分含有艾柯所作章节，部分则只收录了艾柯的单篇文章，或者由艾柯撰写的序言和后记。

and Thomas A. Sebeok, Indiana University Press, 1984)

中译名《三个人的符号:杜邦,福尔摩斯与皮尔士》

1996 年

英文版 *Fictions Updated: Theories of Fictionality, Narratology, and Poetics* (ed. Calin Andrei Mihailescu and Walid Hamarneh, University of Toronto Press, 1996)

中译名《小说新论:虚构、叙事及诗学理论》,此书内含艾柯所作的一篇文章——*Thoughts on Aristotle's Poetics*

1998 年

英文版 *Talking of Joyce* (Dublin: University College Dublin Press),该书由艾柯与 Liberato 合撰

中译名《论乔伊斯》

英文版 *Conversations About the End of Time* (From International, 2000)

中译名《时间终结的论辩》

此书初版是法文版,2000 年被译成英文,由艾柯与 Stephen Jay Gould、Jean Delumeau、Joan-Claude Carriere 等共同完成

2004 年

意文版 *Storia della bellezza* (Milano: Bompiani)

该书是艾柯与哲罗姆·德·米凯莱(Girolamo de Michele)合撰,正文由翁贝托·艾柯主要负责,具体执笔导论及第 3、4、5、6、11、13、15、16、17 各章,哲罗姆·德·米凯莱负责第 1、2、7、8、9、10、12、14 各章的撰写

英文版 *History of Beauty* (trans. Alastair McEwen Rizzoli International Publications, 2004)[①]

中文版《美的历史》[②](彭淮栋译,中央编译出版社 2007 年版)

2. 符号学著作

专著

1962 年

意文版 *Opera aperta* (Milano: Bompiani),最初的版本包含《论乔伊斯》(Le poetiche di Joyce);第 2 版(Milano: Bompiani, 1972)作者用《关于关注现实的形式模式》一文替代了《论乔伊斯》一文,这篇文章曾发表在《梅那波》1962 年第 5 期上

---

① 2008 年,Rizzoli International Publications 出版了 *History of Beauty* 与 *On Ugliness* 的合集,将其组装成套书。

② 该书彭淮栋译本的中文版有台湾版与大陆版。台湾版问世于 2006 年,由联经出版事业股份有限公司出版;大陆版问世于 2007 年,由中央编译出版社出版。

英文版 *The Open Work* (Cambridge：Harvard University Press，1989 revised)

中文版《开放的作品》(新星出版社 2005 年版)

此书的雏形是艾柯于 1958 年在第 12 届国际哲学大会上发表的《开放的作品》问题

1967 年

意文版 *Appunti per una semiologia delle comunicazioni visive* (Milano：Bompiani)

中译名《视觉交流符号学札记》

此书后来被扩充为《缺席的结构》(*La struttura assente*)

1968 年

意文版 *La struttura assente* (Milano：Bompiani)，此书经多次修订，最新修订版是 1983 年版，该书是艾柯《符号学理论》(*A Theory of Semiotics*)一书的理论基础

英文版 *The Absent Structure*

中译名《缺席的结构》

1971 年

意文版 *Le forme del contenuto* (Milano：Bompiani)

中译名《内容的形式》

意文版 *Il segno*(Milano：Isedi/2d edition，Milano：Mondadori)

中译名《符号》

1975 年

意文版 *Trattato di semiotica generale* (Milano：Bompiani)

英文版 *A Theory of Semiotics* (Bloomington：Indiana University Press，1976；London：Macmillan，1977)

中文版《符号学理论》(中国人民大学出版社 1990 年版)

《符号学理论》的蓝本是艾柯写作并出版于 1967 年的《视觉交流符号学札记》一书。《视觉交流符号学札记》出版后，艾柯对其进行了修改补充，以《缺席的结构》为题于 1968 年问世。而后此书被翻译为法、德、西班牙、南斯拉夫、波兰、巴西以及瑞典等多国语言。由于对各译本不满意，艾柯一直在法、德、西班牙以及瑞典文译本上对《缺席的结构》一书进行编排和扩充。1973 年，艾柯对此书的两次英文译本均不满意，多次修订不成功之后，决定直接用英语重写此书，在大卫・奥斯蒙德・史密斯(David Osmond-Smith)帮助下，完成了该书的英译版。此书与《缺席的结构》已没有关系。因而，1975 年，艾柯将其翻译回意大利语，以 *Trattato di semiotica generale* 为题，也就是后来的 *A Theory of Semiotics*。1976 年，英文版的《符号学理论》正式出版。

1979 年

意文版 *Lector in fabula*

英文版 *The Role of the Reader: Explorations in the Semiotics of Texts* (Bloomington: Indiana University Press/London: Hutchinson, 1981)

中译名《读者的角色:文本符号学探索》

该书是关于符号学的论文集,其中 Opera aperta, Apocalittici e integrati, Forme del contenuto, Lector in fabula, Il Superuomo di massa 等几篇论文都在此书出版之前被译为英文发表

1980 年

希语版 *Esemeiologia sten kathemerine zoe* (Tessaloniki: Malliares)

中译名《日常生活中的符号》

1984 年

意文版 *Semiotica e filosofia del linguaggio* (Einaudi: Torino)

英文版 *Semiotics and the Philosophy of Language* (Bloomington: Indiana University Press, 1984)

中文版《符号学与语言哲学》(百花文艺出版社 2006 年版)

此书是在艾柯为埃伊纳乌迪版的《百科全书》中"符号体系"这一词条的符号、意义、隐喻、象征和代码等五个条目所下的定义的基础之上,与先前的多篇关于符号学的文章整理修订而成的

葡文版 *Conceito de texto* (São Paulo: Queiroz)

中译名《文本的概念》

1987 年

德文版 *Streit der Interpretationen* (Universitätverlag Konstanz GMBH)

中译名《诠释的冲突》

法文版 *Notes sur la sémiotique de la reception* (Paris: Actes Sémiotiques ix, 81)

中译名《接收的符号学的注释》

1989 年

德文版 *Im Labyrinth der Vernunft. Texte über Kunst und Zeichen* (Leipzig: Reclam)

中译名《在迷宫源头:艺术与字符的文本》

1990 年

意文版 *I limiti dell'interpretazione* (Milano: Bompiani)

中译名《诠释的界限》

2000 年

英文版 *Universe and the Mind: A Semiotic Theory of Culture* (The

Second World)(Indiana University Press, 2000)

中译名《宇宙与思想:文化符号学》

该书由 Yuri Mikhailovich Lotman 编辑,Anna Shukman 译,前言为艾柯所作

2006 年

意文版 *Sator Arepo eccetera*(Roma: Nottetempo)

中译名《文字游戏》

2007 年

意文版 *Dall'Albero al Labirinto: Studi Storici sul Segno e l'Interpretazione* (Milano: Bompiani)

中译名《从树木到迷宫:符号与诠释的历史研究》

2009 年

西班牙语版 *Cultura y Semiotica* (Madrid: Circulo de Bella Artes)

中译名《文化与符号学》

2010 年

意文版 *La storia dei Promessi Sposi raccontata da Umberto Eco* (Roma: Repubblica)

中译名《艾柯谈〈约婚夫妇〉》

合著(Chapters & Collaborations)[①]

1979 年

英文版 *A Semiotic Landscape*(The Hague: Mouton, 1979)

中译名《符号学前景》

此书为 1974 年国际符号学会第一届世界大会纪要,由 Seymour Chatman and Jean-Marie Klinkenberg 与艾柯合著

1984 年

英文版 *Carnival!* (*Approaches to Semiotics*)

中译名《通往符号学之路》

由艾柯与 V. V. Ivanov、Monica Rector 用英语合写的《通往符号学之路》一文,发表在由西比奥克(Thomas A. Sebeok)编辑的《狂欢节》上

1985 年

英文版 *Semiotics: An Introductory Anthology* (Series: Advances in Semiotics)(Indiana University Press, 1985)

---

① 此部分是艾柯与他人的合著以及收录艾柯作品的著作,收录艾柯作品的书籍中,部分含有艾柯所作章节,部分则只收录了艾柯的单篇文章,或者由艾柯撰写的序言和后记。

中译名《符号学文集》

该书收录了艾柯一篇题为 The Semantics of Metaphor 的文章

1986 年

英文版 *Frontiers in Semiotics* (Series: Advances in Semiotics)(Indiana University Press, 1986)

中译名《符号学前沿》

该书由 John Deely, Brooke Williams & Felicia E. Kruse 编辑,内收录了艾柯两篇文章 Latratus Canis or The Dog's Barking 与 On Symbols

1988 年

英文版 *Meaning and Mental Representations*(Indiana University Press, 1988)

中译名《意义与精神的铰接》

该书由艾柯与 M. Santambrogio, P. Violi. 编辑,内收录了艾柯题为 On Truth A Fiction 的文章

1989 年

英文版 *On the Medieval Theory of Signs*

中译名《论中世纪的符号学理论》(John Benjamins North America, Incorporated, 1989)

该书由艾柯与 Costantino Marmo 合编

2000 年

英文版 *Universe and the Mind: A Semiotic Theory of Culture* (The Second World)(Indiana University Press,2000)

中译名《宇宙与思想:文化符号学》

该书由 Yuri Mikhailovich Lotman 编辑,Anna Shukman 译,前言为艾柯所作

二、文学作品

1. 小说

1980 年

意文版 *Il nome della rosa* (Milano: Bompiani)

1990 年该小说的完全版由 Costantino Marmo 编辑出版(Milano: Edizioni Scolastiche Fabbri, 1990)

英文版 *The Name of the Rose* (New York: Harcourt, 1983; London:

Secker & Warburg, 1983) ①

中文版《玫瑰之名》(林泰、仲安、曙光译,重庆出版社 1987 年版);《玫瑰的名字》(闵炳君译,中国戏剧出版社 1988 年版②);《玫瑰的名字》(谢瑶玲译,作家出版社 2001 年版③);《玫瑰之乱》(林周戚译,吉林人民出版社 1995 年版);《玫瑰的名字》(沈萼梅、刘锡荣译,上海译文出版社 2010 年版)

1988 年

意文版 *Il pendolo di Foucault* (Milano: Bompiani

英文版 *Foucault's Pendulum*④ (New York: Harcourt, Brace and Jovanovich, 1989; London: Secker and Warburg, 1989)

中文版《傅科摆》⑤(作家出版社 2003 年版)

1994 年

意文版 *L'isola del giorno prima* (Milano: Bompiani)

英文版 *The Island of the Day Before* (New York: Harcourt Brace/London: Secker and Warburg, 1995)

中文版《昨日之岛》(作家出版社 2001 年版)

2000 年

意文版 *Baudolino*(Milano: Bompiani)

英文版 *Baudolino*(New York: Harcourt Brace,2002)

中文版《波多里诺》⑥(上海译文出版社 2007 年版)

2004 年

意文版 *La Misteriosa fiamma della regina Loana*(Milano: Bompiani)

英文版 *The Mysterious Flame of Queen Loana* ⑦

(New York: Harcourt Brace,2005)

---

① 该书有诸多英文版,目前可搜寻到的信息如下:New York:Harcourt, 1983; London:Secker & Warburg, 1983; New York:Harvest Books, 1994;Random House, 1998;Everyman's Library, 2006.其中,1994 年版包括日后独立出版的《〈玫瑰的名字〉的备忘录》。1998 年版由 William Weaver 翻译。

② 《玫瑰的名字》的 1988 年版由宝文堂书店出版发行。宝文堂书店创办于 1862 年,是我国迄今为数不多的以老字号经营出版业务的老书店之一。主要以出版通俗读物为主,现隶属于中国戏剧出版社,因而对此版本的出版社信息,均以中国戏剧出版社为标注。

③ 该书谢瑶玲译本的中文版有台湾版与大陆版两个版本。台湾版问世于 2000 年,由皇冠文化有限公司出版。大陆版问世于 2001 年,由作家出版社出版。

④ 该书共有四种英文版,New York:Harcourt, Brace and Jovanovich, 1989; London: Secker and Warburg, 1989; Ballantine Books, 1990; Vintage, 2001.

⑤ 该书的谢瑶玲译本有台湾版与大陆版两个版本。台湾版问世于 1993 年,由皇冠文化有限公司出版。大陆版问世于 2003 年,由作家出版社出版。

⑥ 该书中文版有台湾版与大陆版两个版本,皆采用杨孟哲译本。台湾版于 2004 年问世,由皇冠文化有限公司出版。大陆版问世于 2007 年,由上海译文出版社出版。

⑦ 该书英文版有精装版与平装版。精装版问世于 2005 年,New York:Harcourt Brace 出版。平装版于 2007 年,由 Geoffrey Brock 翻译,Vintage Books 出版。

中文版《洛阿娜女王的神秘火焰》(王永年译,上海译文出版社 2012 年版)

2. 杂文

1963 年

意文版 *Diario minimo* (Milano: Mondadori),1975 年修订再版(Revised edition, Milano: Mondadori, 1975)

英文版 *Misreadings* (London:Cape and New York: Harcourt 1993)

中文版《误读》[①](新星出版社 2006 年版)

1964 年

意文版 *Apocalittici e integrati* (Milano: Bompiani), 1977 年修订再版(Revised edition, Milano: Bompiani, 1977)

英文版 *Apocalypse Postponed* (Bloomington: Indiana University Press, 1994)

中译名《启示录派与综合派》

1968 年

意文版 *La definizione dell'arte*(Milano: Mursia)

中译名《艺术的定义》

1973 年

意文版 *Il costume di casa*(Milano: Bompiani)

中译名《房子的服装》

意文版 *Beato di Liébana* (Milano: F. M. Ricci)

中译名《列巴纳的贝亚图斯》

1976 年

意文版 *Il superuomo di massa* (Milano: Cooperativa Scrittori)

中译名《大众超人》

1977 年

意文版 *Dalla periferia dell'impero* (Milano: Bompiani)

中译名《从帝国的外围》

1981 年

意文版 *De Bibliotheca* (Biblioteca Civica di Milano)

中译名《图书馆》

1983 年

意文版 *Postille al nome della rosa*(Added to the pocket italian edition, 1984)

---

① 该书中文版有台湾版与大陆版。台湾版问世于 2001 年,由张定绮译,皇冠文化有限公司出版。大陆版问世于 2006 年,由吴燕莛译,新星出版社出版。

英文版 *Postscript to The Name of the Rose*（New York：Harcourt，1984），英文版后修订为 *Reflections on The Name of the Rose*

中文版《〈玫瑰之名〉注》（王东亮译，上海译文出版社 2010 年版）

1983 年

意文版 *Sette annidi desiderio：chronache* 1977 ～ 1983（Milano：Bompiani）[①]

英文版 *Seven Years of Desire*

中译名《七年的愿望》

1985 年

意文版 *Sugli specchi e altri saggi*（Milano：Bompiani）

中译名《关于镜子和其他论文》

1986 年

英文版 *Travels in Hyperreality*（New York：Harcourt，1986）

中译名《超现实的旅行》

1989 年

英文版 *Lo strano caso della Hanau* 1609（Milano：Bompiani）

中译名《1609 年哈瑙怪事》

1990 年

德文版 *Auf dem Wege zu einem Neuen Mittelalter*（München：DTV Grossdruk）

中译名《迈向一个新的中世纪》

1991 年

英文版 *Zeitgeist in Babel：The Post-Modernist Controversy*（Bloomington：Indiana University，1986）

中译名《喧嚣的时代：后现代学者的论争》

此书内含有关艾柯与 Stefano Russo 的一篇争论文章

意文版 *Stelle e stellette*（Genova：Melangolo）

中译名《星星与星章》

意文版 *Vocali*（Napoli：Guida）

中译名《元音》

意文版 *Il secondo diario minimo*（Milano：Bompiani）

英文版 *Travels with a Salmon and Other Essays*（New York：Hacourt Brace and London：Secker，1994 partial）

① 该书与《房子的服装》和《从帝国的外围》的部分文章结集后，名为《超现实之旅》，译自英文版 *Travels in Hyperreality*（New York：Harcourt，1986）．

中文版《带着鲑鱼去旅行》[①]（广西师范大学出版社 2004 年版）

意文版 *La memoria vegetale e altri saggi di bibliofilia*（Milano：Edizioni Rovello）

中译名《植物的记忆与藏书乐》

意文版 *Kan e l'ornitorinco*（Milano：Bompiani）

英文版 *Kant and the Platypus*（New York：Hacourt Brace，1999）

中译名《康德与鸭嘴兽》

希文版 *Ton augousto den Uparchoun eideseis*（Thessalonike：Parateretés）

中译名《八月有新闻》

1994 年

英文版 *The Italian Metamorphosis*，1943-1968（Solomon R. Guggenheim Museum）

中译名《意大利发展史：1943～1968》

1996 年

英文版 *The Future of the Book*（University of California Press）

中译名《书的未来》[②]

1997 年

意文版 *Cinque scritti morali*（Milano：Bompiani）

英文版 *Five Moral Pieces*

中译名《道德五论》

1998 年

德文版 *Gesammelte Streichholbriefe*（München：Hanser，1998）

中译名《收集的火柴盒》

英文版 *Conversations About the End of Time*（From International，2000）

中译名《时间终结的论辩》，此书初版是法文版，2000 年被译成英文，艾柯与 Stephen Jay Gould、Jean Delumeau、Joan-Claude Carriere 共同完成

1999 年

英文版 *Serendi pities：Language & Lunacy*（Harvest Books）（November 1，1999）

中译名《意外之喜：语言与疯狂》

---

① 该书中文版有台湾版与大陆版。台湾版问世于 1999 年，由皇冠文化有限公司出版；大陆版问世于 2004 年，由殳俏、马淑艳译，广西师范大学出版社出版。

② 该书中文版有台湾版与大陆版。台湾版问世于 2005 年，唐诺译，由边城出版社出版；大陆版问世于 2004 年，连载于《中华读书报》。

意文版 *Tra menzogna e ironia*（Milano：Bompiani）

中译名《讽刺与谎言之间》

英文版 *The Story of Time*（Merrell Holberton）

中译名《时间的故事》

2000 年

意文版 *La bustina di Minerva*（Milano：Bompiani）

中文版《密涅瓦火柴盒》（李婧敬译，上海译文出版社 2009 年版）

挪文版 *Den nye Middelalderem og andre essays*（Oslo：Tiden Norske）

中译名《新的中世纪与其他论文》

德文版 *Mein verrücktes Italien*（Berlin：Wagenbach）

中译名《我的疯狂意大利》

捷克文版 *Mysl a smysl*（Praha：Moravia press）

中译名《思想与感知》

2001 年

意文版 *Riflessioni sulla bibliofilia*（Milano：Edizioni Rovello）

中译名《藏书的反思》

2006 年

意文版 *A passo di gambero*（Milano：Bompiani. Milano：Mondolibri）

中文版《倒退的年代：跟着大师艾柯看世界》（翁德明译，漓江出版社 2012 年版）

2007 年

英文版 *Turning Back the Clock*（New York：Hacourt Brace，2007）

中译名《倒转时钟》

2008 年

波兰语版 *Mój* 1968，*Po drugiej stronie muru*（Kraków：Wydawnictwo Literackie）

中译名《我的 1968 年：在墙的另一边》

2009 年

意文版 *Vertigine della Lista*（Milano：Bompiani）

中译名《无尽的清单》

2010 年

意文版 *Il cimitero di Praga*（Milano：Bompiani）

中译名《布拉格公墓》

2011 年

英文版 *Confessions of a Young Novelist*（Cambridge：Harvard U. P.）

中译名《一个年轻小说家的自白》

意文版 *Costruire il nemico*（Milano：Bompiani）
中译名《构建敌人》

3. 儿童读物

1966 年
意文版 *La bomba e il generale*（Milano：Bompiani）Illustrated by Eugenio Carmi(revised edition，1988)
英文版 *The Bomb and the General*（New York：Hacourt Brace,1989）
中译名《炮弹与将军》
1966 年
意文版 *I tre cosmonauti*（Milano：Bompiani）（revised edition，1988）
英文版 *The Three Astronauts*
中译名《三个宇航员》(其中图片为 Eugenio Carmi[①] 所作）
1992 年
意文版 *Gli gnomi di Gnu*(Bompiani，1992)
中译名《努星球上的精灵》[②]
此书是艾柯与 Eugenio Carmi 的合著，其中图片为 Eugenio Carmi 所作，文字说明是艾柯所作
1995 年
意文版 *Povero Pinocchio*(U. Eco，Modena：Comix，1995)
中译名《可怜的匹诺曹》

三、艾柯主编或参编的著作、译著

1961 年
意文版 *Storia figurata delle invenzioni dalla selce scheggiata al volo spaziale*(Milano：Bompiani)
英文版 *The Pictorial History of Inventions*（London：Weidenfeld，1962）
The Picture History of Inventions（New York：Macmillan，1963）
中译名《发明图史：画说从打磨石器到太空航行的发明史》
此书是艾柯与 G. B. Zorzoli 的合著
1965 年
意文版 *Il caso Bond*（Milano：Bompiani）

① Eugenio Carmi，欧金尼奥·卡尔米(1920～)，是意大利著名画家，给艾柯的《炸弹与将军》《三个宇航员》《矮人星上的矮人》等儿童文学作品绘制插图。

② 上海译文出版社于 2012 年出版了《矮人星上的矮人》，王建全翻译，内收录艾柯的三部作品《炸弹与将军》《三个宇航员》《矮人星上的矮人》。

英文版 *The Bond Affair* (London: Macdonald, 1966)

中译名《邦德的故事》

此书是艾柯与 O. Del Buono 共同编辑

1967 年

意文版 *L'Italie par elle-meme*, *A portrait of Italy*, *Autoritratto dell'Italia* (Umberto Eco, Giulio Carlo Argan, Guido Piovene, Luigi Chiarini, Vittorio Gregotti. Milano: Bompiani)

中译名《意大利自画像》

1969 年

意文版 *L'arte come mestiere* (U. Eco, Milano: Bompiani)

中译名《作为职业的艺术》

意文版 *I sistemi di segni e lo strutturalismo sovietico* (R. Faccani. Milano: Bompiani)

中译名《符号系统与苏联的结构主义》

意文版 *L'Industria della cultura* (U. Eco, Milano: Bompiani)

中译名《文化产业》

意文版 *Dove e quando? Indagine sperimentale su due diverse edizioni diun servizio di "Almanacco"* (Roma: Rai, Servizio Programmi Sperimentali-Servizio Opinioni)

中译名《何时何地？两个不同版本的"年鉴"通讯的实验调查》

1970 年

西班牙文版 *Socialismo y consolacion. reflexiones en torno a "Los misterios de París" de Eugène Sue* (U. Eco, Barcelona: Tusquets)

中译名《社会主义与慰藉：关于欧仁·苏的〈巴黎的秘密〉的思考》

1971 年

意文版 *I fumetti di Mao* (Bari: Laterza)，此书由艾柯与 G. Nebiolo, and J. Chesneaux 共同编辑

英文版 *The People's Comic Book*: *Red Women's Detachment*, *Hot on the Trail*, *and Other Chinese Comics*

中译名《大众漫画：〈红色娘子军〉〈追捕〉以及其他中国漫画》

1972 年

意文版 *Cent'anni dopo*, *Il ritorno dell'intreccio* (U. Eco, C. Sughi. Milano: Almanacco Bompiani)

中译名《一百年之后：情节的回归》

意文版 *I pampini bugiardi. Indagini sui libri al di sopra di ogni sospetto*: *i testi delle scuole elementari* (U. Eco, M. Bonazzi, Rimini: Guaraldi)

中译名《说谎的葡萄叶:关于无可置疑的小学课本的调查》

意文版 *Estetica e teoria dell'informazione* (U. Eco, Milano: Bompiani)

中译名《信息理论与美学》

1973 年

意文版 *Eugenio Carmi:una pittura di paesaggio?* (U. Eco, Milano: Prearo)

中译名《尤金尼欧·卡米:一幅风景画?》

1976 年

意文版 *Storia di una rivoluzione mai esistita: l'esperimento Vaduz* (U. Eco, Roma: Rai, Servizio Opinioni)

中译名《一场从未存在过的革命的故事:瓦杜兹实验》

1979 年

意文版 *Carolina Invernizio, Matilde Serao, Liala* (U. Eco, I. Pezzini, M. P. Pozzato, M. Federzoni, Il Castoro, Firenze: La Nuova Italia)

中译名《英薇妮佐 塞拉奥 丽阿拉》

英文版 *A Semiotic Landscape* (S. Chatman, U. Eco, J. M. Klinkenberg, The Hague: Mouton.)

中译名《纵览符号学》

1983 年

意文版 *Raymond Queneau, Esercizi di stile* (Introduction and translation, Torino: Einaudi, 1983)

中译名《雷蒙·格诺:〈风格的练习〉》(译作)

1989 年

英文版 *On the medieval theory of signs* (ed. U. Eco and C. Marmo, Amsterdam: Benjamins, 1989.)

中译名《谈中世纪的符号理论》

1990 年

英文版 *Charles M. Schulz:40 Year of Life and Art* (Pharos Books)

中译名《查尔兹·夏尔兹:生活艺术 40 年》

此书是艾柯与 Giovanni Fimboli 共同编辑

1991 年

意文版 *Vocali -Soluzioni felici* (Napoli: Guida)

此书是艾柯与 Malvinni Paolo D 共同编辑

1995 年

Povero Pinocchio (Modena: Comix)此书由艾柯负责编辑

1996 年

意文版 *In cosa crede chi non crede?* (Roma:Liberal)

英文版 *Belief or Nonbelief*?(Arcade Publishing,2000)

中文版《信仰或非信仰:哲学大师与枢机主教的对谈》。此书是艾柯与米兰地区的枢机主教卡罗·马蒂尼(Carlo Maria Martini)以书信方式进行的四次对谈的结集,内容涉及"末世论""人的生命由哪一点开始""女性担任神职",以及"非信徒如何安立伦理学的基础"等问题。英文版于2000年出版,哈佛神学家柯克斯(Harvey Cox)为此书作了序言

1999年

意文版 *Pensieri sulla fine dei tempi* (U. Eco, J. C. Carrière, J. Delumeau, S. J. Gould, C. David, F. Lenoir, J.-p. de Tonnac, Milano: Bompiani)

中译名《末世谈》

意文版 *Gérard de Nerval, Sylvie* (Translation and Postface, Torino: Einaudi 1999)

中译名《热拉尔·德·奈瓦尔:〈西尔薇〉》(翻译与编后记)

2002年

意文版 *Islam e occidente. Riflessioni per la convivenza* (U. Eco, M. Camdessus, J. Daniel, A. Riccardi. Roma: Laterza)

中译名《伊斯兰和西方:关于共存的思考》

2007年

意文版 *Il Cinquecento* (Corriere della Sera)

中译名《十六世纪》

意文版 *Historia* (Milano: Motta)

中译名《历史》

2009年

意文版 *Il Medioevo* (La Biblioteca di Repubblica-L'Espresso)

中译名《中世纪》

意文版 *Non sperate di liberarvi dei libri* (Milano: Bompiani)

中译名《别想摆脱书》

意文版 *Nebbia* (U. Eco, Remo Ceserani. Torino: Einaudi)

中译名《雾》

四、艾柯的其他意大利语专著[①]

1967年 *Appunti per una semiologia delle comunicazioni visive* (Milano: Bompiani)

1968年 *La struttura assente* (Milano: Bompiani)

① 此部分所列为艾柯的意大利文专著,尚未译成英文。

1968 年　*La definizione dell'arte* (Milano: Mursia)

1971 年　*Le forme del contenuto* (Milano: Bompiani)

1971 年　*Il segno* (Milano: Isedi)

1973 年　*Il costume di casa* (Milano: Bompiani)

1973 年　*Beato di Liébana* (Milano: F. M. Ricci)

1975 年　*Trattato di semiotica generale* (Milano: Bompiani)

1976 年　*Il superuomo di massa* (Milano: Cooperativa Scrittori)

1977 年　*Dalla periferia dell'impero* (Milano: Bompiani)

1977 年　*Come si fa una tesi di laurea* (Milano: Bompiani)

1981 年　*Il miracolo di san Baudolino* (Cassa di Risparmio di Alessandria, Alessandria)

1984 年　*Conceito de texto* (Sao Paulo: Queiroz)

1989 年　*Storia dei Rosa Croce*(Bompiani, Milano)

1989 年　*Semiosi naturale e parola nei Promessi Sposi* (Bompiani, Milano)

1989 年　*Lo strano caso della Hanau* 1609 (Milano: Bompiani)

1991 年　*Stelle e stellette* (Genova: Melangolo)

1997 年　*Cinque scritti morali*(Bompiani, Milano)

1998 年　*Tra menzogna e ironia*(Bompiani, Milano)

1998 年　*Gesammelte Streichholbriefe* (München: Hanser)

五、艾柯所撰写的文章、论文以及所作的报告[①]

The American Myth in Three Anti-American Generations 是艾柯于1980年1月在哥伦比亚大学举办的“在意大利的美国形象与在美国的意大利形象”研讨会上发表的论文。

The Poetics and Us 是艾柯于1990年10月在巴黎索邦大学举办的“应用远古的当代策略”研讨会上的论文，后被收录到其专著《论文学》(*On Literature*)。

A Portrait of the Artist as Bachelor 是艾柯1991年10月31日在柏林学院大学举办的纪念詹姆斯·乔伊斯获得本校的艺术学士学位的研讨会上的发言稿，后被收录到其专著《论文学》。

For a Polyglot Federation 见于《新视点季刊》(*New Perspectives Quarterly*)，1993年冬季卷。

---

① 此部分根据艾柯研究网站“Porta Ludovica”整理而成(http://www.themodernword.com/eco/eco_writings.html)。它包括艾柯文章、报告、讲座以及演讲等代表性的成果，因客观条件的局限，此部分存在诸多缺憾，还有待于进一步补充修正。

1993年，艾柯进行第一次中国之旅，从广州出发，经西安和乌鲁木齐到北京，试图沿着丝绸之路找寻马可·波罗式的感觉，并在北京大学发表了题为《独角兽与龙》的演说。

A Rose by Any Other Name，见于《卫报周刊》(*Guardian Weekly*)，1994年1月16日。

The Future of the Book 此演说是艾柯于1994年7月在意大利圣马力诺大学举办的关于"书的未来"的讲座上所作的报告。

The Holy War：Mac vs. DOS，见于 *La bustina di Minerva*，意大利新闻周刊 *Espresso*，1994年9月30日。

Casablanca，or The Clichés ar Having a Ball，见于 *Signs of Life in the U. S. A.：Readings on Popular Culture for Writers*，Sonia Maasik and Jack Solomon，eds.，Boston：Bedford Books，1994，pp. 260-264.

On Symbolism 是艾柯于1994年提交于西埃那(Siena)"符号体系研讨会"上的论文，收录于山德罗·布里欧西(Sandro Briosi)所主编的《象征主义》中，是《反映的意象》(*Limmagine Riflessa*)期刊的特别号。

Eternal Fascism：Fourteen Ways of Looking at a Blackshirt，见于 *New York Review of Books*，22 June 1995，pp. 12-15.

The Power of Falsehood 是艾柯在1994～1995年度在博洛尼亚大学开学典礼上的发言稿，后被收录到其专著《论文学》。

On Style 是发表于1995年9月在费尔特雷(Feltre)所举行的"意大利符号学研究协会大会"的一篇闭幕词演讲，后被收录到其专著《论文学》。

The Author and His Interpreters，此演说为艾柯1996年在意大利召开的美国学术思想研讨会(The Italian Academy for Advanced Studies in America)上所作的报告。

《雨中的信号灯》(Les Sémaphores sous la Pluie)是艾柯于1996年9月29日发表于圣马力诺大学符号及认知研究中心所举办的有关空间符号学的研讨会上的论文。

How I Write 是艾柯于1996年为意大利米兰邦皮亚尼出版社出版的玛利亚·泰瑞莎·塞拉芬妮(Maria Teresa Serafini)编辑之《一本小说如何写成》(*Come si scrive un romanzo*)所写的文稿，后被收录到其专著《论文学》。

Murder in Chicago 见于 *New York Review of Books*，Volume 44，Number 6，1997年4月10日。

Between La Mancha and Babel 是1997年5月20日西班牙卡斯提纳—拉曼查大学(Università di Castilla-La Mancha)授予艾柯荣誉博士学位时，他本人所写的演讲稿，后被收录到其专著《论文学》。

Borges and My Anxiety of Influence 是1997年5月艾柯在由西班牙卡

斯提纳—拉曼查大学(Università di Castilla-La Mancha)主办的,加拿大多伦多大学艾米利欧·果吉欧(Emilio Goggio)讲座以及意大利研究系协办的"豪尔赫·路易斯·博尔赫斯和安贝托·艾柯的文学联系"研讨会上的演讲稿,后被收录到其专著《论文学》。

On the Style of The Communist Manifesto 发表于意大利新闻周刊 *Espresso*,1998 年 1 月 8 日,后被收录到其专著《论文学》。

Intertextual Irony and Levels of Reading 是艾柯于 1999 年 2 月在意大利佛而里(Forlí)所做的一场演讲的文稿,后被收录到其专著《论文学》。

It Was the Bean that Set the Pulses Racing 是艾柯 2000 年所作,主题是"千年中的伟大发明",William Weaver 译,见于《纽约时报》。

On Some Functions of Literature 是艾柯在 2000 年 9 月在曼图亚文学节的演讲,后被收录到其专著《论文学》。

A Reading of the Paradiso 这篇文章首度刊登在 2000 年 9 月 6 日的《共和报》上,属于纪念《神曲》面世 700 周年的一系列文章,后被收录到其专著《论文学》。

Wilde:Paradox and Aphorism 是艾柯于 2000 年 11 月 9 日在博洛尼亚大学举办的奥斯卡·王尔德研讨会上的发言稿,后被收录到其专著《论文学》。

Literary Game of Drafts 见于 2001 年 5 月《纽约时报》。

Holy Wars, Passin and Reason 见于 2001 年 10 月 15 日《共和报》,其英文为 *the Roots of Conflict*.

An Elementary Guide to Afghanistan and Baker Street 见于 *L'Espresso*,2002 年 1 月 19 日。

The Art of Creating a Legend 见于 2002 年 7 月 20 日《卫报》。

2003 年 5 月 31 日,艾柯与德国哲学家哈贝马斯、法国哲学家德里达、瑞士作家穆希格、西班牙作家萨瓦特、意大利理论家兼欧洲议会议员瓦蒂莫以及美国哲学家罗蒂所联署的一份宣言《我们的复兴》。

Vegetal and Mineral Memory: The Future of Books 见于 *Al-Ahram*,2003 年 11 月。

2003 年 11 月 1 日,艾柯作客埃及亚历山大图书馆,以英文发表了题为《书的未来》的长篇演讲。开罗出版的《金字塔周刊》(*Al-Ahram Weekly*)全文刊登了这篇演讲。

2007 年 3 月,艾柯在中国社会科学院为期三天的"治与乱"跨文化国际研讨会中,作了长达一小时的主题为"战争与和平"的演讲《古典战争与后现代战争》。

附录 2　艾柯简略年谱[①]

1932 年　1 月 5 日，安贝托·艾柯(Umberto Eco)出生于意大利西北部的皮埃蒙特大区(Piedmont)的亚历山大小城。父亲居里奥·艾柯(Giulio Eco)是公司的会计师，也曾是一名军人，一生参加过三次战争。母亲乔旺娜(Giovanna)与其在同一家公司，是办公室的文职人员。艾柯的祖父是一名印刷工人。祖母是达观幽默之人。

1936 年　克罗齐《诗论》出版。

1939 年　乔伊斯《为芬尼根守灵》出版。

1940 年　帕莱松《存在哲学与雅斯贝斯》出版。

1941 年　乔伊斯、贝尔克松去世。

1943 年　意大利与盟军缔结停战协定。法西斯主义灭亡。

1944 年　詹蒂莱被游击队杀害。博尔赫斯《传奇集》出版。

1945 年　参加意大利天主教行动青年团(GIAC)。

1946 年　意大利通过国民投票宣布成立共和国。基督教民主党成为第一大党。

1947 年　意大利共和国宪法颁布实施。阿多诺和霍克海默合著的《启蒙的辩证法》出版。

1951 年　进入都灵大学(Universita' degli Studi di Torino)学习，父亲居里奥希望艾柯学习法律，但是艾柯的兴趣却在中世纪的哲学和文学方面。

1952 年　存在主义哲学家路易斯·帕莱松(Luigi Pareyson)出任都灵大学美学教授。克罗齐去世。伊塔洛·卡尔维诺(Italo Calvino)《分成两半的子爵》出版。

1953 年　参加意大利天主教行动青年团在罗马的中央委员会。

1954 年　从都灵大学哲学系毕业。毕业论文《托马斯·阿奎那的美学问题》在路易斯·帕莱松(Luigi Pareyson)的指导下完成。1956 年，该论文出版，名为《圣托马斯的美学问题》(*Problema Estetico in San Tommaso*)。1970 年，该书在第 1 版的基础上进行了修订，更名为《托马斯·阿奎那的美学问题》出版。退出意大利天主教行动青年团。费里尼写《道》。路易斯·帕莱松《美学——形成的理论》、马里丹《诗与艺术中的创造性直观》出版。

1955 年　在意大利国营广播公司(RAI)工作，主持电视文化节目(至

① 参照艾柯研究网站“Prota Ludovica”(http://www.sssub.unibo.it/pagine_principali/curriculum_eco.htm)提供的相关信息与筱原资明的《埃柯——符号的时空》整理而成。由于资料所限，此年谱还有待进一步修正。

1959 年),开始与卢恰诺·贝利奥、马代尔纳、布勒兹、柏塞尔等先锋的艺术家成为朋友。

1956 年　出版了第一部学术专著《圣托马斯的美学问题》(*Problema Estetico in San Tommaso*),并为《韦里》《美学杂志》撰写文稿。格雷斯·凯莉与摩洛哥国王兰尼埃三世结婚。

1958 年　在意大利军队服役 18 个月,在第十二届国际哲学大会上发表《开放的作品的问题》。贝利奥发表《主题〈乔伊斯颂〉》《长笛的第二声部》。

1959 年　从意大利国营广播公司离职,出任米兰邦皮亚尼(Bompiani)出版社非小说类作品编辑一职,着手编辑哲学、社会学、符号论关系的评论丛书。并在贝利奥的协助下,在《音乐汇编》杂志上执笔《开放的作品》所载的卷首论文等。在《美学史的诸时代及诸问题》第 1 卷中,执笔"中世纪美学发展"(第 1 章)。《中世纪的艺术与美》(*Sviluppo dell'estetica medievale*)出版。最大的国际符号学组织——国际符号学学会(IASS)在巴黎成立,法国语言学家本维尼斯特任首届主席。

1960 年　安托尼奥写《恋情》。

1961 年　与 G. Zorzoli 合著《发明的图史:从打磨石器到太空旅行》(*Storia figurata delle invenzioni dalla selce scheggiata al volo spaziale*)出版。在都灵大学文哲系(至 1964 年)讲授美学。曼佐尼开始写《生的雕刻》。

1962 年　《开放的作品》(*Opera aperta*)出版发行。《发明的图史:从犁到北极星》英文版在英国问世。与蕾娜特·莱姆吉(Renate Ramge)完婚。列维—斯特劳斯《野性的思维》、马歇尔·麦克卢汉《古腾堡星系》出版。

1963 年　《小记事》(*Diario minimo*)第 1 集出版。《发明的图史:从犁到北极星》英文版在美国问世。参加意大利先锋团体"六三学社"并开始活动。开始协助《泰晤士报》出刊。《结构分析》一文在《批评契机》上发表。曼佐尼去世。巴特《论萨拉辛》出版。

1964 年　《启示录派和综合派》出版。书中开始自觉尝试使用符号学方法研究媒体文化问题,这标志着艾柯已经站在了意大利学术研究的前沿。1994 年,英文版在此基础上增删了一些文章,并以《世界末日的推迟》(*Apocalittici e integrati*)之名出版。罗兰·巴特的《符号学原理》在《通讯》杂志上发表,次年又在《零度的教堂》上登载。同年,麦克卢汉发表《媒体论》、马尔库塞发表《单向度的人》。从 1964 年起,他成为米兰大学建筑系教授,讲授"可视交往"理论。

1965 年　开始给《快报》周刊投稿。将《开放的作品》第 2 部分独立出来,更名为《混沌的诗学:乔伊斯的中世纪》(*Le poetiche di Joyce*)出版,英文版为 *The Aesthetics of Chaosmos: The Middle Age of James Joyce*。把《乌日努·休——社会主义与慰藉》作为《巴黎的秘密》(意大利版)的序言发表。在《邦德的场合》上发表《弗莱明著作中的故事结构》。与 Oreste del Buono 合著的《邦德的故事》

(*Il caso Bond*)在法国符号学重镇《通讯》杂志的《故事的结构分析》特辑上发表，这标志着艾柯开始跻身符号学研究者的队伍。

1966年　与Eugenio Carmi合著的儿童文学读物《炮弹与将军》(*La bomba e il generale*)、《三个宇航员》(*I tre cosmonauti*)问世。《邦德的故事》英文版在伦敦问世。在佛罗伦萨大学建筑系讲授可视交流符号学(直至1969年)。福柯《词与物》出版。拉康《泰尔盖尔》出版。

1967年　《视觉交流的符号学札记》(*Appunti per una semiologia delle comunicazioni visive*)作为非卖品出版(后来收进《缺席的结构》)。在《国际社会科学学刊》第19卷第4期上发表了《欧仁·苏〈巴黎的秘密〉中的修辞学和意识形态》一文。在皮萨罗电影节中，艾柯提出了电影代码的分节理论。与Giulio Carlo Argan，Guido Piovene，Luigi Chiarini，Vittorio Gregotti合著的《意大利自画像》(*L'Italie par elle-meme*，*A portrait of Italy*，*Autoritratto dell'Italia*)出版。

1968年　《艺术定义》(*La definizione dell'arte*)、《缺席的结构》(*La struttura assente*)出版。《不存在的结构》(*The Absent Structure*)出版，这是艾柯数年来研究建筑符号学的结晶，也是他第一部纯学术化的符号学著作，奠定了他在符号学领域内的重要地位。德勒兹《差异与反复》出版。

1969年　《求职的艺术》(*L'arte come mestiere*)出版。与R. Faccani合著的《符号系统与苏联的结构主义》(*I sistemi di segni e lo strutturalismo sovietico*)问世。《文化产业》(*L'Industria della cultura*)出版。《何时何地？两个不同版本的"年鉴"通讯的实验调查》(*Dove e quando? Indagine sperimentale su due diverse edizioni di un servizio di 'Almanacco'*)出版。在纽约大学讲课。

1970年　被米兰大学建筑系聘为符号论讲师。开始在阿根廷各地大学讲课。协助贝利奥制作《歌剧》。《社会主义与慰藉：关于欧仁·苏的〈巴黎的秘密〉的思考》(*Socialismo y consolacion. reflexiones en torno a "Los misterios de París" de Eugène Sue*)西班牙语版问世。《电影学》期刊第1期刊登了艾柯的《电影代码的分节方式》英译文。温格雷迪去世。罗兰·巴特的《S(Z)》面世。

1971年　担任博洛尼亚大学(*University of Bologna*)文哲系符号学讲座兼职理论讲师，并创立了国际上第一个符号学讲座。与G. Nebiolo、J. Chesneaux合著的《中国连环画》(*I fumetti di Mao*)出版。艾柯编写了符号学理论的国际性杂志《*VS*》(*Versus*)。《内容的形式》(*Le forme del contenuto*)、《符号》(*Il segno*)出版。开始在《宣言》日报以笔名戴德鲁斯写讽刺时评。

1972年　编辑的《信息理论与美学》(*Estetica e teoria dell'informazione*)出版。与C. Sughi合编的《百年之后：情节的回归》(*Cent'anni dopo. Il ritorno dell'intreccio*)问世。在《*VS*》第1期上发表了《语义学的符号学研究方法》。第2期上发表了《图像符号学引论》。在《符号学》第5卷第2期发表了《建筑符号——圆柱的成分分析》。与M. Bonazzi合著的《说谎的葡萄叶：关于无可置疑的小学课本的调查》(*I pampini bugiardi. Indagini sui libri al di sopra di ogni sospetto: i testi delle scuole elementari*)问世。帕佐里尼的《异端的经验论》、德鲁兹、伽泰利合著的《反俄狄浦斯》出版。

1973 年　《房间的装饰》(*Il costume di casa*)问世，对《列巴纳的贝亚图斯》(*Beato di Liébana*)加注论考和注释后出版。《尤金尼欧·卡米：一幅风景画？》(*Eugenio Carmi: una pittura di paesaggio?*) 出版。《中国连环画》英文本出版。与 Duncan Mcmillan & Eugenio Carmi 合编的《全景绘画》面世。《体现为符号系统的社会生活》收录于罗贝所编著作《结构主义》中。《寻求文化逻辑》一文发表于《TSL》10 月 5 号。(现载于西比奥克所编著作)《譬喻语义学》发表于《原样》第 55 期。《伊甸园语言中美学讯息的生成可能性》载于班恩与波特合著的《俄国形式主义》一书。

1974 年　第一届国际符号学学会大会(International Association for Semiotic Studies)在米兰召开，雅克布森致开幕词，大会成立了第一届国际符号学学会，并选举产生了理事会。艾柯被推选为首届国际符号学会秘书长。帕莱松的《艺术经验》出版。

1975 年　《符号学原理》(*Trattato di semiotica generale*)出版，成为博洛尼亚大学符号学讲座的终身教授。帕佐里尼完成《罪恶之地的市场》后遭杀害。博尔赫斯《沙之书》出版。

1976 年　英文版《符号学原理》(*A Theory of Semiotics*)出版。《大众的超人》(*Il superuomo di massa*)问世。为《埃伊纳乌迪百科全书》撰写符号学理论中的符号、意义、隐喻、象征和代码等 5 个条目。《一场从未存在过的革命的故事：瓦杜兹实验》(*Storia di una rivoluzione mai esistita: l'esperimento Vaduz*)出版。

1977 年　在耶鲁大学讲课。《来自帝国的边境》(*Dalla periferia dell'impero*)、《如何撰写毕业论文》(*Come si fa una tesi di laurea*)出版。詹克斯《后现代主义的建筑语言》出版。

1978 年　在哥伦比亚大学讲课。3 月，意大利前总理、基督教民主党主席莫罗被恐怖组织"红色旅"绑架，5 月发现他的遗体。

1979 年　《故事中的读者》(*Lector in fabula*)出版，同年以《读者的角色》(*The Role of the Reader*)之名在美国出版。与 Seymour Chatman and Jean-Marie Klinkenberg 合著的《符号学全景》出版。与 I. Pezzini, M. P. Pozzato, M. Federzoni, Il Castoro 合著的《英薇妮佐 塞拉奥 丽阿拉》(*Carolina Invernizio, Matilde Serao, Liala*) 问世。与 S. Chatman, J. M. Klinkenberg 合写的《纵览符号学》(*A Semiotic Landscape*)英语版出版。《为视觉艺术的符号论》在《艺术批评的理论与实践》上发表。参加文艺综合月刊

《阿尔法贝他》的创刊。卡尔维诺《寒冬夜行人》、弗朗索瓦·利奥塔《后现代的条件》出版。第二届国际符号学学会大会在维也纳召开。

1980年　第一部长篇小说《玫瑰的名字》(*Il nome della rosa*)出版,随即热销,后被翻译为多国文字,席卷欧洲各国的畅销榜,被多次再版发行。次年,这部小说获得斯特雷加奖。《功能与符号:建筑符号学》(*Function and sign: the semiotics of architecture*)、《建筑符号的成分分析法》(*A componential analysis of the architectural sign/column/*)载于与G. Broadbent共同编著的《符号、象征与建筑》(*Signs, Symbols and Architecture*)一书在美国问世,此书为《美术研究生院出版文献》第2卷。希腊语版《日常生活中的符号》(*E semeiologia sten kathemerine zoe*)出版。在耶鲁大学讲课(至1980年)。罗兰·巴特去世。

1981年　《图书馆》(*De Bibliotheca*)出版,《读者的角色》英文本面世。英国王子查尔斯与戴安娜结婚。

1983年　《〈玫瑰的名字〉备忘录》(*Postille al nome della rosa*)问世。《七年的愿望》(*Sette anni di desiderio*)出版,1986年该书与《房子的服装》和《从帝国的外围》的部分文章结集,以《超现实之旅》(*Travels in Hyperreality*)之名发行英文版。次年《玫瑰的名字》出版平装本。与西比奥克(Thomas A. Sebeok)合著《三个人的符号:皮尔士,福尔摩斯与杜邦》(*Il segno dei tre. Peirce, Holmes, Dupin*)出版。在巴蒂莫和洛瓦特合编的《贫弱的思想》上发表《反俄狄浦斯》。翻译了法国小说家雷蒙·格诺的代表作《风格的练习》,并以《雷蒙·格诺:〈风格的练习〉》(*Raymond Queneau, Esercizi di stile*)之名发行。

1984年　与V. V. Ivanov, Monica Rector用英语合写的《通往符号学之路》一文,发表在由西比奥克(Thomas A. Sebeok)编辑的《狂欢节!》(*Carnival!*)上。《符号学与语言哲学》(*Semiotica e filosofia del linguaggio*)出版,《昨日之岛》英文平装本出版。《〈玫瑰的名字〉备忘录》增补版发行。《文本概念》(*Conceito de texto*)葡萄语版本出版。《三个人的符号:皮尔士,福尔摩斯与杜邦》英文版在美国面世。在哥伦比亚大学讲学。福柯去世。第三届国际符号学学会大会在意大利巴勒莫召开。

1985年　《关于镜子及其他散文》(*Sugli specchi e altri saggi*)出版。在《快报》周刊开设专栏,内容涉及政治、法律、媒体、科技、艺术和宗教等各领域。后他将跨度10年的专栏文字结集成《密涅瓦火柴盒》[①]出版。收录了Robert E. Innis的《符号学文选》出版,内含艾柯的文章。获勒芬的卡多利克

① 标题"密涅瓦火柴盒"是指一种装有密涅瓦牌火柴的纸制小盒。艾柯经常将他在酒吧中、餐厅和旅途上的见闻写在火柴盒背面。

大学名誉博士学位。卡尔维诺去世。

1986 年　获丹麦奥登塞大学名誉博士学位。英文版《超现实的旅行》(*Travels in Hyperreality*)问世。John Deely, Brooke Williams & Felicia E. Kruse 合著的《符号学前沿》出版,内含艾柯的两篇文章。《玫瑰的名字》被法国著名导演让·雅克·阿诺(Jean-Jacques Annaud)搬上了银幕,获得了次年法国恺撒奖的最佳外语片与联邦德国柏林影展最佳外语片的荣耀。博尔赫斯去世。

1987 年　《诠释的冲突》(*Streit der Interpretationen*)德语版问世。《接收的符号学的注释》(*Notes sur la sémiotique de la reception*)。获芝加哥洛约拉大学名誉博士学位。卡拉布雷译《新巴洛克的时代》出版。

1988 年　出版长篇小说《傅柯摆》(*Il pendolo di Foucault*),次年获班克雷拉奖。《炮弹与将军》与《三个宇航员》再版。获布朗大学名誉博士学位。就任圣马利诺大学创设的国际符号论·认知科学研究中心所长。与 M. Santambrogio P. Violi 合著的《意义与精神的铰接》出版。同年夏,国际符号学研究会在芬兰伊马特拉成立,这一组织仅次于国际符号学学会。从 1988 年起,在法国学者李比雄(Alain Le Pichon)的倡导和帮助下,艾柯在自己任教的意大利博洛尼亚大学创办了一个特殊的"互动人类学"项目。

1989 年　获巴黎大学授予名誉博士称号。同年,获列日大学名誉博士学位。获邦卡雷拉奖。《在迷宫源头:艺术与符号的文本》(*Im Labyrinth der Vernunft. Texte über Kunst und Zeichen*)出版,《1609 年哈瑙怪事》(*Lo strano caso della Hanau* 1609)出版。《历史上的十字架》《婚礼仪式的符号语词》问世。与 Costantino Marmo 合著的《论中世纪的符号学理论》(*On the Medieval Theory of Signs*)英文版出版。《混沌的诗学:乔伊斯的中世纪》《开放的作品》《炮弹与将军》《三个宇航员》《傅柯摆》英文本出版。第四届国际符号学学会大会在巴塞罗那和佩皮尼昂召开。

1990 年　《诠释的界限》(*I limiti dell'interpretazione*)出版。《迈向一个新的世纪》(*Auf dem Wege zu einem Neuen Mittelalter*)与 Giovanni Trimboli合著的《查尔斯·M·舒尔茨:40 年来的生活与艺术》问世。获索非亚大学名誉博士学位。同年,获格拉斯哥大学名誉博士学位。艾柯与乔纳森·卡勒、理查德·罗蒂、克里斯蒂娜·布鲁克—罗斯、柯里尼等在剑桥大学丹纳讲座上围绕"诠释"展开论辩,探讨有关意义的本质以及诠释之可能性与有限性的问题。后结集为《诠释与过度诠释》,1992 年发行英文版(*Interpretation and Overinterpretation*)。

1991 年　海湾战争爆发。意大利共产党更名后分裂。苏联解体。《星星与星章》(*Stelle e stellette*)面世。与 Malvinni Paolo D. 合著的《声音》(*Vocali*)问世。与 Ingeborg Hoesterey 合著的《巴比伦时代精神:后现代主义之争》出版。

1992 年 《小记事》第 2 集出版，后又以《带着鲑鱼去旅行》(*Il secondo diario minimo*)之名出版，英文版为(*How to Travel with a Salmon*)。《植物的记忆与藏书乐》(*La memoria vegetale e altri saggi di bibliofilia*)问世。与 Eugenio Carmi 合著的《弩星球的精灵》(*Gli gnomi di Gnu*)出版。接受哈佛大学诺顿课程的邀请，讲课直至 1993 年，后来将其讲稿整理出版，于 1994 年以《悠游小说林》之名发行，英文版为(*Six Walks in the Fictional Woods*)。纪念艾柯 60 周岁的论文集《符号论——历史、理论与解释》出版。

1993 年 《寻求欧洲文化的完美语言》(*La ricerca della lingua perfetta nella cultura europea*)(亦译作《完美语言的探索》)问世。获印第安纳大学名誉博士学位。希腊语版《八月有新闻》(*Ton augousto den Uparchoun eideseis*)出版。《小记事》合集更名为《误读》英文版问世。进行第一次中国之旅，从广州出发，经西安和乌鲁木齐到北京，试图沿着丝绸之路找寻马可·波罗式的感觉，并在北京大学发表了题为《独角兽与龙》的演说。

1994 年 《悠游小说林》(*Sei passeggiate nei boschi narrativi*)、《昨日之岛》(*L'isola del giorno prima*)、《推迟的启示录》(*Apocalypse Postponed*)出版。英文版《启示录派与综合派》、英文版《带着鲑鱼去旅行》《〈玫瑰的名字〉备忘录》英文平装本问世。Germano Celant 的《意大利变形记》出版，艾柯为其提供了资料。参加第五届国际符号学大会。基督教民主党分裂。

1995 年 《诠释与过度诠释》(*Interpretazione e sovrainterpretazione*)意文版问世。参加了意大利 CD-ROM 电子百科辞典的编修工作，主持了《17 世纪》和《18 世纪》。《可怜的匹诺曹》(*Povero Pinocchio*)出版。《昨日之岛》《完美语言的探索》《〈玫瑰的名字〉备忘录》英文精装本问世。《玫瑰的名字》被英国《每日电讯报》评为“20 世纪的 100 本书”之一。自 1995 年开始，在世界各地发表题为《书的未来》的长篇演讲。

1996 年 《信仰或非信仰:哲学大师与枢机主教的对谈》(*In cosa crede chi non crede?*)问世。《小说理论、叙事理论与诗学》出版，内含艾柯的学术文章。在巴黎高等师范学校讲学。同年，获劳伦地大学、康斯坦察奥维迪乌、加利福尼亚的圣克拉拉大学以及塔尔图大学名誉博士学位。

1997 年 《道德五论》(*Cinque scritti morali*)(亦译作《论道德》)、《康德与鸭嘴兽》(*Kant e l'ornitorinco*)出版。《完美语言的探索》英文平装本出版。将先前在各个报纸发表的文章结集为《来自帝国的边沿》出版。与 Omar Calabrese, Lina Wretmuller, Francois Burkhardt 合著的《罗马的时尚》出版。Regina Maria Anzenberger, Erich Lessing 合编的《二十二位摄影师》出版，艾柯对书中图片提供亦有贡献。获格勒诺布尔大学名誉博士学位。国际符号学会特殊补充会议在瓜达拉哈拉与墨西哥城举行。

1998 年 《收集的火柴盒》(*Gesammelte Streichholbriefe*)出版。《讽刺

与谎言》(*Tra menzogna e ironia*)出版。《意外之喜:语言与疯狂》(*Serendipities. Language and Lunacy*)英文版出版。与 Liberato Santoro-Brienza 合著《论乔伊斯》(*Talking of Joyce*)英文版出版。获莫斯科罗蒙诺索夫大学名誉博士学位。因其学术成就,被推举为欧洲学术会议会员。

1999 年 《康德与鸭嘴兽》英文精装本出版。J. C. Carrière, J. Delumeau, S. J. Gould, C. David, F. Lenoir, J.-p. de Tonnac 合写的《末世谈》(*Pensieri sulla fine dei tempi*)问世。翻译了法国作家热拉尔·德·奈瓦尔的作品《西尔薇》并以《热拉尔·德·奈瓦尔:〈西尔薇〉》(*Gérard de Nerval, Sylvie*)之名出版,并撰写了编后记。Kristen Lippincott 的《时间的故事》问世,内含艾柯的杂文。第七届国际符号学会在德累斯顿举行。

2000 年 长篇小说《波多里诺》(*Baudolino*)出版。《智慧女神的魔法袋》(*La bustina di Minerva*)(亦译作《密涅瓦火柴盒》)出版。《新的中世纪与其他论文》(*Den nye Middelalderem og andre essays*)挪威语版出版。《我的疯狂意大利》(*Mein verrücktes Italien*)德语版出版。《思想与感知》(*Mysl a smysl*)捷克语版出版。《翻译经验谈》(*Experiences in translation*)英语版问世。《时间终结的论辩》《欧洲艺术精神的探寻》出版。《康德与鸭嘴兽》英文平装本问世。Yuri Mikhailovich Lotman 的《宇宙和心灵:符号学的文化理论》出版,艾柯为其作序。Geoffrey Nunberg 的《书的未来》问世,艾柯为其作跋。获魁北克大学名誉博士学位。

2001 年 《藏书之思》(*Riflessioni sulla bibliofilia*)出版。《玫瑰的名字》与《道德五论》的英文精装本问世。获奥彭大学名誉博士学位。

2002 年 《论文学》(*Sulla letteratura*)出版。与 M. Camdessus, J. Daniel, A. Riccardi 合著的《伊斯兰和西方:关于共存的思考》(*Islam e occidente. Riflessioni per la convivenza*)出版。《道德五论》的英文平装本问世。获罗斯格大学、耶路撒冷大学、锡耶纳大学名誉博士学位。

2003 年 《老生常谈:翻译的经验》(*Dire quasi la stessa cosa. Esperienze di traduzione*)问世。5 月 31 日,艾柯与德国哲学家哈贝马斯、法国哲学家德里达、瑞士作家穆希格、西班牙作家萨瓦特、意大利理论家兼欧洲议会议员瓦蒂莫以及美国哲学家罗蒂所联署的一份宣言《我们的复兴》。11 月 1 日,在埃及亚历山大图书馆以英文发表了题为《书的未来》的长篇演讲。开罗出版的《金字塔周刊》(*Al-Ahram Weekly*)全文刊登了这篇演讲。

2004 年 长篇小说《罗安娜女王神秘的火焰》(*La misteriosa fiamma della regina Loana*)出版。《美的历史》(*Storia della bellezza*)问世。《艾柯说故事》(*Tre racconti*)(是《炸弹与将军》《三个宇航员》和《驽星球的精灵》的合集)问世。《南半球的语言》(*Il linguaggio della terra australe*)出版。第八届国际符号学会大会在法国里昂第二大学的布隆(Bron)校区召开。李幼蒸先生以最高票当选为副会长，中国逻辑符号学会会长蔡曙山先生当选为理事，艾柯递交了相关报告。

2005 年　长篇小说《罗安娜女王神秘的火焰》英文版（*The Mysterious Flame of Queen Loana*）在美国出版。

2006 年　《倒退的年代》（*A passo di gambero*）问世。《文字游戏》（*Sator Arepo eccetera*）出版。

2007 年　《从树木到迷宫：符号与诠释的历史研究》（*Dall'albero al labirinto. Studi storici sul segno e l'interpretazione*）出版。《丑的历史》（*Storia della bruttezza*）出版。《16 世纪》（*Il Cinquecento*）问世。《历史》（*Historia*）出版。英文版《倒转的时钟》（*Turning Back the Clock*）3 月进行第二次中国之行。艾柯在中国社会科学院为期三天的“治与乱”跨文化国际研讨会中，作了长达一小时的主题为“战争与和平”的演讲《古典战争与后现代战争》。在上海书城，签售其在国外非常畅销、由上海译文出版社引进出版的小说《波多里诺》。

2008 年　《我的 1968 年：在墙的另一边》（*Mój* 1968. *Po drugiej stronie muru*）波兰语版出版。《论文学》中文版在中国台湾地区问世。翁德明翻译，皇冠文化有限公司出版。

2009 年　《无尽的清单》（*Vertigine della Lista*）问世。《文化与符号学》（*Cultura y Semiotica*）西班牙语版出版。《中世纪》（*Il Medioevo*）出版。与法国学者让—克洛德·卡里埃尔对话录结集编撰而成的《别想摆脱书》（*Non sperate di liberarvi dei libri*）出版。次年出版中文版，《别想摆脱书——艾柯、卡里埃尔对话录》。与 Remo Ceserani 合写的《雾》（*Nebbia*）出版。

2010 年　以意大利古典文学代表作家曼佐尼的《约婚夫妇》为文本，探讨了读者在阅读过程中的作用等问题，并以《艾柯谈〈约婚夫妇〉》（*La storia dei Promessi Sposi raccontata da Umberto Eco*）之名发行出版。《布拉格公墓》（*Il cimitero di Praga*）出版。

2011 年　《一个年轻小说家的自白》（*Confessions of a Young Novelist*）英语版出版。《构建敌人》（*Costruire il nemico*）出版。

附录 3　主要术语中英文对照

A

经院哲学　Aesthetic ideology

价值观　Axiology

缺席　Absence

前卫艺术　Avant-garde

C

代码　Code

批评　Criticism

文化符号学　Cultural Semiology

D

消解　Deconstruction

历时性　Diachronic

怀疑　Doubt

双重叙事结构　Double-decked narrative structure

E

情感　Emotion

百科全书　Encyclopaedia

启蒙　Enlightenment

本质　Essence

存在　Existence

F

形式　Form

H

阐释学　Hermeneutics

I

互文性　Intertextuality

阐释　Interpretation

L
迷宫　Labyrinth
文学　Literature
逻辑性　Logical

M
中世纪　Medieval
元小说　Meta-fiction
现代性　Modernity
神秘主义　Mysticism

N
叙事　Narrative
新托马斯主义　Neo-Thomism

O
对象　Object
本体论　Ontology
过度阐释　Overinterpretation

P
柏拉图主义　Platonism
愉悦　Pleasure
后现代性　Postmodernity
实践的　Practical
实用主义　Pragmatism

R
实在论　Realism
理性　Reason
多点延伸的根茎　Rhizome
浪漫主义　Romanticism

S
圣托马斯阿奎那　Saint Thomas Aquinas
符号学　Semiotics
符号阐释　Semiotics hermeneutics
怀疑主义　Skepticism
结构主义　Structuralism
实体　Substance
符号　Symbol
共时性　Synchronic

T
文本　Text
文本意图　Textual intention
开放的作品　The Open work
模范读者　The model reader
模范作者　The model writer
第二模式系统　The Second model
真理　Truth

U
功用　Utility
不确定性　Uncertainty
无限衍义　Unlimited semiosis

V
价值　Value
多样性　Variety

主要参考文献

英语类

一、艾柯专著

Apocalypse Postponed, ed. Robert Lumley, London:Flamingo,1995.

A Theory of Semiotics, Bloomington: Indiana University Press, 1976.

Art and Beauty in the Middle Ages, New Haven: Yale University Press, 1986.

Baudolino, New York: Harvest Books, 2002.

Belief or Non-belief — A Confrontatin, trans. Minna Proctor, New York: Arcade Publishing, 2000.

Experiences in Translation, trans. Alastair McEwen, Toronto: University of Toronto Press, 2001.

Faith in Fakes: Travels in Hyperreality, Weaver William, New York: Harcourt Brace, 1986.

Five Moral Pieces, trans. Alastair Alastair McEwen, New York: Harcourt, 2001.

Foucault's Pendulum, New York: Harcourt, Brace and Jovanovich, 1989.

How to Travel with a Salmon & Other Essays, New York: Harvest Books, 1995.

Interpretation and Overinterpretation (Tanner Lectures in Human Values), Cambridge: Cambridge University Press, 2004.

Kant and the Platypus: Essays on Language and Cognition, New York: Harvest Books, 2000.

Misreadings, translated from the Italian by William Weaver, New York: Harcourt Books, 1993.

On Literature, New York: Harvest Books, 2005.

Postscript to the Name of the Rose, San Diego: Harcourt Brace, Jovanovich, 1984.

Reflections on the Name of the Rose, trans. Willian Weaver, London: Minerva, 1994.

Semiotics and the Philosophy of Language (Advances in Semiotics), Bloomington: Indiana University Press, 1986.

Six Walks in the Fictional Woods, Cambridge, Mass: Harvard University Press, 1994.

The Aesthetics of Chaosmos: The Middle Ages of James Joyce, trans. Ellen Esrock, Cambridge, Mass: Harvard UP, 1989.

The Aesthetics of Thomas Aquinas, trans. Hugh Bredin, Cambridge: Harvard University Press, 1988.

The Island of the Day Before, Oxford, UK/Cambridge, Mass, USA: Blackwell, 1995.

The Limits of Interpretation, Bloomington: Indiana University Press, 1994.

The Mysterious Flame of Queen Loana, New York: Harvest Books, 2006.

The Name of the Rose, Vintage, 2005.

The Open Work, trans. Anna Cancogni, Cambridge, New York: Harvard University Press, 1989.

The Sign of Three: Supin, Holmes, Peirce, Bloomington: Indiana University Press, 1983.

Theory of Semiotics, Bloomington: Indiana University Press, 1979.

The Role of the Reader: Explorations in the Semiotics of Texts, Bloomington: Indiana University Press, 1979.

The Sign of Three: Dupin, Holmes, Peirce, Bloomington: Indiana University Press, 1983.

The Search for the Perfect Language, trans. James Fentress, Oxford: Blackwell, 1995.

The Semiotics and the Philosophy of Language, Bloomington: Indiana University Press, 1984.

Travels in Hyperreality, trans. Wiliam Weaver, New York: Harcourt

Books, 1990.

二、研究艾柯的理论著作

Adele Haft, Jane White, and Robert White, *TheKey to The Name of the Rose*, Michigan: University of Michigan Press, 1987.

Marshall Berman, *All That Is Solid Melts into Air: The Experience of Modernity*, New York: Viking Penguin, 1982.

Jeremy Black, *Maps and History: Constructing Images of the Past*, New Haven: Yale University Press, 1977.

Peter Bondanella, *Umberto Eco and the Open Text: Semiotics, Fiction, Popular Culture*, Cambridge: Cambridge University Press, 1997.

Norma Bouchard, and Veronica Pravadelli ed., *Umberto Eco's Alternative: The Politics of Culture and the Ambiguities of Interpretaton*, New York: Peter Lang, 1998.

Peter Brand, and Lino Pertile, *The Cambridge History of Italian Literature*, Cambridge: Cambridge University Press, 1999.

Rocco Capozzi, ed., *Reading Eco: An Anthology*, Bloomington: Indiana University Press, 1997.

Charlotte Ross and Rochelle Sibley, *Illuminating Eco: On the Boundaries of Interpretation*, Aldershot: Ashgate, 2004.

Coletti Theresa, *Naming of the Rose: Eco, Medieval Sign and Modern Theory*, Cornell: Cornell University Press, 1988.

Dennis Porter, *In the Pursuit of Crime: Art and Ideology in Detective Fiction*, New Haven/London: Yale University Press, 1981.

Edna Aizenberg, *Borges and His Successors: The Borgesian Impact On Literature and the Arts*, Columbia/London: University of Missouri Press, 1990.

K. T. Fann, *Peirce's Theory of Abduction*, The Hague: Martinus Nijhoff, 1970.

Joann Cannon, *Postmodern Italian Fiction*, Fairleigh Dickinson University Press, London/Toronto: Associated University Presses, 1989.

Louis Hjelmslev, *Prolegomena to a Theory of Language*, trans. F. J. WhitField, Baltimore: Waverly Press, 1953.

Linda Hutcheon, *A Poetics of Postmodernism: History, Theory, Fiction*, New York/London: Routledge, 1989.

Linda Hutcheon, *Umberto Eco's Holistic Detective Agency*, Italy:

Angelo Longo, 1993.

M. Thomas Ingem, *Naming the Rose*: *Essays on Eco and the Name of the Rose*, University Press of Mississippi, 1988.

Michael Caesar, *Umberto Eco*: *Philosophy, Semiotics and the Work of Fiction*, Cambridge: Polity Press, 1999.

Mike Gane, Nicholas Gane, *Umberto Eco* (Vol. 1, 2, 3), London: Thousand Oaks/New Delhi: Sage Publications, 2005.

Peter Bondanella, *Umberto Eco and the Open Text*: *Semiotics, Fiction, Popular Culture*, Bloomington: Indiana University, 1998.

John Picchione, *The New Avant-garde in Italy*: *Theoretical Debate and Poetic Practices*, Toronto: University of Toronto Press, 2004.

Dennis Porter, *In the Pursuit of Crime*: *Art and Ideology in Detective Fiction*, New Haven/London: Yale University Press, 1981.

Gary P. Radford, *On Eco*, Singapore: Thomson, 2003.

Robin Ridless, *Ideology and Art*: *Theories of Mass Culture From Walter Benjamin to Umberto Eco*, New York: Peter Lang, 1984.

Theresa Coletti, *Naming of the Rose*: *Eco, Medieval Sign and Modern Theory*, Cornell: Cornell University Press, 1988.

Walter Burkert, *Oedipus, Oracles, and Meaning*: *From Sophocles to Umberto Eco*, University of Toronto Press, 1991.

William E. Tanner, Anne Gervasi ed., *Out of Chaos*: *Semiotics*: *A Festschrift in Honor of Umberto Eco*, Arlington Text: Liberal Arts Press, 1992.

三、英文期刊

Allen Brooke, "Adventures in Pop Culture," in *The New Leader*, 2005(5).

Brooks Bouson, "A Commemoration of Wounds, Endured and Resented: Margaret Atwood's Blind Assassinas Feminist Memoir," in *Critique*, 2003(3).

Chronis, Athinodoros Hampton and Ronald, "Baudolino at the Edge of History: Narrative Construction and Narrative Closure in a Heritage Museum," in *Advances in Consumer Research*, 2003(30).

Cinazia Donatelli Noble, "A Labythrinth of Human Knowledge: Umberto Eco's Foucault's Pendulum," in *Rocky Mountain Review of Language and Literature*, 1995(2).

David H. Richer, "Eco's Echoes: Semiotic Theory and Detective

Practice in *the Name of the Rose*," in *Studies in Twentieth Century Literature*, 1986(2).

Deborah Parker, "The Literature of Appropriation: Eco's Use of Borges in Il nome della rose," in *The Modern Language Review*, Vol. 85.

Joris Vlasselaers, "The Island of the Day Before: A Quest for the Semiotic Construction of a Self," see F. Musarra, B. Van Den Bossche, K. Du Pont, N. Dupre, R. Gennaro, and S. Vanvolsem, ed., Leuven University Press, 2002.

Joseph Francese, "Romancing the Family: Umberto Eco's Baudolino," in *The American Journal of Psychoanalysis*, Volume 65, Number 3, 2005.

Ken MacLeish, "Playing War," in *InterCulture*, January 2008.

Leo Corry, "Jorge Borges, Author of The Name of the Rose," in *Poetics Today*, 1992(13).

Rocco Capozzi, "Palimpsests and Laughter: The Dialogical Pleasure of Unlimited Intertextuality in The Name of the Rose," in *Italica*, 1989(4).

"Metaphors and Intertextuality in Eco's Neo-baroque Narrative Machine: The Island of the Day Before," see *Umberto Eco: Philosophy, Semiotics and the Work of Fiction*, Cambridge: Polity Press, 1999.

Rochelle Sibley, "Aspects of the Labyrinth in *The Name of the Rose*: Chaos and Order in the Abbey," see Charlotte Ross and Rochelle Sibley eds. *Illuminating Eco: On the Boundaries of Interpretation*, Aldershot: Ashgate, 2004.

Sara Danius, "Novel Visions and the Crisis of Culture: Visual Technology, Modernism, and Death in the Magic Mountain," in *Boundary 2*, 2000 Number 2.

Stefano Rosso, "Correspondence with Umberto Eco," in *Bundary 2*, 1983.

Stephen G. Nichols, "Writing the New Middle Ages," in *Neohelicon*, Volume 33.

意大利语类

一、艾柯的专著

Il problema estetico in San Tommaso, Torino: Edizioni di Filosofia, 1956.

"*Sviluppo dell'estetica medievale*," in Momenti e problemi di storia dell'estetica, Milano: Marzorati, 1959.

Opera aperta, Milano: Bompiani, 1962.

Diario minimo, Milano: Mondadori, 1963.

Apocalittici e integrati, Milano: Bompiani, 1964.

Le poetiche di Joyce, Milano: Bompiani, 1965.

Appunti per una semiologia delle comunicazioni visive, Milano: Bompiani, 1967.

La struttura assente, Milano: Bompiani, Last revised edition, 1983.

La definizione dell'arte, Milano: Mursia, 1968.

Le forme del contenuto, Milano: Bompiani, 1971.

Il segno, Milano: Isedi; 2d edition, Milano: Mondadori, 1971.

Il costume di casa, Milano: Bompiani, 1973.

Beato di Li bana, Milano: F. M. Ricci, 1973.

Trattato di semiotica generale, Milano: Bompiani, 1975.

Il superuomo di massa, Milano: Cooperativa Scrittori, 1976.

Dalla periferia dell'impero, Milano: Bompiani, 1977.

Come si fa una tesi di laurea, Milano: Bompiani, 1977.

The Role of the Reader, Bloomington: Indiana University Press, 1979.

Lector in fabula, Milano: Bompiani, 1979.

"*Function and sign: the semiotics of architecture*", "*A componential analysis of the architectural sign /column/*", in G. Broadbent, et al., eds., Signs, Symbols and Architecture, New York: Wiley, 1980.

Il nome della rosa, Milano: Bompiani, 1980.

De Bibliotheca, Biblioteca Civica di Milano, 1981.

Postille al nome della rosa, Added to the pocket italian edition, 1984.

Sette anni di desiderio, Milano: Bompiani, 1983

Semiotica e filosofia del linguaggio, Einaudi: Torino, 1984.

Sugli specchi e altri saggi, Milano: Bompiani, 1985.

Il pendolo di Foucault, Milano: Bompiani, 1988.

Lo strano caso della Hanau 1609, Milano: Bompiani, 1989.

I limiti dell'interpretazione, Milano: Bompiani, 1990.

Stelle e stellette, Genova: Melangolo, 1991.

Vocali, Napoli: Guida, 1991.

Il secondo diario minimo, Milano: Bompiani, 1992.

La memoria vegetale e altri saggi di bibliofilia, Milano: Edizioni Rovello, 1992.

La ricerca della lingua perfetta nella cultura europea, Bari: Laterza, 1993.

Apocalypse Postponed, Bloomington: Indiana University Press, 1994.

Sei passeggiate nei boschi narrativi, Milano: Bompiani, 1994.

L'isola del giorno prima, Milano: Bompiani, 1994.

Interpretazione e sovrainterpretazione, Milano: Bompiani, 1995.

In cosa crede chi non crede? (with Carlo Maria Martini), Roma: Liberal, 1996.

Cinque scritti morali, Milano: Bompiani,1997.

Kant e l'ornitorinco, Milano: Bompiani, 1997.

Tra menzogna e ironia, Milano: Bompiani, 1998.

La bustina di Minerva, Milano: Bompiani, 2000.

Baudolino, Milano: Bompiani, 2000.

Riflessioni sulla bibliofilia, Milano: Edizioni Rovello, 2001.

Sulla letteratura, Milano: Bompiani, 2002.

Dire quasi la stessa cosa, *Esperienze di traduzione*, Milano: Bompiani, 2003.

Il linguaggio della terra australe, Milano: Bompiani, 2004.

La misteriosa fiamma della regina Loana, Milano: Bompiani, 2004.

A passo di gambero, Milano: Bompiani/Mondolibri, 2006.

Sator Arepo eccetera, Roma: Nottetempo, 2006.

Dall'albero al labirinto, *Studi storici sul segno e l'interpretazione*, Milano: Bompiani, 2007.

Vertigine della Lista, Milano: Bompiani, 2009.

La storia dei Promessi Sposi raccontata da Umberto Eco, Roma: Repubblica, 2010.

Costruire il nemico, Milano: Bompiani, 2011.

二、与其他作家合作的作品、译著等

Storia figurata delle invenzioni dalla selce scheggiata al volo spaziale, U. Eco, G. B. Zorzoli, Milano: Bompiani, 1961.

Il caso Bond, O. Del Buono, U. Eco, Milano: Bompiani, 1965.

La bomba e il generale, U. Eco, Eugenio Carmi, Milano: Bompiani, 1966.

I tre cosmonauti, U. Eco, Eugenio Carmi, Milano: Bompiani, 1966.

L'Italie par elle-meme, *A portrait of Italy*, *Autoritratto dell'Italia*, Umberto Eco, Giulio Carlo Argan, Guido Piovene, Luigi Chiarini, Vittorio Gregotti, Milano: Bompiani, 1967.

L'arte come mestiere, U. Eco, Milano: Bompiani, 1969.

I sistemi di segni e lo strutturalismo sovietico, U. Eco, R. Faccani, Milano: Bompiani, 1969.

L'Industria della cultura, U. Eco, Milano: Bompiani, 1969.

Dove e quando? Indagine sperimentale su due diverse edizioni di un servizio di "Almanacco", U. Eco, Roma: Rai, Servizio Programmi Sperimentali-Servizio Opinioni, 1969.

I fumetti di Mao, G. Nebiolo, U. Eco, J. Chesneaux, Bari: Laterza, 1971.

Cent'anni dopo, *Il ritorno dell'intreccio*, U. Eco, C. Sughi, Milano: Almanacco Bompiani, 1972.

I pampini bugiardi, *Indagini sui libri al di sopra di ogni sospetto*: *itesti delle scuole elementari*, U. Eco, M. Bonazzi, Rimini: Guaraldi, 1972.

Estetica e teoria dell'informazione, U. Eco, Milano: Bompiani, 1972.

Eugenio Carmi: *una pittura di paesaggio*? U. Eco, Milano: Prearo, 1973.

Storia di una rivoluzione mai esistita: *l'esperimento Vaduz*, U. Eco, Roma: Rai, Servizio Opinioni, 1976.

Carolina Invernizio, *Matilde Serao*, *Liala*, U. Eco, I. Pezzini, M. P. Pozzato, M. Federzoni, Il Castoro, Firenze: La Nuova Italia, 1979.

Il segno dei tre, *Peirce*, *Holmes*, *Dupin*, U. Eco, T. A. Sebeok, Milano: Bompiani, 1983.

Raymond Queneau, *Esercizi di stile*, Introduction and translation, Torino: Einaudi, 1983.

Gli gnomi di Gnu, Umberto Eco, Eugenio Carmi, Milano:

Bompiani, 1992.

Povero Pinocchio, U. Eco, Modena: Comix, 1995.

Pensieri sulla fine dei tempi, U. Eco, J. C. Carri re, J. Delumeau, S. J. Gould, C. David, F. Lenoir, J.-p. de Tonnac, Milano: Bompiani, 1999.

G rard de Nerval, *Sylvie*, Translation and Postface, Torino: Einaudi, 1999.

Islam e occidente, *Riflessioni per la convivenza*, U. Eco, M. Camdessus, J. Daniel, A. Riccardi, Roma: Laterza, 2002.

Tre racconti, Milano: Bompiani, New edition of La Bomba e il generale, I tre cosmonauti, Gli gnomi di gnu, 2004.

Storia della bellezza, U. Eco, Milano:Bompiani, 2004.

Storia della bruttezza, U. Eco, Milano: Bompiani, 2007.

Il Cinquecento, Corriere della Sera, 2007.

Historia, Milano: Motta, 2007.

Il Medioevo, La Biblioteca di Repubblica-L'Espresso, 2009.

Non sperate di liberarvi dei libri, Milano: Bompiani, 2009.

Nebbia, U. Eco, Remo Ceserani, Torino: Einaudi,2009.

三、艾柯其他语种的作品

Socialismo y consolacion, *reflexiones en torno a "Los misterios de París" de Eugène Sue*, U. Eco, Barcelona: Tusquets, 1970.

【西班牙语】《社会主义与慰藉：关于欧仁·苏的〈巴黎的秘密〉的思考》

E semeiologia sten kathemerine zoe, Tessaloniki: Malliares, 1980.

【希腊语】《日常生活中的符号》

Conceito de texto, São Paulo: Queiroz, 1984.

【葡萄牙语】《文本的概念》

Streit der Interpretationen, Universitätverlag Konstanz GMBH, 1987.

【德语】《诠释的冲突》

Notes sur la sémiotique de la reception, Paris: Actes Sémiotiques ix, 81, 1987.

【法语】《接收的符号学的注释》

Im Labyrinth der Vernunft, *Texte über Kunst und Zeichen*, Leipzig: Reclam, 1989.

【德语】《在原因的迷宫里——艺术与字符的文本》

Auf dem Wege zu einem Neuen Mittelalter, München: DTV Grossdruk, 1990.

【德语】《迈向一个新的中世纪》

Ton augousto den Uparchoun eideseis, Thessalonike: Parateretés, 1993.

【希腊语】《八月有新闻》

Gesammelte Streichholbriefe, München: Hanser, 1998.

【德语】《收集的火柴盒》

Den nye Middelalderem og andre essays, Oslo: Tiden Norske, 2000.

【挪威语】《新的中世纪与其他论文》

Mein verrücktes Italien, Berlin: Wagenbach, 2000.

【德语】《我的疯狂意大利》

Mysl a smysl, Praha: Moravia press, 2000.

【捷克语】《思想与感知》

Mój 1968, Po drugiej stronie muru, Kraków: Wydawnictwo Literackie, 2008.

【波兰语】《我的 1968 年:在墙的另一边》

Cultura y Semiotica, Madrid: Circulo de Bella Artes, 2009.

【西班牙语】《文化与符号学》

中文类

一、艾柯的译著[①]

《艾可谈文学》,翁德明译,(台北)皇冠文化有限公司 2008 年版。

《艾可说故事》,梁若瑜译,(台北)皇冠文化有限公司 2008 年版。

《波多里诺》,杨孟哲译,(台北)皇冠文化有限公司 2004 年版。

《波多里诺》,杨孟哲译,上海译文出版社 2007 年版。

《丑的历史》,彭淮栋译,(台北)皇冠文化有限公司 2008 年版。

《丑的历史》,彭淮栋译,中央编译出版社 2012 年版。

《大学生如何写毕业论文》,高俊方译,华龄出版社 2003 年版。

《带着鲑鱼去旅行》,(台北)皇冠文化有限公司 1999 年版。

《带着鲑鱼去旅行》,殳俏、马淑艳等译,广西师范大学出版社 2004 年版。

《符号学理论》,卢德平译,中国人民大学出版社 1990 年版。

《符号学与语言哲学》,王天青译,百花文艺出版社 2006 年版。

① 艾柯的部分著作正在翻译过程中,上海译文出版社已经购买了艾柯著作的版权。目前,台湾皇冠文化有限公司也已获取《意外之喜——语言与疯狂》的中文版权。

《傅科摆》，谢瑶玲译，（台北）皇冠文化有限公司1993年版。

《傅科摆》，谢瑶玲译，作家出版社2003年版。

《结构主义与符号学——电影文集》，李幼蒸等译，三联书店1987年版。

《结构主义与符号学——电影文集》，李幼蒸等译，（台北）桂冠图书股份有限公司1998年版。

《开放的作品》，刘儒庭译，新星出版社2005年版。

《美的历史》，彭淮栋译，（台北）联经出版事业股份有限公司2006年版。

《美的历史》，彭淮栋译，中央编译出版社2007年版。

《玫瑰之乱》，林周戚译，吉林人民出版社1995年版。

《玫瑰之名》，林泰等译，重庆出版社1987年版。

《玫瑰的名字》，闵炳君译，中国戏剧出版社1988年版。

《玫瑰的名字》，谢瑶玲译，（台北）皇冠文化有限公司1992年版。

《玫瑰的名字》，谢瑶玲译，作家出版社2001年版。

《玫瑰的名字》，沈萼梅、刘锡荣译，上海译文出版社2010年版。

《诠释与过度诠释》，王宇根译，香港：牛津大学出版社1995年版。

《诠释与过度诠释》，王宇根译，三联书店1997年版。

《书的未来》，康慨译，《中华读书报》2004年连载。

《书的未来》，收录于《逛逛书架》，唐诺译，（台北）边城出版社2005年版。

《误读》，张定绮译，（台北）皇冠文化有限公司2001年版。

《误读》，吴燕莛译，新星出版社2006年版。

《信仰或非信仰：哲学大师与枢机主教的对谈》，林佩瑜译，（台北）究竟出版社2002年版。

《悠游小说林》，黄寤兰译，（台北）时报文化出版公司2000年版。

《悠游小说林》，俞冰夏译，三联书店2005年版。

《昨日之岛》，谢瑶玲译，作家出版社2001年版。

《智慧女神的魔法袋》，倪安宇译，（台北）皇冠文化有限公司2004年版。

《密涅瓦火柴盒》，李敬靖译，上海译文出版社2009年版。

《旧欧洲·新欧洲·核心欧洲》，邓伯宸译，中央编译出版社2010年版。

《时间的故事》，刘妍、袁野译，中央编译出版社2010年版。

《知识分子写真》，董乐山译，中央编译出版社2010年版。

《倒退的年代：跟着大师艾柯看世界》，翁德明译，漓江出版社2012年版。

《洛阿娜女王的神秘火焰》，王永年译，上海译文出版社2012年版。

《矮人星上的矮人》，王建全译，上海译文出版社2012年版。

《埃柯谈美丑：〈美的历史〉〈丑的历史〉》，中央编译出版社2013年版。

二、其他文献

[美]艾布拉姆斯：《镜与灯——浪漫主义文论及批评传统》，郦稚牛、张照

进、童庆生译，北京大学出版社 2003 年版。

[法]保罗・利科:《解释学与人文科学》，陶远华译，河北人民出版社 1987 年版。

[法]保罗・利科:《解释的冲突》，莫伟民译，商务印书馆 2008 年版。

[阿根廷]博尔赫斯:《博尔赫斯谈诗论艺》，陈重仁译，上海译文出版社 2008 年版。

[美]W.C. 布斯:《小说修辞学》，华明、胡晓苏、周宪等译，北京大学出版社 1987 年版。

[日]池上嘉彦:《符号学入门》，张晓云译，国际文化出版公司 1985 年版。

[日]池上嘉彦:《诗学与文化符号学——从语言学透视》，林璋译，译林出版社 1998 年版。

[英]戴维・洛奇:《小说的艺术》，王峻岩译，作家出版社 1998 年版。

[英]戴维・洛奇:《二十世纪文学评论》，葛林等译，上海译文出版社 1987 年版。

[法]德里达:《论文字学》，汪堂家译，上海译文出版社 1999 年版。

[美]杜威:《哲学的改造》，许崇清译，商务印书馆 1958 年版。

[美]杜威:《实用主义》，杨玉成、崔人元译，世界知识出版社 2007 年版。

[荷兰]佛克马:《走向后现代主义》，王宁等译，北京大学出版社 1991 年版。

[法]格雷马斯:《结构语义学——方法研究》，吴泓缈译，三联书店 1999 年版。

[美]哈罗德・布鲁姆:《批评、正典结构与预言》，吴琼译，中国社会科学出版社 2000 年版。

[美]哈罗德・布鲁姆:《西方正典——伟大的作家和不朽的作品》，译林出版社 2005 年版。

[德]海德格尔:《海德格尔选集》，孙周兴编选，三联书店 1996 年版。

[德]海德格尔:《尼采》(上、下)，孙周兴译，商务印书馆 2003 年版。

[德]海德格尔:《存在与时间》，陈嘉映、王庆节译，三联书店 2006 年版。

[美]海登・怀特:《后现代历史叙事学》，陈永国、张万娟译，中国社会科学出版社 2003 年版。

[美]D.C. 霍埃:《批评的循环》，兰金仁译，辽宁人民出版社 1987 年版。

[美]霍克斯:《结构主义与符号学》，瞿铁鹏译，上海译文出版社 1987 年版。

[美]霍兰德:《文学反应动力学》，潘国庆译，上海人民出版社 1991 年版。

[美]赫施:《解释的有效性》，王才勇译，三联书店 1991 年版。

[德]伽达默尔:《诠释学:真理与方法》(2 卷本)，洪汉鼎译，上海译文出版

社 2004 年版。

[德]伽达默尔:《哲学解释学》,夏镇平、宋建平译,上海译文出版社 2004 年版。

[美]杰姆逊:《后现代主义与文化理论》,唐小兵译,北京大学出版社 2005 年版。

[德]康德:《判断力批判》,邓晓芒译,人民出版社 2004 年版。

[美]卡林奈斯库:《现代性的五副面孔》,顾爱彬、李瑞华译,商务印书馆 2002 年版。

[法]克里斯汀·麦茨:《电影与方法:符号学文选》,李幼蒸译,三联书店 2002 年版。

[意]克罗齐:《美学原理·美学纲要》,朱光潜译,人民文学出版社 1983 年版。

[意]克罗齐:《作为表现科学和一般语言学的美学的理论》,田时纲译,中国社会科学出版社 2007 年版。

[德]卡西尔:《人论》,甘阳译,西苑出版社 2004 年版。

[法]利奥塔:《后现代状态:关于知识的报告》,车槿山译,三联书店 1997 年版。

[法]利奥塔:《后现代主义》,赵一凡等译,社会科学文献出版社 1999 年版。

[美]杰姆逊:《后现代主义与文化理论》,唐小兵译,北京大学出版社 1997 年版。

[美]理查德·罗蒂:《哲学和自然之境》,李幼蒸译,三联书店 1987 年版。

[美]理查德·罗蒂:《后形而上学希望》,张国清译,上海译文出版社 2003 年版。

[美]理查德·罗蒂:《罗蒂文选》,孙伟平译,社会科学文献出版社 2007 年版。

[法]罗兰·巴特:《符号学原理》,李幼蒸译,中国人民大学出版社 2008 年版。

[法]罗兰·巴特:《符号学美学》,董学文、王葵译,辽宁人民出版社 1987 年版。

[法]罗兰·巴特:《符号帝国》,商务印书馆 1996 年版。

[法]罗兰·巴特:《文之悦》,屠友祥译,上海人民出版社 2002 年版。

[法]罗兰·巴特:《恋人絮语》,汪耀进、武佩荣译,上海人民出版社 2004 年版。

[法]罗兰·巴特:《显义与晦义》,怀宇译,百花文艺出版社 2005 年版。

[美]马尔库塞:《单向度的人——发达工业社会意识形态研究》,刘继译,

上海译文出版社 2008 年版。

[加]麦克卢汉:《理解媒介》,何道宽译,商务印书馆 2000 年版。

[美]纳博科夫:《文学讲稿》,申慧辉译,上海三联书店 2005 年版。

[瑞士]皮亚杰:《结构主义》,倪连生、王琳译,商务印书馆 2009 年版。

[美]乔纳森·卡勒:《结构主义诗学》,盛宁译,中国社会科学出版社 1991 年版。

[美]乔纳森·卡勒:《论解构》,陆扬译,中国社会科学出版社 1998 年版。

[爱尔兰]乔伊斯:《尤利西斯》,萧乾、文洁若译,译林出版社 1996 年版。

[比利时]乔治·布莱:《批评意识》,郭宏安译,广西师范大学出版社 2002 年版。

[德]叔本华:《作为意志与表象的世界》,石冲白译,商务印书馆 1982 年版。

[美]苏珊·朗格:《情感与形式》,刘大基等译,中国社会科学出版社 1986 年版。

[瑞]索绪尔:《普通语言学教程》,高明凯译,商务印书馆 2005 年版。

[美]特雷西:《诠释学·宗教·希望——多元性与含混性》,冯川译,上海三联书店 1998 年版。

[美]韦勒克、沃伦:《文学理论》,刘象愚等译,江苏教育出版社 2005 年版。

[日]篠原资明:《埃柯:符号的时空》,徐岳明、俞宜国译,河北教育出版社 2001 年版。

[英]伊格尔顿:《后现代主义的幻象》,华明译,商务印书馆 2000 年版。

[挪]英格维尔特·萨利特·吉尔胡斯:《宗教史中的微笑》,陈文庆译,上海人民出版社 2005 年版。

[德]姚斯、霍拉勃:《接受美学与接受理论》,周宁、金元浦译,辽宁人民出版社 1987 年版。

[德]姚斯:《审美经验与文学解释学》,顾建光、顾静宁、张乐天译,世纪出版集团、上海译文出版社 2006 年版。

[德]伊瑟尔:《阅读行为》,金惠敏、张云鹏、张颖、易晓明译,湖南文艺出版社 1991 年版。

[德]伊瑟尔:《虚构与想象——文学人类学疆界》,陈定家、汪正龙等译,吉林人民出版社 2003 年版。

[意]伊塔洛·卡尔维诺:《为什么读经典》,黄灿然、李桂蜜译,译林出版社 2007 年版。

[意]伊塔洛·卡尔维诺:《未来千年文学备忘录》,杨德友译,辽宁教育出版社 1997 年版。

[德]于尔根·哈贝马斯:《现代性的哲学话语》,曹卫东译,译林出版社

2008 年版。

[德]瓦尔特·本雅明:《机械复制时代的艺术作品》,王才勇译,中国城市出版社 2002 年版。

[意]维柯:《新科学》,朱光潜译,人民文学出版社 1986 年版。

[奥]维特根斯坦:《哲学研究》,李步楼译,商务印书馆 2008 年版。

北京大学哲学系外国哲学史教研室编:《西方哲学原著选读》(上、下),商务印书馆 1981 年版。

陈嘉映:《海德格尔哲学概论》,三联书店 1995 年版。

崔少元:《后现代主义与欧美文学》,中国社会科学出版社 2002 年版。

戴锦华:《镜与世俗神话——影片精读 18 例》,中国人民大学出版社 2004 年版。

洪汉鼎:《诠释学——它的历史和当代发展》,人民出版社 2001 年版。

洪汉鼎:《理解与诠释——诠释学经典文选》,东方出版社 2006 年版。

苟志效:《意义与符号》,广东人民出版社 1999 年版。

耿占春:《叙事美学——探索一种百科全书式的小说》,郑州大学出版社 2002 年版。

金惠敏:《后现代性与辩证解释学》,中国社会科学出版社 2002 年版。

蒋孔阳、朱立元主编:《西方美学通史》(7 卷本),上海文艺出版社 1999 年版。

李彬:《符号透视》,复旦大学出版社 2003 年版。

李惠国:《重写现代性》,社会科学文献出版社 2001 年版。

柳鸣九:《从现代主义到后现代主义》,中国社会科学出版社 1994 年版。

吕同六:《多元化声部——意大利 20 世纪文学扫描》,社会科学文献出版社 1993 年版。

吕同六:《地中海的灵魂》,社会科学文献出版社 1993 年版。

刘象愚、杨恒达、曾艳兵:《从现代主义到后现代主义》,高等教育出版社 2002 年版。

刘小枫:《拯救与逍遥》,三联书店 2001 年版。

刘小枫:《走向十字架的真》,三联书店 2001 年版。

李扬:《中国当代文学思潮史》,上海社会科学院出版社 2005 年版。

李衍柱:《西方美学经典文本导读》,北京大学出版社 2006 年版。

李幼蒸:《结构主义和符号学》,三联书店 1987 年版。

李幼蒸:《理论符号学导论》,社会科学文献出版社 1999 年版。

李幼蒸:《历史符号学》,广西师范大学出版社 2003 年版。

陆扬:《欧洲中世纪诗学》,上海社会科学院出版社 2000 年版。

陆扬、陆毅:《大众文化与传媒》,三联书店 2000 年版。

陆扬:《后现代性的文本阐释:福柯与德里达》,三联书店 2002 年版。

陆扬、陆毅:《文化研究导论》,复旦大学出版社2006年版。

马凌:《后现代主义中的学院派小说家》,天津人民出版社2004年版。

孟繁华:《中国当代文学通论》,辽宁人民出版社2009年版。

沈萼梅、刘锡荣:《意大利当代文学史》,外语教学与研究出版社1996年版。

盛宁:《人文困惑与反思——西方后现代主义思潮批判》,三联书店1997年版。

唐建清:《国外后现代文学》,江苏美术出版社2003年版。

田时纲:《悠远与凝练——二十世纪意大利文化》,东方出版社1999年版。

王德胜:《科学符号学》,辽宁大学出版社1992年版。

巫汉祥:《文艺符号新论》,厦门大学出版社2002年版。

吴元迈等:《20世纪外国文学史》(5卷本),凤凰出版社、译林出版社2004年版。

吴予敏:《美学与现代性》,西北大学出版社1998年版。

王钦峰:《后现代主义小说论略》,中国社会科学出版社2001年版。

王岳川:《后现代主义文化与美学》,北京大学出版社1992年版。

王岳川:《后现代主义文化研究》,北京大学出版社1992年版。

王岳川:《文艺现象学》,文化艺术出版社1992年版。

王岳川:《思·言·道》,北京大学出版社1997年版。

王岳川:《文化话语与意义踪迹》,四川人民出版社1997年版。

王岳川:《现象学与解释学文论》,山东教育出版社1999年版。

王岳川:《二十世纪西方哲性诗学》,北京大学出版社1999年版。

王岳川:《本体反思与文化批评》,吉林人民出版社2001年版。

肖峰:《从哲学看符号》,中国人民大学出版社1989年版。

夏之放:《文艺学元问题的多维审视》,齐鲁书社2000年版。

夏之放:《论块垒——文艺理论元问题研究》,人民出版社2007年版。

许正林:《欧洲传播思想史》,三联书店2005年版。

杨春时:《艺术符号与解释》,人民文学出版社1989年版。

姚大志:《现代之后》,东方出版社2000年版。

叶秀山:《思·史·诗》,人民出版社1999年版。

严平:《走向解释学的真理》,东方出版社1998年版。

杨祖陶、邓晓芒:《康德〈纯粹理性批判〉指要》,人民出版社2001年版。

杨祖陶、邓晓芒:《康德三大批判精粹》,人民出版社2001年版。

张大春:《小说稗类》,广西师大出版社2004年版。

朱狄:《当代西方美学》,人民出版社1983年版。

曾繁仁:《西方美学论纲》,山东人民出版社1992年版。

周均平:《美学探索》,山东文艺出版社 2003 年版。

郑克鲁等:《外国文学史》,高等教育出版社 1999 年版。

赵奎英:《混沌的秩序》,花城出版社 2003 年版。

朱立元:《现代西方美学史》,上海文艺出版社 1993 年版。

朱立元:《美学》,高等教育出版社 2001 年版。

朱立元:《二十世纪西方文论选》,高等教育出版社 2002 年版。

朱立元:《当代西方文艺理论》,华东师范大学出版社 2005 年版。

张世华:《意大利文学史》,上海外语教育出版社 1986 年版。

张祥龙:《海德格尔与中国天道》,三联书店 1996 年版。

赵毅衡:《文学符号学》,中国文联出版公司 1990 年版。

赵毅衡:《符号学文学论文集》,百花文艺出版社 2004 年版。

赵毅衡:《新批评文集》,百花文艺出版社 2001 年版。

曾艳兵:《西方后现代主义文学研究》,中国社会科学出版社 2006 年版。

三、相关论文

[法]皮埃尔·邦瑟恩、阿兰·让伯尔辑录:《恩贝托·埃科访谈录》,张仰钊译,《当代外国文学》2002 年第 2 期。

董丽云:《创造与约束——论艾柯的阐释观》,《外语学刊》2008 年第 1 期。

董丽云:《创造还是约束——海德格尔与艾柯阐释观比较研究》,《电子科技大学学报》2010 年第 5 期。

邓志辉:《并非符号学家的悖论》,《文艺理论研究》2008 年第 5 期。

郭琼:《也谈艾柯阐释学对翻译的启示》,《新学术》2007 年第 5 期。

高棣:《诠释霸权的消除——艾柯对诠释标准的考量》,《中国人民大学学报》2012 年第 4 期。

海舟子:《埃科出版长篇新作〈神秘的火焰女王罗阿娜〉》,《世界文艺动态》2005 年第 5 期。

蒋传红:《论艾柯的电影符号学理论》,《电影文学》2012 年第 3 期。

姜智芹:《经典阐释的无限可能性与限定性》,《云南社会科学》2007 第 3 期。

刘佳林:《火焰中的玫瑰——解读玫瑰之名》,《当代外国文学》2001 年第 2 期。

邱华栋:《翁贝托·埃科的〈玫瑰的名字〉》,《星火》2011 年第 1 期。

李静:《符号与叙述化:解读〈波多里诺〉》,《外国文学》2009 年第 2 期。

李静:《试论艾柯小说的百科全书特征》,《江西社会科学》2010 年第 7 期。

刘全福:《意义的回归:阅读中的本文神秘主义批判》,《文艺理论研究》2005 年第 4 期。

刘琦:《互文性理论对文学翻译的指导意义》,《电子科技大学学报(社科版)》2004 年第 2 期。

刘小枫:《〈玫瑰之名〉与诗术——埃柯与亚里士多德的谐剧观》,《思想战线》2013 年第 1 期。

刘玉宇:《阐释的不确定性及其限度》,《中山大学学报》2002 年第 1 期。

马凌:《阐释、过度阐释与逻各斯——玫瑰之名的深层主题》,《外国文学评论》2003 年第 1 期。

马凌:《解构神秘:傅科摆的深层主题》,《外国文学评论》2005 年第 2 期。

末茶:《〈波多里诺〉:缭乱中的真实》,《上海风采》2007 年第 7 期。

欧阳俊杰、万燚、赵修翠:《试析艾柯"过度阐释"理论中的标准问题》,《语文学刊》2008 年第 8 期。

秦明利:《一个勇敢新世界的重构——一个关注文本、读者与作者的新视角》,《哈尔滨工业大学学报(社会科学版)》2008 年第 2 期。

孙恒存:《浅析艾柯形象批评中电影代码的三层分节》,《廊坊师范学院学报》2012 年第 4 期。

田时纲:《〈美的历史〉中译本错漏百出——从"目录"和"导论"看译者对艾柯的偏离》,《文艺研究》2008 年第 3 期。

于晓峰:《埃科〈波多里诺〉简论》,《外国文学》2009 年第 2 期。

于晓峰:《埃科开放的作品理论探析》,《佳木斯大学学报》2009 年第 6 期。

于晓峰:《埃科诠释理论视域中的标准作者和标准读者》,《深圳大学学报》2010 年第 2 期。

于晓峰:《翁贝托·埃科对解释项理论的发展及其意义》,《湖北社会科学》2011 年第 8 期。

于晓峰:《意大利新先锋运动与六三学社——兼论翁贝托·埃科的先锋派诗学》,《学术探索》2012 年第 8 期。

王佳泉、唐海龙:《艾柯"十大代码"理论的读解与批判》,《东疆学刊》1992 年第 2 期。

王宁:《艾科的写作与批评的阐释》,《南方文坛》2007 年第 6 期。

吴岳添:《埃科新作〈美的历史〉和〈几乎一回事〉》,《外国文学评论》2008 年第 1 期。

薛忆沩:《符号学代表一种生活方式(外一题)》,《天涯》1996 年第 2 期。

杨春时:《文学的意义和"意义剩余"》,《人大复印资料(文艺理论卷)》2003 年第 7 期。

王峰:《从文本到生活世界——文本阐释的几个意义层次》,《文艺理论研究》2004 年第 3 期。

吴 琳、刘江华:《叙述特征与文化意蕴——对〈玫瑰的名字〉的多重解读》,

《江西社会科学》2010 年第 5 期。

汪正龙:《论文学意图》,《文学评论》2002 年第 3 期。

俞冰夏:《给艾柯列清单》,《南都周刊》2010 年第 12 期。

易中天:《论艺术标准》,《厦门大学学报(哲社版)》2001 年第 4 期。

杨乃乔:《偏见与误读——文学阐释学的哲学反思》,《文艺争鸣》1996 年第 3 期。

袁洪庚:《影射与戏拟:玫瑰之名中的互为文本性研究》,《外国文学评论》1997 年第 4 期。

杨慧林:《"圣杯"的象征系统及其"解码"——〈达・芬奇密码〉的符号考释》,《文艺研究》2005 年第 12 期。

杨丽娜、亓元:《过度诠释理论对于中国古典审美接受的观照》,《华北水利水电学院学报》2010 年第 5 期。

杨守森:《二十世纪现代后现代文艺思潮反思》,《文艺研究》1996 年第 5 期。

余荽:《艾柯和他的恶作剧》,《电影世界》2007 年第 7 期。

宇文秋水:《对镜—赋得艾柯近作〈鲍多雷诺〉》,《书城》2003 年第 1 期。

闫一炜:《论"视野融合"下的诠释熵在诗歌诠释中的体现》,《河北经贸大学学报》2009 年第 3 期。

张定浩:《关于波多里诺的三次远航》,《书城》2007 年第 10 期。

张广奎:《从艾柯阐释学看翻译的特性》,《外语教学》2007 年第 3 期。

张广奎:《论〈傅科摆〉的艾柯阐释学回证与阐释熵情》,《外国文学研究》2007 年第 5 期。

张广奎:《为艾柯阐释学的"读者意图"辩护——从马克思主义的中国化到现行的中国文艺复兴》,《电影文学》2007 年第 14 期。

张广奎、李燕霞 :《"诗无达诂"的艾柯诠释学思考》,《兰州大学学报(哲学社会科学版)》2010 年第 6 期。

张琦:《〈傅科摆〉与〈达芬奇密码〉——试论通俗小说的界限》,《当代外国文学》2007 年第 4 期。

张中载:《误读》,《人大复印资料》(文艺理论卷)2004 年第 5 期。

朱寿兴:《艾柯的"过度阐释"在文学解读活动中并不存在》,《湖南文理学院学报》2006 年第 4 期。

赵汀阳:《文化为什么成了个问题?》,《世界哲学》2004 年第 3 期。

张琦:《"笑与"与"贫穷"——论埃柯小说〈玫瑰的名字〉的主题》,《当代外国文学研究》2006 年第 2 期。

周强:《安贝托・艾柯的阐释观:无限与有界》,《湖南工业大学学报》2010 年第 2 期。

周启超:《作品的"开放性"与"文本的权利"——试论埃科的文学作品/文

本理论》,《中国人民大学学报》2012 年第 4 期。

朱桃香:《翁伯托·艾科的开放作品理论初探》,《当代外国文学》2009 年第 1 期。

周秀萍:《昂贝多·艾柯与“过度阐释”问题》,《文化前沿》2005 年第 1 期。

周颖:《无边的”语境——解构症结再探》,《外国文学评论》2007 年第 4 期。

张玉能:《美的西方发展轨迹——评翁贝托·艾柯的〈美的历史〉》,《出版参考》2007 年 11 月上旬刊。

赵毅衡:《“艾柯七条”:与艾柯论辩镜像符号》,《符号与传媒》2011 年第 1 期。

后　记

本书是国家社会科学基金项目“安贝托·艾柯诗学研究”（项目编号：13WWC034）、江苏省社会科学基金项目（项目编号：12WWC012）、2013年江苏省教育厅高校哲学社会科学研究项目（编号2013SJD750037）、中央高校基本科研业务费专项资金资助的项目（项目编号：2014WP23）的阶段性成果，也是在博士论文基础上修改并进一步完善而完成的。回想博士论文选题时，我踯躅不前，曾考虑过其他的题目，并也做过一定的资料搜集与文献整理，但最终还是折服于艾柯思想的深邃性，决定迎难而上进行一次精神的磨砺。

安贝托·艾柯是意大利当代著名文艺理论家，一位百科全书式的人物，他知识渊博、思想睿智，在哲学、美学、符号学、文学等领域都有经典性的建树，在欧美国家和中国都有重要影响。选择他的文艺思想作为论文研究对象，就我当时的能力和水平而言，确实充满着困难和挑战，不免忐忑不安。正是导师周均平先生的鞭策和鼓励给了我信心和勇气，才有了这次与大师眼中的大师接触的心灵之旅。

周均平先生是我攻读本科、硕士到博士阶段的导师，更是我学术历程的指引者。在先生的引领下，我开始了文艺美学探索之路，承蒙先生不弃，有幸一直跟随先生行走在学术苦旅上，感悟真善美的灵谛。先生学识渊博，治学严谨，宽容大度，为人谦和，向来尊重我们的思想，总是积极支持学生谈论自己的想法，热情鼓励我们进行学术创新。在我学习的每一阶段，先生都悉心指导，尤其在博士论文撰写过程中更是深得先生教诲，从最初的论文选题、完成初稿，再到论文的修改，每一步都凝聚了先生的心血。每每得到先生细致的指导，总不禁百感交集，心存愧疚，感喟于先生对学术精益求精的态度，更坚定了做好论文的信心。先生不仅是一位智者，也是一心细之人，无论是在校求学还是毕业工作，先生与师母费理群教授总是把我们学生当成自己的孩子温暖呵护，耐心地为我们解疑答惑，细心地给我们引导慰藉。先生与师母的这份关怀与爱护之情，让远游在外的我们真切感受到了家庭的温暖。此次先生又在百忙之中为本书撰写序言，寄予了对我学术钻研的鼓励与治学期望，所有这些，一句“感激”“感谢”难以传达，唯有潜心钻研，力图有所成就来回报先生的厚望。

山东师范大学文艺学学科点是孕育我思想成长，启迪我学术探寻的精神家园，李衍柱教授、夏之放教授、杨守森教授、周波教授、杨存昌教授、赵奎英教授等都是我学业上的领路人，前辈们开阔的学术视野、严谨的治学精神以及硕果累累的学术实践结晶，让我深深地领略到了长者的风范与学者的气度，激励我在学术道路上不悔地前进。衷心地感谢博士论文答辩委员会的各位前辈专家：王岳川教授（主席）、曾繁仁教授、夏之放教授、陈炎教授、谭好哲教授、周波教授、杨存昌教授，正是他们和各位评议专家的宝贵意见与悉心指导，为本书的深入拓展提供了启示，指明了方向。

感谢我亲爱的学友们，博士期间情同手足的纯真友谊，让人难以忘怀。特别感谢气质美女季臻博士，我的人生庆幸与她相遇，想轻轻地对她说一声："亲爱的，谢谢你陪我走过的每一步！"

感谢中国矿业大学文法学院的各位领导与同事，他们以不同形式关怀着我的学术进步和论著写作，或提出建设性意见，或坦诚进行学术讨论，或给予工作上的便利等等，对他们的大力支持与真挚帮助，无以言表，唯有铭记心中。

本书得以出版，还要感谢山东大学出版社总编室陈海伟主任、责任编辑陈海军老师、美术编辑张荔老师，对于他们为本书的出版所付出的编校、协调等大量辛劳的努力，深表谢意。

最后要感谢我亲爱的父亲、母亲，寒窗苦读二十余载，是你们汗水和白发的沉淀。大爱无言，谢谢你们默默陪在我身边，工作在外，不能承欢膝下，是女儿最大的愧疚。也谢谢姐姐与姐夫的理解与体谅，特别的爱与愧疚送给我的爱人陈博博士与可爱的儿子。感谢在我成长的过程中所有指导与爱护我的老师和亲朋们，希望我的论文没有让那些给我关怀与帮助的人失望。本书还有诸多缺憾与不足之处，恳请专家学者和读者提出宝贵的批评意见。

孙 慧

2014 年 12 月 28 日于矿大文昌校区